V.K. Forrest vit avec sa famille à Seaford dans le Delaware. Elle écrit sous divers noms de plume de nombreux romans historiques, mais aussi des romances paranormales. *Immortel* est le troisième tome de la série *Le Clan Kahill*.

Du même auteur, chez Milady :

Le Clan Kahill :
1. *Éternelle*
2. *Impitoyable*
3. *Immortel*

www.milady.fr

V.K. Forrest

Immortel

Le Clan Kahill – 3

Traduit de l'anglais (États-Unis) par Clémentine Curie

Milady

Milady est un label des éditions Bragelonne

Titre original : *Immortal*

ISBN : 978-2-8112-0544-7

Bragelonne – Milady
60-62, rue d'Hauteville – 75010 Paris

E-mail : info@milady.fr
Site Internet : www.milady.fr

Chapitre premier

— Alors, c'était comment, Florence ?

Fia se planta devant Finn et lui prit des mains sa cravate bleu marine.

— Laisse-moi m'occuper de ça avant de te faire mal.

— Florence, eh bien…

Il haussa les épaules, puis laissa docilement retomber ses bras le long de son corps. Bien qu'âgé de mille six cents ans, plus ou moins, il recevait toujours des ordres de sa grande sœur.

— C'était l'Italie : des Vespa, du beau cuir, des femmes séduisantes et de succulentes glaces à la pistache.

Il était obligé d'élever la voix pour couvrir le son assourdissant du dessin animé *Bob l'éponge* qui montait du salon. Le minuscule pavillon que lui et son frère avaient loué pour l'été lui paraissait déjà trop étriqué.

— Des ennuis ?

Elle l'interrogea du regard, qu'elle avait vert comme lui, tout en manipulant le morceau d'étoffe entre ses doigts habiles.

Finn soupira, surpris de constater que la perspective de ce premier jour de travail l'angoissait. Surtout qu'il n'en voulait même pas, de ce fichu boulot.

— La mission s'est déroulée sans incident. On filait un type membre d'une organisation implantée ici aux États-Unis qui s'appelle « la Fratrie ». Une sorte de club pour tueurs en série. (Il rit, sans joie.) Tu parles d'une bande de dégénérés.

— Et nous alors ? le taquina-t-elle.

Il grimaça.

— Le type était en « vacances ». Je l'ai vu harceler trois femmes différentes en l'espace de quatre jours, alors que je me contentais de l'observer depuis un café de la place du Palais.

Fia baissa les yeux sur la cravate et l'ajusta sous son col bleu clair.

— Je ne doute pas de tes talents d'observation. Tu es le meilleur. Je te parle de tes visions.

Soudain lassé des maniaqueries de sa sœur, Finn la repoussa.

— Elles sont violentes.

Il porta la main à son nœud de cravate et lissa la bande de tissu. Les souvenirs étaient encore si frais dans sa mémoire qu'il n'avait aucun besoin de fermer les yeux pour visualiser la mare de sang sur les pavés de la place.

— Tu es sûre qu'elle est bien mise ?

— Tu es parfait. (Elle recula et sourit, puis le regarda dans les yeux.) Tu devrais consulter le docteur Kettleman.

— Un psy ? Je ne crois pas, non. (Il ramassa la brosse posée sur le lavabo et la passa dans sa chevelure sombre, encore humide.) Ça va aller.

Elle s'écarta pour lui laisser de la place.

— Mais tu disais qu'elles commençaient à avoir des répercussions néfastes sur ton travail.

Il s'efforça de ne pas penser aux têtes décapitées qui roulaient dans des rivières de sang.

— Elles ne sont violentes que lorsque je me dématérialise.

Elle croisa les bras et afficha un air à la fois agacé, impatient et inquiet – une moue typique de grande sœur.

— Et ça, ça ne nuit pas à ton travail ? Chaque fois que tu te dématérialises, tu bascules dans une sorte de bain de sang karmique, et tu dis que c'est bon pour les affaires ?

— Elles finiront par s'atténuer, comme d'habitude. Tu sais bien qu'elles sont toujours pires juste avant et juste après mes voyages en Italie.

Les visions l'assaillaient par intermittence depuis cet incident au XVIe siècle, mais elles lui avaient paru plus nettes au cours de ce voyage. Plus réelles. Pour quelle raison ? Il l'ignorait.

Il s'inspecta dans le miroir au-dessus du lavabo. Il avait l'air trop jeune pour être un flic. Comme il passait sans mal pour un étudiant, son apparence juvénile constituait un avantage lorsqu'il voyageait à l'étranger pour le clan. Mais il avait prévenu le chef de la police que c'était une mauvaise idée. Il savait d'avance qu'il allait s'attirer un paquet d'ennuis sur la promenade.

— Il faut que j'y aille. Merci d'être passée.

Il la contourna, sortit dans le couloir et dut se faufiler entre le mur et un tas de cartons d'emballage pour aller au salon.

— Tu comptes faire quelque chose au sujet de ces cartons ? lança-t-il à Regan, qui était affalé sur leur canapé d'occasion à motifs.

La télécommande à la main, son frère jumeau avait les yeux rivés sur la télévision posée en équilibre sur un carton d'emballage avec l'inscription « draps et couvertures ». À l'écran, Bob l'éponge faisait cuire des pâtés de crabe en se disputant avec sa limace apprivoisée. Bruyamment.

— Regan ! aboya Finn.

Toujours vautré, Regan jeta un coup d'œil à Finn. Il le détailla des pieds à la tête.

— Sympa, la tenue.

Sans relever la raillerie de son frère, Finn se campa devant la télévision, l'éteignit et se retourna vers Regan.

— Hé ! (Regan pianota d'une main sur la télécommande, mais Finn bloquait la transmission. La télévision ne s'alluma pas.) Je n'ai pas vu cet épisode.

— Je te demandais si tu comptais déballer les cartons qui gênent dans le couloir, mais j'imagine que le son était trop fort pour que tu m'entendes.

— Je vais m'en occuper. Tu peux bouger maintenant ? Patrick traverse une crise.

— Patrick ?

— Le meilleur ami de Bob l'éponge, expliqua Regan.

— Et un travail ? Où en sont tes recherches ?

— Bon sang, ronchonna Regan en se redressant.

Pieds nus, il portait un boxer et un tee-shirt. Il était 15 heures.

— Je suis encore fragile. Fi, j'aurais besoin de ton soutien. (Il agita la télécommande en direction de sa sœur.) Je sors à peine de cure. Tu peux expliquer à mon frère à quel point le retour au monde réel est difficile après quatre-vingt-dix jours de désintox' ?

— Deux cent trente, à un ou deux près, dit-elle sèchement. Si tu comptes cette autre fois et demie où tu y as séjourné l'année dernière. (Elle se dirigea vers la porte d'entrée.) Finn, tu veux que je te dépose au poste ?

Planté devant son frère et sa sœur dans son uniforme inconfortable, Finn aurait tout donné pour se trouver ailleurs. Sur le moment, même le palais de Florence et ses têtes d'enfants décapités roulant au sol lui paraissaient plus enviables.

—Je ne fais ça que par devoir envers le clan. (Il fusilla Regan du regard.) Et envers ma famille. Je le fais parce qu'on me l'a demandé, pas parce que j'en ai envie.

—Peut-être que le Conseil te décernera une sorte de médaille à la fin de l'été. Tu sais, pour avoir retrouvé des chiens perdus ou aidé les touristes à trimballer leurs sacs de plage jusqu'à leur voiture. (Regan se leva du canapé et jeta la télécommande dans le creux d'un coussin.) Tu vas au supermarché ? Il n'y a rien de bon à manger ici.

Regan s'achemina vers la cuisine.

Fia tenait la porte d'entrée ouverte.

—Allez, viens, Finn. Tu vas être en retard.

Ce dernier la suivit avec réticence sur le perron.

—Tu sais, c'est bien, ce que tu fais.

—Jouer les nounous pour mon frère tout l'été alors que je devrais être en mission occupé à faire du monde un endroit plus sûr ?

—Aider l'oncle Sean à compenser la réduction des effectifs cet été, et garder l'œil sur Regan. Je pense sincèrement qu'il ne va pas rechuter cette fois. Il a juste besoin d'un peu de soutien de la part de sa famille.

Finn descendit derrière elle les marches du perron.

—Tu pourrais demander un congé au Bureau et le garder à l'œil toi-même. (Il s'arrêta sur le trottoir et désigna le blason qui brillait sur son uniforme.) Tant qu'on y est, tu pourrais même prendre ce badge. Tu sais que je n'ai pas l'étoffe d'un flic, Fi. Toi, si.

Elle tendit la main et lissa sa cravate une dernière fois.

—Je suis désolée. La famille a voté et tu as gagné dans les règles. Tu as été désigné gardien de Regan pour l'été.

—Et j'étais où, au moment de ce vote ?

Elle s'avança vers sa voiture, garée le long du trottoir.

— Euh… Bruxelles, je crois. (Elle sourit et le salua, moqueuse.) Bonne chance pour ta première journée de travail.

— Tu sais, je ne te supporte plus depuis que toi et Arlan êtes ensemble, lui lança-t-il alors qu'elle montait dans sa voiture. Tu es beaucoup trop heureuse !

La radio de Finn grésilla dans son oreille et il grommela. Quatre heures qu'il était à son poste et pas moins de quinze kilomètres de marche au compteur. Il avait transporté deux parasols de plage jusqu'à une voiture, extirpé du sable une chaise roulante et son occupante – une octogénaire en Bikini rouge –, couru après un pékinois en fugue et sa laisse rose, et montré à une adolescente comment couper l'alarme de sa nouvelle Mustang. Deux fois. Voilà à quoi se résumait son travail de policier. Pas d'enlèvements. Pas d'agressions. Pas d'attaque à main armée. La seule plainte déposée par un civil à laquelle il avait répondu avait eu pour objet la taille de la portion de frites qu'une femme touchant une retraite fixe obtenait pour 4,75 dollars de nos jours.

— SB-5, annonça soudain la voix grésillante dans l'oreille de Finn. À vous.

Il tapota le micro sur son épaule.

— SB-5. Je vous écoute.

Il ignorait pourquoi il se retrouvait surveillant de baignade numéro 5. À l'heure actuelle, il était le seul policier de Clare Point à occuper ce poste. N'aurait-il pas pu être le numéro 1, au moins ? Et c'était à peine s'il méritait le nom de « policier » ; il n'avait même pas d'arme à feu, juste une matraque, une petite bombe lacrymogène, et sa mauvaise humeur qui affleurait plus souvent qu'il ne voulait l'admettre.

— SB-5, on nous signale une tentative de vol. Premier bloc océanique. Le drugstore de Hilly.

— J'y vais, répondit Finn dans la radio.

— Vous êtes censé dire « bien reçu », le corrigea le répartiteur.

— Excusez-moi, madame McGill. Je vous avais prévenue que je n'étais pas doué pour ça, expliqua Finn tandis qu'il prenait la direction du sud.

La promenade qui longeait la plage du Delaware ne couvrant que trois pâtés de maisons, tout était à proximité quel que soit l'endroit où il se trouvait.

— Et je n'ai pas l'intention de le devenir, ajouta-t-il, irrité.

— Bien reçu, SB-5. Nous apprécions réellement votre aide, dit la sexagénaire. J'ai fait des cookies à la cannelle, passez donc chez moi demain avant de prendre votre service.

Finn ne put s'empêcher de sourire.

— Ça, c'est bien reçu. SB-5, terminé.

Veillant à ne pas attirer l'attention sur lui, il se fraya un chemin entre les familles équipées de poussettes, les adolescents torse nu qui portaient leur skate-board sur l'épaule et les couples qui flânaient main dans la main. Il marchait vite, et non sans raison, mais il lui paraissait peu probable que ces gens s'imaginent qu'un vol se déroulait peut-être à deux pas de là. C'était une belle soirée, et les locaux comme les touristes en avaient profité pour sortir ; le ciel était dégagé, une brise tiède soufflait à la surface de l'eau. Malgré l'humidité, la température stagnait agréablement à 27 °C, comme l'indiquait l'énorme thermomètre rouge du stand de glaces à l'italienne.

À l'approche du drugstore de M. et Mme Hill, Finn ne remarqua aucune activité inhabituelle sous l'auvent bleu et blanc déroulé sur toute la longueur du vieux bâtiment en briques. Les clients entraient et sortaient par les portes vitrées au son d'une clochette qui carillonnait au-dessus de leurs têtes. On entendait des bavardages et des rires. Si un vol se déroulait réellement à l'intérieur du magasin, il se caractérisait par sa discrétion.

Finn passa la porte et fut frappé de plein fouet par une bourrasque d'air froid en provenance d'un climatiseur décoré de fanions rouges, blancs et bleus. Les clochettes au-dessus de sa tête saluèrent son arrivée. Une fois à l'intérieur il hésita, et prit le temps de passer le magasin en revue. Pas le moindre mouvement ou bruit suspect. Des transats aux couleurs vives, des seaux de plage et des canots étaient suspendus au plafond, et sur de longs rayonnages se côtoyaient divers articles typiques de l'industrie estivale. Ouvert depuis 1910, le vieux bâtiment sentait la crème solaire, le moisi et les relents d'un passé de plus en plus lointain.

— Pas trop tôt ! s'exclama Mme Hill de derrière le comptoir.

Elle encaissait deux seaux de plage, une pelle en plastique et un roman sentimental pour une cliente dont le bronzage excessif jurait avec l'orange vif de sa robe.

— On serait probablement morts s'ils avaient eu des pistolets. Vous savez, les pistolets devraient être interdits par la loi. Ça vous fera 12,40, madame.

Elle commença à mettre les articles dans un sac en plastique.

— Je suis venu dès que j'ai eu l'appel, madame Hill, dit-il respectueusement.

Il ne prit pas la peine de lui faire remarquer qu'elle ne risquait pas de mourir d'une blessure par balle. Ni d'une quelconque autre blessure, d'ailleurs. Scrutant les alentours, Finn aperçut des adolescents, deux garçons et deux filles, alignés au bout du comptoir. Apparemment, Mme Hill les retenait. Tous les gamins étaient du coin : tous des hommes et des femmes que Finn et M. et Mme Hill connaissaient depuis le Vᵉ siècle. Les coupables, eux ?

Les adolescents n'avaient pas vraiment l'air de voleurs. Ni davantage de vampires. Il reconnut les filles, sa nièce Kaleigh, la future Conseillère, et la meilleure amie de l'adolescente, Katy. Rob Hill et Pete Cahall, les jeunes hommes qu'elles fréquentaient, se tenaient à leurs côtés. Rob gardait les yeux baissés sur ses grands pieds. Pete semblait occupé à scruter un canot Scooby-Doo suspendu au-dessus de sa tête.

S'approchant de la petite troupe, Finn se fit la réflexion que si toutes les autres bourgades américaines pouvaient se limiter à ce genre de criminels, le monde serait certainement un endroit plus sûr.

— Quel est le problème, Hilly ?

Tout le monde appelait M. Hill « Hilly », mais la raison lui échappait. Ils avaient tous été des Kahill autrefois, mais, depuis leur départ de l'Irlande pour le Nouveau Monde au XVIIᵉ siècle, bon nombre d'entre eux avaient adopté de nouveaux patronymes pour ne pas éveiller les soupçons des humains. Finn trouvait amusant que la plupart des familles ne se soient pas tellement éloignées de leur nom d'origine.

Vêtue d'un débardeur microscopique, ses cheveux roux attachés en couettes, Kaleigh croisa les bras et adopta une posture blasée. *La coupable, sans l'ombre d'un doute*. Finn adorait Kaleigh, mais cette fille était une vraie plaie chaque fois qu'elle redevenait une adolescente.

Avant que M. Hill ait pu prendre la parole, Mme Hill s'avança de derrière le comptoir.

— Bonne journée, au plaisir ! lança-t-elle à l'intention de la cliente à la robe orange. Le problème ? Je vais vous dire ce qu'est le problème.

Elle se tourna vers Finn, gonflant et dégonflant les joues comme un poisson lune que Finn avait vu à l'aquarium de Baltimore.

— Ces gamins sont des voleurs et ils devraient être arrêtés !

— Puisque je vous dis que nous n'avons rien volé ! protesta Kaleigh avec véhémence.

Au même instant, Finn surprit l'ombre d'un sourire sur le visage de Pete. Ça oui, quelque chose se tramait.

— Petits menteurs. Mentir devrait être interdit par la loi. Les pistolets et les menteurs, voilà, proclama Mme Hill.

Jambes légèrement écartées, Finn adopta une posture autoritaire pour donner le change face à l'arrogance de Kaleigh.

— Pourriez-vous me dire ce qui s'est passé, Hilly ? Et toi, Kaleigh, tu te tais, la prévint-il.

L'homme à la couronne de cheveux blancs et courts eut à peine le temps d'ouvrir la bouche que sa femme intervint.

— Je vais vous dire ce qui s'est passé ! Ces gamins ont volé un paquet de chewing-gums. Du Hubba Bubba rose. Le maxi-format. Soixante-dix-neuf *cents*, déclara-t-elle d'un ton moralisateur. Ils me doivent 79 *cents* et devraient aller en prison. La fille pour l'avoir volé. Les autres pour ne pas l'avoir dénoncée.

Elle pointa sur eux un doigt accusateur, orné d'un faux ongle semblable à une griffe.

Finn revint à Kaleigh, convaincu qu'il n'y aurait pas l'ombre d'une chance que Mme Hill laisse Hilly s'exprimer en sa présence. Elle ne l'avait pas fait depuis au moins un siècle.

— Kaleigh ?

— On a pas volé ces fichus chewing-gums.

Elle brandit les deux mains, paumes en évidence.

— Menteuse ! Les chewing-gums étaient sur le comptoir quand j'ai regardé la caisse pour vous rendre la monnaie de vos boissons. Ensuite, ils se sont volatilisés.

— Vous pouvez regarder si vous voulez, dit Kaleigh en haussant ses épaules fines et bronzées. Rob, montre le sac à l'oncle Finn, pardon, à l'agent Kahill.

Rob, un jeune homme sympathique et timide, s'avança avec réticence et ouvrit le sac en plastique blanc. Finn en détailla le contenu : trois canettes de soda et une bouteille d'eau.

— Mais évidemment qu'ils n'allaient pas le mettre dans le sac ! (Les joues de Mme Hill se gonflèrent de plus belle.) Fouillez-les. Je vais porter plainte, je jure que je vais le faire. Les adolescents ne devraient pas avoir le droit d'entrer dans les magasins. Ça devrait être interdit par la loi ! Pas de mineurs à l'intérieur des commerces.

— Tu veux vérifier, oncle Finn ?

Kaleigh se retourna et posa les mains sur le comptoir, jambes écartées.

Pete rejoignit le comptoir en courant et adopta la même posture.

— Vous devriez me fouiller aussi, agent Kahill, dit-il, l'excitation audible dans sa voix. Comme dans *Starsky et Hutch*.

Katy entonna la musique du générique de la série télévisée.

— *Starsky et Hutch, Starsky et Hutch,* chantonna l'adolescente sur un ton théâtral. *Des nouveaux chevaliers au grand cœur mais qui n'ont jamais peur de rien !*

Après avoir lancé à Katy un regard qui la fit taire, Finn se retourna vers Kaleigh, de toute évidence le cerveau de l'opération. Comme d'habitude. Il attendit.

— Tu peux tous nous fouiller si tu veux. Peut-être que tu devrais fouiller tout le monde dans ce magasin.

Par-dessus son épaule, Kaleigh jeta un coup d'œil à un jeune Asiatique avec un bébé harnaché sur le dos. Il faisait semblant de lire l'étiquette d'un flacon de crème solaire.

Le jeune père regarda à la dérobée les adolescents alignés devant le comptoir, bras et jambes écartés, puis Finn dans son uniforme et, abandonnant la crème solaire, il s'empressa de gagner la sortie.

— Cette comédie a assez duré, Kaleigh, déclara Finn sèchement.

Il commençait à en avoir marre des gamins et de ce boulot. Sa nièce le décevait. Il avait du mal à croire que cette jeune femme suffisante s'était tenue la semaine passée devant le Conseil au grand complet et leur avait exposé plusieurs propositions intelligentes sur la manière dont le clan pouvait aider les membres qui venaient de renaître à s'adapter à la culture américaine. Un jour elle faisait partie intégrante de leur gouvernement, le lendemain elle se transformait en délinquante au rabais.

Finn jeta un coup d'œil à sa montre. Il terminait son service à 23 heures. Il se demanda s'il parviendrait à endurer deux heures et demie supplémentaires.

— Amène-toi là, Kaleigh, ordonna-t-il en désignant l'espace à côté de lui.

Voyant qu'il n'était pas d'humeur à plaisanter, elle se hâta d'obtempérer. Finn tendit la main pour récupérer le paquet de chewing-gums.

— Je ne l'ai pas. On l'a pas volé, insista Kaleigh.

Finn lui adressa un regard sévère.

Elle poussa un soupir.

— D'accord, d'accord. On voulait juste s'amuser un peu. Il est là.

Elle désigna le plafond.

Finn plissa les yeux.

— Où ça ?

— Sur le canot vert, dit-elle comme s'il était idiot.

Son regard s'arrêta sur un canot rayé vert et blanc à gauche de la caisse, suspendu à deux bons mètres du sol.

M. et Mme Hill observèrent le paquet de chewing-gums rose en équilibre sur le bord du canot.

— Menteurs ! les accusa-t-elle. Je n'ai détourné les yeux qu'une seconde.

Finn se retourna vers Kaleigh. Il attendit encore.

Au bout d'un moment, celle-ci soupira, leva un doigt et fit bouger son nez.

Elle essayait de lui faire passer un message, mais il n'y comprenait rien.

— Kaleigh…

— Tu sais bien, insista-t-elle. (Cette fois-ci, elle remua le nez sans s'aider de ses doigts.) Comme dans *Ma sorcière bien-aimée.*

— On a regardé les rediffusions, expliqua Katy aux garçons. Je préfère le premier Jean-Pierre Stevens, mais Kaleigh trouve le deuxième carrément plus sexy.

Finn s'attarda sur Katy, puis revint à Kaleigh. Enfin, saisit le sens de leurs propos. *Ma sorcière bien-aimée*, la séri télé des années 1960 dans laquelle Samantha la sorcièi jetait des sorts en remuant le bout du nez.

— Tu n'es pas censée te servir de tes pouvoirs en publ et tu le sais, la réprimanda-t-il en baissant la voix.

Un humain en short de bain, tongs en caoutchoi et au nez badigeonné de crème s'avança vers la caiss

Tous se retournèrent vers lui de crainte qu'il ait surpris leur conversation, mais il avait l'esprit ailleurs, occupé qu'il était à empiler des paquets de chips « offre spéciale cinq pour cinq dollars » sur le comptoir. Mme Hill se précipita pour l'encaisser.

— Et depuis quand tu as des dons de télékinésie ? chuchota-t-il.

Elle haussa les épaules.

— Ça va, ça vient, comme la plupart de mes pouvoirs. Je m'entraînais. (Elle leva les yeux vers le canot au-dessus de sa tête.) Ça a marché. (Elle sourit, puis regarda Finn de nouveau et son sourire s'évanouit.) Désolée, chuchota-t-elle.

— C'est à M. Hill que tu devrais présenter des excuses.

Il lui indiqua le petit homme corpulent, qui semblait autrement plus intéressé par une humaine en Bikini devant le présentoir de boissons fraîches que par le paquet de chewing-gums « égaré ».

— Euh, je suis vraiment désolée, monsieur Hill, dit Kaleigh en affichant une mine angélique, mains croisées derrière le dos. C'était mal élevé de ma part de vous faire cette farce, à vous et à Mme Hill. Mais je n'ai jamais eu l'intention de voler ces chewing-gums. Je le jure. Je voulais juste voir si j'étais capable de le faire. Je suis censée développer mes pouvoirs… dans l'intérêt du clan, bien entendu.

Katy ricana.

M. Hill ne quittait pas du regard le Bikini à pois mauves. Se penchant pour sortir une boisson de la vitrine, la femme lui présenta ses fesses galbées.

Finn se racla la gorge.

— Tu vas faire descendre ces chewing-gums, Kaleigh, et ensuite tu sors d'ici.

Elle hocha vigoureusement la tête et leva les yeux vers le canot.

Les autres adolescents et Finn l'imitèrent. Hilly contemplait toujours la vue panoramique au présentoir de boissons fraîches.

Dans un effort de concentration intense, Kaleigh crispa les traits de son joli visage.

Les chewing-gums ne bougèrent pas.

Kaleigh souffla bruyamment.

— Allez, allez, marmonna-t-elle.

Le paquet de chewing-gums rose maxi-format demeurait obstinément à sa place.

— Tu as réussi à le mettre là-haut, murmura Katy. Pourquoi tu n'arrives pas à le redescendre ?

— Je ne sais pas. (C'était presque un gémissement.) Arrêtez de le regarder. Vous me rendez nerveuse !

Finn patienta une minute encore puis, pris de compassion pour la gamine que la situation embarrassait visiblement, s'avança à son côté.

— Tu t'es contentée de le déplacer, ou bien tu l'as dématérialisé avant de lui faire reprendre forme sur le canot ?

— Dématérialisé, chuchota-t-elle, à deux doigts de fondre en larmes.

— Pas mal, apprécia-t-il. C'est beaucoup plus difficile.

Elle le dévisagea et esquissa un sourire en coin.

Finn le lui rendit, puis regarda en l'air. Il lui suffisait de visualiser le paquet de chewing-gums sur le canot dans son esprit, puis sur l'étagère sous le comptoir. Il disparut aussitôt, comme s'il ne s'y était jamais trouvé.

— Et voilà. Bon appétit, dit Mme Hill au client qui ne se doutait pas de ce qui se tramait à deux pas de lui.

Finn s'avança vers la caisse.

— Les chewing-gums ont été remis à leur place, madame Hill. Je vais escorter ces jeunes demoiselles et messieurs hors de votre établissement. Je vous souhaite une bonne soirée.

— C'est tout ? Vous n'allez pas les arrêter ? s'écria-t-elle tandis qu'il poussait les gamins sous le climatiseur et par la porte.

Il avait tellement hâte d'échapper à Mme Hill qu'il ne vit pas la femme devant lui jusqu'au moment où il faillit la percuter.

— Excusez-moi, dit Finn, pris de court, tendant la main pour s'assurer qu'il ne lui avait pas fait perdre l'équilibre.

— *Scusa*, murmura-t-elle, sans paraître le moins du monde offensée.

Alors que les adolescents prenaient le large, Finn leva les yeux et vit le visage d'un ange à la chevelure sombre.

Chapitre 2

— *No, scusami*, rétorqua Finn en italien.

Les mots lui venaient de manière spontanée ; il avait des facilités avec les langues. Il en parlait treize couramment, dont deux mortes. Il poursuivit en anglais :

— Je suis désolé. Je surveillais ces gamins.

Il garda la main posée sur le bras de l'humaine un peu plus longtemps que nécessaire. *Attention*, lui rappela son subconscient. Il était interdit aux vampires mâles de s'intéresser de trop près aux humaines.

La porte vitrée se referma derrière lui, emportant avec elle la dernière bouffée d'air frais, et il se sentit de nouveau enveloppé par la chaleur et l'humidité d'une nuit riche de promesses.

— Non, c'est moi qui étais distraite.

Sa voix était empreinte de légèreté, comme amusée. De chaleur aussi, dans laquelle perçaient des intonations sexuelles.

Il la dévisagea. Humaine ou pas, elle était d'une beauté à couper le souffle. Il lui donnait entre trente-cinq et quarante ans. Le teint mat, de type méditerranéen. Des lèvres pulpeuses et sensuelles, maquillées en rose clair. De grands yeux sombres bordés de cils noirs. Il lui semblait connaître cette femme, mais d'où ?

Malgré son anglais irréprochable, il devinait qu'elle n'était pas américaine. Les femmes européennes en particulier avaient une manière de s'exprimer qui leur était propre. Les Américains trouvaient parfois leur ton prétentieux, mais Finn l'avait toujours considéré comme un simple raffinement du langage cultivé depuis des milliers d'années. Les Américains oubliaient parfois à quel point leur civilisation était jeune.

—Agent Kahill, dit-elle en souriant.

Un court instant, tandis qu'elle le détaillait des pieds à la tête, Finn comprit ce qu'enduraient les femmes chaque jour de leur vie – ce sentiment d'être traité comme un objet, dévoré des yeux. Il savoura pleinement ce moment de « souffrance » avant de lui tendre la main.

—Finn Kahill.

—C'est un plaisir de vous rencontrer, agent Kahill. Elena Ruffino.

Sa poignée de main était ferme, mais féminine. Le parfum léger de son eau de toilette lui parvint, porté par la brise nocturne : une odeur piquante, presque sauvage. Et littéralement enivrante.

—Je ne suis pas vraiment flic.

Il dégagea sa main et la porta au badge tout neuf qui étincelait sur son uniforme, s'efforçant de ne pas penser au sang chaud et sucré qui coulait dans les veines d'Elena. Bien sûr, plus il se faisait violence, plus l'exercice se révélait difficile.

—Enfin, énonça-t-il laborieusement, enfin si, j'en suis un, mais… (Il décida de s'arrêter avant de passer pour un idiot.) C'est une longue histoire, abrégea-t-il en reculant pour lui ouvrir la porte de la boutique.

Cette fois-ci, le tintement du carillon parut plus majestueux, comme pour proclamer l'arrivée d'Elena.

Les autres femmes sur la promenade portaient des tenues de plage décontractées : shorts en jean, débardeurs et tongs. Leur visage était brûlé par le soleil, leurs cheveux ramenés négligemment au sommet de leur crâne. Elena portait une robe jaune pâle qui découvrait ses genoux bronzés et des sandales à brides. Elle évoquait à Finn un magnifique nautile sur une plage de vieilles épaves, de méduses et de palourdes. Elle le dépassa et entra dans la boutique, son parfum flottant derrière elle.

— *Grazie.*

— *Prego.*

Alors que Finn l'observait, il remarqua qu'elle ne semblait pas du tout à sa place sous l'éclairage artificiel fluorescent, au milieu des canots colorés et des seaux suspendus au-dessus de sa tête. Qu'est-ce qu'une Italienne de son calibre faisait à Clare Point ? Malgré ses vêtements à la mode et le sac couture tendance qu'elle portait à l'épaule, elle aurait pu venir d'une autre époque. Il laissa la porte se refermer et s'éloigna de l'auvent rayé bleu et blanc du magasin, chassant Elena de ses pensées. Il regarda en direction du sud, puis du nord.

Comme sur la plage voisine et autrement plus populaire de Rehoboth Beach, des bancs en bois avaient été installés le long de la promenade, face à l'océan. Au coucher du soleil, les lampadaires s'étaient allumés et projetaient à présent des cercles de lumière blanche sur les planches usées. Finn sentait toujours l'odeur de la barbe à papa, des cacahuètes grillées et de la crème solaire, mais également celle plus intemporelle des ténèbres, de la marée montante et des éléments qu'elles charriaient, à la fois bons et mauvais.

À deux bancs plus au nord, il repéra sa bande de jeunes délinquants prestidigitateurs en pleine discussion avec l'un des habitants les plus âgés de la ville : Victor Simpson, retraité et ancien capitaine d'un bateau de pêche, dont le visage semblable à une pomme ratatinée s'accordait bien avec le caractère. Victor était l'un des rares membres du clan à ne pas avoir été maudit par Dieu mais par un Kahill. Il avait été humain autrefois, le capitaine d'un navire au XIXe siècle, avant que l'un des leurs le change en vampire. Quoiqu'un malencontreux accident, c'était un acte strictement interdit. Aussi, en dépit de sa nature peu avenante, tout le monde en ville avait un faible pour Victor.

Finn s'avança vers les adolescents qui encerclaient le vieil homme.

— Ces gamins t'embêtent ? lança-t-il pour plaisanter.

— Un peu, qu'y m'embêtent, grommela Victor en grattant sa barbe négligée. (L'homme n'avait aucun sens de l'humour.) J'ai eu peur pour ma vie.

— On faisait que vous demander si vous aviez la monnaie d'un dollar, se moqua Katy. Du calme, le vieux.

— Allez, fichez-moi le camp.

Victor chassa les adolescents qui se dispersèrent comme une volée de moineaux.

— À plus tard, oncle Finn, dit Kaleigh en lui adressant un signe de la main tandis qu'elle s'éloignait. Merci !

— Rentrez chez vous, leur ordonna Finn sur un ton qui se voulait menaçant. Tous. Et il vaudrait mieux que je ne vous revoie pas ce soir si vous ne voulez pas que vos parents viennent vous récupérer au poste.

— On va à la salle de jeu. On sera rentrés pour le couvre-feu. Je te le jure, promit la jeune fille.

Finn mit les mains sur la large ceinture de son pantalon d'uniforme. Alors qu'il regardait les gamins s'en aller, il songea à l'Italienne. Elena. Il aimait le goût de son nom sur sa langue. Il dut se faire violence pour recentrer son attention sur Victor.

— Ils ne t'embêtaient pas vraiment, si ?

Malgré la chaleur, le vieil homme portait un pantalon de travail bleu marine et de grosses chaussures de cuir. Seule concession faite à la température, son tee-shirt sans manches, côtelé et miteux, qui avait dû être blanc autrefois. Un marcel. Pas vraiment attirant sur un citoyen fripé du troisième âge qui avait passé trop d'années au soleil.

— Évidemment, qu'y m'embêtaient, ronchonna Victor. Y m'embêtent depuis leur renaissance !

Finn hocha la tête et parcourut la promenade du regard. Comme bon nombre des habitants de la ville, Victor sortait souvent le soir prendre un bol d'air frais et profiter du « spectacle vivant », comme il aimait l'appeler. Il ne fréquentait pas les boutiques de souvenirs, ne jouait pas aux jeux d'arcade et ne montait pas sur le manège de chevaux de bois qui faisait désormais figure d'antiquité. Il n'achetait ni limonade fraîche, ni beignets chauds et sucrés. Il venait regarder les touristes humains et, peut-être, se remémorer avec attendrissement sa vie passée.

— Alors comme ça, tu les as vraiment laissé t'embarquer là-dedans, hein ?

Victor désigna du menton son uniforme de policier. Il étendit ses bras noueux sur le dossier du banc et s'y appuya.

Finn ne trouva rien à répliquer. Ce qui était fait n'était plus à faire. Heureusement, Victor ne cherchait pas quelqu'un avec qui discuter, mais un simple auditeur qui prêterait l'oreille à l'une de ses énièmes diatribes.

— Ton bon à rien de frangin. Y mérite pas tant d'égards. Toute la ville qu'est mise sens dessus dessous pour se plier à ses caprices. (Il secoua la tête.) J'en revenais pas quand j'ai entendu dire que tu t'étais laissé embobiner par Mary Kay, que t'avais quitté le *bed and breakfast* pour t'installer dans cette location minable avec lui, juste pour l'empêcher de se comporter comme un imbécile.

— Ma mère ne m'a pas embobiné ! protesta Finn.

Mais ils savaient tous deux que Victor avait raison. Mary Kay Kahill excellait en matière de persuasion et Finn était bel et bien tombé dans son piège. Enfin, disons plutôt qu'il avait déclaré forfait. Il lui était difficile de refuser quoi que ce soit à sa mère, surtout lorsqu'il s'agissait de Regan. Elle ne méritait pas le souci que son plus jeune fils – de six minutes seulement – lui causait fréquemment.

— Maman avait besoin de chambres supplémentaires. L'affluence au *bed and breakfast* est hallucinante. Ils affichent complet jusqu'à la fin de l'été.

— Tu peux te mentir à toi-même si ça te chante, mais on ne me la fait pas à moi, camarade. (Victor indiqua le drugstore.) Qui c'est, la dame aux longues gambettes ?

Finn jeta un coup d'œil par-dessus son épaule dans l'espoir d'apercevoir Elena, mais elle n'était pas encore sortie du magasin. Il songea alors que Victor avait dû surprendre leur échange. Même si son ouïe et sa vue se détérioraient, peu de choses lui échappaient.

Finn regarda le vieil homme et haussa les épaules.

— J'en sais rien. Une touriste.

Plissant les yeux, Victor regarda avec insistance la boutique de l'autre côté de la promenade bondée.

— Y a anguille sous roche, moi j'dis. Sa tête me revient pas trop.

Finn fronça les sourcils et consulta sa montre. La foule était déjà plus clairsemée. Après une longue journée passée dans le sable et sous le soleil, les parents ramenaient leurs enfants grognons à leur hôtel, location ou *bed and breakfast* pour leur faire prendre un bain et les mettre au lit. Son service finissait à 23 heures, une demi-heure après la fermeture des commerces. Un peu plus de deux heures à tirer : rien d'insurmontable. Deux heures et onze semaines avant la fête du Travail.

Finn jeta un coup d'œil à Victor, toujours absorbé dans la contemplation de la devanture du magasin.

— Personne ne te revient, Vic. À part peut-être Mary McCathal… d'après ce qu'on dit.

À en croire la rumeur qui circulait en ville, Victor fréquentait Mary, la veuve de Bobby. Bobby avait été l'ancien receveur des postes et la première victime des décapitations deux étés plus tôt. Sa tête ayant été tranchée et séparée de son corps, il ne pourrait plus jamais renaître. Selon la loi du clan, sa femme n'avait pas le droit de se remarier et resterait veuve pour l'éternité.

Victor darda aussitôt ses yeux bleus sur Finn. Les années et le sel marin les avaient rendus si pâles qu'ils viraient au gris.

— Les gens parlent trop dans cette fichue ville, bougonna-t-il. Z'ont rien de mieux à faire que de fourrer le nez dans mes affaires ?

Finn sourit.

— Ce qui signifie que toi et Mary êtes…

— Ce qui signifie que tu dois arrêter de fouiner dans ma vie privée, mon garçon ! (Il regarda Finn.) T'as rien de mieux pour t'occuper ? Arrêter des criminels ? Rendre ces rues plus sûres pour d'honnêtes contribuables comme moi ?

— Bonne soirée, Victor.

Alors que Finn faisait volte-face pour s'en aller, il entendit le carillon retentir au-dessus de la porte du drugstore. C'était plus fort que lui ; il regarda. Et, comme il l'espérait, Elena Ruffino passa la porte, la démarche aguichante, avec ses longues jambes bronzées et son cou merveilleusement gracile.

Finn s'avança sur la promenade, hors du champ de vision de Victor, et il l'attendit. Il était comme une mouche pris au piège d'une plante carnivore, ou un éclat d'acier attiré par un aimant. Il ne pouvait tout simplement pas s'en empêcher.

— Agent Kahill.

Elle sourit.

— Mademoiselle Ruffino.

— Je vous en prie. C'est Elena.

Elle s'arrêta, un sac en plastique de chez Hilly à la main.

Il la regarda dans les yeux. Avec ses talons, elle devait mesurer près d'un mètre quatre-vingts. Il aimait les grandes femmes. Bien sûr, il aimait aussi les petites. Les minces. Les rondes. Mais à cet instant précis les grandes avaient sa préférence, et celle-ci plus que les autres.

— Aimeriez-vous prendre un verre avec moi après mon service ce soir, Elena ?

Il l'avait invitée sans même y réfléchir.

Et le sourire qu'elle lui adressa en réponse à son audace fut plus gratifiant que tous ceux que Finn avait eu le plaisir de faire naître au cours de ses quelque mille six cent années d'existence. Elle faisait grimper sa température rien qu'en le regardant. Il était soulagé d'avoir dépassé le stade où sa virilité se manifestait chaque fois qu'une jolie femme posait les yeux sur lui.

Elle l'observa à travers ses cils noirs à damner un saint.

— Je suis flattée, agent Kahill, mais comment vous le dire sans manquer de délicatesse ? (Elle ne le quittait pas des yeux.) N'aimeriez-vous pas mieux inviter une femme plus proche de votre âge ?

Il lâcha un petit rire. Les femmes insinuaient tout le temps la même chose, mais le fait qu'Elena ait eu le cran de le lui dire en face lui plaisait.

— Appelez-moi Finn. La faute à mes bons gènes si j'ai hérité d'une bouille de bébé. J'ai trente ans.

D'après Fia, son apparence juvénile constituait l'un de ses meilleurs atouts lorsqu'il enquêtait pour le compte du clan. Dotés d'un physique qui leur donnait l'air d'avoir moins de vingt-cinq ans, Regan et lui pouvaient voyager aux quatre coins du monde et se faire passer pour des étudiants américains sans éveiller le moindre soupçon.

— Et vous, vous ne pouvez pas avoir plus de trente ans, dit-il, se doutant qu'elle devait être plus proche de la quarantaine, mais ne résistant pas à l'envie de lui faire ce compliment.

Par chance, elle avait le sens de l'humour et rit.

— En tout cas, vous savez flatter une femme en homme qui a tiré quelques enseignements de la vie.

— Je dois prendre ça pour un oui ?

— Pour du flirt, même, le taquina-t-elle. À vrai dire, ce soir je ne peux pas, mais demain peut-être. Je vais vous donner mon numéro. (Elle tendit la main.) Vous avez votre portable ?

— Ah, oui. Bien sûr. (Il le tira de sa poche.) Vous restez ici longtemps ?

Elle pianota sur le clavier de son portable, sans lever les yeux.

— Quelques semaines. Je suis en vacances avec ma sœur et sa famille.

— Vous êtes donc célibataire ?

Elle lui rendit son téléphone.

— Vous n'auriez pas dû me poser cette question avant de m'inviter à sortir ?

Elle esquissa de nouveau le même sourire.

La tension sexuelle entre eux était palpable. Clairement, il lui plaisait.

— Appelez-moi, dit-elle.

Finn laissa tomber son portable dans sa poche et contempla le balancement des hanches et des fesses aux formes parfaites d'Elena tandis qu'elle s'éloignait.

— Comptez sur moi.

Ce boulot ne va peut-être pas être si mal que ça, tout compte fait…

Il était près de minuit lorsque Finn quitta le poste de police. Il passa à la superette acheter des glaçons – le distributeur du réfrigérateur ne fonctionnait pas – et arriva devant la porte d'entrée de sa location. Il fut accueilli par le bruit des dessins animés à la télévision. Regan était étendu sur le canapé, dans la même position où Finn l'avait trouvé avant de partir au travail. Seul changement notable, son frère portait à présent un short et un tee-shirt, et il y avait par terre à côté du canapé une boîte de céréales ouverte, un bol et une cuillère.

— Salut, Krupke.

Finn fronça les sourcils.

— Ce n'est pas drôle. Ce n'était pas drôle cet après-midi, et ça ne l'est toujours pas ce soir.

— Mais tu aimes Krupke.

— J'aime la comédie musicale *West Side Story*. J'aime Natalie Wood. Je n'aime pas Krupke et je n'aime pas qu'on m'appelle comme ça.

Regan n'avait pas lâché des yeux l'écran de télévision.

— Mauvaise journée au bureau, chéri ?

En maugréant, Finn se pencha pour ramasser le bol et la boîte de céréales.

— Tu devrais nettoyer. Ça va attirer les fourmis.

— Oui, maman.

Finn dépassa la pile de cartons qui contenaient les bouteilles d'alcool et entra dans la cuisine plongée dans le noir. Il posa le bol sous le robinet qui fuyait et le remplit d'eau, puis roula le sachet de céréales à l'intérieur de la boîte avant de la ranger.

— Tu es resté couché là toute la soirée ? lança-t-il.

— Non.

— Non ?

Finn revint au salon et déboutonna la chemise de son uniforme. La maison n'avait pas la climatisation, juste quelques bouches d'aération qui ne semblaient pas suffire ce soir-là.

— Tu as vidé des cartons ? Rangé des affaires ? demanda-t-il, tout en sachant pertinemment que Regan n'avait rien fait.

— Pas eu le temps.

Finn se campa à l'extrémité du canapé. Il jeta un coup d'œil à la télévision. Un pseudo-Vil Coyote traversait l'écran en rampant.

— T'as cherché du boulot ?

— La nuit ?

Finn se débarrassa de sa chemise.

— Bon sang, Regan ! Tu n'as pas fait le ménage. Tu n'as pas réparé le robinet alors que tu avais promis de t'en occuper il y a deux jours. Tu n'as pas cherché de travail. Tu as fait quoi, au juste ?

Il n'avait pas eu l'intention d'élever la voix, mais le ton était monté malgré lui.

Regan bondit du canapé et jeta la télécommande.

— Ce que j'ai fait ? cria-t-il à son tour en se dirigeant vers la porte, pieds nus. La même chose que les autres jours, Finn. Je t'ai déçu.

Il sortit de la pièce et claqua la porte derrière lui.

Finn jeta sa chemise humide de sueur sur un carton à côté du canapé et se retourna pour regarder le coyote à l'écran, qui avalait tout rond un chiot et sa laisse.

— Salut, tu fais quoi ?

Il voulait se donner l'air décontracté, mais il lui jeta un coup d'œil à la dérobée. Elle était mignonne. Non, mieux que ça. C'était carrément une bombe.

Elle haussa ses épaules bronzées.

— Juste une petite balade nocturne. Et toi ?

— Euh…, hésita-t-il. Mon colocataire a ramené quelqu'un.

Il baissa les yeux et frotta ses pieds nus l'un contre l'autre pour essayer d'enlever un peu de sable. Il n'était pas doué pour les mensonges.

— Je voulais juste, enfin tu vois, quoi, tuer un peu le temps avant de retourner à l'appartement.

— Ah.

Sa voix coulait comme de l'eau. Sensuelle. En plus d'être une bombe, elle sortait le grand jeu rien que pour lui.

— Ça te dit, alors ?

Elle indiqua d'un signe de tête la plage plongée dans l'obscurité.

— Quoi donc ?

— Faire un tour. Piquer une tête, peut-être ?

Elle tourna la tête pour le regarder et plissa la bouche. Elle l'invitait presque à l'embrasser.

Il se sentit soudain vraiment empoté. Son cœur battait la chamade. Ses aisselles étaient moites. Ce genre de choses ne lui arrivaient pas d'ordinaire. Les femmes n'essayaient pas de le draguer, lui. Son frère oui. Ses amis, bien sûr, mais lui jamais.

— D'accord.

Il se releva au même moment qu'elle et les seins de la fille effleurèrent son torse. Ses tétons pointaient sous le tissu fin et moulant de son débardeur. Elle le regarda et il fit ce qu'elle désirait de toute évidence : il l'embrassa.

Il commença doucement – histoire de s'assurer qu'il n'avait pas mal interprété les choses – mais, lorsqu'elle glissa sa langue dans sa bouche, il n'hésita plus.

Ses potes n'allaient pas en revenir…

Ils s'embrassèrent deux fois encore. Elle lui effleura les testicules à travers son short de plage et, prenant de l'assurance, il lui caressa les seins.

Sainte mère de Dieu… il allait y passer ce soir. Avec une inconnue rencontrée sur la promenade, en plus. *Putain, incroyable.*

— Viens, chuchota-t-elle, haletant dans son oreille. Allons faire cette balade.

— D'accord.

Il la laissa lui prendre la main. Puis il se souvint qu'il n'avait pas son portefeuille. Il était resté à la location. Ce qui signifiait qu'il n'avait pas le rond de plastique dans son emballage métallisé dont il allait avoir besoin. Il hésita, étouffant un grognement de frustration. Comment avait-il pu partir en oubliant son portefeuille ? Comment pouvait-il ne pas être préparé dans un moment pareil ?

La location ne se trouvait qu'à quelques pâtés de maisons ; il pourrait y courir, puis revenir. Mais comment justifier ses dix minutes d'absence ? Et s'il s'était trompé ? Si elle ne lui proposait pas réellement de coucher avec elle ? Il risquait de passer pour le dernier des imbéciles.

— Il y a un problème, chéri ? Tu ne veux pas faire un petit tour avec moi au bord de l'eau ? (Ses longs cheveux détachés volaient au vent, masquant en partie son joli visage.) Là-bas, dans le noir ? Où nous pourrons avoir un peu d'intimité ?

Impossible de se méprendre sur ce qu'insinuait le ton de sa voix. De toute évidence, elle voulait coucher avec lui.

— Un préservatif, s'entendit-il dire. Je… je suis parti si vite que j'ai oublié mon portefeuille.

Elle le prit par la main et le guida vers les marches qui menaient à la plage, loin de la lumière des réverbères.

— Ne t'en fais pas, dit-elle en tapotant le sac de toile qu'elle portait à l'épaule. J'ai tout ce qu'il nous faut là-dedans.

Sourire aux lèvres, il dévala l'escalier. Il n'en revenait pas d'une telle chance. Jamais personne n'allait croire son histoire quand il la raconterait le lendemain.

Chapitre 3

Finn entendit sonner son téléphone portable, mais il lui fallut un certain temps pour émerger. Il nageait au beau milieu du plus délicieux des rêves ; Elena et lui se trouvaient à bord d'un bateau et avaient jeté l'ancre au large d'une île grecque. Ils prenaient un bain de soleil sur le pont, dans leur plus simple appareil, avec en fond sonore le doux clapotis de la mer Égée qui léchait les bords de la coque ; un ciel d'un bleu incroyable servait de cadre à ces images déjà parfaites. Elena avait des seins absolument exquis, ronds et fermes, avec des mamelons sombres qui…

La sonnerie du téléphone retentit de nouveau et Finn se sentit arraché à son rêve. Cette impression était si vive qu'il voulut tendre la main pour empoigner celle d'Elena dans l'espoir qu'elle le retienne.

Soudain, il se retrouva dans la minuscule chambre à coucher de sa location. Il y faisait sombre et chaud ; ses jambes nues étaient empêtrées dans les draps. Les yeux toujours fermés, il tâtonna d'une main sur la table de chevet. Mais le portable ne se trouvait pas à sa place habituelle. Il souleva la tête de l'oreiller et, plissant les yeux dans la pénombre de ce début de matinée, tenta de se rappeler l'endroit où il l'avait branché la veille pour le recharger. La prise unique à côté du lit ne fonctionnait pas, ce qui l'empêchait non seulement de recharger son téléphone sur la table de nuit, mais aussi d'allumer la lampe de chevet.

Par bonheur, le portable cessa de sonner. Finn laissa sa tête retomber sur l'oreiller. C'était probablement Regan. Finn ne l'avait pas entendu revenir à la maison la nuit dernière après sa sortie fracassante.

Finn resta étendu une minute encore puis ouvrit les yeux. Regan l'appelait toujours à des heures indues, des quatre coins du monde, et en règle générale quand il faisait la fête. Et s'il était sorti et avait couché avec n'importe qui ? S'il avait pris de la drogue ? Finn était censé surveiller son petit frère et s'assurer qu'il ne rechutait pas. Faire en sorte qu'il ne se mette pas en danger. Si Regan s'était attiré des ennuis, Finn allait se faire tuer par Mary Kay.

La sonnerie retentit de nouveau. Finn s'assit et tendit l'oreille pour la localiser. Quelque chose brillait à l'autre bout de la pièce, posé sur un carton d'emballage. Le téléphone. Il sonnait toujours.

Alors qu'il se précipitait pour l'atteindre avant qu'il s'arrête, Finn se cogna le gros orteil contre un objet dur au sol.

— Aïe ! Marie, mère de Dieu, jura-t-il en sautillant sur son pied indemne.

Tout en essayant de le débrancher du chargeur, il s'empara du téléphone et décrocha. Il dut se pencher pour parler dans l'appareil qui était toujours raccordé au mur.

— Regan ?

— Finn ? C'est toi ?

L'accent irlandais de son interlocuteur était à couper au couteau.

— C'est bien Finn.

Il parvint enfin à libérer le portable du chargeur et put se redresser. Ce n'était pas Regan. En équilibre sur un pied, il frotta son orteil blessé pour calmer la douleur lancinante.

— Qui est à l'appareil ?

— C'est ton oncle Sean. Bon sang, Finn. Tu reconnais pas la voix de ton propre oncle ?

Finn regagna son lit en clopinant.

— Pas à...

Il jeta un coup d'œil à la table de chevet pour regarder l'heure, avant de se rappeler qu'il n'avait pas branché son réveil à cause de la prise défectueuse.

— ... à Dieu sait quelle heure indécente il est.

Il s'appuya contre le bord du lit.

— Suis désolé de te réveiller, crois-moi, poursuivit Sean sur un ton mélodramatique. Mais j'ai besoin de toi, Finn.

— Tu as besoin de moi ?

— Peux pas revivre ça. Sur la tête du Christ, peux pas, non, gémit son oncle.

L'accent de Sean était si prononcé que Finn arrivait à peine à le comprendre. C'était toujours comme ça lorsque celui-ci se laissait submerger par ses émotions, chose qui devenait de plus en plus fréquente avec l'âge.

— Qu'est-ce que tu ne veux pas revivre, oncle Sean ? Qu'est-ce qui ne va pas ?

— L'est mort. Assassiné. Tu comprends donc pas, j'peux pas gérer une nouvelle affaire de meurtre. (Le chef de la police paraissait au bord des larmes.) Ai pas ce qu'y faut pour, non.

— Oncle Sean, calme-toi.

— Faut que tu viennes. Faut que tu m'aides, Finn.

Finn quitta le lit pour rejoindre l'interrupteur à côté de la porte. Une montée de panique comprima sa poitrine. Regan se serait-il fait tuer ? C'était impossible. Ou presque.

Il fallait sérieusement maîtriser son sujet pour réussir à tuer un vampire.

Mais il y avait eu ces décapitations deux étés plus tôt, preuve que c'était bel et bien faisable. Et Regan avait contrarié à deux reprises les frères Rousseau à La Nouvelle-Orléans. Eux savaient certainement comment s'y prendre pour tuer un vampire.

—Je vais t'aider, oncle Sean, mais tu dois me dire ce qui s'est passé.

Finn actionna l'interrupteur et l'ampoule solitaire au plafond projeta une lumière terne sur le lit deux places entouré de cartons. Il ramassa le pantalon d'uniforme qu'il portait la nuit précédente et l'enfila.

—Qui est mort, oncle Sean ?

—Faut que tu viennes maintenant avant que les gens commencent à sortir comme d'habitude. On peut pas se permettre ça, Finn, non. Pas sur notre plage, pas ça.

Ce que son oncle lui disait n'avait toujours aucun sens, et Finn n'avait pas l'impression que ça allait s'arranger de sitôt.

—Qui est mort ? répéta-t-il. Pas... pas Regan ?

—Regan ? Pourquoi Regan serait mort, Finn ? (Sean changea soudain de sujet, un comportement qui lui était typique.) Tu nous aurais caché quelque chose ? Mary Kay disait justement l'autre jour...

—J'ignore pourquoi Regan serait mort. (Pour essayer de faire le vide dans son esprit, Finn ferma les yeux puis les rouvrit.) Il n'y a aucune raison qu'il le soit, dit-il dans l'appareil.

Il se saisit d'un tee-shirt propre dans le panier de linge que sa mère avait déposé le jour précédent et écarta le téléphone de son oreille le temps de l'enfiler.

—Qui est mort, nom de nom ?

— Pas la peine de hausser le ton, mon garçon. On a pas encore identifié la victime. Un jeune homme. Et beau garçon, oui. Avant, en tout cas.

Cette fois encore, Sean manqua de s'étrangler d'émotion.

— Un humain ? demanda Finn, qui se sentit de nouveau envahir par la panique, mais pour de tout autres raisons. On a un touriste mort sur les bras ?

— En ai bien peur, Finn.

Sean semblait complètement abattu.

Finn replongea dans le panier à linge pour y dénicher des chaussettes propres.

— Où ça ?

— Tu peux pas le manquer. Ai garé ma voiture au milieu de la promenade.

Comme promis, Finn n'eut aucun mal à localiser le véhicule de police de Sean qui barrait la ruelle. Ses phares bleus et rouges balayaient la promenade devant la pizzeria de Sal. Elle n'avait pas davantage échappé à une dizaine d'autres personnes. Le temps que Finn rejoigne la promenade à pied, le soleil s'était levé et une foule de locaux et de touristes s'agglutinait à côté de la voiture du chef de la police. Tous étiraient le cou pour essayer de voir ce qui se passait dans la ruelle. Jon Kahill, l'un des plus jeunes éléments de la police de Clare Point, s'acharnait tant bien que mal à contenir la foule.

Finn se fraya un chemin dans la cohue, reconnaissant au passage la moitié des personnes présentes.

— Reculez, grommela-t-il. S'il vous plaît, un peu de respect. (Il repéra Jim, un voisin de sa mère, apparemment sorti promener son lévrier irlandais.) Jim, tu pourrais filer un coup de main à Jon, là ? Vous, madame, pourriez-vous surveiller Sucrette quelques minutes ?

Finn prit la laisse des mains de Jim et la confia à une humaine en short de jogging.

— Je veux que tout le monde recule de cinq mètres supplémentaires, ajouta-t-il à l'intention de Jim.

Hésitant, Jim regarda tour à tour Finn et Jon. Enfin, il se tourna face à la foule, bras étendus, et prit la parole d'une voix autoritaire.

— Si vous voulez bien reculer, mesdames et messieurs, que la police puisse faire son travail.

— *Dieu merci, tu es venu, Finn,* lui dit Jon par télépathie. *Le chef est dans tous ses états.*

— *Contente-toi de les tenir à distance,* lui répondit Finn. (Il contourna la voiture de police et repéra trois personnes qui marchaient d'un bon pas dans sa direction.) *Envoie aussi quelqu'un bloquer le côté sud.*

— *Qui donc ? Nos effectifs se réduisent à seize personnes, toi compris.*

— *Je m'en fiche. N'importe qui, du moment que c'est l'un d'entre nous.*

Finn s'engagea dans la ruelle. Il y faisait plus sombre. Plus frais aussi. Comme tous les Kahill, son odorat était particulièrement développé. À peine eut-il tourné à l'angle qu'une odeur de chair humaine en putréfaction le percuta. Une odeur semblable à nulle autre sur cette planète.

Au bout de la ruelle qui courait entre la pizzeria et la salle de jeu, il repéra d'abord son oncle, puis un homme d'origine hispanique vêtu d'une combinaison orange et un autre des meilleurs policiers de Clare Point : Pete. Ils se tenaient devant une grande benne à ordures bleue. Dans la rue derrière eux était posté un second véhicule de police, phares allumés.

Le chef de la police, qui nageait dans un uniforme trop grand pour lui, se retourna. Apercevant Finn, il courut droit sur lui. La graisse pendante de son ventre tressautait à chaque pas et ses joues ruisselaient de larmes.

— Doux Jésus, t'es là, s'exclama-t-il, ouvrant grand les bras comme s'il comptait se jeter au cou de Finn.

— Chef, dit Finn tout haut, avant de lui communiquer par télépathie : *Oncle Sean ! Il y a un civil ici. Un humain. Ressaisis-toi.*

Sean s'arrêta net et inspira profondément. Lorsqu'il reprit la parole, bien que d'une voix tremblante, il semblait s'être quelque peu calmé.

— Agent Kahill.

— Qu'avons-nous là ?

— Un gamin mort, répondit Sean en s'écartant pour laisser Finn regarder. (Il baissa la tête et la peau flasque de ses bajoues s'affaissa.) Le fils, le frère de quelqu'un. Mort.

Finn prit une inspiration avant de se détourner de son oncle et de s'intéresser au corps devant la benne à ordures, à trois mètres de lui. Au premier coup d'œil, il eut l'impression que le jeune homme – à qui il ne donnait guère plus de vingt ans – n'avait jamais été vivant. Son teint cireux était si blanc qu'il virait au bleu. Nonchalamment assis, ses mains d'ivoire posées sur son genou redressé, il ressemblait à un mannequin de centre commercial. Ses cheveux blonds et raides étaient en bataille, et il avait un duvet blond de quelques jours sur les joues. Il portait un short de plage à fleurs et le logo d'une célèbre marque de surf ornait son tee-shirt. Il se dégageait un tel naturel de son apparence qu'il aurait pu être un mannequin dans un magasin de surf, disposé sur une planche.

À condition de faire abstraction de la plaie béante au niveau de sa gorge.

Finn s'approcha d'un pas et son estomac se retourna de dégoût. Il avait vu des hommes morts par le passé. En avait tué lui-même. Mais là… la gratuité de ce meurtre atroce était si flagrante qu'il en eut la nausée.

— Personne ne l'a touché ? s'enquit Finn.

Pete se rapprocha.

— Non, dit-il doucement. Manuel Rodriguez ici présent est venu ramasser les ordures un peu avant l'aube. Heureusement, il a fait le tour de ce côté-ci avant d'actionner le mécanisme pour soulever la benne et la vider.

— Sans quoi le corps appuyé contre la benne serait tombé…

— … et le camion aurait lâché la benne dessus, acheva Pete à sa place. Manuel nous a appelés de son téléphone portable à 5 h 12.

Finn leva les yeux.

— Et où est passé le camion ?

— J'ai demandé à Manuel de le déplacer en bas de la rue pour pouvoir bloquer la ruelle avec ma voiture.

— Bien joué, Pete.

Il lui accorda un sourire crispé.

Pete baissa les yeux sur le cornet de frites abandonné à ses pieds.

— Merci.

— Il est comme ça depuis que vous êtes sur les lieux ?

Finn lança un regard inquisiteur à son oncle, puis à Pete.

Ce dernier hocha la tête.

— C'est moi qui lui ai dit de vous appeler. Désolé. Je ne savais pas quoi faire d'autre.

Finn se donna une seconde pour remettre de l'ordre dans ses idées, puis appela son oncle qui demeurait en retrait.

—Chef?

Avec une mauvaise grâce évidente, Sean Kahill se rapprocha de Finn et du cadavre.

—Comment comptez-vous procéder à présent? lui demanda Finn.

Sean lui renvoya le regard d'un enfant perdu. Ses yeux s'emplirent de nouveau de larmes.

—Je t'ai dit, chuchota-t-il. Je peux pas revivre ça. Ai pas ce qu'y faut. Pas une autre affaire de meurtre, non.

—Et qui va s'en charger, alors? répliqua sèchement Finn, veillant à ne pas hausser le ton pour ne pas être entendu de leur témoin. Tu es le chef de la police. Tu dois mener cette enquête. Tu dois découvrir qui était ce gosse. L'identité de son meurtrier. Et tu dois le faire au plus vite, termina-t-il en pesant ses mots.

Depuis leur fuite d'Irlande au XVIIe siècle, les Kahill s'étaient assuré une sécurité relative à Clare Point en évitant d'attirer l'attention sur eux. Au cours des soixante dernières années, leur industrie touristique modeste mais prospère leur avait permis de renflouer les caisses et de subvenir à leurs besoins. C'était ce qui leur permettait d'accomplir leur mission. Dans un contexte économique aussi instable, un meurtre irrésolu à Clare Point était susceptible de nuire durablement à l'activité touristique, et ils ne pouvaient pas prendre un tel risque.

—Tu dois te charger de cette enquête, oncle Sean, répéta Finn.

—Et c'est ce que je fais, oui, c'est ce que je fais. (L'homme passa les pouces sous la boucle de sa ceinture.) J'prends les choses en main, j'délègue les tâches, oui. Te charge de l'enquête.

Il posa le doigt sur le torse de Finn.

—Moi?

En d'autres circonstances, Finn aurait ri. Mais il se trouvait en présence d'un cadavre.

— Ça ne fait qu'un jour que je suis agent de police. Tu es le chef. Tu... tu en as d'autres à ta disposition qui sont dans les forces de police depuis des années.

Il désigna Pete, qui raccompagnait le témoin vers la promenade.

— Pete peut pas s'en occuper, non. (Sean secoua la tête frénétiquement.) Tu sais qu'y peut pas. Mais toi tu pourrais, Finn. Tu... t'es doué pour ça. C'est ta spécialité. Tu enquêtes. Pour le clan. Tu enquêtes sur des meurtriers aux quatre coins du monde.

Finn poussa un grognement de frustration.

— C'est différent, là, oncle Sean. Je traque des hommes. Je consigne leurs actes, les lieux où ils se rendent, les personnes qu'ils rencontrent. Je me contente de rapporter ce que j'ai vu.

— Rapporte c'que tu verras ici, alors. (Sean posa son regard larmoyant sur le cadavre.) T'en prie, Finn..., le supplia-t-il dans un souffle. Si c'est pas pour moi, fais-le pour ce garçon.

Finn se passa la main sur le visage, puis sur le menton, et soupira. Il savait que discuter avec Sean ne le mènerait nulle part. Le chef était un brave type, mais il manquait de force morale. Les décapitations l'avaient privé d'une part de lui-même qu'il semblait ne pas être parvenu à récupérer. Sa perte de poids, sa main un peu lourde avec l'alcool... tout le monde en ville pouvait s'en rendre compte en y regardant bien.

Finn jeta un coup d'œil au mort.

— Il a de toute évidence été disposé là, commenta-t-il tout haut.

— Disposé ?

— Comme si le corps avait été installé là, positionné après sa mort.

Les yeux bleus du surfeur étaient encore ouverts. Mais ils commençaient à se voiler. Le corps avait déjà atteint les premières phases de la décomposition, même si Finn ignorait encore depuis combien de temps il se trouvait là. Le corps humain commençait à se décomposer dès que le cœur cessait de battre.

— Disposé, répéta Sean. Bien c'que je dirais moi aussi, oui.

— Pas de sang ici, non plus, constata Finn, et il s'avança plus près du corps, gardant la main sur son oncle afin que ce dernier ne puisse pas s'en aller. Qu'est-ce que ça veut dire ?

— Qu'est-ce que ça veut dire ? répéta Sean.

Mais la question de Finn n'était pas purement rhétorique.

— Ça veut dire que ce gosse a été tué ailleurs, raisonna-t-il à voix haute. Il s'est vidé de son sang à un autre endroit, et on l'a ensuite amené ici et disposé contre la benne à ordures.

— Bien, bien. Peut-être qu'il a été tué dans une autre ville, s'empressa de suggérer Sean. Dans la juridiction de quelqu'un d'autre.

— Peut-être, dit Finn.

Mais il n'y comptait pas trop.

Il regarda derrière lui, au bout de la ruelle vers l'océan, et passa en revue les déchets au sol ; un cornet en papier ayant contenu une barbe à papa, une canette de soda écrasée, des mégots de cigarette, l'emballage métallisé d'un préservatif. Ces ordures n'avaient rien d'inhabituel dans une ruelle, mais des indices pouvaient se dissimuler n'importe où.

— On ne devrait pas se balader sans rien sur nos chaussures. On est peut-être en train de détruire des preuves. On va avoir besoin de gants, de protège-chaussures jetables et de tous les outils à notre disposition pour collecter les indices.

— Y a… y a tous ces trucs dont on s'était servi y a deux ans, proposa Sean. Dans des boîtes à la cave, au poste. J'envoie quelqu'un les chercher, oui ?

— Ouais. Et tu as déjà fait appel à tous les agents des forces de l'ordre, n'est-ce pas ?

Sean hocha la tête.

— Le répartiteur est sur le coup. Elle rapatrie tout le monde, sauf Johnny K. L'est à Myrtle Beach avec sa famille. En vacances.

— Appelle-le, lui aussi. (Finn s'avança vers le corps et s'accroupit pour étudier le gamin de plus près.) Ensuite, fais venir le témoin au poste. On l'interrogera là-bas. Et appelle le docteur Caldwell. On a une ambulance en route ?

Sean ne répondit pas.

Finn jeta un coup d'œil par-dessus son épaule.

— Chef. Tu dois appeler les urgences.

— Ça me plaît pas de te le dire, Finn, mais on peut pas le ressusciter. *C'est un humain*, ajouta Sean par télépathie.

— C'est la procédure. Il nous faut une ambulance pour transporter le corps à la morgue. (Il parlait lentement pour ne pas lui manquer de respect.) Il faut qu'on prenne des photos et qu'on l'évacue de cette ruelle avant que les adorateurs du soleil commencent à sortir pour aller à la plage.

Il se retourna vers le jeune homme et entreprit de le détailler des pieds à la tête. Rien d'anormal au premier abord, si l'on exceptait cette plaie béante au cou et le fait que son corps paraissait avoir été vidé d'une quantité considérable de sang.

Mais sur l'ourlet de son tee-shirt jaune, Finn remarqua une ligne blanchâtre. Une trace de sel laissée par l'eau de mer. Il tendit la main pour tâter le tee-shirt et vérifier s'il était encore humide, mais se retint à temps pour ne pas risquer de compromettre des preuves.

— J'ai besoin de gants, chef. Tu pourrais m'apporter une paire de gants jetables ? Il devrait y en avoir une boîte dans le coffre de la voiture de Pete.

— Des gants. Ça je peux, oui.

Sean tira sur le haut de son pantalon trop grand et, contournant la benne à ordures, se hâta de rejoindre la voiture de police garée dans la rue.

En attendant ses gants, Finn s'éloigna du corps et sortit son portable. Il appuya sur la touche de numérotation rapide et patienta jusqu'au « bip » familier. Il ne s'attendait pas à ce qu'elle décroche de si bon matin.

— Fi, c'est Finn, dit-il, priant qu'elle ne soit pas retournée à Philadelphie la nuit précédente. J'ai besoin que tu m'appelles dès que tu auras ce message.

Il hésita, indécis quant à ce qu'il lui appartenait de révéler. Puis il aperçut le surfeur du coin de l'œil. Son regard mort était rivé sur Finn, comme s'il le suppliait en silence de retrouver son meurtrier. Finn lui tourna le dos, craignant de ne pas être à la hauteur de la tâche.

— J'ai un mec mort sur les bras et on a besoin de ton aide.

Chapitre 4

— Salut !

Comprimée contre le siège du jeu d'arcade de NASCAR sur lequel Rob était assis, Kaleigh regarda en direction de la voix. Rob ne sembla pas la voir se lever ; scotché au volant du simulateur, il était trop occupé à essayer de tenir la route sur le circuit de l'écran vidéo. C'était la quatrième fois d'affilée qu'il jouait à ce jeu idiot. Kaleigh se réjouit à la perspective d'une petite pause.

— Salut, lança-t-elle à Katy.

Les filles durent se rapprocher l'une de l'autre pour s'entendre malgré le rugissement du véhicule de Rob et le vacarme qui régnait dans la salle de jeu. Les flippers s'emballaient, les palets de Air Hockey heurtaient les butoirs sur les tables et la voix mécanique du jeu de kung-fu beuglait des instructions en mandarin.

— Des nouvelles juteuses au sujet de l'humain qu'ils ont retrouvé dans la ruelle ce matin ? l'interrogea Katy, en proie à une excitation morbide.

— Comment est-ce que j'aurais pu apprendre quoi que ce soit ? Je savais même pas qu'il y avait un type mort avant que tu me réveilles pour me le dire.

Kaleigh se mit à triturer un bout de peau qui pelait sur son épaule, à l'endroit où elle avait pris un coup de soleil quelques jours plus tôt.

— T'as pas parlé à ton oncle ? Finn est sur le coup. Il doit bien avoir des informations.

Katy fit une bulle avec son chewing-gum.

Kaleigh arracha le morceau de peau morte en grimaçant et le laissa tomber sur le sol en béton.

— Puisqu'il enquête sur un meurtre, tu ne crois pas qu'il est un peu trop occupé pour me parler en ce moment ?

À cet instant, Richie Palmer passa devant elles avec sa monnaie qui tintait dans son tablier.

— Salut, Richie, lança Katy, aguicheuse.

Il se retourna et recula de quelques pas pour leur faire face.

— Salut, Katy. Salut, Kaleigh. Vos vacances se passent bien ?

Richie était sorti diplômé de leur lycée l'année précédente ; il travaillait à la salle de jeu depuis plusieurs étés déjà. Cette saison-ci, il avait décroché le poste de responsable. Il était gentil et plutôt mignon avec ses airs de geek, mais Kaleigh n'avait jamais traîné avec lui au lycée. Sa petite amie était une véritable garce et le bruit courait qu'elle était prête à faire « la chose » avec le premier venu un peu baraqué et propriétaire d'un pick-up. Richie méritait bien mieux que ça.

— Il vous faut de la monnaie ou autre chose ?

Il fit de nouveau tinter les pièces dans son tablier.

— Non, merci.

— Richie ! Tu viens ou quoi ? le héla un gamin depuis la rangée de jeux suivante. Ninja Warrior a encore avalé mes *cents*.

— Excusez-moi. Faut que j'y aille, dit Richie en leur décochant un sourire timide. À la prochaine.

— À la prochaine.

Katy lui adressa un petit signe de la main. Alors qu'elle se retournait vers Kaleigh, ses yeux se mirent à briller.

— Hééé. Vise-moi ce canon à 15 heures.

Kaleigh leva les yeux.

— Le regarde pas !

Katy l'attrapa par le coude et l'entraîna vers un flipper à l'autre bout de la salle, décoré sur le thème de sorciers portant des chapeaux pointus à la Harry Potter. Elle posa les mains sur la machine comme si elle avait l'intention de jouer et essaya d'observer le garçon sans tourner la tête dans sa direction.

— Il regarde par ici ?

Kaleigh se tenait juste derrière Katy.

— Comment veux-tu que je le sache si j'ai pas le droit de le regarder ? dit-elle du bout des lèvres. Et pourquoi tu t'intéresses à d'autres mecs ? Des humains en plus ! Me dis pas que toi et Pete vous avez encore rompu ?

— On s'accorde juste une petite pause. Et maintenant ? (Elle dégaina un tube de gloss de sa poche.) Il me regarde ?

— Il ne te regarde pas.

Kaleigh s'avança sur le côté du flipper et inséra trois pièces de 25 *cents* dans la fente.

— Tu es sûre ?

Alors que la machine s'éclairait de lumières violettes clignotantes, Katy étala d'un geste expert une couche de gloss rose sur ses lèvres.

— J'avais l'impression qu'il me regardait, moi. Il avait l'air intéressé, c'est clair. (Elle baissa la tête et fronça les sourcils.) Pourquoi tu gaspilles de l'argent pour ce truc ? J'avais pas l'intention de jouer ; je voulais juste faire semblant.

— Tu ferais bien de te mettre à jouer pour de vrai, le voilà qui arrive.

Kaleigh s'adossa nonchalamment contre la paroi vitrée.

Katy se raidit et fourra le gloss dans sa poche.

— Il vient par ici ?

— Ouais.

Katy tira sur le lance-billes et le relâcha. Une bille jaillit d'une porte et roula dans sa direction.

— Tu dois appuyer sur les boutons, la taquina Kaleigh, qui en enclencha un pour qu'un flipper relance la balle.

Katy se mit à marteler les boutons des deux côtés.

Kaleigh observa le garçon qui s'avançait vers elles. Il était assez mignon… dans le style emo. Il devait avoir leur âge. Grand. Dégingandé. Il avait le teint pâle et des cheveux noirs taillés en pics encadraient son visage. On avait dû débourser une sacrée somme pour cette coupe censée donner l'illusion qu'il n'avait rien fait à ses cheveux depuis des semaines. Une frange épaisse lui tombait sur l'œil. Il portait un short noir qui lui tombait aux genoux et un tee-shirt noir moulant. Ainsi que des chaussures noires également.

Kaleigh remua ses doigts de pied dans ses tongs. Ce garçon lui paraissait chaud bouillant. Pas dans le sens « canon », mais littéralement par rapport à la température de son corps. Il devait faire près de 35 °C dehors.

— Qu'est-ce que vous faites de beau, mesdemoiselles ?

Il s'avança jusqu'à elles et se planta derrière Katy, à sa gauche. Il se pencha sur le jeu, l'air intéressé.

— Rien. (Katy appuyait toujours sur les boutons du flipper.) Cette ville est barbante. (Elle le regarda en coin et sourit, puis revint à sa partie.) Et toi, quoi de beau ?

Il haussa les épaules et glissa les mains dans ses poches.

— Mes vieux me prennent déjà la tête, alors qu'on est là que depuis quelques jours. Je cherche quelque chose à faire. Et des filles canon pour me tenir compagnie.

Kaleigh maugréa en son for intérieur.

Katy le regarda, rayonnante, puis baissa les yeux.

— Oh non ! (Elle martela du poing la paroi vitrée du flipper.) Encore une bille de perdue. Tu veux les deux dernières ?

Elle indiqua du doigt les billes qui restaient encore à jouer dans le panier.

Il haussa les épaules, les mains toujours dans les poches.

Déjà lassée des curieuses habitudes de drague des adolescents, Kaleigh laissa ses pensées divaguer. À ses yeux, ça n'avait strictement aucun sens d'aller à l'encontre du système. Katy et Pete étaient destinés à se marier, tout comme elle et Rob. Puisqu'elles ne pouvaient pas échapper aux lois du clan, à quoi bon se pavaner et aguicher d'autres garçons ? Des humains, en plus. Quand est-ce que Katy se mettrait ça dans le crâne ? Ça lui ressemblait bien, tiens…

Kaleigh jeta un coup d'œil en direction de Rob ; il jouait toujours à ce stupide jeu de NASCAR. Elle n'arrivait vraiment pas à le comprendre. Il travaillait là cinq à six jours par semaine. Comment pouvait-il vouloir y passer son seul et unique jour de congé ? Quand elle ne travaillait pas, elle ne voulait pas entendre parler de glaces à l'italienne.

— Moi c'est Katy, et elle c'est Kaleigh, ma *best*.

En face de Kaleigh, Katy était accoudée sur le flipper et offrait au garçon une vue imprenable sur son décolleté.

— Tu t'appelles comment ?

La machine s'illuminait en émettant des claquements chaque fois qu'il marquait des points. Il loucha sur les seins de Katy, puis se concentra de nouveau sur la partie.

— Beppe.

— Beppe ? (Katy regarda Kaleigh et haussa les sourcils d'un air impressionné.) D'où ça sort, ce nom, Beppe ?

— J'en sais rien. D'où ça sort, ce nom, Katy ? (Il envoya la bille de flipper dans un trou et le compteur de points s'emballa.) Et ça veut dire quoi, « ma *best* » ?

— D'où est-ce que toi tu sors ? fit Katy en levant les yeux au ciel. Ma *best*, ma meilleure amie, quoi.

— Ouais. Je vois, je vois.

Il enfonça de plus belle les boutons du jeu, se balançant de droite et de gauche au rythme de la bille qui bondissait d'un trou à l'autre tandis que le compteur de points tournait.

— Tu viens d'où, sérieux ? demanda Kaleigh en étudiant le garçon de plus près. T'as un accent... on dirait.

— D'Italie, répondit-il, sans grand enthousiasme.

— D'Italie ? dit Katy, jetant à Kaleigh un regard lourd de sens. Un Italien ! J'ai toujours voulu vivre en Italie.

— Ou en Espagne, ou en France, ou en Grèce, marmonna Kaleigh.

Alors qu'elle regardait derrière Katy, elle vit une fille qu'elle connaissait du lycée entrer dans la salle de jeu. Mickey était accompagnée d'un garçon plus âgé. Un vrai géant. La plupart des hommes du clan étaient grands, mais ce type devait mesurer au moins un mètre quatre-vingt-dix, peut-être même deux mètres. Kaleigh ne le connaissait pas. Mickey lui adressa un signe du menton en guise de salutation.

Mickey était sympa. Un peu bizarre peut-être. Les gosses du lycée disaient qu'elle se scarifiait, mais Kaleigh ne savait pas si c'était la vérité. Elle savait en revanche que Mickey était une incroyable photographe. C'est comme ça qu'elles s'étaient rencontrées, au cours de photo. Elles avaient eu l'occasion de travailler ensemble sur plusieurs projets.

Mickey s'avança vers eux et le grand type lui emboîta le pas. Comme elle, il était vêtu de noir de la tête aux pieds. Mickey portait un haut à manches longues, comme d'habitude. Le type avait un tee-shirt à manches courtes. Elle avait mis du rouge à lèvres écarlate. Pas lui.

— Ça va, tes vacances ? demanda Mickey. T'as commencé le projet pour Kinnerman ?

Kaleigh grimaça et délaissa la partie de flipper pour aller lui parler. Katy était toujours occupée à flirter avec « Beppe l'Italien ».

— Je sens que je ne vais pas m'y mettre avant la veille de la rentrée.

— Moi pareil, gémit Mickey. Oh, je te présente mon copain Tomboy. Il est à l'université de Penn State.

Des troncs velus en guise de jambes et des mains comme des jambons : Tomboy paraissait encore plus grand vu de près. Mais peut-être était-ce parce qu'il mesurait trente bons centimètres de plus que Mickey.

— Enchantée.

Kaleigh hocha la tête, mal à l'aise. Les adolescents du clan devaient fréquenter les mêmes écoles que les humains pour sauver les apparences, mais il leur était difficile de nouer des amitiés. Mickey habitait la bourgade voisine un peu plus au nord, et évoluait dans un monde radicalement opposé à celui de Kaleigh. Un monde de liberté… mais aussi de limites, que Kaleigh ne connaîtrait jamais.

Au fur et à mesure que croissaient ses pouvoirs, Kaleigh comprenait mieux son monde et sa réalité quotidienne. Trois ans seulement s'étaient écoulés depuis sa renaissance et elle n'avait pas encore exploité tout son potentiel, mais elle semblait à présent accéder par vagues à la sagesse. Parfois, la réalité de sa situation – toute cette histoire de malédiction lancée par Dieu et de transformation en V – l'attristait. Tantôt pour elle-même, tantôt pour les humains. Kaleigh n'aurait jamais de petit ami à Penn State. Jamais elle ne ferait l'expérience exaltante de rencontrer un garçon inconnu et de tomber amoureuse. Mais Mickey ne ferait jamais l'expérience de la vie éternelle. Il y avait un prix à payer pour tout – ça aussi, Kaleigh le découvrait.

— Et donc… vous vous baladez, tous les deux ? demanda Kaleigh.

Elle jeta un coup d'œil en direction du jeu de NASCAR. Elle commençait à avoir faim. Rob lui avait promis qu'après une dernière partie ils iraient chercher des frites. Elle ne le voyait plus et se demanda où il était passé.

— Je suis venue voir le type mort. Tomboy loge sur First Street avec des amis pour l'été. Il m'a appelée pour me dire que quelqu'un était mort dans la ruelle à côté de la promenade, mais les flics avaient bouclé quasiment toute la plage le temps que j'arrive. Alors du coup on se promène. C'est la journée de congé de Tomboy. Il travaille chez *Candy Man*.

— Tu aimes le caramel au beurre salé ? voulut savoir Kaleigh, qui devait basculer la tête en arrière pour le regarder.

— Il le déteste maintenant qu'il doit en fabriquer toute la journée, répondit Mickey à sa place.

Kaleigh se mit à rire.

— Je vois tout à fait ce que tu veux dire. Je travaille chez *Dairy Queen*. Avant, j'adorais la glace, mais plus trop maintenant. Je te jure, le lait me sort littéralement par les yeux.

Mickey repéra Beppe.

— Qui c'est ? demanda-t-elle avec un intérêt visible.

Soit Tomboy ne l'avait pas entendue, soit il se moquait que sa copine louche sur d'autres garçons.

Kaleigh haussa les épaules.

— Un mec sur qui Katy essaie de mettre le grappin. Il est ici pour les vacances, j'imagine.

Katy avait dû entendre Kaleigh, car elle se mit à rougir et lui fit sans vergogne un doigt d'honneur. Beppe jouait toujours au flipper. Il avait gagné des billes supplémentaires.

Mickey détacha lentement son regard du dos de Beppe.

— On organise une fête ce soir chez Tomboy. (Elle passa son bras sous celui de son copain.) Lui et ses colocataires. Tard, vers minuit. Si vous voulez venir, toi, Katy, Rob et ton ami, ajouta-t-elle en haussant les épaules à son tour et en indiquant Beppe d'un signe de la tête, ça serait cool.

— Je ne sais pas ce qu'on fait ce soir, éluda Kaleigh.

Les adolescents du clan avaient un couvre-feu à respecter. C'était stupide. Comme si les adultes s'imaginaient réellement que les gosses allaient péter les plombs, coucher à droite et à gauche et boire le sang des gens la nuit… Bon, c'était effectivement ce qui se produisait de temps à autre… Mais ce couvre-feu n'en restait pas moins stupide. Ça ne les empêchait pas de traîner dans les rues la nuit ; ça les obligeait juste à se servir des fenêtres plutôt que des portes.

— Peut-être qu'on pourra se libérer.

Restait à savoir si cette fête méritait qu'elle prenne le risque de se faire attraper de nouveau. Elle s'était déjà attiré des ennuis pour être rentrée tard plusieurs fois la semaine précédente.

— On adorerait venir, dit Katy, à qui la conversation n'avait apparemment pas échappé. Beppe aussi. Pas vrai ? ajouta-t-elle en le regardant. Tu es des nôtres ?

Beppe ne quitta pas sa partie des yeux.

— Bien sûr. Je viens. Je devrai juste attendre que mes vieux aillent se coucher.

Katy fut la seule à rire.

— C'est où ? demanda-t-elle en se retournant vers Mickey.

Mickey lui donna une adresse sur First Street, le quartier où résidaient les étudiants humains qui travaillaient sur la promenade.

— On y sera, promit Katy.

— À plus.

Mickey et son copain s'en allèrent.

— On ira pas chez Tomboy faire la fête. Nos parents vont nous tuer, dit Kaleigh en s'éloignant de Katy et de son nouvel ami.

— Oh que si ! Allez, ça va être amusant. (Katy courut à sa suite et l'empoigna par le bras.) Beppe dit qu'il va y aller, ajouta-t-elle avec insistance.

Kaleigh se dégagea de son étreinte. Son amie se montrait parfois vraiment immature.

— Je vais aller me chercher des frites chez Sal. Si tu vois mon minable de copain sur le circuit de NASCAR, tu lui diras où je suis.

— On vient avec toi ! beugla Katy dans son dos, par-dessus le claquement du flipper.

Kaleigh était sur le point de quitter la salle de jeu lorsqu'elle repéra Rob. Il faisait la queue devant le jeu de Air Hockey. Elle songea un instant à sortir sans s'arrêter, puis alla le rejoindre.

— J'ai faim. Je vais chercher des frites.

— J'attends mon tour.

Kaleigh jeta un coup d'œil à la table de Air Hockey. Son oncle Regan affrontait l'un des jumeaux Hill. Elle n'était pas certaine de savoir duquel il s'agissait. Elle les connaissait depuis quinze cents ans et avait toujours du mal à les distinguer l'un de l'autre. Au Air Hockey, Regan était le roi de Clare Point. Peut-être même du monde. Personne ne l'avait jamais battu, mais tous les adolescents tentaient leur chance.

— Il y a, quoi, quatre personnes devant toi, dit-elle en indiquant les garçons alignés devant Rob.

— Mais ça ne dure pas longtemps, fit-il valoir en la retenant par la main. Allez, accorde-moi juste quelques minutes et on ira ensemble. Il en a déjà battu trois depuis que je fais la queue.

— J'en ai assez, rejoins-moi chez Sal.

Elle arracha sa main de la sienne. Elle ne savait pas pourquoi elle était d'humeur aussi massacrante. C'était comme ça depuis le début de la journée.

— Ka...

Elle s'éloigna et regarda autour d'elle tandis qu'elle se frayait un chemin dans le labyrinthe des jeux d'arcade qui bipaient et clignotaient. La cacophonie des voix d'humains et de V la submergeait comme une vague. Il fallait qu'elle sorte de là. Elle avait beau se sentir comme chez elle dans cette salle d'habitude, quelque chose clochait. Elle était sur les nerfs et elle en ignorait la raison.

Le type mort.

Surgi de nulle part, il s'imposa à son esprit.

Ce type mort la contrariait. Elle ne savait rien à son sujet. Ni qui il était, ni pourquoi il était mort. Elle avait réagi avec désinvolture lorsque Katy l'avait appelée pour lui en parler. Elle avait cru ne rien ressentir, au-delà en tout cas du minimum de compassion que l'on éprouve pour n'importe quel mort. Mais ce n'était pas vrai.

Elle sortit de sous l'auvent de la salle et se retrouva sur la promenade. Alors qu'elle se tenait au beau milieu de la rue, elle se tourna jusqu'à ce que le soleil couchant frappe son visage et ferma les yeux.

Un humain mort sur la promenade, c'était mauvais pour l'industrie du tourisme et par extension pour le clan. Nul besoin d'être Conseillère pour tirer ce genre de conclusion. Et tout ce qui était mauvais pour le clan était mauvais pour Kaleigh.

Peut-être était-ce pour cela que son humeur laissait à désirer. Comme elle s'en apercevait déjà, le boulot de Conseillère du clan, c'était parfois une vraie plaie.

Le portable de Finn se mit à sonner et, sans se détourner de l'écran de son ordinateur, il décrocha.

— Allô ?

— Un type mort a besoin de moi ? dit Fia au bout du fil.

Il termina de taper ses dernières réflexions, des notes préliminaires pour l'enquête, et recula son fauteuil à roulettes pour reposer ses yeux irrités.

— C'est moi qui ai besoin de toi, Fi. J'aimerais que tu mettes ta casquette d'agent spécial du FBI et que tu me dises ce qu'au nom du ciel je suis censé faire.

— Je n'arrive pas à croire qu'on ait un type mort à Clare Point.

— Et ce n'était qu'un gosse.

Elle lâcha un juron où il était question de saint Antoine. C'était totalement déplacé de la part d'une fervente catholique comme Fia… tout en étant du Fia tout craché.

Finn reposa la tête sur le dossier de son fauteuil et ferma les yeux, occultant l'agitation autour de lui. L'oncle Sean avait rapatrié tous ses agents, mais personne ne semblait vaquer tranquillement aux occupations qui leur avaient été assignées. Il y avait moins de remue-ménage à la Bourse de New York après une chute brutale du Dow Jones qu'à cet instant précis au poste de police.

—Il a été assassiné, Fi, soupira Finn.

—Tu es sûr ?

—Une entaille de huit à dix centimètres de long au cou. Saigné à blanc. Et il a été déplacé, disposé ailleurs. Pas de doute là-dessus, on a bien affaire à un homicide.

Elle jura de nouveau, plus imaginative encore que la fois précédente. Saint Antoine se trouvait à présent impliqué dans des actes contraires à la nature… ou, en tout cas, indignes d'un saint de l'Église catholique.

—Et tu dis qu'il a été disposé ?

—C'est certain. Je peux t'envoyer les photos par e-mail.

Il entendait pratiquement tourner les rouages du cerveau de Fia.

—Tu connais son identité ? demanda-t-elle.

—Pas encore. Il était vraiment jeune. Vingt et un ans, vingt-deux tout au plus. J'espérais que quelqu'un se présenterait pour signaler la disparition d'un fils, d'un petit ami, d'un frère, n'importe. Il n'y a rien eu de toute la journée.

—Qu'est-ce qu'oncle Sean va faire, alors ? Pour retrouver le meurtrier, l'identification du corps est primordiale.

—C'est en partie ça le problème.

Il ouvrit les yeux. Un policier installé à côté de lui essayait de recharger une agrafeuse. Finn se leva et se rendit dans le couloir.

—Oncle Sean ne fait rien du tout.

Il se pencha à l'angle. Le bureau du chef était à l'écart et une paroi vitrée le séparait de ses hommes. Finn le voyait regarder fixement l'écran de son ordinateur et agiter frénétiquement une main sur sa souris. Une partie de solitaire. D'après Pete, il consacrait des heures entières de son temps de travail à y jouer.

Finn se redressa et parla dans l'appareil.

— Il ne fait rien du tout. Il m'a tiré du lit à l'aube. En pleurant, en en faisant des tonnes. Tu sais comme il est capable de se mettre dans tous ses états. Il dit qu'il ne se sent pas de gérer une nouvelle enquête criminelle. Qu'il n'est pas à la hauteur.

Fia se taisait à l'autre bout du fil et Finn sut qu'elle ressentait cette même douleur dans la poitrine qui l'avait étreint toute la journée. Douleur à l'égard de la souffrance de leurs proches, de la souffrance du clan tout entier. Les décapitations et la perte des leurs deux ans plus tôt pesaient toujours sur leur cœur.

— Il a fait quelque chose, au moins ?

— Il m'a chargé de l'enquête.

— Mais tu ne sais pas comment résoudre une affaire de meurtre !

Il lâcha un petit rire sans joie.

— Dis-moi quelque chose que je ne sache pas déjà, sœurette.

Il se passa la main sur le visage. Il se sentait un peu faible. Il avait certainement besoin de manger. Cette tasse de café qu'il avait bue vers 10 heures ne suffisait plus à l'aider à tenir le coup.

— Mais qui d'autre pourrait mener cette enquête ? Pete ? Tony ? Le fils Hilly, tant qu'on y est ?

— OK, mais alors comment tu comptes t'y prendre pour identifier ce pauvre type ?

— J'ai imprimé quelques photos, juste des gros plans de la tête, et j'ai envoyé plusieurs agents les faire circuler discrètement sur la promenade. Je leur ai dit de se contenter de vérifier auprès des nôtres. Inutile d'impliquer des touristes si on peut l'éviter. Quelqu'un finira peut-être par le reconnaître.

— Et tu es certain qu'il s'agit d'un touriste ?

Deux tasses de café à la main, un répartiteur passa dans le couloir devant Finn. Il attendit qu'elle soit assez loin pour ne plus pouvoir l'entendre avant de reprendre la parole.

— Qui ça pourrait être d'autre ? Il ne portait pas d'uniforme du service postal. Il ne ramassait pas les poubelles. Les seuls humains qui mettent les pieds à Clare Point sont les rares qui viennent y travailler, et les touristes.

— Bonne déduction. Tu es doué pour ce genre d'exercice. Et donc…

Finn vit Pete débouler à l'angle, le visage rouge.

— Une seconde, Fi, dit Finn en posant le portable contre sa cuisse.

— Te voilà, haleta Pete en essuyant d'une main son grand front couvert de sueur. J'étais sur le point de regarder dans les toilettes des hommes. (Il s'arrêta devant Finn.) Nous avons une identification formelle.

Chapitre 5

— Et tu es sûr qu'il s'agit d'une identification formelle ? Absolument certain ?

Finn se tenait avec Pete dans le bureau de Sean, derrière la porte fermée. La sueur dégoulinait sous son col trop serré. Il savait que les policiers et les quelques civils présents au poste l'observaient de l'autre côté de la vitre, dans l'attente qu'il leur révèle l'identité du mort. Il entendait leurs pensées se répercuter contre les murs. Il sentait leurs regards brûlants dans son dos. Finn n'avait aucune envie de se trouver là, d'être dans cette situation.

— Aussi certain qu'un homme puisse l'être. Enfin, qu'une femme, se reprit Pete.

Mal à l'aise, il restait planté là, bras ballants ; les auréoles de sueur sous ses aisselles tachaient sa chemise d'uniforme bleu clair.

— Liz Hillman l'a identifié à partir de la photo que tu avais prise. Il s'appelle Colin Meding. Vingt-deux ans. Résidant en Pennsylvanie. Tout juste diplômé de l'université du Delaware. Liz dit que Joe l'a embauché le week-end du Memorial Day. Il s'occupait des pop-corn au caramel. D'après Liz, il faisait bien son boulot, jusqu'à ce matin où il n'est pas venu travailler.

— Il est 16 heures. Pourquoi ne nous a-t-elle pas appelés ce matin lorsqu'elle s'est aperçue de sa disparition ? demanda Finn en martelant le dossier d'une chaise du plat de la main. Pourquoi est-ce que ça nous a pris toute une fichue journée pour faire circuler les photos en ville ?

Pete baissa les yeux au sol. Sean restait assis derrière son bureau comme s'il n'avait pas entendu un traître mot de leur conversation.

Finn prit une profonde inspiration puis expira lentement, une astuce que lui avait apprise sa thérapie sur la gestion de la colère.

— Excuse-moi, Pete. Je n'avais pas l'intention de passer mes nerfs sur toi. C'est juste que quelqu'un va devoir annoncer aux parents que leur fils est mort, que ça fait au moins onze heures, et que c'est seulement maintenant qu'on les contacte. (Il prit une nouvelle inspiration et sentit son calme revenir.) Tu disais que Liz l'a identifié à partir de la photo ?

Pete hocha la tête et leva lentement les yeux. C'était vraiment un brave type. Un homme simple, mais avec un cœur en or. Il ne méritait pas qu'on lui fasse des reproches.

— Je suis passé devant chez Lizzy ce matin, commença Pete lentement, mais Liz et Joe étaient sortis. Il n'y avait que les gosses qui tenaient le stand, et comme tu ne voulais pas qu'on montre les photos aux humains… Avec toute cette frénésie, j'ai oublié que j'avais fait l'impasse sur le stand de pop-corn, et quand je m'en suis souvenu, j'y suis retourné. (Il releva le menton et réussit enfin à soutenir le regard de Finn.) Liz ne s'imaginait pas qu'il avait disparu. C'est pour ça qu'elle ne nous a pas appelés, même après avoir appris, pour le meurtre. Elle ne s'est pas inquiétée de ne pas voir le gosse arriver et de ne pas avoir de ses nouvelles. Elle a simplement pensé qu'il avait dû décider d'arrêter sans se donner la peine de l'en informer, ou alors qu'il récupérait d'une gueule de bois et reviendrait le lendemain la supplier de ne pas le virer. Il paraît que ça lui arrive tout le temps avec ses employés saisonniers. Elle était dans tous ses états, Finn. Ça ne lui avait pas traversé l'esprit que le garçon blond retrouvé mort ce matin pouvait être son commis. (Il détourna le regard, la gorge nouée.) Elle a dit que c'était… que c'était un brave garçon.

— Tu as pu obtenir une adresse ?

— Comme je te le disais, il vient de Pennsylvanie, mais j'ai une adresse dans le coin. Une des piaules de Victor sur First Street que Colin partageait avec un groupe d'adolescents pour l'été. J'étais sur le point de m'y rendre, mais je voulais d'abord t'en informer moi-même.

— Colin Meding.

Le gosse mort avait bien eu une tête à s'appeler Colin. Un étudiant fraîchement diplômé. Un brave garçon, avec toute la vie devant lui. Quel gâchis… Finn s'avança vers la porte du bureau et l'ouvrit pour Pete.

— Va à la location, rassemble tous ceux que tu y trouveras et amène-les au poste. Tu peux leur poser des questions, mais ne leur dis rien. Les parents doivent être les premiers avertis.

Le téléphone sur le bureau de Sean se mit à sonner.

Sean fit mine de ne pas l'entendre.

La sonnerie retentit de nouveau. Finn jeta un coup d'œil par-dessus son épaule.

— Tu comptes répondre ?

Sean tendit la main pour décrocher.

— Chef Kahill. (Il se tut, puis couvrit le téléphone d'une main.) C'est le docteur Caldwell, précisa-t-il avant de retirer sa main. Hum, hum.

Finn revint à Pete alors qu'il passait le pas de la porte.

— Tu veux que quelqu'un vienne avec toi ?

Pete secoua la tête.

—Je n'ai pas besoin d'une baby-sitter, Finn. (Cette fois-ci, il n'hésita pas à regarder Finn droit dans les yeux.) Ce n'est pas parce que je n'ai pas comme toi l'étoffe d'un héros que je ne suis pas pour autant capable de faire mon travail. Dis-moi ce que je dois faire, et je le ferai. Ce n'est pas que je sois incompétent ; je ne suis juste pas toi.

L'étoffe d'un héros ? Pete plaisantait, n'est-ce pas ? Encore une raison pour laquelle Finn ne voulait pas s'occuper de cette enquête. Il ne s'entendait pas bien avec les gens. Il travaillait mieux seul.

—Je suis désolé, dit Finn à voix basse avec sincérité. *Tu sais que je n'en voulais pas, de ce boulot*, ajouta-t-il par télépathie à la dérobée de Sean, sûrement trop absorbé par son appel pour entendre le message.

Même dans ses bons jours, Sean ne savait pas gérer plusieurs choses à la fois. Il entendrait peut-être un mot ou deux, mais Finn s'en moquait.

—Je n'avais aucune envie de jouer les agents de police cet été. Et encore moins d'enquêter sur un meurtre. Tu es un bon flic, Pete. Tout le monde le sait. Et tu as davantage l'étoffe d'un héros que je ne l'aurai jamais. Tu restes à l'écart des projecteurs. Tu fais ton boulot et tu veilles à la sécurité de ta famille, de notre famille, mieux que quiconque.

—Je me contente de faire ce qui doit être fait pour le bien commun, lui renvoya Pete avec douceur.

—Le bien commun, répéta Finn.

—Je vais faire venir les colocataires.

—Merci, Pete.

Finn referma la porte derrière lui et se retourna vers Sean, qui venait de raccrocher. Comme ce matin-là sur la promenade, il avait pâli puis ses joues s'étaient empourprées.

—Quelles nouvelles du docteur ? (À l'expression du visage de Sean, il savait d'avance qu'elles n'étaient pas bonnes.) Il y a du concret ?

—Y veut que je vienne à son cabinet. (Sean déglutit et sa pomme d'Adam roula sous la chair flasque de sa gorge.) Y a quelque chose sur le corps qu'il veut me montrer.

Finn n'écoutait Sean que d'une oreille. L'autre moitié de son cerveau réfléchissait à sa conversation prochaine avec la famille de Colin. On allait envoyer un agent de police de Pennsylvanie au domicile des parents pour leur annoncer la terrible nouvelle, mais ensuite la famille viendrait à Clare Point poser des questions. Et, pour l'heure, Finn n'avait pas de réponses à leur donner.

—Vas-y, dans ce cas, dit-il en revenant à son oncle. Reviens avec le rapport d'autopsie s'il est prêt, et dans le cas contraire...

—Peux pas y aller.

Finn dévisagea son oncle un moment. Il aurait dû trouver incroyable le commentaire de Sean, mais cela faisait des heures que plus rien ne l'étonnait.

—Tu es le chef de la police.

Alors que Finn contournait l'imposant bureau gris acier, il se demanda comment on était parvenu à le faire entrer dans le bâtiment. Le poste de police avait dû être construit autour.

—Tu vas te lever de cette chaise, monter dans ta voiture de fonction, aller au cabinet du médecin légiste et voir ce qu'il y a à voir.

L'écran de l'ordinateur sur le bureau attira son attention. Une partie de solitaire. Il considéra l'homme trapu avachi sur sa chaise.

—Oncle Sean, tu n'as pas le choix.

Sean se leva lentement.

— Si j'y vais, alors faut que tu viennes avec moi. J'y arriverai pas, non. Je… j'aime pas les morts.

— Pour l'amour de la Vierge, oncle Sean ! Tu es un vampire. Tu suces le sang des gens pour survivre. Comment peux-tu…

— Pas du sang humain, l'interrompit-il, un doigt levé tandis qu'il s'avançait de derrière son bureau. J'le fais plus, ça.

— On y va, oncle Sean. On prend ta voiture.

— Tu… tu peux pas conduire ?

— Non, chef Kahill. Je n'ai pas de voiture. Je suis surveillant de baignade, pas un vrai policier, tu te rappelles ? (Il lui tint la porte du bureau.) Je n'ai même pas d'arme à feu.

Sean s'arrêta net dans le couloir et posa un regard empli d'espoir sur son neveu.

— J'pourrais t'obtenir une arme à feu.

— Je ne suis pas certain que ce soit très sage, là tout de suite, marmonna Finn, cynique.

Sur qui tirerait-il en premier s'il avait un pistolet, son oncle ou lui ?

Certes, les pensées de ce genre ne rimaient à rien. Même criblés de balles calibre .45, aucun des deux ne risquait de mourir.

La vie éternelle, c'était parfois une vraie plaie.

— Il apparaît que le jeune homme est mort par exsanguination, expliqua le docteur Caldwell.

Ils se trouvaient dans le couloir étroit à l'extérieur de la salle d'examen où le médecin légiste avait effectué l'autopsie de Colin. C'était la première fois depuis un siècle au moins que le docteur Caldwell autopsiait un humain. On ne lui amenait plus désormais que les corps des membres du clan. Comme les Kahill occupaient des postes influents, ils avaient fait en sorte que Clare Point garde son médecin légiste attitré, contrairement à d'autres villes. De cette manière, leur secret était bien gardé. On amenait là leurs corps et on les déclarait officiellement morts avant de les convoyer à l'entreprise de pompes funèbres un pâté de maisons plus loin. Joseph Hillbert, le seul croque-mort de Clare Point, n'avait jamais embaumé de corps de sa vie. Ce n'était qu'une façade de plus pour sauver les apparences. Il se contentait de préparer les vampires au réveil rituel puis à la renaissance qui survenait immanquablement trois jours après la mort.

— C'est la perte de sang provoquée par la blessure au niveau du cou, en particulier de la carotide, qui l'a tué, poursuivit le médecin. (Avec sa courte barbe blanche, son regard doux et sa blouse bleue, Patrick ressemblait à un docteur de série télé.) Mes connaissances en matière d'anatomie humaine datent un peu, mais je dirais qu'il a perdu connaissance avant qu'on lui tranche la gorge et qu'il s'est vidé de son sang en quelques minutes.

— Il a perdu connaissance ? demanda Finn, perplexe.

— Venez voir le corps. Vous comprendrez mieux.

Finn jeta un coup d'œil à Sean. Le chef de la police semblait davantage intéressé par le tableau d'un paysage marin accroché au mur que par les explications du médecin.

— Nous n'avons pas retrouvé d'arme pour l'instant, dit Finn. Tu as une idée de ce que nous devons chercher ? Je pense évidemment à une arme blanche, mais plutôt dentelée, lisse ? Grande ? Petite ?

— Je vais devoir me renseigner sur Internet, mais je pencherais plutôt pour une lame de petite taille, au tranchant lisse. Cette blessure n'a rien d'inhabituel, si ce n'est qu'elle se distingue par sa… précision.

« Précision »… Ce mot ne disait rien qui vaille à Finn, et lui en évoquait d'autres plus déplaisants encore. « Expérience ». « Préméditation ».

— Et le reste du corps ?

— Rien de très frappant. (Le docteur Caldwell se dirigea vers la porte de la salle d'autopsie.) Certains indices prouvent qu'il s'est livré à une forme d'activité sexuelle peu avant sa mort.

— Une forme d'activité sexuelle ? le pressa Finn, peu disposé à perdre son temps en euphémismes.

— J'ai retrouvé des traces de fluides corporels, mais je ne saurais dire s'ils proviennent d'un homme, d'une femme ou des deux. J'ai prélevé des échantillons, sauf qu'il y avait des résidus d'eau de mer sur ses vêtements susceptibles de fausser les analyses.

Finn essaya de canaliser ses pensées, qui fusaient dans des centaines de directions à la fois.

— Il a été en contact avec de l'eau récemment ?

— Impossible de me prononcer là-dessus. Il n'y avait pas d'eau salée sur sa peau, cela dit. Je vais envoyer les échantillons au laboratoire d'État demain matin, mais vous savez comment c'est. On peut attendre des semaines, voire des mois avant d'obtenir les résultats.

Qu'un étudiant de vingt-deux ans fraîchement diplômé, joli garçon de surcroît, ait eu une aventure à la plage par une chaude nuit de juin n'avait somme toute rien d'exceptionnel, mais Finn savait qu'il ne devait négliger aucun indice. Il ferait le tri plus tard entre ce qui était important et ce qui ne l'était pas.

— Il semblerait qu'on ne soit pas très avancés en ce qui concerne l'identité du tueur.

—À vrai dire, il y a bien une chose. (Patrick posa la main sur la poignée de la porte.) Voici ce que je voulais vous montrer.

Il ouvrit la porte et s'écarta pour les laisser passer.

—Chef?

Sean leva les mains devant lui.

—J'ai toute confiance en mon agent, docteur. La pièce est petite, de toute façon. On se retrouve dans la voiture, Finn.

Il fila sans demander son reste vers la porte de la salle d'attente.

La désertion du chef de la police ne sembla pas surprendre Patrick. Il suivit Finn sans faire de commentaire et referma la porte derrière lui.

Le gosse mort reposait sur une table en métal installée au milieu de la petite salle, cette même pièce où, enfant puis adulte, Finn avait été régulièrement ausculté par le docteur Caldwell.

Rien chez Colin Meding n'avait changé, son visage agréable, ses cheveux ébouriffés, son teint blême, sauf qu'il était nu et que l'incision suturée en Y de l'autopsie barrait son torse imberbe. Heureusement, on avait fermé ses yeux bleus.

—Ici.

Patrick se plaça à la tête de la table et orienta une lampe vers le corps.

—Regarde, là. (Il toucha du doigt la chair pâle au niveau de la blessure béante.) J'ai failli passer à côté, mais vois donc plus près.

Avec réticence, mais conscient de la nécessité de la chose, Finn rapprocha son visage de la chair froide et figée du cadavre.

Il ne comprit pas tout de suite ce qu'il était censé regarder. On avait nettoyé la coupure des derniers résidus de sang séché. Il ne remarqua rien d'autre, à part que le garçon aurait eu besoin d'être rasé.

— Là, l'encouragea Patrick. Tu les vois ?

Soudain, ce fut comme si le médecin légiste avait tracé un cercle rouge autour des blessures révélatrices. Finn se redressa, pris de vertige.

— Deux trous, murmura-t-il.

Cette fois encore, les événements le dépassaient.

— Deux trous, répéta Patrick. Un millimètre plus bas et l'incision les aurait coupés en deux. Et vu comme les chairs se déchirent même si l'on se sert d'un couteau tranchant, je ne les aurais jamais remarqués. Personne ne les aurait remarqués.

— On dirait presque que le coupable a fait exprès de le marquer de cette manière.

Finn se pencha de nouveau pour s'assurer que ses yeux ne lui jouaient pas des tours. Il se redressa.

— Aucune chance que ces marques puissent être autre chose que ce qu'elles semblent être ? demanda-t-il en désespoir de cause.

— Je crains que non, Finn.

Voilà donc pourquoi Colin n'avait pas eu conscience de ce qui lui arrivait lorsqu'on lui avait tranché la gorge. Un vampire avait bu son sang, puis il avait perdu connaissance. Finn se dirigea vers la porte, sous le choc. Il fallait qu'il sorte de cette pièce minuscule avant d'étouffer. Il avait besoin d'une bouffée d'air frais.

Deux ans plus tôt, des humains avaient débarqué dans leur petite ville paisible pour tuer des vampires. Cet été, les vampires semblaient vouloir leur rendre la monnaie de leur pièce.

Chapitre 6

— C'est une mauvaise idée, chuchota Rob, dissimulé dans l'ombre en contrebas.

Minuit venait de sonner et toutes les fenêtres de la maison étaient plongées dans l'obscurité.

Accrochée au rebord, Kaleigh agita les pieds dans le vide pour se débarrasser de ses tongs, puis lâcha prise et se laissa tomber. Elle l'avait fait des dizaines de fois mais cette nuit-là, comme par un fait exprès, elle se tordit la cheville en touchant le sol.

— Aïe ! dit-elle en se frottant la cheville. Doux Jésus, ça fait mal. En quoi c'est une mauvaise idée ?

Elle essaya de s'appuyer sur sa jambe meurtrie et grimaça.

Rob récupéra ses tongs et les posa dans l'herbe devant elle.

— Parce que tu vas finir par te casser une jambe à force de sauter du deuxième étage.

— Elle est pas cassée.

Elle les enfila et traversa la pelouse en boitillant.

— Parce qu'une fois encore on respecte pas le couvre-feu, et que si on nous attrape – une fois encore – le Conseil va sévir.

— Ils disent toujours ça, mais ils ne sévissent jamais. Je suis la Conseillère de la ville. J'ai plus de pouvoir dans mon petit doigt que certains de ces V n'en ont dans tout leur corps, renchérit-elle en agitant l'auriculaire dans sa direction. Et puis, quel genre de sanctions ils pourraient bien appliquer ? Je n'ai que dix-sept ans, se moqua-t-elle. Ils comptent me priver de mon boulot au *Dairy Queen* ?

— Tu n'es pas encore officiellement la Conseillère, protesta-t-il en se hâtant à sa suite. Pas avant tes vingt et un ans. Il va y avoir de l'alcool là-bas et tu le sais. On est pas censés boire, Kaleigh. Ce n'est pas prudent à notre âge. Nos pouvoirs, si on ne les contrôle pas…

— Quel rabat-joie !

Parvenue au trottoir qui longeait la pelouse soigneusement entretenue de ses parents, elle s'arrêta pour se tourner vers lui. Ses épaules étaient plus larges qu'avant. Elle lui prit les joues entre les mains et les pressa, lui faisant une bouche en cul-de-poule, puis elle se dressa sur la pointe des pieds et l'embrassa avec fougue.

— C'est une des raisons pour lesquelles je t'aime, j'imagine, dit-elle en le relâchant. Tu me tempères. Tu es le yin de mon yang. Si on était un milk-shake vanille-chocolat, tu serais la vanille et moi le chocolat.

Pouffant à sa propre blague, elle se remit à longer le trottoir en ne boitant presque plus.

Le quartier était tranquille ; la ville déjà paisible d'ordinaire avait sombré dans un profond sommeil. Une brise chaude et humide faisait bruisser les feuilles des sycomores qui bordaient la rue pittoresque. La nuit idéale pour une fête estivale.

— Ça n'a aucun sens, insista-t-il.

— Et alors ? répliqua-t-elle en lui tendant la main. Viens, on va être en retard. Katy ne va pas nous attendre et je ne suis pas sûre de savoir reconnaître la maison.

Ils n'eurent aucun mal à la trouver. C'était la seule maison encore éclairée sur First Street, et les portes grandes ouvertes vomissaient des torrents de musique. Adolescents et jeunes adultes allaient et venaient, dispersés sur le perron délabré, dans l'allée et sur la pelouse. Un type avait ouvert le robinet du tuyau d'arrosage et aspergeait copieusement deux filles à la poitrine généreuse. Les humaines protestaient en poussant des cris perçants et essayaient de dévier le jet d'eau avec leurs mains, mais ne firent rien pour se soustraire au concours improvisé de tee-shirts mouillés.

Kaleigh jeta un coup d'œil à Rob qui marchait à son côté.

— Tu veux toujours rentrer à la maison ? Ça m'a l'air d'être le genre de fête où de pauvres filles soûles montrent leurs nichons à tout le monde.

Il grommela et resserra son étreinte sur ses doigts alors qu'elle essayait de se dégager.

— Tu sais bien que je me fiche des autres filles, des humaines. Je t'aime, Kaleigh. Je n'aimerai jamais personne d'autre.

— Tu es fidèle, c'est sûr, le railla-t-elle. Je veux bien le reconnaître. Allez, souris un peu. Amuse-toi. (Elle rapprocha son visage du sien et roula des yeux, taquine.) Fais semblant, au moins.

Katy les attendait sur le perron. Perchée sur la rambarde, elle balançait ses jambes nues dans le vide, un verre en plastique rouge à la main.

— Où vous étiez passés ? les interpella-t-elle par-dessus le rythme lourd de la musique. Je commençais à me dire que vous aviez eu la trouille.

Kaleigh gravit les marches du perron en boitillant, Rob à la traîne.

— La trouille, moi ? La fille qui peut se vanter d'avoir traqué des loups-garous ?

— Kaleigh, chuchota Rob en jetant des regards nerveux autour de lui. Quelqu'un va t'entendre.

Elle se mit à rire.

— Personne ne croit aux loups-garous, idiot. Ça ne risque rien.

— Rob ! Hé, mec, comment ça va ? lança un humain qu'ils connaissaient du lycée.

Rob regarda Kaleigh.

Elle le poussa gentiment.

— Allez, va parler aux mecs. On est coincés ensemble pour l'éternité, alors ce n'est pas comme si tu ne savais pas avec qui je vais rentrer à la maison.

— Je ne veux pas que tu boives, l'avertit-il. Pas ici. Pas devant des humains.

— Je ne boirai pas.

Elle le regarda droit dans les yeux. Elle était sincère. Elle ne buvait plus depuis cet épisode deux ans auparavant quand, naïvement et sans le vouloir, elle avait conduit deux chasseurs de vampires dans la cache de Clare Point. Kaleigh n'était venue ce soir-là que pour s'amuser un peu. Pour l'attrait de la nouveauté. Elle savait ne pas être à sa place au milieu de ces gens, mais il n'y avait pas de mal à faire un peu semblant. Sans compter que c'était l'occasion rêvée d'observer les humains dans leur habitat naturel. Plus elle en apprendrait sur leur compte, mieux elle saurait se fondre parmi eux. Non ? Et puis, elle pourrait garder un œil sur Katy. Sa meilleure amie l'inquiétait un peu ces derniers temps. Elle se comportait de façon vraiment étrange.

— Je t'aime.

—Je t'aime. (Kaleigh déposa un rapide baiser sur ses lèvres.) Et maintenant, arrête de te comporter comme si tu étais ma mère, lui dit-elle en le relâchant. Ou mon gardien.

—Dans ce cas, ne te comporte pas comme s'il t'en fallait un.

Elle lui tira la langue et s'éloigna.

—Le rabat-joie te rebat les oreilles?

Katy portait son haut de Bikini rouge et un short de surf microscopique.

—Évidemment. C'est son boulot, non? Pas facile de se débarrasser d'habitudes vieilles de plusieurs siècles.

—Je vais boire à ça, tiens.

Katy porta le verre à ses lèvres.

Sans lui laisser le temps d'avaler sa gorgée, Kaleigh lui arracha le gobelet des mains.

—Qu'est-ce que tu bois?

Elle renifla le liquide ambré.

—Qu'est-ce que je bois, à ton avis? Ces mecs ne plaisantent pas. Ils ont un baril de bière dans la baignoire.

—Pas d'alcool.

Kaleigh vida le gobelet au-dessus de la rambarde et la bière se déversa dans les buissons.

—Hé! protesta Katy. Ça m'a coûté 5 dollars de participation.

—On ne boit pas d'alcool, et on ne se drogue pas, l'avertit Kaleigh. Tu es au courant, non?

—Ben dis donc! C'est quoi, ton problème, la reine des trouble-fête? lâcha Katy en sautant de la rambarde. T'as passé une mauvaise journée au pays des cônes vanille-chocolat?

—J'essaie juste de veiller sur toi.

Elle jeta un coup d'œil à la porte d'entrée, qu'une planche de surf coincée sous la poignée maintenait ouverte.

—Il est là, le canon italien ?

—Je sais pas, répondit Katy en faisant la moue. Je ne suis pas allée plus loin que le baril de bière. Je t'attendais.

—Je suis là maintenant, dit Kaleigh en étendant les bras. Allons jeter un coup d'œil.

Dos à la promenade, Finn contemplait depuis son banc l'écume des vagues qui s'échouaient sur la rive à la lumière de la lune. Il était 1 heure passée. La plage déserte, la promenade et les commerces grillagés formaient un décor digne d'une ville fantôme. La nouvelle du meurtre de la nuit précédente avait fini par se répandre. Peu rassurés, les touristes étaient rentrés tôt ce soir-là. Même les locaux se calfeutraient chez eux, ou en tout cas évitaient la plage.

Finn laissa retomber sa tête. Il n'en revenait toujours pas de ce qu'il avait vu dans la salle d'autopsie. L'un des leurs avait-il réellement pu commettre un tel acte, prendre la vie d'un humain de cette façon ? Il refusait de le croire. Mais il n'avait pas non plus voulu croire son frère accro à la cocaïne.

Même les vampires n'étaient pas des créatures infaillibles.

Il frotta ses yeux rougis de fatigue. Il était rentré prendre une douche vers 23 h 30 avec l'intention d'aller ensuite se coucher, mais il n'était pas parvenu à s'endormir. Il avait laissé Regan allongé sur le canapé, devant la télévision. Aucun des deux n'était revenu sur leur dispute de la nuit précédente. Lorsque Regan n'arrivait pas à dormir, il regardait de vieilles séries. Finn, lui, était attiré par l'océan. Le mouvement régulier des vagues l'apaisait, et ce sur n'importe quelle rive de n'importe quel continent.

Finn ne réussissait pas à chasser de son esprit le visage de Colin Meding. Ses yeux bleus et vides. Sa posture macabre.

Sa plaie béante au cou. Quel genre d'individu tuait un jeune homme innocent pour ensuite installer son corps dans une ruelle, contre une benne à ordures ? Personne au poste de police n'avait osé le dire, mais tous pensaient la même chose. Finn savait de quel genre d'homme il s'agissait. L'idée qu'une créature pareille se trouvait de nouveau dans sa ville le rendait malade. Ce genre d'homme lui était familier, comme à tous les membres du clan, car ils avaient juré devant Dieu de débarrasser le monde des individus de son espèce. Le meurtre de Colin n'était pas la conséquence d'une bagarre dans un bar après une soirée trop arrosée ou d'une dispute au sujet d'une fille. Finn savait d'expérience qu'il n'existait qu'un seul type d'être humain pour tuer l'un de ses semblables et l'abandonner ensuite dans une posture calculée. Un homme qui tuerait encore. Et encore. Et qui continuerait à tuer jusqu'à ce que quelqu'un l'arrête. Mais ça ne s'appliquait qu'aux humains, non ? Ou bien un vampire pouvait-il être un tueur en série ?

— Vous ne devriez pas être au lit, agent Kahill ?

Surpris par l'intrusion de la voix féminine, Finn bondit du banc et fit aussitôt volte-face.

C'était Elena. Il ne l'avait même pas entendue arriver.

Il balaya la promenade du regard. Il n'y avait pas âme qui vive et il planait un silence inquiétant. De quel côté avait-elle bien pu arriver, bon sang ? Comment avait-il pu se perdre dans ses pensées au point de laisser un humain l'approcher sans qu'il s'en aperçoive ? Ça ne lui ressemblait pas, et ça ne présageait rien de bon.

Il lui fallut une seconde pour retrouver l'usage de la parole, mais elle ne sembla pas s'en apercevoir. Elle s'assit sur le banc. Elle portait un short et une veste de survêtement avec CLARE POINT BEACH écrit en gros caractères. Et elle était pieds nus. Ce qui expliquait peut-être pourquoi il ne l'avait pas entendue. Mais il aurait au moins dû la sentir approcher, à défaut de l'entendre.

— Que… vous ne devriez pas être dehors à cette heure de la nuit. Seule, ajouta-t-il en se rasseyant.

— Je n'arrivais pas à dormir. (Elle remonta les genoux et posa les pieds sur les lames du banc.) Je ne voulais pas réveiller toute la maison avec mes errances.

Elle se tenait si près de lui que la manche de sa veste frôla le bras nu de Finn. Il percevait la chaleur de son corps dans l'air frais de la nuit. Il se sentit soudain frigorifié et eut envie de se rapprocher d'elle.

— Je sais que vous êtes au courant de ce qui s'est passé la nuit dernière. Vous ne devriez pas venir ici toute seule.

— Je n'ai pas peur, dit-elle doucement.

Le ton de sa voix reflétait quelque tragédie qui la rendait soit courageuse, soit stupide – il n'arrivait pas à trancher.

— Ce n'est pas une question de peur, mais de jugeote.

— Vous êtes bien là, vous. Qu'est-ce qui vous protège ?

Le fait que je ne sois pas humain, songea-t-il. Mais ça, il n'allait pas le lui dire…

— Parce que vous êtes un représentant de la loi ? glissa-t-elle d'une voix devenue moqueuse. Ou alors vous êtes… armé jusqu'aux dents, comme on dit ?

Elle passa un bras autour de sa taille et tâtonna à la recherche d'une arme, profitant de ce prétexte pour se coller contre lui.

Alors qu'il se tournait vers elle pour lui répondre, il se retrouva nez à nez avec ses grands yeux sombres. Elle lui tendait ses lèvres pulpeuses et humides.

Finn savait qu'il ne fallait pas, mais l'attrait qu'elle exerçait sur lui était aussi irrésistible que celui de la lune sur les marées. Il avait soudain désespérément besoin de sa chaleur. Au sens propre comme au figuré.

Juste un baiser, se dit-il en se penchant vers elle. Histoire de satisfaire sa curiosité.

Lorsque sa bouche se posa sur celle d'Elena, elle soupira et leurs souffles se mêlèrent. Ses lèvres étaient douces et souples, l'odeur de son parfum enivrante à souhait.

Impossible pour Finn de s'en tenir là. Ce premier baiser lui avait permis de prendre la température. Au second, il s'enhardit. Le goût d'Elena était aussi délicieux que son odeur. Ses baisers se firent plus pressants et il caressa son cou gracile.

Cette fois elle gémit, se mit à genoux sur le banc et grimpa sur lui. Elle passa ses bras autour de son cou et l'enveloppa de son corps. Le temps de reprendre haleine, il l'embrassa au coin de la bouche. Puis, mues par une volonté propre, ses lèvres glissèrent plus bas sur sa mâchoire et son long cou délicat.

Il sentit la chair de poule sur la peau parfumée d'Elena. Elle s'étira comme un chat, se découvrant davantage. Son pouls battait contre les lèvres de Finn, débordant de vie et de ce qui lui donnait la vie.

Finn avait le souffle court. Plus que de raison après quelques baisers relativement innocents. Et il était dur comme du marbre sous son short de gym tendu. Elle ne pouvait pas ne pas avoir remarqué, avec ses fesses galbées pressées contre le bas-ventre du policier.

Il goûta sa peau du bout de la langue. Ce serait si facile, une minuscule petite entaille… Juste pour goûter. Il y avait bien longtemps qu'il ne s'était pas offert un peu de sang humain. Et il avait toujours eu un faible pour le sang italien.

Étourdi, il s'écarta d'elle. Ce désir ancien et maudit qu'il ne parviendrait jamais à satisfaire tout à fait jusqu'à sa mort lui faisait tourner la tête. Il ne comprenait pas pourquoi

Regan avait besoin de se droguer : cette sensation-ci était plus grisante que n'importe quel produit chimique.

Collant avec plus d'insistance sa bouche contre sa gorge, il lui arracha un nouveau soupir. Non, ça ressemblait plutôt à un gémissement.

Fais-le.

La voix dans sa tête le prit au dépourvu et il recula pour regarder Elena, blottie sur ses genoux. Il savait qu'elle n'avait rien dit, mais c'était sa voix qu'il avait entendue.

Non ?

— Qu'est-ce que tu as dit ? murmura-t-il.

Elle le gratifia d'un sourire sensuel.

— Rien du tout.

Elle releva la tête pour l'embrasser encore.

Finn lui résista. Il ne pouvait pas faire ça. Pas là, pas dans ces circonstances. Pas alors qu'il y avait un cadavre dans la chambre froide du cabinet du docteur Caldwell. Un cadavre dont la responsabilité revenait par défaut à Finn.

— Tu devrais rentrer chez toi, grogna-t-il, l'envie de la tenir dans ses bras plus forte que sa raison.

Elle le regarda un moment, puis se détendit. Elle ne paraissait pas offensée. Un peu surprise peut-être, mais pas fâchée ou blessée. Elle tendit la main vers lui et passa son pouce sur le coin de sa bouche.

— Rouge à lèvres. Désolée.

— Hein ?

Son esprit était encore embrumé et son cœur battait la chamade. Il n'en revenait pas d'avoir réellement envisagé de boire le sang de cette femme. Il fallait vraiment qu'il dorme. De toute évidence, son cerveau avait cessé de fonctionner.

— Je t'ai mis du rouge à lèvres sur la bouche, dit-elle en souriant. Tu embrasses bien.

Il se mit à rire, sans savoir pourquoi. La remarque d'Elena l'avait fait se sentir plus jeune et avait allégé le poids qui pesait sur ses épaules.

— Tu ne te débrouilles pas mal non plus.

Sur un coup de tête, il déposa un baiser sur sa joue.

Toujours sur ses genoux, elle recula et mit les mains sur ses épaules.

— Je ne suis pas à la recherche d'une relation sérieuse, Finn, si c'est ce qui t'inquiète, mais de quelqu'un pour me tenir compagnie le temps des vacances. Je retourne en Italie au mois d'août. On ne se reverra plus jamais.

Elle ne lui dit pas qu'elle voulait juste coucher avec lui, mais c'était ce qu'elle sous-entendait. Une relation purement sexuelle, sans promesses ni engagements. Ce qui convenait très bien à Finn. La loi du clan l'interdisait, bien entendu, mais c'était parfait tout de même. Propre et sans danger. Sur le plan des sentiments, en tout cas.

Pourquoi alors ce pincement au cœur ?

— Je partage un pavillon avec mon frère cet été, lui dit-il. Ça risque d'être un peu compliqué de se voir là-bas.

— Je partage une maison avec ma sœur, mon beau-frère et leurs trois enfants. (Elle lui offrit un sourire magnifique.) Alors ça risque d'être un peu compliqué aussi.

Ils rirent ensemble.

— Laisse-moi te raccompagner, proposa-t-il.

Elle glissa de ses genoux et effleura des doigts la bosse de son short. Un geste qui n'avait rien eu d'accidentel.

— Je n'ai pas besoin d'une escorte, Finn. Celui qui rôde là-dehors devrait avoir peur de moi. On est à la Villa Rose, dit-elle en s'éloignant. Tu connais ?

— Je connais.

Construite au début du XVIIIe siècle et rénovée au fil des années, il s'agissait de la location la plus chère de

Clare Point. Elle était située au sud de la promenade et offrait une vue imprenable sur l'océan.

— Passe demain soir après le travail, lui souffla-t-elle.

— Je ne sais pas à quelle heure j'y serai, lui répliqua-t-il. C'est devenu plus compliqué de gérer le boulot que de partager mon espace de vie.

— J'attendrai.

Ses mots faillirent se perdre dans la brise qui se levait sur l'océan. Mais leur sens resta intact.

Dans le salon bondé, Rob contourna les couples qui dansaient et la table de bière-pong. Malgré l'heure tardive, la fête battait son plein. À l'autre extrémité de la pièce, Kaleigh l'observait en songeant qu'il était plutôt mignon avec ses airs de geek. Elle aimait cette façon qu'il avait de poser les yeux sur elle. Comme s'il la trouvait sexy. Intelligente. Comme si elle lui plaisait.

Lorsqu'il l'eut rejointe, il se pencha au-dessus d'elle. Il était plus grand qu'elle désormais, ce qui n'avait pas été le cas au moment de sa renaissance l'année précédente.

— Ça va, ta cheville ?

— Ça va, mentit-elle.

Elle avait fait abstraction de la douleur toute la soirée parce qu'elle voulait être là, mais à présent que la fatigue se faisait sentir sa cheville recommençait à l'élancer.

— Tu as suffisamment « étudié » les adolescents humains pour cette nuit ? lui demanda-t-il.

Elle arrivait à peine à l'entendre avec la chanson de Kanye West qui lui déchirait les tympans. Elle fit courir sa paume sur le torse de Rob.

— On va dire que oui. J'arrive pas à trouver Katy. Je ne sais pas si elle est rentrée à la maison…

— Tu n'es pas sa nounou. Elle va bien. Elle va toujours bien. Elle est probablement juste rentrée chez elle.

Kaleigh regarda autour d'elle.

— Tu dois avoir raison.

Rob se plaqua entre elle et le mur pour se diriger vers la porte, mais elle l'empoigna par le bras.

— Tu sais ce qui se passe, en bas ? l'interrogea-t-elle.

— Où ça ?

Il se retourna.

— À la cave.

Elle lui indiqua une porte à l'autre bout de la pièce.

— Le copain de Mickey a monté la garde devant cette porte toute la nuit. Il laisse entrer certaines personnes, en fait sortir d'autres. J'ai l'impression qu'il fait office de videur.

Rob étudia la silhouette imposante de Tomboy.

— À ton avis, qu'est-ce qu'ils fabriquent en bas ? murmura-t-elle.

Rob haussa les épaules, peu concerné.

— Va savoir. Des choses qu'ils ne devraient pas faire, j'imagine.

— Comme quoi ? (Elle balaya du regard la pièce bruyante, à demi plongée dans l'obscurité.) Des mineurs qui boivent, d'autres qui se pelotent sur la piste de danse, des jeux d'argent. Ils font déjà ça à la vue de tous. Qu'est-ce qu'ils pourraient bien faire de plus ?

Rob la prit par la main et la tira vers la sortie.

— Drogue, sexe, qu'est-ce que j'en sais… Pourquoi ça t'intéresse ?

Elle jeta un dernier regard à la porte de la cave alors qu'il l'entraînait sur le perron.

— Pour rien. (L'air dehors lui semblait plus frais et elle se sentit respirer de nouveau.) Beppe est descendu.

— Qui ?

Sans lâcher la main de Kaleigh, Rob l'aida à descendre l'escalier.

— Beppe. Cet Italien que Katy a rencontré à la salle de jeu.

Rob s'arrêta dans l'allée. Une humaine courbée au-dessus d'un buisson à l'angle de la maison vomissait bruyamment. Rob grimaça.

— Tu penses que Katy est avec lui à la cave ? Tu veux que j'aille vérifier ?

Elle réfléchit un moment et se demanda où étaient ses pouvoirs quand elle en avait besoin. Si seulement elle pouvait tout voir et se rendre n'importe où…

— Non. Je l'ai vue se disputer avec Pete plus tôt dans la soirée. Elle est probablement rentrée chez elle sans me le dire… comme d'habitude, soupira-t-elle. On y va.

— Tu veux l'appeler ?

— Elle a encore perdu son portable.

Kaleigh agita la main en signe d'abandon. Elle dut se concentrer pour ne pas boiter.

— Ça ira bien. On y va.

Ils marchaient au milieu de la rue, main dans la main. L'odeur de l'océan leur parvint et Kaleigh inspira profondément. Tout le monde en ville rêvait encore de leur terre natale, de l'Irlande, mais elle adorait le Delaware. Elle aimait l'océan. La plage. Elle aimait ce nouveau monde pour l'espoir qu'il avait donné au clan.

Au bout de la rue, ils tournèrent à l'angle pour rentrer chez eux. Les rues étaient désertes. Silencieuses. C'était une ville pittoresque. Pas étonnant que les humains s'y plaisent. Ils s'y sentaient à leur aise. En sécurité.

Kaleigh songea que Colin Meding s'était sans doute senti en sécurité.

Elle était sur le point de se tourner vers Rob pour lui demander s'il avait appris du nouveau à la fête au sujet du meurtre lorsqu'elle sentit quelqu'un approcher. Un semblant de panique lui comprima la poitrine et elle prit aussitôt le contrôle de ses sens exacerbés. Sa rencontre avec le loup-garou l'année précédente avait ébranlé sa confiance dans le monde et l'avait davantage sensibilisée à ses responsabilités vis-à-vis des autres. Mais l'homme qui venait vers eux n'était ni de l'espèce des canidés ni de celle des *Homo sapiens*. C'était l'un des leurs.

— Merde, marmonna-t-elle avant de décamper, boitillante.

Chapitre 7

Regan savait ce qui l'attendait avant même de tourner à l'angle de Bourbon Street et de s'engager dans la rue plus calme de St. Philip, là où commençait le quartier français. Mais il ne pouvait rien y faire. Il ne pouvait pas revenir sur ses pas. Il avait l'impression d'être à deux endroits à la fois. Une partie de sa conscience habitait son corps tandis que l'autre, qui le suivait et l'observait en spectateur, connaissait le scénario d'avance.

Il renversa la tête et but les dernières gouttes de sa bière âpre. S'essuyant la bouche du dos de la main, il jeta la bouteille sur le trottoir et se réjouit au bruit du verre qui se brisait.

La drogue faisait son effet. L'alcool aussi. Il se sentait incroyablement bien. Enfin, ce Regan-là se sentait bien. On ne pouvait pas en dire autant de celui qui le suivait.

« Fais demi-tour ! », voulait-il crier à son double. « Fais demi-tour et fiche le camp ! » Mais il devait subir ce cauchemar qu'il était condamné à revivre encore et encore.

Il les entendit arriver avant de les voir. Un simple sifflement porté par le vent, un changement dans l'air à peine perceptible. Peut-être le froissement d'une de ces capes ridicules qu'ils portaient.

Quelques mètres plus loin, il aurait été en sécurité. Même à cette heure de la nuit, il y avait toujours de l'animation rue Dauphine.

Bien entendu, il n'avait pas atteint la rue Dauphine. Et comme chaque fois qu'il refaisait ce rêve, il ne l'atteindrait pas, mais il savait ce qui allait se passer. Cette fois encore, Regan se retrouvait là tout seul à 2 heures du matin, et ces sales enfoirés le savaient.

Ils étaient trois frères : Zebulun, Asher et Gad. Ce qui en faisait au moins deux de trop, même si Regan avait été sobre. Ils venaient toujours d'au-dessus… ou peut-être de derrière. Il n'en était pas vraiment sûr. Le blond fondait toujours sur lui en premier ; Regan le voyait venir, ce qui avait pour effet de le terrifier.

Dans son effroi, Regan s'entendit pousser un cri. Il avait beau connaître cet épisode par cœur, il était toujours surpris de voir ces maudits Cadiens surgir des ténèbres et l'assaillir. Ils ne volaient pas vraiment, mais dans son état il avait tendance à s'imaginer le contraire.

Zebulun frappa Regan en pleine poitrine et l'éjecta sur le trottoir crasseux qui empestait l'odeur des rats, de la vermine et de l'urine humaine. Sa tête rebondit sur les briques dans un bruit mat écœurant. Il sentit l'odeur du sang qui coulait dans ses cheveux.

Ils le laissaient toujours se relever avant de l'envoyer de nouveau au tapis. Ils lui faisaient croire qu'il avait une chance de s'enfuir. Qu'il parviendrait peut-être à échapper à la tombe. Regan se traîna en rampant jusqu'au milieu de la rue. Les Rousseau l'encerclaient comme des chiens acculant leur proie.

Chose étrange, ils ne disaient jamais un mot. La nuit où c'était arrivé, ils l'avaient accablé de jurons et d'accusations en cajun français, leur curieux dialecte. Ils savaient qu'il avait volé leur chargement de cocaïne. Ils savaient qu'il en avait vendu une partie, perdu une autre, et sniffé une bonne quantité du reste.

Dans son rêve, il n'était pas question de drogue. Tout reposait sur ce sentiment de terreur, sur cette appréhension de ce qu'il savait être inéluctable. Se faire rouer de coups, passe encore. Mais se réveiller sobre, enfermé dans une tombe avec des araignées qui couraient sur son visage, ça le rendait complètement fou.

Alors que Regan levait la tête, il vit la botte noire du plus grand des trois vampires se rapprocher. Elle s'écrasa sur sa mâchoire. Dans un craquement, sa tête fut éjectée en arrière et son sang éclaboussa le trottoir et sa chemise neuve.

L'un des vampires couina d'extase à l'odeur du sang et le remit de force sur ses pieds, clouant ses bras derrière son dos. Regan sentit l'haleine putride du blond lorsque ce dernier repoussa son capuchon et découvrit ses canines pointues.

—Non ! cria le Regan pris au piège.

Il n'existait pas de moyen plus vil et méprisable d'asservir un vampire que de boire son sang contre sa volonté.

—Non ! lui fit écho celui qui le suivait.

—Non ! pleura le Regan qui s'agitait dans son lit.

À son soulagement, il s'éveilla sain et sauf dans l'obscurité du petit pavillon de Clare Point, loin des rues de La Nouvelle-Orléans.

Sans cesser de suivre Kaleigh, Rob jeta un coup d'œil par-dessus son épaule.

—Pourquoi est-ce qu'on court ?

Kaleigh essayait de ne pas penser à sa cheville douloureuse. Elle coupa entre les buissons de rhododendrons de Mary Hill et traversa le jardin en un éclair, enjambant le bassin aux poissons.

—Kaleigh !

—Rentre chez toi, Rob, lui dit-elle.

— Kaleigh, qu'est-ce qui se passe ? Tu es blessée. Pourquoi tu cours ? Qui nous poursuit ?

— C'est pas nous qu'il poursuit.

Elle sauta par-dessus une rangée de jonquilles et se réceptionna sur son pied indemne sur le trottoir en briques qui longeait la maison de Mary.

— Juste moi. Rentre chez toi, Rob.

Il courait à petites foulées à son côté. Elle avançait trop lentement pour qu'il ait besoin de forcer l'allure.

— On a des ennuis ?

— Non ! (Elle le poussa.) Contente-toi de rentrer. Il me suivra. Si l'un de nous deux a des ennuis, c'est moi.

Elle s'arrêta devant une grille entre la cour de Mary Hill et celle de Mary Kane et donna à Rob un rapide baiser.

— Fais-moi confiance. (Elle souleva le loquet d'un geste vif et s'appuya contre la grille pour l'ouvrir.) Rentre chez toi. Maintenant. On se parle demain matin.

Après avoir traversé la grille, Kaleigh s'éloigna aussi vite que sa cheville le lui permettait. Rob hésita dans l'obscurité.

— *Fais-moi confiance*, lui dit-elle.

Comme ses aptitudes télépathiques n'étaient pas encore au point, Rob ne recevait pas toujours ses messages. Mais, une seconde plus tard, il partait au pas de course dans la direction opposée.

Kaleigh était à deux doigts de rejoindre sa chambre. Perchée sur le treillis de la vigne, elle tendait la main pour agripper le rebord lorsque la fenêtre se referma lentement puis se verrouilla de l'intérieur, comme par magie.

— Flûte, marmonna-t-elle.

En évitant de regarder en bas, elle poussa un soupir d'exaspération et essaya de s'appuyer sur son pied indemne.

— Tu vas me faire léviter jusqu'au sol ou tu comptes me laisser là-haut ?

— Te laisser là-haut, répondit Finn. Pour le moment en tout cas. Où tu étais passée ?

Elle s'agrippa au treillis qui grinçait à présent sous son poids.

— Nulle part.

— C'est pour ça que tu voulais m'échapper ?

— Je ne voulais pas t'échapper.

Le treillis en bois se tordit légèrement.

— Tu n'es pas censée être dehors après le couvre-feu, Kaleigh.

Kaleigh tâtonna à la recherche d'une meilleure prise. Une chute d'aussi haut serait rude, surtout dans l'état où était sa cheville, mais elle ne voyait pas vraiment d'autre issue.

— Un petit coup de main avant que je me casse le cou, ce serait trop te demander ? répliqua-t-elle d'un ton sec en se cramponnant aux lames du treillis.

— Lâche.

Confiante, Kaleigh lui obéit. Elle éprouva soudain la même sensation de vitesse que dans un ascenseur, à la différence près qu'au lieu de tomber elle flottait vers le sol. Le souffle frais de la brise nocturne caressait son cuir chevelu humide de sueur ; elle aurait aimé que ça dure plus longtemps. Elle se posa dans un parterre de pensées mauves et jaunes.

— Où est-ce que tu étais, Kaleigh ?

Finn avait l'air énervé, à présent. Et fatigué.

Elle se tourna vers lui, bras croisés, et s'avachit comme elle avait vu des adolescents humains le faire quand un adulte les interrogeait. Incidemment, cette position lui permit de soulager sa cheville foulée.

— En quoi ça te regarde ?

— Hum, laisse-moi réfléchir. (Il croisa les bras à son tour et singea sa posture à la perfection.) Parce que tu ne respectes pas la loi et, euh, je suis quoi, moi ? Un représentant de l'ordre, non ?

— C'est une loi bidon fixée par le conseil municipal. Elle n'aurait aucune valeur devant un tribunal. Et toi, tu es un flic bidon, ajouta-t-elle.

— Ou encore parce que tu es ma nièce et que mon rôle est de veiller sur toi ?

— Seulement parce que tu ne veux pas que ta mère ou la mienne piquent une crise.

Elle regrettait qu'il n'ait pas mordu à l'hameçon pour le coup du « flic bidon ». Ça lui aurait permis de détourner la conversation.

Leurs regards se croisèrent. Il faisait nuit noire et le ciel était sans lune, mais ils avaient tous deux la vue perçante. C'était particulièrement utile pour un vampire qui errait la nuit en quête de victimes. Ou qui essayait de rentrer chez lui sans se faire attraper par ses parents.

— Et si je te disais que ça me regarde parce que c'est à toi, Kaleigh Kahill, que l'on doit la sécurité et l'existence même de notre famille ? Tous nos espoirs de salut reposent sur tes épaules. Sans toi pour nous guider, nous n'aurions jamais débarqué sur cette terre ni vu la lumière de Dieu, et nos âmes seraient damnées pour de bon.

Elle rejeta la tête en arrière et serra les poings en grommelant.

— Bon sang, dit-elle en imitant l'accent irlandais qui avait été le leur autrefois. Il faut toujours que tu joues la carte de la Conseillère, hein ?

Il sourit d'un air triste.

— Je sais que c'est dur.

Elle laissa retomber ses mains.

— T'imagines même pas, grinça-t-elle, sarcastique.

— Alors, tu étais où ?

Elle s'extirpa du parterre de fleurs de sa mère.

— Peux pas te dire.

— Parce que tu n'es pas une rapporteuse ?

— T'as tout compris.

— Promets-moi d'être prudente.

Cette fois-ci, elle soutint son regard. Elle sentait qu'il ne se préoccupait pas simplement de la sécurité de quelques adolescents un peu dévergondés. Elle voulut lire dans ses pensées, mais il l'attendait au tournant. Elle se heurta à un mur de briques. Dans sa tête, elle pouvait visualiser les barrières psychiques des gens, différentes d'un individu à l'autre. Les plus doués d'entre eux dressaient un véritable rempart. Solide. Infranchissable. Pour l'heure en tout cas, tant que Kaleigh serait dans sa phase adolescente.

Et lorsqu'elle n'arrivait pas à lire dans les pensées des gens, il lui fallait recourir à une tactique plus humaine pour les faire parler.

— Qu'est-ce qu'il y a, Finn ? C'est ce type mort, hein ?

— Kaleigh, tu sais que je n'ai pas le droit de…

Elle se mit à rire. Il était mignon, son oncle. Et il se montrait parfois tellement bêta.

— Finn, c'est à la femme qui porte la responsabilité de ton âme et des âmes de centaines d'entre nous que tu parles. Et tu me dis que tu n'as pas le droit ? Tu ne peux pas me faire ce coup-là. Qu'est-ce que tu as découvert ?

Il regarda l'herbe à ses pieds.

— Il semblerait que ce soit l'un des nôtres.

Il fallut une minute à Kaleigh pour digérer la nouvelle.

— Putain de merde.

Il leva les yeux et pointa un doigt sur elle.

— Mais tu gardes ça pour toi, d'accord ? Je suis sérieux.

— OK, souffla-t-elle, abasourdie.

— Et maintenant, au lit.

Il lui indiqua le deuxième étage plongé dans l'obscurité.

Elle regarda la fenêtre et grimaça.

— Comment tu veux que je rentre ?

— Comme tu es sortie.

— Tu as verrouillé la fenêtre. De l'intérieur.

Alors que Finn se détournait, la fenêtre s'ouvrit toute seule.

— Tu ne vas même pas me donner un petit coup de pouce ? lui lança-t-elle.

— Va au lit.

Il traversa la pelouse.

— Je peux faire quelque chose ?

Elle ne bougea pas de là où elle était. Elle éprouvait de la compassion pour son oncle, qui n'avait endossé ce costume de flic que depuis deux jours. Un Kahill qui tuait un touriste, c'était une mauvaise chose. Une très mauvaise chose.

— Je veux dire, au sujet du type mort, précisa-t-elle.

Il n'était plus qu'une ombre, à présent.

— Prie pour nos misérables âmes.

— Alors, tu as quoi pour l'instant ?

Finn cala le téléphone sur son épaule tandis qu'il passait en revue la pile croissante de documentation sur l'affaire Colin Meding. Il n'avait pas eu l'intention de s'approprier le bureau du chef Kahill. Les choses s'étaient faites naturellement. La veille, il s'y était installé car c'était le seul endroit qui lui octroyait un peu d'intimité. C'était là qu'il avait parlé aux parents de Colin. Seul. Sans le soutien du chef de la police. Sean ne s'était pas présenté au rendez-vous ; il n'était même pas venu travailler. Il avait chargé sa femme d'appeler le poste pour les avertir qu'il avait un ver à l'estomac. Et, depuis lors, il ne donnait pas davantage signe de vie.

La rencontre avec la famille de la victime avait été pire encore que ce que Finn avait envisagé. Mme Meding n'avait fait que pleurer sans discontinuer. M. Meding avait donné libre cours à sa colère, au point d'être presque violent. Le frère aîné de Colin, étudiant en droit, menaçait la police de poursuites. Mais Finn ne pouvait pas leur en vouloir. En leur parlant, il s'était retrouvé partagé entre l'envie de pleurer et celle de donner un coup de poing dans le mur. Ce boulot commençait vraiment à lui peser.

— Finn ? dit Fia au bout du fil. Essaie de te concentrer, frérot. Que sais-tu des activités de la victime le jour de son assassinat ? Où est-il allé ? Qui a-t-il vu ? Tu dois porter les faits devant le Conseil avant de lancer des accusations. Tu sais comme certaines personnes ont tendance à se mettre sur la défensive.

Finn avait mis des hommes sur le coup la journée précédente. Leurs talents d'investigation finiraient bien par les mener jusqu'au tueur, qu'il soit humain ou vampire. Il fallait partir du meurtre et remonter le fil des événements, comme Fia le lui avait conseillé. À un certain point de cette chronologie, le chemin de la victime et celui du meurtrier s'étaient croisés. Quelque chose s'était produit qui avait précipité le drame final. En l'occurrence, un surfeur mort disposé contre une benne à ordures.

— Ça n'a pas exigé un réel travail de détective, dit-il, sans faire le moindre effort pour cacher sa frustration.

Au moins, avec sa sœur comme interlocutrice, il n'avait pas besoin de jouer les flics sereins et durs à cuire.

— On n'a eu aucun mal à obtenir ces informations. À croire que tout le monde l'a vu vendredi. Les vampires, les humains… personne n'avait l'air d'avoir quelque chose à cacher. Colin travaillait huit heures par jour au stand de pop-corn des Hillman sur la promenade. Il a mangé une pizza chez Sal avec des amis, puis est allé à la salle de jeu et y est resté jusqu'à la fermeture. Ensuite, il est rentré chez lui. Apparemment, son colocataire avait fait venir une fille, alors Colin est allé faire un tour.

— OK, dit Fia.

— Jusqu'ici, nous n'avons mis la main sur personne qui l'aurait vu après qu'il a quitté la maison sur First Street, vers minuit.

— Et personne n'a remarqué qu'il n'était pas revenu de sa balade ? Ni son colocataire, ni les autres garçons qui louent cette maison ? l'interrogea-t-elle. Tu disais qu'ils étaient six en tout, c'est bien ça ?

Finn se laissa retomber dans le confortable fauteuil en cuir de son oncle et se mit à jouer nerveusement avec le mécanisme de son stylo-bille.

— Six sur le contrat de bail. On a découvert qu'en réalité ils étaient neuf à loger là.

— C'est une des locations de Victor ? Ces baraques sont de vrais bouges, et petits avec ça.

— Moins tu dépenses en loyer, plus il te reste d'argent pour la bière, j'imagine.

Clic-clic.

— Tout le monde a vu Colin partir, mais personne n'a remarqué qu'il n'était pas revenu. Apparemment, les colocataires avaient organisé un marathon de ping-pong dans la cour. Quand ils sont rentrés vers 5 heures, ils ont pensé que Colin était rentré plus tôt par la porte côté rue et qu'il était parti se coucher.

— Et le garçon qui partageait sa chambre ?

Clic-clic. Clic-clic.

— Son colocataire a eu un petit creux après le sexe. Lui et la fille sont allés chez elle, une autre location sur Third Street. Elle lui a fait des pancakes et il a passé la nuit là-bas.

— J'imagine que ça n'a pas vraiment d'importance, dit Fia, mais ça m'intrigue. Comment ça se fait que personne ne se soit étonné que Colin ne sorte pas de sa chambre le lendemain matin ?

— Ils ont tous pensé qu'il était parti travailler avant qu'ils se lèvent, vers midi.

Clic-clic.

— Ça se tient, admit Fia. Ses colocataires ont une idée de la personne avec qui il a pu avoir des relations sexuelles avant sa mort ?

Finn jeta son stylo sur le bureau.

— D'après eux, si la chance lui a souri la nuit de sa mort, c'était bien la première fois.

— Tu veux rire !

— Il vient d'une famille croyante. Je te l'ai dit, c'était un brave garçon.

— Parfait, marmonna Fia. Je présume que personne ne l'a vu traîner avec des gens du coin ?

— Ça serait trop facile, répondit-il. J'ai fait la liste des amis et des connaissances qu'il avait à Clare Point. Il s'agit pour l'essentiel d'étudiants comme lui, qui louaient des chambres dans la même rue. Il ne fréquentait que des humains. Jusqu'ici, je ne vois qu'un seul lien avec nous : Liz et Joe Hillman, ses employeurs.

Mais Finn répugnait à envisager cette hypothèse ; il connaissait peu de vampires aussi gentils que Liz et Joe.

— Ils ne sont pas très convaincants dans le rôle du tueur, pas avec un meurtre comme celui-ci, dit Fia, exprimant tout haut la pensée de son frère. Et j'ai le sentiment que Colin n'aurait pas été enthousiasmé à l'idée de coucher avec Liz.

Finn ne put s'empêcher de sourire en imaginant le tableau. Liz était plutôt petite pour une Kahill. Ronde. Et plus toute jeune. Pas vraiment ce qu'on pouvait appeler un bon coup dans une ville comme Clare Point où des filles de dix-neuf ans se pavanaient à moitié nues sur la promenade.

— L'acte sexuel et le meurtre ne sont peut-être pas liés. C'est possible, mais je ne veux pas affirmer d'entrée de jeu que son meurtrier était aussi son partenaire sexuel. Colin a pu coucher avec une humaine, puis tomber sur notre ami vampire.

— On a retrouvé des indices sur le corps ? Des cheveux ? Des fibres ?

— Rien. (Finn s'accouda au bureau et se prit la tête dans la main.) Le médecin légiste a conclu que la victime s'est baignée dans l'océan avant sa mort. Les fluides corporels retrouvés à l'intérieur du short de Colin ont probablement été contaminés par l'eau salée. On les a tout de même envoyés au labo. Au cas où.

Fia gardait le silence au bout du fil.

— Alors, tu en penses quoi ? finit par lui demander Finn.

— Honnêtement ?

Finn se redressa et s'appuya contre le dossier du fauteuil. À travers la vitre, il voyait un groupe de policiers s'affairer. Tous les autres étaient sortis pour quadriller la ville ou interroger les gens sur la promenade. Jusque-là, les forces de police se montraient incroyablement coopératives et efficaces. Personne ne semblait reprocher à Finn d'avoir pris l'enquête en main, ni même s'en étonner.

— Oui, dit-il. C'est que ça va bientôt faire soixante-douze heures. Je sais que chez les humains ce n'est pas bon signe pour ce genre d'affaires ; ça commence à faire long. Mais, pour les vampires, ça équivaut à un battement de cils.

— Je sens que ça ne va pas être de la tarte, Finn. Ça m'étonnerait que quelqu'un se manifeste et plaide coupable à la réunion du Conseil demain matin.

— Ça n'a pas de sens. (Il garda un moment les yeux fermés.) Enfin, je sais que ça peut arriver de temps en temps, mais pourquoi tuer un touriste ? Pourquoi mettre en péril notre fonds de commerce ?

— Tu sais pourquoi. Le sang humain.

Il fronça les sourcils mais se garda de tout commentaire.

— Écoute, poursuivit-elle. On fait tous des choses stupides ou dangereuses, Finn. Des choses que l'on sait mauvaises. Parfois, on est simplement incapable de s'en empêcher. Ce n'est pas une malédiction pour rien.

Le ton de sa voix le déconcerta.

— C'est d'expérience que tu dis ça ?

— Je ne l'ai pas tué, répondit-elle en esquivant sa question. Appelle-moi s'il se passe quelque chose.

— C'est tout ? dit-il en balayant les cheveux devant ses yeux. J'ai un humain de vingt-deux ans mort sur les bras, et je devrais me contenter d'attendre ?

— Continue à poser des questions aux touristes. Assure-toi que personne n'a rien vu cette nuit-là sur la promenade. Il n'était pas si tard que ça. Il devait bien y avoir quelqu'un.

— De toute évidence oui, sinon Colin Meding ne serait pas mort.

Elle ne releva pas son sarcasme.

— Reste vigilant, mais, ouais, c'est tout. Il ne te reste qu'à attendre que quelqu'un passe aux aveux ou qu'il y ait du nouveau.

— Un autre cadavre, par exemple ?

— Espérons ne pas en arriver là. Il faut que j'y aille, frérot.

Finn raccrocha et baissa les yeux sur l'épais dossier « Meding, C. » posé sur son bureau. Il ne savait vraiment plus quoi faire. Colin avait vécu ses dernières heures sur la promenade ; des indices s'y trouvaient forcément.

Finn se leva de son fauteuil. C'était là-bas qu'il devait se rendre.

— Personne ne t'a vu ?

Tout en tenant la porte ouverte pour Victor, Mary inspecta l'allée derrière sa propriété.

— Ça fait quoi si on m'a vu ? bougonna-t-il avant de l'embrasser sur la joue. Ça sent bon.

En souriant, elle referma la porte et le suivit dans la cuisine. Elle commençait à savoir que Victor aboyait bien plus souvent qu'il ne mordait.

— Des huîtres frites, du ragoût de courge et du maïs. Tes plats préférés. (Elle lissa le tablier à fleurs roses qu'elle portait par-dessus son short et son tee-shirt.) Tu m'as manqué. Je pensais que tu passerais vendredi soir. Je t'ai attendu, j'avais mis ma nouvelle nuisette. Je n'ai pas non plus eu de tes nouvelles samedi et hier.

— Tu veux de l'aide ? demanda-t-il alors qu'il s'était déjà installé à la table de la cuisine dressée pour deux personnes.

Elle hésita. Il se comportait de manière un peu étrange ces derniers temps, étrange même pour Victor. Elle songea à lui demander pourquoi il n'était pas venu le vendredi, mais elle décida de ne pas insister. Il était là à présent, et c'était ce qui importait.

— Le dîner est prêt, dit-elle. Mais tu pourrais allumer les bougies sur la table.

— Quoi, t'as pas payé ta facture d'électricité ? (Il se leva de sa chaise et se dirigea vers un tiroir pour prendre un briquet.) De mon temps, on se servait de bougies parce qu'on avait pas le choix, pas parce que c'était « romantique ».

— Tu veux des huîtres frites, je veux des bougies.

Elle prit son assiette sur la table et entreprit de la remplir à ras bord de mollusques croustillants et parfumés.

— Tu as ton repas maison, moi mon dîner romantique avec mon homme. (Elle se mit à verser du ragoût dans son assiette.) Et si ça ne te plaît pas, mon vieux, tu peux retourner chez toi et t'ouvrir une boîte de conserve.

Victor alluma les bougies au centre de la petite table et se rassit.

— Ça sent drôlement bon.

— Merci.

Elle posa l'assiette devant lui et retourna aux fourneaux remplir la sienne.

Victor attendit poliment que Mary finisse de se servir. Sans se presser, elle retira son tablier pour le suspendre à un crochet au mur et vint s'asseoir en face de lui. Elle lui sourit du bout de la table. Elle savait que beaucoup de gens ne comprendraient pas ce qui l'attirait chez Victor, surtout que ça ne faisait que deux ans que Bobby avait été tué. Mais elle appréciait la compagnie de Victor. Ils aimaient la même nourriture et les mêmes jeux télévisés, comme *Qui veut gagner des millions ?* ou *Danse avec les stars*. Et il avait beau passer son temps à ronchonner, il la traitait bien. À la mort de Bobby, Mary s'était sentie mourir avec lui. Du moins, elle l'aurait souhaité. Victor lui redonnait goût à la vie.

— Tu aimerais dire le bénédicité, ou bien je m'en charge ? demanda Mary en posant la main sur la sienne.

Il regarda furtivement dans sa direction. Ses yeux gris se mirent à briller.

— Vas-y, ma vieille, mais que ça saute. Les huîtres sont en train de refroidir.

Chapitre 8

— Merci d'avoir accepté de venir.

Finn était assis en face d'Elena à la table de l'*O'Malley*, un restaurant sur la promenade qui devait son nom à la famille de chasseurs de vampires responsable de l'exode des Kahill. Mais, au lieu de les éradiquer, les O'Malley leur avaient donné sans le vouloir une chance de se racheter dans le Nouveau Monde. Les Kahill trinquaient régulièrement à leur santé.

Elena saisit entre ses doigts fins le verre de martini à la grenade qu'elle avait commandé. Avec la musique qui se déversait des haut-parleurs au-dessus du bar – du bon vieux rock'n roll –, ils devaient se rapprocher pour s'entendre.

— Je commençais à me dire que tu n'appellerais pas.

Sa longue chevelure sombre encadrait son visage en forme de cœur.

— Je suis contente que tu te sois décidé à le faire, dit-elle en tournant vers lui ses grands yeux noirs.

Finn n'avait pas touché à son verre de Molson.

— Comme je disais au téléphone, je ne te promets pas d'être de très bonne compagnie. (Il la regarda dans les yeux et esquissa un demi-sourire.) Mais ça me fait plaisir que tu sois venue.

— Je comprends, tu es soucieux. L'enquête avance ? (Elle sirota le breuvage couleur rubis.) Un si beau jeune homme. J'ai vu sa photo dans les journaux.

La voix rauque de Mick Jagger s'éleva dans la salle.

— Je ne peux pas en parler.

Il goûta sa bière et la trouva bonne. Plus digeste que celles qu'il buvait au *Tertre* avec les siens.

— Je prends ça pour un « non ».

Elle posa son verre de martini sur la serviette en papier pliée sur la table et se cala sur sa chaise en croisant ses longues jambes bronzées.

Alors qu'il l'observait, Finn se fit la réflexion que chacun des gestes d'Elena, même le plus insignifiant, était fluide comme ceux d'une ballerine. Peut-être dansait-elle, mais il en doutait. Ça allait au-delà d'un simple passe-temps. Sa façon de se mouvoir en disait long sur sa personnalité et ses origines.

— J'en suis navrée, enchaîna-t-elle. Je vois bien que ça te contrarie. Tu t'investis beaucoup dans ton travail.

— Pas vraiment. C'est juste pour l'été, un service que je rends. Mais c'est que… (il baissa les yeux sur son verre de bière, puis la regarda) je me sens responsable. Ce gosse était le frère de quelqu'un. Le fils de quelqu'un.

À sa grande surprise, les yeux d'Elena s'emplirent de larmes. Mais il ne s'étonna pas de constater que cet épanchement la rendait encore plus belle.

Embarrassée, celle-ci tourna la tête.

— Je suis désolé. (Il tendit la main pour prendre la sienne.) J'ai dit quelque chose…

— Non. Ça va.

Elle lâcha un petit rire et renifla, mais n'essuya pas ses larmes. Elle le regarda de nouveau.

— Je songeais simplement que sa mère a de la chance que quelqu'un se donne autant de mal pour retrouver le meurtrier de son fils.

Finn ne lui lâcha pas la main. Ils gardèrent le silence un moment, perdus dans leurs réflexions. À chaque seconde qui s'écoulait, les pensées de Finn se tournaient davantage vers Elena.

Lorsque l'instant d'émotion fut passé, elle retira sa main de la sienne pour prendre son verre.

— Qu'est-ce qui t'amène à Clare Point, alors ? voulut savoir Finn. Tu disais être venue avec ta sœur et sa famille pour les vacances, mais le Delaware est bien loin de Florence.

— Comment tu sais que je viens de Florence ?

Elle le dévisagea par-dessus son verre de martini. Il n'arrivait pas à déterminer si elle était simplement surprise ou bien s'il l'avait contrariée.

— Je ne te l'avais pas dit.

Il haussa les épaules.

— Simple déduction. J'ai eu l'impression à t'entendre que tu étais de Florence.

— Mon accent ? demanda-t-elle en levant le sourcil. De l'avis de la plupart des Américains, mon anglais est très bon.

— Oh mais oui, il l'est. J'ai juste des facilités. (Il haussa les épaules.) Avec les langues.

— Tu parles italien ?

— *Sì, sì.* J'ai étudié là-bas à une époque.

Ce qui n'était pas entièrement faux.

— Vraiment, tu es allé en Italie ? Où ça ? À part Florence.

Les yeux d'Elena se remirent à briller.

Ils discutèrent quelques minutes des endroits qu'il avait visités en Italie et des monuments qu'il avait admirés. Il ne devait pas en dire trop ; il lui arrivait parfois de confondre les époques, qui pour lui se ressemblaient toutes. Il ne voulait pas risquer de se trahir à l'évocation d'une cathédrale qui n'existait plus depuis mille ans. La conversation se porta ensuite sur les monuments qu'ils connaissaient ailleurs dans le monde. Il trouvait Elena intelligente, observatrice et sexy. Tout en elle lui plaisait, de sa chevelure sombre jusqu'à ses ongles de pied manucurés. Plus ils parlaient, plus il était conquis. Il l'avait invitée à sortir sans rien envisager de sérieux, mais Elena représentait déjà plus pour lui qu'une aventure d'un soir.

Après avoir pris une gorgée de son fond de martini, elle se pencha vers lui. La table était si petite que, lorsqu'il l'imita pour l'entendre par-dessus la musique mélancolique d'Eric Clapton, ils se retrouvèrent presque nez à nez.

— Ma sœur et son mari emmènent les enfants voir un film tard ce soir, vers 22 heures. Tu devrais passer.

Il fit un rapide calcul. La réunion du Conseil était à une heure et demie. Ça lui laissait largement assez de temps.

Voyant qu'il tardait à répondre, elle recula.

— Je suis désolée. Ma proposition trop directe t'a offensé.

Elle croisa les bras. Sous sa robe à fleurs en soie, il devinait les mamelons durcis de ses petits seins ronds.

— Vous, les Américains, vous aimez « faire le premier pas ».

— Mais non, pas du tout. J'aime qu'une femme sache prendre les devants, dit-il en souriant. Ce doit être l'influence irlandaise.

Elle termina son verre et se laissa glisser de sa chaise.

— Viens si tu en as envie. Je serai là. Comme je te l'ai déjà dit, ça ne t'engage à rien.

Finn la regarda sortir du bar et se demanda pourquoi il avait l'impression qu'un piège se refermait sur lui.

Finn s'assit au bord du canapé, obligeant Regan à pousser ses pieds pour lui faire de la place. Il posa ses chaussures par terre.

— Tes recherches de boulot, ça avance ?

Regan zappa d'une chaîne à l'autre.

— À peu près aussi bien que ton enquête.

— Ce n'est pas drôle.

Finn enfila une chaussure, puis la seconde.

Pour la première fois, Regan leva les yeux vers lui.

— Où est-ce que tu vas comme ça, sur ton trente et un ?

Finn jeta un coup d'œil à son frère. Regan portait un boxer et un tee-shirt Mario.

— Je ne suis pas « sur mon trente et un ». J'ai juste pris une douche. Il y a réunion du Conseil ce soir.

— Pas à 21 h 45. (Regan passa en revue les chaînes de télévision.) Tu as un rencard, sacré veinard.

C'était une affirmation, pas une question.

Finn se dirigea vers la porte d'entrée. Les cartons d'emballage n'avaient pas bougé de l'endroit où ils les avaient posés le jour de leur emménagement.

— Tu as réparé le robinet aujourd'hui ?

Regan regardait une publicité pour un médicament contre la toux.

— Non, mais j'ai battu vingt-sept gosses au Air Hockey. Ah, cool, c'est l'heure des *Power Rangers*. Tu sais qu'ils rediffusent tous les premiers épisodes ?

Il monta le son.

— Répare ce fichu robinet, dit Finn en poussant la porte assortie d'une moustiquaire. Ce soir. Avant que je sois rentré. Sinon j'appelle maman et je lui dis que tu as replongé.

Regan se redressa d'un bond sur le canapé.

— Bon sang, tu ne t'abaisserais pas à ça !

Finn sourit et passa la porte. Pourquoi n'y avait-il pas pensé plus tôt ? S'il s'avisait seulement d'insinuer que son frère avait peut-être recommencé à se droguer, leur mère se mettrait à appeler vingt fois par jour. Elle était capable de débarquer chez eux à tout moment. Cette femme savait se montrer acharnée.

— On parie ? le défia Finn en laissant la porte claquer derrière lui.

Repérant Katy à la fenêtre de service du *Dairy Queen*, Kaleigh interrompit son nettoyage de la machine de glaces à l'italienne.

— Salut, dit-elle.

— Sympa, ton chapeau. (Katy s'accouda au comptoir et se pencha par la fenêtre.) Est-ce qu'il faut que je travaille ici pour en avoir un ou bien est-ce que n'importe qui peut en porter ?

Kaleigh rajusta son chapeau en papier blanc et attrapa un gros bocal de cerises confites pour réapprovisionner les bacs pendant qu'elle discutait avec Katy.

— Moi, au moins, j'ai un travail.

— Tu parles. Un boulot naze dans une ville naze, grommela Katy. Bon sang, comme je déteste cet endroit ! Je ne comprends pas pourquoi ce n'est pas aussi ton cas.

Katy rabâchait le même discours depuis des mois. Elle détestait Clare Point. Elle voulait vivre ailleurs. N'importe où dans le monde sauf là. Ce qui, bien entendu, n'arriverait jamais.

— J'ai bientôt fini ma journée, dit Kaleigh, s'efforçant de paraître enjouée.

Elle voulut dévisser le couvercle du bocal, mais il refusait de bouger.

— Tu veux venir à la maison regarder un film, par exemple ?

— Peux pas. J'ai un rencard.

— Attends une minute.

De guerre lasse, elle retourna le bocal et le cogna contre le comptoir pour essayer de le faire céder.

— Quand je suis arrivée ici à 18 heures, tu étais furieuse contre Pete et tu avais décidé de ne plus jamais lui parler.

Le couvercle ne bougeait pas d'un poil.

— Oui et non.

Une lueur de malice brillait dans les yeux de Katy. Puis elle fronça les sourcils.

— Donne-moi ce truc. Tu vas finir par te faire mal.

Elle prit le bocal de cerises confites des mains de Kaleigh et dévissa le couvercle en un tournemain.

Kaleigh le lui reprit et le regarda, déconcertée.

— Merci.

— Hé, vous comptez commander ou quoi ?

Une humaine attendait derrière Katy. Deux enfants identiques, un garçon et une fille, tiraient sur sa robe en éponge et réclamaient en pleurnichant de la glace au chocolat avec des pépites.

Katy et Kaleigh firent la sourde oreille. Kaleigh entreprit de verser les cerises dans les bacs en plastique à l'aide d'une grosse cuillère en métal.

— Tu sors avec quelqu'un d'autre ? chuchota Kaleigh.

— Beppe.

Katy sourit.

— Katy, c'est une mauvaise idée et tu le sais. Flirter c'est une chose, mais…

— Excusez-moi, si vous ne commandez pas, vous pourriez laisser la place à d'autres ?

L'humaine devenait aussi geignarde que ses enfants.

— Vous permettez une seconde ? lança Katy par-dessus son épaule. Ou vous pourriez peut-être aller à l'autre fenêtre puisqu'il y a marqué « fermé » sur celle-ci, de toute manière.

Elle indiqua le panneau cartonné à la fenêtre et se retourna vers Kaleigh.

— Ces touristes…, souffla-t-elle.

La femme empoigna ses enfants par la main et alla grossir la file d'attente devant l'autre fenêtre. Le glacier fermait dans un quart d'heure, et c'était toujours le moment de la journée où il y avait le plus d'affluence.

— Je ferais mieux de donner un coup de main, constata Kaleigh en refermant le bocal de cerises. Tu peux m'attendre ?

Katy rentra la tête et se dégagea de sous la fenêtre.

— Peux pas. Je dois rentrer à la maison et attendre que mes vieux aillent se coucher pour pouvoir filer en douce. Maman veut qu'on ait une « réunion de famille », dit-elle en levant les yeux au ciel. Je retrouve Beppe à minuit. Il doit aller voir un film naze avec sa famille, mais après on va chez Tomboy. J'ai mes entrées maintenant.

— Tu ne devrais pas sortir avec lui, et tu ne devrais pas aller chez des humains.

— Tu y es bien allée, toi.

— Pas avec un humain. Tu vas t'attirer des ennuis.

Kaleigh regarda par-dessus l'épaule de Katy. La file d'attente grossissait à vue d'œil. Il fallait vraiment qu'elle aide la fille à l'autre fenêtre.

— Il faut que je retourne travailler. Tu ne peux vraiment pas attendre ?

— Je te raconterai les détails demain matin. (Katy abattit sa main sur le comptoir.) Enfin, peut-être pas tous.

Elle se mit à rire et s'éloigna.

— Tu ferais mieux de ne rien faire de stupide, lui cria Kaleigh.

— C'est mon genre ?

— Pas qu'un peu, lâcha Kaleigh à voix basse.

La porte de la villa s'ouvrit au moment où Finn remontait l'allée depuis la rue. Il avait dû marcher trop vite, ou alors la famille d'Elena avait pris du retard. Une femme qui ne pouvait qu'être la sœur d'Elena sortit sur le perron éclairé de lanternes. Elle parlait en italien à quelqu'un derrière elle. Finn n'avait pas vraiment envie de rencontrer la famille d'Elena ; il aimait autant que les choses restent simples. Mais il n'avait nulle part où aller, nul endroit où se cacher.

— *Parleremo di questo quando torneremo a casa, Beppe. Basta !*

Vêtue d'une robe et d'un châle jeté sur ses épaules, le sosie d'Elena traversa le perron d'un pas rapide. Elle avait les mêmes merveilleuses jambes que sa sœur. Elle était plus jeune, mais pas aussi jolie de visage.

Il semblait y avoir un désaccord entre elle et son interlocuteur, qui apparut sur le perron une seconde plus tard. Un adolescent, de mauvais poil. Deux filles sortirent à sa suite : l'une d'elles à peine adolescente, l'autre un peu plus jeune. Un petit homme aux cheveux sombres fermait la marche.

Repérant Finn, la sœur d'Elena lui sourit.

— Bienvenue à la Villa Rose, ami d'Elena.

Dans un geste amical, elle lui tendit les bras.

Elena sortit en dernier sur le perron. À la vue de Finn, elle leva les bras comme pour lui dire qu'elle ne s'attendait pas plus que lui à ce qu'ils soient encore là.

Il lui sourit. Ça ne lui coûterait rien, au fond, de faire la connaissance de sa famille. Elena et lui étaient célibataires ; ils ne faisaient rien de répréhensible. Enfin, lui, si parce qu'elle était humaine, mais là n'était pas la question. Il gravit l'escalier jusqu'au perron découvert. Comme la villa était construite sur pilotis, le perron surplombait la rue d'un étage. Il y avait plus de vent en hauteur, et il y faisait plus frais.

— Finn Kahill.

Lorsque la sœur d'Elena lui tendit la main, il la baisa au lieu de la serrer. C'était une vieille habitude héritée du passé. Bien lui en prit : relevant la tête, il vit qu'elle et Elena souriaient.

— Ma sœur Celeste et son mari Vittore, les présenta Elena. Et voici mes nièces et mon neveu : Lia, Alessa et Beppe.

— Heureux de faire votre connaissance, Finn.

Finn échangea une poignée de main ferme et cordiale avec le beau-frère d'Elena.

— Moi de même.

Finn adressa un signe de tête aux enfants. Le garçon le snoba. La fille aînée, qui paraissait timide, esquissa un demi-sourire avant de baisser les yeux sur ses sandales.

— Heureuse de vous rencontrer, monsieur, dit la cadette.

— *Andiamo ?* s'impatienta Vittore en faisant de grands gestes à l'intention de sa famille.

— Oui, oui, on y va ! (Celeste passa devant Finn et gagna les marches.) Excusez notre impolitesse, nous allons être en retard pour la séance. Bonne soirée. *Ti voglio bene, sorella mia.*

Elle souffla un baiser à sa sœur.

Debout à côté de Finn, Elena regarda sa famille descendre la rue en hâte.

— Je suis désolée. Je pensais qu'ils seraient partis à l'heure qu'il est.

Elle se dressa sur la pointe des pieds et déposa un baiser sur sa joue, puis sur l'autre.

Il l'attrapa par le menton et l'embrassa sur la bouche avant qu'elle ne puisse s'écarter.

— Aucun problème, murmura-t-il, ses lèvres collées aux siennes.

— Un verre de vin ?

Elle traversa le perron, sans lui laisser d'autre choix que de la suivre. Elle avait gardé la robe à fleurs qu'elle portait plus tôt dans la soirée mais sans ses sandales, et ses cheveux étaient décoiffés comme si elle était allée à la plage. En l'embrassant, il avait senti l'odeur des embruns sur sa peau.

— Volontiers.

— Un malbec ?

— Du vin argentin ?

Il entra dans la cuisine après elle. Il n'avait pas mis les pieds dans cette villa depuis des années. La cuisine avait été réaménagée de fond en comble : équipement en acier inoxydable, sol carrelé, plans de travail en granit. C'était une demeure splendide et spacieuse, dotée de fenêtres immenses et d'un perron qui faisait le tour de la maison et donnait sur l'océan.

— Tu préfères du vin italien ? (Elle sortit deux verres d'un vaisselier.) Je peux regarder ce que nous avons d'autre.

— Non, non, un malbec c'est parfait. Je m'attendais juste… à du vin italien, j'imagine, dit-il avec un petit rire.

— Je me suis lassée du vin italien. L'hiver dernier, Celeste et moi sommes allées en Argentine et avons visité de nombreux vignobles. Depuis que je suis revenue, ma soif de ce nectar rouge sang est intarissable. Le raisin malbec vient de France, à l'origine.

Finn aimait sa façon de voir les choses. Intéressante, cette obsession commune du sang…

Elle le chargea de la bouteille de vin et du tire-bouchon, et emporta les verres.

— La plage est magnifique la nuit. C'est le moment que je préfère. Allons nous asseoir dehors.

Elle éteignit les lumières de la maison avant de sortir et ils se retrouvèrent dans le noir complet.

— Waouh, quelle vue !

Ils s'installèrent côte à côte devant la balustrade et contemplèrent la plage plongée dans l'obscurité. Finn distinguait à peine au loin l'écume blanche des vagues qui s'échouaient sur le sable.

— C'est beau, non ?

Elle s'assit sur une chaise longue et posa les verres sur une table basse.

Il ouvrit la bouteille et leur versa à chacun une belle rasade de vin. Elle l'invita à la rejoindre et il s'installa à côté d'elle.

— *Salute.* (Ils entrechoquèrent leurs verres et elle leva le sien pour trinquer.) *Squisito*, dit-elle en buvant une gorgée puis en se calant dans la chaise longue, blottie contre lui.

Il passa son bras autour d'elle et l'attira plus près. Il faisait finalement assez frais dehors, et son contact était agréable.

— C'est toi qui es *squisita*, lui dit-il en l'embrassant.

Elle était délicieuse. Il sentit le goût du vin sur ses lèvres, mélange de cerise et de chêne, ainsi que la douceur de sa passion. Pas simplement pour lui, mais pour la vie en général. Tout en elle le reflétait, sa façon de s'habiller, de se mouvoir, l'éclat de son regard.

— *Squisita e bella.*

Elle posa les doigts sur ses lèvres.

— Tu n'es pas obligé de faire ça, murmura-t-elle.

— Faire quoi ?

Il éloigna sa main pour ne pas renverser de vin sur elle et se frotta dans son cou.

Elle avala une autre gorgée et reposa son verre.

— Tu sais bien, expliqua-t-elle en le regardant dans les yeux. Me dire des choses, me flatter. Je t'ai déjà proposé de me faire l'amour. (Elle secoua la tête.) Ce n'est pas la peine de me faire la cour, chuchota-t-elle d'une voix rauque.

— Mais tout le monde mérite d'être courtisé, Elena.

Il but à son tour et posa le verre à côté de la chaise.

— Pas moi.

Il perçut dans sa voix le même accent tragique qu'il avait déjà remarqué auparavant. Il pressentait qu'elle ne devait pas avoir une vie facile. Cette souffrance palpable lui donnait envie de la prendre dans ses bras. De la protéger.

— Viens là, lui murmura-t-il en la serrant plus près de lui.

Elle jeta ses bras autour de son cou, ferma les yeux et l'embrassa. Au départ, leurs baisers étaient hésitants. Ils s'explorèrent l'un l'autre, puis rapidement s'échauffèrent.

— Fais-moi l'amour, Finn, s'enflamma-t-elle. Fais-les taire dans ma tête. (Elle l'embrassait entre chaque mot avec fougue.) Au moins quelques minutes.

Il repoussa les cheveux qui tombaient devant le visage d'Elena pour l'obliger à le regarder, mais elle se déroba.

— Que je fasse taire quoi ? haleta-t-il entre deux baisers.

— Leurs cris.

Chapitre 9

Elena remonta sa robe vaporeuse sur ses cuisses et jeta une jambe par-dessus celle de Finn. Les mains sur sa taille, Finn la souleva et l'installa sur ses genoux. Alors que le voile de sa chevelure sombre l'enveloppait, il se demanda s'il était une fois encore tombé sur une femme instable. Il y en avait eu d'autres ces derniers siècles. Sa famille prenait plaisir à se moquer de lui en disant qu'il les attirait. Mais Elena n'avait pas l'air d'une folle ; pour les autres, il en avait eu la certitude dès le départ.

Lorsqu'elle plongea la langue dans sa bouche, il songea que ce n'était peut-être pas si important qu'elle soit un peu dérangée. Après tout, les fous avaient droit au sexe tout autant que les sains d'esprit. Et ça n'allait pas plus loin que ça. Du sexe. Ils s'étaient mis d'accord sur ce point.

Sauf qu'il y avait quelque chose de différent. Il se sentit de nouveau envahi par la sensation de connaître Elena. D'avoir entendu parler d'elle. Mais il ne parvenait pas à mettre le doigt sur ce souvenir. À vrai dire, il avait du mal sur le moment à penser à autre chose qu'à prendre son pied.

Son cœur battait la chamade. Il caressa le mollet d'Elena, effleura le creux de son genou et remonta sous sa jupe. Puis plus haut. Sa peau était douce comme de la soie, ses jambes musclées et bien dessinées. Pour une femme

« plus toute jeune », elle avait un corps superbe. Même pour une femme qui aurait eu dix ans de moins, d'ailleurs.

Elena semblait bien connaître la parade de l'amour et la menait tambour battant. Elle moula son corps sur le sien, colla ses seins contre le torse de Finn et gémit doucement lorsqu'il toucha l'échancrure de sa culotte en soie.

Finn avait eu un peu froid lorsqu'ils étaient sortis sur le perron, mais il était certain que sa température venait d'augmenter de dix degrés. Il prit en coupe ses fesses rondes et elle pressa son bas-ventre contre le sien. Il l'embrassa à pleine bouche, incapable de refréner son désir de la goûter. De la posséder.

— Tu veux qu'on rentre ? murmura-t-il alors qu'ils reprenaient leur souffle.

Elle secoua la tête.

— Enlève-moi ça. (Elle recula et empoigna le bord de son tee-shirt.) Tout.

Elle fit passer le tee-shirt de Finn par-dessus sa tête et le jeta sur le perron.

Il entendit son verre tomber, et alors qu'il trouvait l'élastique de son short des images de vin renversé envahirent son esprit. Elle se laissa glisser en arrière et tira sur son short.

— Pas si vite, dit-il en la repoussant. Je veux te voir.

Elle secoua la tête.

— Pas de romantisme, Finn. S'il te plaît. (Elle quitta ses genoux et se mit debout à côté de la chaise.) Enlève-le, ordonna-t-elle.

Tandis qu'il retirait son short, elle glissa les mains sous sa robe. Avec une légère appréhension, il regarda le mouvement de ses doigts. Elle retira sa culotte en soie et dentelle.

Il s'était à peine débarrassé de son short et de son boxer que déjà elle grimpait sur la chaise avec lui.

— Elena, haleta-t-il en la prenant dans ses bras et en la renversant sur le dos. On a le temps.

Elle rit, d'une voix rauque qui trahissait un besoin de plus en plus pressant.

— Du temps, répéta-t-elle. Si tu savais.

— Ils ne reviendront pas avant plusieurs heures, lui dit-il.

Mais, à l'instant même où il prononçait ces mots, il eut le sentiment qu'ils ne parlaient pas de la même chose.

Folles à lier.

Il disait aimer toutes sortes de femmes : minces, rondes, blondes, brunes. Il devait donc les aimer aussi bien folles que saines d'esprit. Alors quoi ?

Il la poussa contre les coussins moelleux et l'étreignit, prenant garde de répartir son poids pour ne pas lui faire mal. Elle voulut soulever sa robe mais il retint son geste. Elena était brûlante, sa peau si douce. Il ne voulait pas précipiter les choses.

Elle fit courir ses mains sur les épaules nues de Finn et tendit le cou comme une invitation.

Il l'embrassa sur la bouche puis sur la joue, enserra son sein petit mais ferme. Tout se déroulait à merveille, de manière très humaine. Soudain, alors qu'il caressait le mamelon sombre d'Elena, il se surprit à penser à son sang.

Mais comment pouvait-il résister à son désir, avec cette façon qu'elle avait de s'arc-bouter et d'allonger le cou ? C'était presque comme si elle comprenait la véritable nature de son besoin.

Alors qu'il collait sa bouche contre son pouls, elle se rapprocha de lui jusqu'à le frôler avec son mont de Vénus. Il sortit la langue et goûta sa peau chaude et salée.

La sueur perlait au-dessus de sa lèvre supérieure.

Il descendit sur la courbe de ses seins, là où ils se soulevaient à l'encolure de sa robe. Saisissant l'un d'eux dans une main, il referma sa bouche sur l'étoffe et sentit le téton durci d'Elena contre sa langue.

Mais il pensait toujours à sa gorge, à son sang qui battait sous la fine membrane de sa peau.

Elena caressa ses fesses nues et se mit à les pétrir.

Le cœur de Finn battait à cent à l'heure. Son pouls s'emballait. Il n'arrivait pas à reprendre haleine. Il était complètement grisé par l'odeur de sa peau, le bruit de sa respiration haletante dans son oreille. Derrière lui, il entendait les vagues se briser sur le rivage et il repensa à toutes ces fois où il avait fait l'amour à une femme au bord de l'océan.

Mais jamais il n'avait eu une femme comme Elena dans les bras.

Il se redressa. Pour s'accorder un peu de répit, il enfouit le visage dans sa chevelure soyeuse et respira son parfum.

— Assez de préliminaires, gémit Elena à son oreille.

Sous lui, il la sentit remonter sa robe jusqu'à ce que leurs peaux nues se retrouvent l'une contre l'autre.

Finn voulait faire durer cet instant. Pour elle et pour lui-même. Pour toutes ces nuits solitaires où, étendu dans son lit, il avait souhaité être comme elle. Être humain.

Mais lorsqu'elle referma ses doigts chauds sur son membre sensible, il comprit qu'il ne pouvait plus reculer. Elena le guida en elle et poussa un cri lorsqu'il la pénétra.

Elle se reposa contre le dossier incliné de la chaise longue et leva les mains au-dessus de la tête comme pour se rendre. D'un coup de reins, il s'enfonça plus loin en elle. Submergé par une soudaine bouffée de tendresse, il entremêla ses doigts à ceux d'Elena.

— Ouvre les yeux, murmura-t-il en l'observant dans les ténèbres. Regarde-moi.

Elle secoua la tête, mordilla ses lèvres rougies par les baisers et se détourna.

— Elena…

Il lui effleura la joue du bout des doigts.

— S'il te plaît, ne fais pas ça.

Redoutant soudain d'avoir fait une erreur, il s'arrêta. Pas une fois au cours de tous ces siècles il n'avait pris une femme contre son gré, et il ne comptait pas commencer maintenant. Elle lui avait clairement signifié qu'elle voulait du sexe, mais si elle avait changé d'avis ? Il serra les dents.

— Que je ne fasse pas quoi ? murmura-t-il.

— Ne me fais pas pleurer, parvint-elle à articuler alors que sa lèvre inférieure tremblait. Parce que je n'arriverai plus à m'arrêter.

Il en eut mal au cœur pour elle. Même sans les connaître, il compatissait pour les souffrances qu'elle avait endurées. Et il se sentit coupable d'avoir laissé la pensée de boire son sang lui traverser l'esprit.

— Emmène-moi, le supplia-t-elle, les yeux toujours fermés. Tu sais où. Tu sais comment. Je sais que tu sais.

Finn passa les bras autour de sa taille et posa un moment la tête sur son épaule. Il inspira profondément le doux parfum de sa peau moite, de ses cheveux soyeux et de la brise marine jusqu'à ce que les odeurs se confondent en une seule. Puis il se mit à bouger en elle. Si elle lui réclamait un orgasme, il allait faire de son mieux pour la satisfaire.

Au début, Elena resta inerte, les bras le long du corps. Elle ne le regardait pas.

Il bougeait sans se presser, pour lui donner le temps dont elle avait besoin.

Elle se souleva vers lui, lentement d'abord, puis de plus en plus vite. Elle se jeta au cou de Finn et lui enfonça ses ongles manucurés dans le dos.

— *Sì sì, così!* Comme ça ! cria-t-elle.

Finn restait concentré. Il voulait le faire pour elle. Il voulait faire cesser les cris dans sa tête, peu importe de qui ils provenaient. Même si ce n'étaient que les siens.

Gémissante et serrée contre lui, elle jouit intensément.

— *Per favore, per favore*, répéta-t-elle encore et encore, agrippée à lui. S'il te plaît.

Parfois, c'était la manière qu'une femme avait de le toucher qui l'amenait à la jouissance. D'autres fois, c'était la simple pensée de son sang. Cette fois-ci, ce fut la voix d'Elena qui le suppliait. Mais il ignorait ce qu'elle voulait de lui.

Elena était assise dans le noir sur les marches du perron qui descendaient vers la plage lorsqu'elle entendit sa sœur l'appeler. Elle fut presque tentée de ne pas lui répondre. Mais Celeste saurait la trouver, qu'elle réponde ou pas. Comme toujours.

— Dans l'escalier, lança Elena en anglais.

Alors que Celeste préférait utiliser l'italien, Elena faisait toujours l'effort de parler la langue locale lorsqu'elle visitait un pays étranger.

Elle sentit la présence de sa sœur en haut de l'escalier et jeta un coup d'œil par-dessus son épaule.

— Le film t'a plu ?

— Ça a été. Je crois que Beppe et Vittore ont aimé. Un film de mecs. Plein de fusillades et de voitures qui explosent.

Elle porta un moment son regard au-delà des dunes de sable, comme si elle pouvait voir ce qu'Elena voyait. Mais comment aurait-elle pu ?

— Brrr, grelotta-t-elle en s'emmitouflant dans son châle. Il fait frais ce soir. (Elle baissa les yeux sur Elena.) Tu n'as pas froid ?

— Pas trop.

Elena enlaça ses genoux. Ça lui était égal d'avoir froid. L'air vif la faisait se sentir vivante.

Elena espérait que sa sœur allait retourner à l'intérieur ; elle voulait être seule. Son espoir fut vite anéanti. Derrière elle, elle entendit les marches grincer.

— Il a l'air gentil, ce jeune homme.

Celeste s'installa sur une marche à côté d'Elena.

— Mmm.

Assises à mi-hauteur de l'escalier, elles voyaient la plage blanche et le rivage, au-delà de la ligne ombrageuse des dunes de sable. Le bruit des vagues qui s'écrasaient en rythme était réconfortant.

Celeste passa le bras autour des épaules d'Elena.

— Tu dis que tu n'as pas froid ? Tu es gelée.

Elle frotta le bras de sa sœur.

Elena ne répondit pas.

— Il est resté longtemps ? demanda Celeste.

Elena contemplait toujours le mouvement de la marée et s'imagina traversant l'immensité de l'Atlantique, portée par les vagues. Se laissant dériver où le courant l'emmènerait.

— Pas très.

— Il sait que tu sais ?

— Non.

Sa sœur garda le silence quelques minutes.

— Tu comptes le revoir ?

Elena ferma les yeux, s'efforçant d'occulter la vision qui ne cessait de l'assaillir cette nuit-là. Des corps sur la place, leur sang répandu sur la pierre. Pourquoi en avait-elle constamment des images aussi crues ? Et pourquoi maintenant ? Qu'y avait-il dans cette petite ville pour que ses souvenirs resurgissent ainsi ? Elle ouvrit les yeux.

— Peut-être. Peut-être pas.

— Ça a le mérite d'être clair.

— Qu'est-ce que tu veux savoir, Celeste ?

La voix d'Elena était tendue, mais pas parce qu'elle était offensée par la question. Que sa sœur fasse une montagne de son rendez-vous avec Finn l'agaçait.

— Si j'ai fait l'amour avec lui ? Oui. Si je compte recommencer ? Peut-être.

— Je n'ai pas besoin de te dire que ce n'est pas une bonne idée de t'attacher à lui.

— Je ne suis pas attachée à lui. Je ne m'attache pas aux hommes. Je veux juste coucher avec eux. Tu le sais, ça.

Elle fit courir ses mains sur ses genoux couverts par sa robe, et se rappela qu'elle avait laissé sa petite culotte sur le perron. Si elle n'allait pas la récupérer, une de ses nièces risquait de la trouver au petit déjeuner.

— J'aimerais bien une cigarette, murmura-t-elle. Ça me manque, une cigarette après le sexe. En particulier les françaises, sans filtre. Celles qu'on achetait dans cette petite boutique parisienne.

— On a arrêté, tu te rappelles ?

La voix de Celeste était douce. Pleine de gentillesse.

— Pour ne pas donner le mauvais exemple aux enfants. Oui, je me rappelle.

Elena lâcha un rire sans joie. À bien y réfléchir, ça avait un côté tragique.

Celeste jeta son châle sur les épaules d'Elena et l'attira près d'elle.

— Ce n'est pas que je ne veuille pas que tu sois heureuse. Tu le sais. De toutes les femmes, s'il y en a bien une qui mérite un peu de bonheur c'est toi, Elena. Après ce que tu as traversé…

— On pourrait éviter d'aborder ce sujet ?

Elle voulut repousser Celeste, mais se reprit à temps. Sa sœur essayait simplement de se montrer compréhensive. Même si elle ne la comprenait pas. C'était impossible. Celeste ne pouvait décemment pas imaginer la solitude profonde et les regrets qui pesaient si lourd sur le cœur d'Elena, au point qu'elle craignait parfois de ne plus pouvoir respirer.

Pourtant, elle y arrivait toujours…

— Je ne mettrais jamais en péril la sécurité de ta famille. Je vais être prudente, Celeste. Je te le promets. Je le suis toujours.

Celeste appuya la joue contre l'épaule d'Elena.

— Mais c'est différent cette fois-ci, avec cet homme. Non ?

Elena fut choquée de constater que les larmes lui montaient aux yeux. Elle déglutit pour évacuer la boule dans sa gorge. Ça avait été différent avec Finn, oui. Elle avait tenté de le nier sur le moment, et essayait toujours. Il s'était créé entre elle et Finn une sorte de lien qu'Elena ne comprenait pas, et qui la mettait mal à l'aise.

— Je serai prudente, répéta-t-elle.

Celeste la serra dans ses bras.

— Il ne s'agit pas seulement de la sécurité de notre famille. Je ne veux pas que tu souffres.

Alors qu'Elena passait un bras autour de sa sœur pour l'étreindre à son tour, elle vit une silhouette surgir de derrière les dunes et s'avancer sur la plage. Elle la reconnut et s'interrogea sur sa destination. Celeste ne la remarqua pas, et Elena n'attira pas son attention sur elle.

— Tu te fais une montagne de tout ça. Finn n'est pas différent des autres, je t'assure, dit Elena, sans quitter des yeux le garçon sur la plage. Tu t'inquiètes trop, petite sœur.

— J'ignore pourquoi tu me mens. (Celeste se leva et planta un baiser sur la tête d'Elena.) Après toutes ces années, tu devrais savoir que je te connais.

— Ne t'inquiète pas.

Elena tapota la main de Celeste posée sur son épaule, puis l'embrassa.

— Tu peux dire ce que tu veux, ça ne m'empêche pas de me faire du souci. (Resserrant son châle autour d'elle, Celeste se mit à gravir l'escalier.) Tu rentres bientôt ?

— Bientôt.

Tandis qu'Elena écoutait le bruit des pas de Celeste s'éloigner, elle observa son neveu se diriger vers la ville et se demanda où il pouvait bien filer en douce à cette heure de la nuit.

À moitié réveillé, Victor se retourna dans le lit. Il hésitait à se lever et rentrer chez lui. Mary le faisait généralement partir au milieu de la nuit, ou du moins avant l'aube ; elle s'obstinait bêtement à vouloir garder leur liaison secrète. Mais il n'aimait pas retrouver sa maison vide alors que Mary était là, chaude, douce et tendre. Il roula sur le côté et tendit la main vers elle. S'apercevant qu'elle n'était pas là, il ouvrit les yeux et regarda vers la salle de bains, s'attendant à voir de la lumière filtrer sous la porte.

Pas de lumière.

Victor se redressa et s'assit au bord du lit. Les os de ses jambes maigres craquèrent et il grimaça de douleur. Le statut de citoyen âgé lui conférait certains avantages : pouvoir dire tout ce qu'il voulait sans que personne ne lui fasse de reproches, bénéficier des réductions pour les lève-tôt au restaurant, et la sagesse accumulée avec le temps. Mais voir ses capacités physiques s'amoindrir ne lui plaisait pas. Il n'aimait pas les mille et un maux qui venaient avec les années. Il haïssait Regan pour ce qu'il lui avait fait, au moins par principe, mais il devait admettre qu'il trouvait plaisante la perspective d'une nouvelle jeunesse.

— Mary ?

Il tâtonna dans le noir à la recherche de son boxer et finit par le trouver par terre. Les vampires possédaient des sens décuplés, mais il aurait parié que la plupart des gens ignoraient qu'eux aussi subissaient les affres de la vieillesse.

— Mary ? Tu es là ?

Il sortit de la chambre en traînant les pieds et, du couloir, vit de la lumière s'échapper de la cuisine.

Victor passa les doigts dans ses cheveux blancs et fins, puis se gratta le ventre.

— Mary ?

— Ici, lança-t-elle.

Il la trouva assise à la table de la cuisine, une tasse de thé à la main.

Il fut déçu de voir qu'elle avait passé sa robe de chambre à fleurs. Il l'aimait nue, telle qu'elle avait été au lit cette nuit-là. Elle n'avait peut-être pas les seins parfaits, ronds et haut perchés des filles qu'il voyait parader sur la promenade, et son ventre n'était peut-être pas aussi plat qu'autrefois, mais Victor la trouvait belle quand même.

— Tu fais quoi ? (Il plissa les yeux pour regarder l'horloge au mur. Il avait des lunettes, mais il n'arrivait jamais à mettre la main dessus.) 3 h 15.

Elle porta sa tasse fleurie à ses lèvres et but une gorgée de thé.

— Je n'arrivais pas à dormir. Tu en veux ?

Il secoua la tête et hésita entre retourner se coucher ou rentrer chez lui. S'il partait tout de suite, il pourrait se rendormir dans son lit. Mais Mary avait l'air soucieuse.

Il s'assit lentement en face d'elle.

— Pourquoi tu dors pas ?

Il frotta son genou sujet à l'arthrite. Le droit était toujours pire que le gauche.

— Retourne te coucher, Grincheux.

— Je ne suis pas grincheux, grommela-t-il. C'est juste ma façon de parler.

Elle lui sourit du bout de la table, et son sourire le réchauffa.

— Je ne peux pas changer ce que je suis, ajouta-t-il. Dis-moi pourquoi tu n'arrives pas à dormir.

Elle soupira et regarda sa tasse, comme une gitane qui lirait dans les feuilles de thé. Quand elle baissait les yeux, elle lui rappelait sa femme. Elle s'appelait Sarah. La belle Sarah, qui n'avait jamais su ce qui était arrivé à son mari après sa disparition ; l'intelligente et vive Sarah, qui reposait à présent dans sa tombe depuis des centaines d'années.

— Liam ne va pas tarder à revenir de Prague. Sa place est ici, chez son père, mais… (elle regarda Victor et esquissa un demi-sourire) je tiens à mon intimité.

Victor se cala contre le dossier de sa chaise et sourit. Il aimait cette faculté qu'avait Mary de le faire se sentir plus jeune qu'il ne l'était réellement.

— Moi aussi, je tiens à ton intimité.

— Ça me mettrait mal à l'aise de te faire venir si mon fils est là, Victor.

— Je pourrais acheter un matelas neuf et tu viendrais chez moi, proposa-t-il.

Parce qu'elle se plaignait de son vieux matelas, ils faisaient l'amour chez elle la plupart du temps. Sans compter que son réfrigérateur à elle était toujours plein. En général, dans le sien, il n'y avait qu'une bouteille de vodka et quelques boîtes de raviolis entamées.

Elle soupira de nouveau et il eut de la peine pour elle. C'était rare de voir Mary malheureuse ou inquiète.

— Ce n'est pas le matelas le problème, Victor. Liam est adulte. Il lui faut sa propre maison.

— La maison de Connor est toujours vide. Le garçon pourrait s'y installer, dit-il, exprimant tout haut ses pensées. Comme la renaissance de Connor ne date que de l'année dernière, il est retourné vivre chez sa sœur.

— C'est une idée.

— Ou alors… tu pourrais emménager chez moi.

Elle soutint son regard.

— Tu voudrais que je m'installe chez toi ?

Il tendit la main pour la poser sur la sienne.

— Je ne veux pas simplement que tu t'installes chez moi, Mary. On peut faire mieux que ça. Je crois que, toi et moi, on devrait se marier.

Victor ignorait d'où lui venait cette inspiration soudaine, mais à peine eut-il terminé sa phrase qu'il sut que c'était la chose à dire. C'était ce qu'il voulait faire. Il voulait l'épouser.

— Victor, on ne peut pas se marier.

Elle dégagea sa main et ses joues virèrent au rose. Elle était à la fois embarrassée et flattée, et si délicieuse qu'il aurait pu la manger.

— Et pourquoi pas ?

— Tu le sais, pourquoi. Le clan l'interdit. Bobby était mon mari, et quand il a été décapité et nous a été ravi, j'ai perdu mon droit au mariage pour toujours.

— Au diable le clan.

Il abattit le poing sur la table.

— Victor, chéri. (Elle se leva de sa chaise et fit le tour de la table pour le rejoindre.) Vivre avec toi, ce serait suffisant. (Elle posa les mains sur ses joues et se pencha pour l'embrasser.) On doit respecter la loi du clan.

— Ça, c'est ce qu'on verra, grommela-t-il.

Chapitre 10

Assis sur sa serviette de plage dans le noir, Richie enterra ses doigts de pied dans le sable frais. Il se faisait tard. Vraiment tard. Il fallait qu'il rentre. Sa mère allait se demander où il était passé et il n'aimait pas lui causer du souci ; elle avait déjà bien assez de sa chimio. Mais il ne pouvait pas rentrer avant d'avoir parlé à Brittany. Il voulait comprendre.

— Je n'arrive pas à croire que tu m'aies encore trompé.

Les mots restèrent coincés dans sa gorge, mais il était si contrarié qu'il s'en moquait. Il sentait encore son odeur sur lui. Quel genre de fille couchait avec son petit ami sous la promenade pour ensuite le quitter ?

— Pourquoi tu ne m'as pas simplement dit que tu voulais rompre ? Je ne comprends pas pourquoi il a fallu que tu couches avec Todd.

Malgré l'obscurité, il arrivait à la voir. Le réverbère au-dessus de leurs têtes projetait sur eux une lumière terne qui teintait les mains et les pieds de Richie d'un jaune crasseux.

Plantée devant lui, Brittany enroula une mèche de cheveux blonds autour de son doigt. Ils n'étaient pas vraiment blonds ; elle les décolorait.

— Tu es en colère, dit-elle comme si toute la faute revenait à Richie. Tu vois, c'est pour ça que je ne t'ai rien dit. Je savais que tu allais te mettre en colère.

Elle n'avait même pas le courage de le regarder en face.

Cette fois, c'est vraiment terminé, pensa-t-il.

— Sans blague ! Tout le monde était au courant, sauf moi. Les gens se fichaient de moi dans mon dos.

Il posa le menton sur les genoux.

Avec Brittany, ils venaient de terminer leur première année à l'université Delaware Tech. Lui avait trouvé un bon boulot de responsable à la salle de jeu de Clare Point. Ils étaient censés reprendre les cours ensemble à l'automne. Même s'ils n'en étaient qu'au premier cycle universitaire, c'était déjà un début, surtout qu'il devait assumer seul toutes ses dépenses. Sa mère avait trop de frais médicaux à régler pour l'aider. Brittany et lui projetaient de devenir instituteurs et d'enseigner dans la même école primaire. Ils s'aimaient tellement ; ils avaient même envisagé de se marier. Et voilà qu'elle lui annonçait qu'elle allait étudier dans une autre université à la rentrée, qu'elle le quittait… et qu'en plus, elle avait couché avec son meilleur ami.

Richie ferma les yeux et ravala ses larmes. Brittany ne l'aimait pas, ça ne faisait aucun doute. Ce n'était pas la première fois qu'elle le trompait. Il suffisait d'une fête bien arrosée, et s'il ne la surveillait pas elle finissait au lit avec un pauvre type qu'elle ne connaissait même pas. Une vraie traînée. Sa mère l'avait mis en garde deux ans plus tôt lorsqu'ils avaient commencé à se fréquenter. Elle avait vu juste.

Alors pourquoi aimait-il encore Brittany ? Pourquoi souffrait-il à ce point ?

— Écoute…

Elle remua le sable devant lui du bout de ses sandales à talons hauts.

Il n'y a qu'elle pour aller à la plage en talons hauts.

— Je suis vraiment désolée. Je n'avais pas l'intention de te faire souffrir, Richie.

— Tu n'avais pas l'intention de me faire souffrir ? répéta-t-il en essuyant ses larmes d'une main. Tu as couché avec le mec qui est mon meilleur ami depuis les louveteaux et tu ne t'es pas dit que ça me ferait souffrir ?

Elle ne répondit rien. Elle restait là, sans bouger. Il finit par lever les yeux. Elle portait une jupe courte transparente et un débardeur microscopique ; il savait de source sûre que sa culotte se trouvait dans son sac à main. Et elle avait abusé du fard à paupières bleu pailleté. Pour tout dire, elle ressemblait à une traînée.

— Je n'ai plus envie de parler de ça, dit-il en se relevant.

Après leur partie de jambes en l'air, il était sorti de sous la promenade avec la serviette de plage car il y faisait chaud.

— Faut que j'y aille. J'ouvre la salle de jeu à 10 heures demain matin. Maman sort d'une séance de chimio, elle a peut-être besoin de moi.

Il fourra les mains dans les poches de son short en jean et trouva ses clés. Les clés de sa voiture et de la salle de jeu.

— Tu, euh, tu veux que je te raccompagne ?

— Non. (Elle regarda en direction de la promenade.) J'ai appelé quelqu'un… qui va me ramener.

Richie se retourna pour regarder à son tour. Il savait que ça ne l'aiderait pas et qu'il ferait mieux de tourner la page, mais c'était plus fort que lui. Il voulait en avoir le cœur net. Reconnaissant la silhouette du type, il baissa les yeux sur ses pieds enfouis dans le sable.

— Alors comme ça, Todd et toi vous êtes ensemble maintenant ?

Il reconnaissait à peine le son de sa voix. Savoir qu'elle venait de coucher avec lui et qu'elle s'apprêtait à faire pareil avec Todd lui donnait la nausée. Il n'avait jamais aimé une autre que Brittany, n'avait jamais fait l'amour qu'à elle.

— Je préférais te le dire en face plutôt que par texto ou par mail. (Elle regagnait déjà l'escalier qui menait à la promenade.) À un de ces quatre, alors ?

Il resta planté là, abattu.

— C'est ça. À un de ces quatre.

Richie ne la regarda pas s'en aller. Il ne voulait pas la voir avec Todd. Il finirait peut-être par y être obligé, mais pour le moment il s'en sentait incapable.

Les mains dans les poches, il se laissa retomber sur la serviette et observa les vagues qui se déroulaient sur le rivage. À cette heure tardive, la plage et la promenade étaient désertes. Il n'y avait plus que Brittany et son nouveau petit ami. Il les entendit s'éloigner en discutant. Brittany gloussait.

Il était content qu'elle soit avec Todd… pas qu'elle sorte avec lui, mais qu'il l'accompagne jusqu'à sa voiture. Celui ou celle qui avait tué l'employé du stand de pop-corn courait toujours. De l'avis de Richie, les autorités finiraient par découvrir que le garçon était impliqué dans un trafic de drogue, ou une autre magouille du même genre. Si le tueur lui avait tranché la gorge de cette manière, ça ne pouvait être qu'à titre d'exemple, au cas où d'autres gosses envisageraient de l'arnaquer. Brittany ne risquait donc probablement rien, mais Richie se sentait rassuré de savoir que Todd était là pour la protéger.

Sans crier gare, les yeux de Richie s'emplirent de larmes qu'il balaya de la paume de la main. Il se trouvait minable de pleurer. Il devait récupérer ses tongs et rentrer chez lui. Sa mère dormait, mais elle s'inquiéterait si elle se réveillait et ne le trouvait pas.

Surpris par un bruit soudain, il se retourna et vit une silhouette se rapprocher. Il s'imagina un instant que Brittany était revenue pour s'excuser, lui dire à quel point elle regrettait de l'avoir trompé et le supplier de la pardonner. Mais ça ne tenait pas debout. Elle n'était pas désolée et n'avait pas envie d'être avec lui. Sans compter que cette personne venait de sous la promenade. Les gens allaient là-dessous pour toutes sortes de raisons, entre autres celle pour laquelle Brittany et lui s'y étaient rendus une demi-heure plus tôt, mais il s'étonnait de voir surgir une fille seule à cette heure de la nuit.

Intrigué mais un peu las, il observa sa progression. Alors qu'il s'attendait à la voir emprunter l'escalier, elle vint droit vers lui.

— Salut, dit-elle en se figeant dans l'ombre de la promenade.

Il distinguait mal ses traits dans le noir.

— Salut.

Elle l'observa un moment, puis fit un geste dans la direction où Brittany était partie.

— Ça va ?

Dérouté, Richie ne répondit pas.

— Je... excuse-moi, mais je n'ai pas pu faire autrement que d'entendre une partie de ta discussion avec cette fille. Je ne l'ai pas fait exprès, s'empressa-t-elle d'ajouter. C'est bizarre comme coïncidence, mon copain vient de me quitter. Il... il voulait aller avec quelqu'un d'autre, lui aussi.

De honte, Richie sentit ses joues s'enflammer. Il n'avait pas songé un instant que quelqu'un pouvait se trouver à proximité et surprendre sa conversation avec Brittany. Il espérait qu'elle ne les avait pas vus un peu plus tôt. La situation aurait été vraiment embarrassante. Mais elle ne semblait pas dégoûtée.

Richie hésitait encore. Il n'avait pas l'habitude que des filles l'abordent de cette manière.

— Désolé pour ton copain, balbutia-t-il. Ça fait mal.

Elle renifla et s'essuya le nez sur son bras.

— Très mal, oui.

Il lui semblait au son de sa voix qu'elle avait pleuré. Peut-être pleurait-elle toujours. Il se leva et frotta le sable sur son short. Elle ne bougea pas. Il se sentit désolé pour elle ; son petit ami venait de la quitter, et elle n'avait personne de mieux à qui parler qu'un pauvre type rencontré sur la plage.

— Hé, dit-elle en le dévisageant. Je t'ai vu à la salle de jeu. Tu es le propriétaire, non ?

— Seulement le responsable. Mais je suis tout le temps là-bas. La propriétaire est une vieille dame, alors on peut dire que c'est moi le patron, expliqua-t-il.

De toute évidence, elle le croyait plus vieux qu'il l'était en réalité. Il lui semblait la reconnaître. Sa voix peut-être. Difficile à dire, dans le noir.

— Je… je m'appelle Richie. Richie Palmer.

— Mandy.

Elle sourit.

Elle était bien en train de pleurer. Il voyait les traces des larmes sur ses joues. Elle était jolie, du moins d'après le peu qu'il arrivait à distinguer d'elle dans l'obscurité. Il aurait aimé qu'elle s'avance dans la lumière, mais elle devait être aussi gênée que lui.

— Je… je ne me sens pas de rentrer à la maison tout de suite, dit Mandy.

Elle posa ses grands yeux sur lui. Sa façon de le regarder lui noua l'estomac. Comme s'il lui plaisait. Quel âge avait-elle ? Si seulement il arrivait à la voir de plus près…

— Tu… tu as un peu de temps ? Ça te dirait de faire un tour ? lui demanda-t-elle.

Richie songea qu'il ferait mieux de rentrer. Mais sa mère dormait certainement. Puis il pensa à Brittany et toute sa tristesse remonta à la surface. Ainsi que sa colère.

Cette fille, Mandy, lui paraissait gentille.

Il n'hésita qu'une seconde.

— Bien sûr, j'ai le temps.

Finn regardait le corps de Richie Palmer. Il savait qu'il s'agissait de Richie Palmer car le responsable adjoint avait identifié son patron juste avant de vomir son Croque McDo et son Yop au chocolat. Ce que Finn ne savait pas, c'est ce que Richie faisait devant le simulateur de NASCAR, les mains posées sur le volant, dans la salle de jeu fermée. Et mort.

— Qu'est-ce que je fais du gosse qui l'a trouvé ? demanda Pete.

Finn n'arrivait pas à quitter le cadavre des yeux. Richie Palmer était jeune et beau garçon, comme l'avait été Colin Meding. Sa gorge avait été tranchée d'une oreille à l'autre, comme celle de Colin. Et quelque chose lui disait que lorsque le docteur Caldwell ferait l'autopsie, il découvrirait deux trous sur la ligne d'incision… exactement comme pour Colin Meding.

— Finn ? dit doucement Pete en lui touchant le bras pour attirer son attention.

Finn savait que Pete se trouvait juste à côté de lui, mais ça ne l'empêcha pas de sursauter.

— Excuse-moi, marmonna Pete.

Il lui indiqua d'un signe de tête le garçon malingre qui, la goutte au nez, restait à l'autre bout de la salle de jeu, le plus loin possible de Richie Palmer.

— Il faut que je le fasse sortir. Il s'appelle Patrick Callahan. Ça fait une semaine qu'il travaille ici. Il est arrivé ce matin un peu avant 10 heures et s'apprêtait à rentrer par l'arrière avec sa clé lorsqu'il a trouvé la porte ouverte et, bref, tu connais la suite.

Pete jeta un coup d'œil au jeune homme effrayé, puis revint à Finn.

— Je l'emmène au poste ? Il voulait que je parle à ses parents. Ils sont déjà en chemin, mais ils habitent le nord du New Jersey alors ça risque de leur prendre quelques heures.

Finn s'attarda une seconde sur le gosse avant de se concentrer de nouveau sur le mort. Ni l'un ni l'autre ne devaient avoir plus de vingt ou vingt et un ans. Des bébés.

— Ouais, pas de problème. Emmène-le au poste, parle-lui. Mais ne le laisse pas se resservir du téléphone. Et prends-lui son portable. Je ne veux pas qu'il aille raconter tout ça à n'importe qui avant qu'on ait contacté la famille de la victime.

— Il n'y a que sa mère, apparemment. Pas de frères et sœurs. Le père les a abandonnés quand il était petit, à ce que j'ai compris.

Pete veillait à ne pas parler trop fort. Finn appréciait sa façon de gérer la situation. Il arrivait bien mieux à garder son calme que Finn avait le sentiment de le faire. Finn avait envie de taper dans un mur, de frapper quelqu'un. Frapper la personne qui avait commis cette atrocité. Il était écœuré, non pas simplement parce qu'une vie humaine avait été gâchée, mais à cause de celui qui l'avait fait. Comment un membre de son clan avait-il pu faire une chose pareille après tous leurs efforts pour se racheter ? C'était entacher la réputation de leur famille et les valeurs qu'ils défendaient.

— La police d'État va envoyer des hommes pour avertir la mère de la victime, poursuivit Pete. Patrick dit que la femme a le cancer, ou une maladie de ce genre.

Son fils unique, assassiné. Un cancer, songea Finn.

La vie était si injuste pour les humains.

— Prends sa déposition, dit-il en indiquant l'autre garçon. Tu connais la procédure.

— Je m'en charge.

— Merci, Pete.

Pete allait partir lorsque Finn le rappela. Son cerveau partait dans tellement de directions à la fois qu'il avait l'impression de souffrir d'hyperactivité.

— Et quand tu auras un moment, tu pourrais me trouver Rob Hill ? Il faut que je lui parle. Il travaille ici. Il sera probablement au courant des allées et venues.

— Tu le veux ici ou dans ton bureau ?

Ce n'était pas le bureau de Finn mais celui de son oncle, quand il se déciderait à revenir travailler. Mais ce n'était ni le moment ni l'endroit pour aborder le sujet.

— Pas ici, dit-il. (Il jeta un coup d'œil au garçon mort.) En tout cas pas avant que…

Il n'acheva pas sa phrase.

— Bien, compte sur moi.

Pete alla s'occuper du garçon qui vomissait et Finn reporta son attention sur le corps au volant du simulateur de NASCAR. Le jeu était allumé ; il en sortait un rugissement qui imitait un moteur de voiture. Un des flics avait voulu le débrancher pour faire cesser le vacarme, mais Finn l'en avait empêché. Il voulait d'abord s'imprégner de l'atmosphère de la scène. Toutes les autres machines étaient éteintes, aussi déduisit-il que celle-ci avait été mise en marche exprès. Par Richie ? Par le tueur, peut-être ?

Finn étudia en détail le corps du garçon, laissant de côté ses émotions pour permettre à sa logique de prendre le dessus. Richie Palmer avait les mains posées sur le volant du véhicule et ses yeux étaient ouverts. Il ressemblait à n'importe quel gosse en âge de fréquenter l'université, qui se serait aventuré au-delà de la promenade pour une partie de jeu vidéo. Sauf qu'il avait la gorge tranchée.

Comment était-il arrivé là ? Puisqu'il n'y avait pas la moindre trace de sang, Finn conclut que comme Colin, Richard avait été déplacé après sa mort. Pour un humain, la tâche n'était pas aisée, mais ce n'était rien pour un vampire. Même pour une femme vampire.

Un agent de police se mit à faire le tour du cadavre et à le photographier. Finn resta où il se trouvait, dans l'espoir de repérer un détail qui le conduirait jusqu'à celui qui avait commis ce crime. Mais plus il s'acharnait, plus il comprenait qu'il ne trouverait aucun indice pour démasquer le coupable. Il ou elle ne voulait pas qu'on l'attrape et était suffisamment intelligent pour l'éviter.

Le tueur pouvait être n'importe qui en ville. Ce pouvait même être Fia.

Sur cette pensée accablante, Finn s'écarta du corps.

— Quand vous en aurez terminé ici, je veux des photos de la porte de derrière qu'on a trouvée ouverte. (Il se tourna vers un autre flic.) Je veux que vous me sécurisiez le périmètre de la salle de jeu. Il n'a pas été tué ici. On l'y a apporté après sa mort, ce qui signifie qu'on devrait trouver du sang quelque part.

Même le plus vorace des vampires ne pouvait pas boire autant de sang.

Il baissa les yeux sur le sol en béton sablonneux et parvint à distinguer la marque d'infimes sillons.

— Combien de mètres autour du bâtiment doit-on sécuriser ?

C'était Johnny K., rappelé à son poste après le meurtre de Meding alors qu'il prenait des vacances avec sa famille, qui avait parlé.

—Johnny, on l'a tué ailleurs. (Finn agita une main, de plus en plus énervé.) Je dois trouver où.

—Ça pourrait être n'importe où, Finn. Est-ce qu'on est censés sécuriser toute la ville ?

—S'il le faut, répliqua Finn sèchement. Et mets des protège-chaussures. Tu piétines des indices.

Johnny baissa les yeux sur ses chaussures noires cirées.

—Je n'ai pas de…

Avant que Finn ait eu conscience de ce qu'il faisait, il envoya valser une poignée de protections en plastique d'une boîte posée au sommet d'un jeu vidéo et les fit pleuvoir sur Johnny K., sans bouger un muscle.

—Bon sang, Finn.

Finn leva les yeux et vit Regan venir vers lui. Il portait un short, des tongs et l'un des tee-shirts préférés de Finn.

—Qu'est-ce que tu fiches ici ? demanda Finn. Tu n'as pas le droit de…

—Seigneur, jura de nouveau Regan en apercevant Richie.

Il s'arrêta net devant le jeu vidéo.

—Tu n'as rien à faire ici, Regan, répéta Finn, avec l'impression de ne pas avoir le moindre contrôle sur la scène de crime. Qui l'a laissé entrer, bordel ?

Sa question ne s'adressait à personne en particulier. Le gros des effectifs de police se trouvait dans la salle.

—C'est ton frère, Finn, marmonna Johnny K. en enfilant une protection en papier bleu sur sa chaussure gauche.

Il se tenait au milieu d'une mer de protections. Finn avait dû vider la moitié de la boîte sur lui.

—Regan, dit Finn en empoignant son frère par le bras. Tu n'as pas le droit de te trouver ici. C'est une scène de crime.

— Ça, pour une scène de crime, c'en est une. On a tué Richie. Qui s'en prendrait à Richie ? (Regan restait planté là, le regard rivé sur le corps.) Ça devait être l'humain le plus gentil de la Terre. Et pourquoi il est sur le simulateur de NASCAR ? Il était beaucoup plus branché flipper, vieille école.

— Tu connaissais Richie ?

— Bien sûr, dit Regan en regardant Finn. Tous ceux qui traînent ici connaissaient Richie. Il travaille ici depuis qu'il a, quoi, quatorze ans. Mary McCathal l'a nommé responsable.

— Attends une seconde.

Finn ferma les yeux. Il sentait venir une migraine carabinée.

— Mary McCathal est la propriétaire de cette salle de jeu ? Je croyais que c'était Mary Hill.

— C'étaient Mary et Bobby les propriétaires, frangin. Mary sa femme, pas Mary sa petite amie. Tu ferais mieux de t'en souvenir. Où est-ce que tu as la tête ?

— Où est-ce que j'ai la tête ? explosa-t-il en ouvrant les yeux. Je vais te dire, Regan : si on ne trouve pas qui a fait ça, ça pourrait bien être la fin pour nous.

— Ça n'arrivera pas, assura Regan en posant une main sur l'épaule de Finn. Dans le pire des cas, on s'en ira. On l'a déjà fait, on peut le refaire.

Le geste de son frère et les émotions qu'il provoqua en lui prirent Finn au dépourvu. Il avait depuis longtemps perdu l'habitude de ce genre de lien avec son jumeau.

— Ça n'arrivera pas parce que tu vas régler tout ça, Finn, dit Regan doucement. Tu vas trouver le coupable.

Finn regarda Regan s'éloigner.

— Où est-ce que tu vas ?

— Tu as dit que je n'avais pas le droit d'être ici, lui lança-t-il en se frayant un chemin entre les jeux vidéo, les flics et les ambulanciers. Je vais chez maman me trouver un truc à manger.

— Trouve plutôt du boulot ! rétorqua Finn.

Sans se retourner, Regan leva le pouce en signe d'approbation et passa la porte.

Chapitre 11

— Euh, tu voulais me parler ?

Finn leva les yeux et vit Rob Hill, debout à côté du jeu vidéo. L'appréhension se lisait sur son visage marqué par les coups de soleil. Il était plutôt beau garçon, mais encore à cet âge ingrat où ses bras et ses jambes paraissaient interminables. Il se dégageait de lui une force tranquille ; Finn savait qu'avec le temps il prendrait de l'assurance et deviendrait l'un des hommes les plus puissants et les plus dignes de confiance du clan.

L'après-midi touchait à sa fin. Finn avait passé la journée entière à la salle de jeu. Après l'évacuation du corps de Richie Palmer, Finn avait donné l'ordre d'ouvrir les portes de garage qui donnaient sur la promenade. Il ne supportait plus la puanteur du cadavre et du sang qui se trouvait encore dans ses veines. Le sang humain pourrissait vite. Les vampires ne se nourrissaient pas du sang des morts. Ça les dégoûtait… La plupart d'entre eux, en tout cas.

Cela faisait bien plus d'une heure que Finn était assis devant le jeu de NASCAR. Plongé dans ses pensées, espérant une intuition soudaine. Il avait même envisagé de faire venir Kaleigh pour recueillir ses impressions sur le meurtre, mais il ne voulait pas l'impliquer dans l'enquête. Elle était encore si jeune, et sa responsabilité de Conseillère du clan pesait lourd sur ses frêles épaules.

— Merci d'être venu, Rob.

Il restait planté là, ses bras décharnés d'adolescent plaqués le long du corps. Il regarda le simulateur comme s'il s'agissait d'une apparition.

— Il a été trouvé ici, c'est ça ? dit-il doucement.

— Ouais, mais il n'a pas été tué ici.

Finn posa les mains sur le volant. De la poussière de peinture s'y accrochait encore et lui salit les doigts.

— Le corps a été apporté après sa mort.

— Ça se tient.

Étonné par la réponse de Rob, Finn leva les yeux. N'ayant rien de mieux pour s'essuyer les mains, il les frotta sur son pantalon d'uniforme.

— Qu'est-ce qui se tient ?

Rob haussa les épaules.

— Je ne vois pas Richie s'asseoir là spontanément. Il ne jouait pas à ce jeu.

Regan avait fait la même remarque. Finn se leva du siège. Il était plus grand que Rob, mais pas de beaucoup.

— À quoi jouait-il ?

Rob hésita.

— Il était vraiment très consciencieux, je t'assure. Il ne jouait pas beaucoup sur son temps de travail.

— Écoute, je ne cherche à attirer d'ennuis à personne, Rob.

Finn laissa son regard se perdre sur la promenade. Le ruban de balisage empêchait toujours les clients et les curieux d'entrer dans la salle de jeu, mais pas de s'agglutiner devant en rang d'oignons. Le flash de quelques appareils photo crépitait çà et là et l'équipe d'un journal local achevait d'enregistrer son scoop, qui allait certainement faire la une des informations du soir.

Finn avait l'impression d'être dans un bocal. Il se détourna de la foule et revint à Rob.

— Honnêtement, je me fiche pas mal de savoir si vous passez vos journées à glander et si vous laissez toutes les nanas mignonnes jouer à l'œil. J'essaie de trouver qui a fait ça.

— Et tu as besoin de moi ?

Rob semblait partagé entre l'incrédulité et la peur.

— Tu travaillais avec Richie depuis le début de l'été, non ?

Rob hocha la tête.

— L'été dernier aussi. Mais pas l'année d'avant, grimaça-t-il. J'étais un peu trop… vieux pour les jeux d'arcade.

Finn lui adressa un sourire las. Rob faisait référence à sa renaissance, qui ne datait que de l'année précédente. Avant cela, il avait été un vieil homme ridé.

— Bien. Parle-moi de Richie, alors. Avec qui il traînait ?

— C'était un brave type, dit Rob en haussant les épaules. Pour un humain, quoi. Il ne volait pas dans la caisse et ne laissait personne d'autre le faire non plus. Et il arrivait toujours à l'heure au boulot, ajouta-t-il.

— Des amis ?

— Hmm. Il sortait avec cette fille, Brittany Patterson, mais elle ne passait pas souvent. Et il y avait cet humain qui venait de temps en temps avec la petite amie. Je crois qu'il s'appelait… Todd. C'est tout.

Finn baissa la voix.

— Et nous ?

Rob le dévisagea, déconcerté.

— Nous ?

— Avec qui de Clare Point traînait-il ?

— Ah, nous. Il ne traînait avec aucun d'entre nous, à ma connaissance. (Rob écarquilla soudain les yeux.) Tu ne penses pas que…

Même si la vérité ne tarderait plus à éclater au grand jour, Finn n'avait encore dit à personne que le meurtrier de Colin Meding était un vampire. Avec ce second mort sur les bras, il allait devoir en informer le Conseil. Mais, pour l'heure, rien ne l'obligeait à en parler. Encore moins à Rob.

— Réfléchis, Rob. Tous les adolescents du clan viennent ici, eux aussi. Tu n'aurais pas vu quelqu'un flirter avec lui ? Lui parler ?

— Tout le monde lui parlait.

— Mais quelqu'un en particulier ?

Finn ravala son impatience. Il voyait bien que Rob se donnait du mal.

— Katy ? finit par lâcher Rob.

C'était une question.

Finn poussa un soupir.

Katy n'avait pas tellement le profil. Sa réputation d'allumeuse n'était un secret pour personne. Elle draguait tous les mâles de quinze à trente ans, humains et vampires confondus, mais il la connaissait assez pour savoir qu'elle n'était pas une meurtrière.

— Et… quelqu'un de plus âgé, peut-être ?

Alors qu'il terminait sa phrase, plusieurs hypothèses lui traversèrent l'esprit.

Eva était lesbienne, mais il lui arrivait de coucher avec des hommes et elle avait un penchant pour la violence. Et puis Tara, qui avait tué un pirate quelques siècles plus tôt simplement parce qu'il avait essayé de la peloter. Avec un couteau, en plus… un couteau de boucher dont elle s'était servie pour découper un rôti.

— Comme qui ? demanda Rob.

Il commençait à trépigner de nervosité.

— Je ne sais pas, réfléchis. Tu te rappelles avec quels Kahill il s'entendait bien ?

— Le seul avec qui il s'entendait bien, c'était Regan.

Rob semblait espérer que cette réponse serait la bonne. Comme s'il participait à une sorte de jeu télévisé. Les gosses d'aujourd'hui étaient beaucoup trop influencés par ce qu'ils voyaient à l'écran.

— Regan ? répéta Finn.

Rob hocha la tête.

— Ils étaient plutôt bons amis, je crois. Quand Richie prenait sa pause à l'heure du dîner, il allait parfois chercher des frites avec Regan et ils s'asseyaient ensemble sur la plage pour discuter.

Finn se demanda pourquoi son frère n'avait pas abordé le sujet, mais il savait depuis longtemps qu'il ne lui servait à rien de se torturer l'esprit pour essayer de comprendre la logique de Regan.

— OK, dit-il en serrant le bras de Rob. J'aimerais que tu me fasses la liste de tous ceux qui sont venus dans cette salle ces derniers jours. Essaie d'y réfléchir, c'est important.

Rob semblait observer quelqu'un dans la foule derrière Finn.

— Tu veux la liste de tout le monde ? souffla-t-il.

— Tout le monde, sans exception. (Finn lui donna une tape dans le dos.) Tu peux faire ça pour moi ?

— Là, maintenant ? Je… j'étais censé retrouver Kaleigh.

Finn remarqua que Rob regardait de nouveau ailleurs.

— Kaleigh attendra. Va chercher du papier et un stylo dans le bureau. (Il fut sur le point de se retourner à son tour, déconcerté par l'attitude de Rob.) Qui est-ce que tu regardes ?

— Elena. Elle essaie d'attirer mon attention.

Rob la lui montra du doigt. Finn la repéra aussitôt. Elle portait une robe d'été couleur lavande et ses cheveux étaient attachés avec élégance en une parfaite queue-de-cheval. Il revint à Rob.

— Tu connais Elena ?

— Bien sûr. Elle vient ici tout le temps.

Finn avait du mal à imaginer Elena fréquentant les salles de jeu.

— Vraiment ?

— Ouais. En général, elle cherche son neveu. Elle connaissait Richie. Elle lui parlait quand elle venait. (Il fronça les sourcils.) Je crois qu'elle était là hier. Oui, c'est sûr.

— Essaie de voir ce que tu peux faire au sujet de cette liste de noms.

Finn donna une tape dans le dos de Rob et s'éloigna.

Elena lui sourit lorsque leurs regards se croisèrent.

— Salut, dit-il doucement à l'approche du ruban de balisage.

— Salut.

— Tu essayais de distraire Rob ?

Il désigna l'adolescent du doigt.

Elle se mit à rire.

— Je voulais surtout qu'il attire ton attention.

— Ah.

Il hocha la tête. C'était bon de la revoir. Il l'avait eue au téléphone à plusieurs reprises au cours de la semaine, mais ils ne s'étaient pas retrouvés depuis la nuit passée à la villa.

Elle croisa les bras derrière son dos, séduisante à souhait.

— Alors comme ça on m'évite, agent Kahill ?

Elle tendit la main et lissa sa cravate.

Finn observa les alentours pour s'assurer que personne ne les regardait. Il caressa sa cravate, à l'endroit où la main d'Elena venait de se poser. Il sentait encore sa chaleur sur le tissu.

— Non, bien sûr que non. Comme je te l'ai dit au téléphone, je suis simplement…

— … occupé, acheva-t-elle à sa place. C'est donc ça que disent les gentils Américains quand ils ne veulent plus revoir une femme après lui avoir fait l'amour ? Qu'ils sont occupés ?

Elle paraissait plus amusée que fâchée.

— Elena… (Il passa sous le ruban et la prit par la main.) Je reviens, lança-t-il à l'agent de police le plus proche.

Main dans la main, ils s'éloignèrent de la foule.

Libéré de la salle de jeu étouffante, Finn respirait de nouveau. Malgré la chaleur de cette journée de juin, l'air lui fit du bien. Il lui semblait qu'il arriverait à réfléchir plus efficacement dehors.

— Je t'ai dit que les choses étaient compliquées en ce moment.

Il lâcha sa main. S'il s'embarquait là-dedans, ce ne serait qu'une question de temps avant que quelqu'un les voie ensemble, mais il préférait repousser l'échéance. Surtout avec ce nouveau cadavre dans le cabinet du docteur Caldwell.

— Ça te dirait, un verre ? Je n'ai que quelques minutes.

Il lui indiqua un fast-food à deux boutiques de la salle de jeu.

— Avec plaisir, accepta-t-elle en souriant comme s'il l'avait invitée à l'anniversaire de la reine d'Angleterre.

Il lui tint la porte ouverte et un courant d'air froid le frappa de plein fouet.

— Ahhh, inspira-t-elle en caressant son cou dénudé du bout des doigts. Comme c'est agréable. Il fait si chaud dehors. J'avais oublié à quel point il pouvait faire chaud en Amérique.

— Un thé glacé ?

Il s'efforça de ne pas regarder ses doigts qui effleuraient sa peau.

— Oui, volontiers.

Il alla chercher leurs boissons au buffet et ils se dirigèrent vers la table la plus éloignée de la porte. Le restaurant était étriqué et ne comportait qu'une seule rangée de tables, ce qui assurait à celle du fond une certaine intimité. Elena s'installa sur l'une des banquettes et il prit place en face d'elle. Il se mit à jouer avec l'emballage en papier de sa paille. Elle se caressait toujours le cou. C'était tout juste s'il parvenait à s'empêcher de se pencher au-dessus de la table et de…

— Je suis désolée pour ce jeune homme, dit-elle.

— Tu le connaissais ?

— Non.

Finn la regarda dans les yeux. Le ton de sa voix l'intriguait.

— Enfin, pas vraiment, précisa-t-elle. Mais je lui ai parlé plusieurs fois. Mon neveu perd parfois la notion du temps.

Elle n'avait pas touché à son thé. Elle ne se caressait plus le cou, mais gardait sa main aux ongles manucurés posée à la naissance de sa gorge.

— C'était un gentil jeune homme, ce Richie. Très joli garçon.

Finn lui jeta un regard dubitatif.

Elle haussa les épaules.

— Que veux-tu que je te dise, Finn ? Je suis une femme qui sait apprécier la beauté masculine.

— Il avait vingt ans, Elena.

— Je n'ai jamais nié trouver les jeunes hommes séduisants. C'est plutôt une bonne nouvelle pour toi, non ?

Il but une gorgée de son thé glacé sucré. Elena était une femme compliquée. Plus compliquée qu'il ne l'aurait cru au départ. Il aimait les choses compliquées. Les défis.

— Tu me cherchais pour une raison particulière ?

— Je me disais que tu serais là. C'est peut-être un peu fleur bleue, mais j'avais envie de te voir.

Il tendit la main au-dessus de la table en Formica et prit celle d'Elena, toujours posée sur sa gorge.

— Ce n'est pas que je n'avais pas envie de te voir.

— C'est que tu es occupé. À cause du meurtre. Des meurtres, rectifia-t-elle.

— Je voulais te voir. C'est juste que...

— Juste que quoi, Finn ? (Elle s'appuya sur la table et serra sa main entre les siennes.) Ce n'est qu'une histoire de sexe entre deux adultes consentants. Je ne t'ai pas demandé de m'épouser.

Elle lui fit un sourire si beau qu'il eut envie de la prendre sur-le-champ. Là, tout de suite. Et au diable les interdits : faire l'amour avec des humains, et faire l'amour sur la table en Formica d'un restaurant sous les yeux de la moitié de la ville.

— Viens cette nuit, murmura-t-elle.

— Je... je ne sais pas si je peux.

Finn sentit son frère arriver avant même d'entendre le carillon de la clochette retentir au-dessus de la porte du fast-food. Il s'écarta d'Elena et se cala au fond de sa banquette.

— *Va-t'en*, ordonna-t-il à Regan par télépathie.

— *Non*, répondit son frère. *C'est trop jouissif. Pris la main dans le sac avec une bombasse d'humaine. Qu'est-ce qu'on va faire de toi, grand frère ?*

— *Un seul mot de travers et je te tue*, l'avertit Finn, conscient d'être tellement concentré sur son message qu'il devait faire la grimace.

— *Dommage que je ne puisse pas mourir, hein, frangin ?*

— Bonjour, dit Regan, qui se glissa sur la banquette à côté d'Elena et lui tendit la main. Regan Kahill, la brebis galeuse de la famille et le frère de cette brebis blanche comme neige.

— Il y a comme un air de ressemblance, en effet, le railla-t-elle, vite remise de la surprise de découvrir que Finn avait un jumeau. Elena Ruffino.

Ils échangèrent une poignée de main.

— Tu as une nièce et un neveu, s'écria-t-il en claquant des doigts. Beppe et Lia, c'est ça ? Ils traînent souvent à la salle de jeu.

— J'ai deux nièces. Il y a aussi Alessa. Tu aimerais prendre un verre avec nous ?

— *Même pas en rêve*, lui transmit Finn.

— *Pas question que je loupe ça*, lui renvoya Regan. J'adorerais. Je vais me chercher à boire. Je reviens tout de suite.

Il bondit de la banquette et se dirigea vers le buffet.

— Je ferais mieux de retourner à la salle de jeu, dit Finn. On a encore des choses à régler là-bas. Tu veux que je te raccompagne ?

— Ça ne fait même pas cinq minutes qu'on est là. Tu as besoin de te détendre. Comment espères-tu résoudre une affaire de meurtre si tu ne t'accordes pas un peu de repos ? plaida-t-elle, sa main posée sur celle de Finn pour l'apaiser.

Finn maugréa en son for intérieur.

— *Pas de blagues*, avertit-il son frère.

— *Pas de blagues*, répéta Regan, qui revenait avec un Coca-Cola. Alors, ça fait combien de temps que vous sortez ensemble, les tourtereaux ?

Il s'installa de nouveau à côté d'Elena. Trop près au goût de Finn. Regan avait un certain talent avec les femmes, en particulier les humaines. Il les mettait dans son lit plus vite que n'importe quel vampire.

— Finn peut se montrer très réservé, expliqua Regan tandis qu'il déchirait le bout de l'emballage en papier et mettait la paille dans sa bouche. Pas vrai, Finn ?

Il souffla dans la paille à pleins poumons et l'emballage vint frapper Finn juste sous sa pomme d'Adam.

— *Je le jure sur ce qu'il y a de plus sacré, si tu gâches ça, je t'arrache la tête,* le menaça Finn par télépathie. *Je le jure sur la tombe de nos frères.*

— *Elle te plaît ?*

— *Elle me plaît.*

— *Toi ? Une humaine ? Je croyais que tu avais juré de ne plus t'y laisser prendre, depuis l'épisode de Londres avec la petite greluche, il y a des années...*

— *Oui, une humaine*, l'interrompit Finn, catégorique.

— Quelle effroyable nouvelle, n'est-ce pas ? dit Regan à Elena, sans se démonter le moins du monde.

Quand il était sobre, il était particulièrement doué pour mener plusieurs conversations de front. Il fit passer sa paille au travers du couvercle de son gobelet.

— Je n'en reviens pas que Richie soit sorti se faire assassiner. C'était vraiment un chic type.

— Je doute que Richie se soit fait assassiner pour le plaisir, répliqua Finn. Il n'envisageait certainement pas de mourir la nuit dernière.

— Bien sûr que si. Enfin, pas vraiment. (Regan s'interrompit pour boire.) Mais il devait forcément avoir de mauvaises fréquentations. Qu'est-ce qu'un gosse comme lui fabriquait dehors aussi tard ? Les magasins étaient fermés, la plage déserte. Si on sort à une heure pareille, c'est qu'on cherche les ennuis. Je ne viens jamais ici aussi tard. Et toi, Elena ?

Elle ne répondit pas, mais Regan ne sembla pas le remarquer ; il poursuivit l'air de rien, comme lui seul en était capable.

— Je suis peut-être mal placé pour te dire comment faire ton travail, frangin, mais…

— Exact.

— Mais si tu découvres ce que tramait notre Richie, trop gentil pour être honnête, tu mettras la main sur le tueur. Pareil pour celui de l'autre type, à mon avis.

Finn avait l'impression que les murs du restaurant se refermaient sur lui. L'odeur persistante de bœuf grillé et de gras qui bouillonnait dans la friteuse l'écœurait soudain.

— Il faut vraiment que je retourne à la salle de jeu, déclara-t-il en prenant son gobelet. J'ai promis à Mary qu'on évacuerait les lieux à 18 heures. Dix-neuf heures au plus tard.

— Mary compte ouvrir ce soir ? demanda Regan avec un optimisme enfantin.

— Ça ne risque pas. Ça reste une scène de crime. Elle n'ouvrira pas tant que je ne lui en aurai pas donné la permission.

— Tant qu'*oncle Sean* ne lui en aura pas donné la permission, en principe, rectifia Regan.

Finn se leva de la banquette.

— Je peux te raccompagner jusqu'à la salle de jeu, dit-il à Elena.

Regan se leva pour la laisser sortir.

— Content de t'avoir rencontrée.

— Moi de même.

Regan se réinstalla sur la banquette.

— Au fait, est-ce que mon frère a eu la décence de t'inviter chez nos parents, vendredi soir ?

— *Regan...*

Regan fit mine de ne pas avoir entendu le message de Finn.

— Je vois à ta tête que non. (Regan tendit la main pour prendre sa boisson.) Il y a un dîner en famille prévu à l'*Hippocampe*, le *bed and breakfast* de mon père et de ma mère. Tu n'auras pas de mal à trouver. Demande à n'importe qui en ville. Apéritif sur le perron à 20 heures, et ensuite repas.

Elena se tourna vers Finn.

— Eh bien, s'il ne t'a pas invitée, dit Regan, je vais le faire. Mon pauvre frère. De nous deux, c'est lui le plus beau garçon, et certainement le plus sobre en règle générale, mais pour les rencards il est nul. Et pour danser aussi, si tu veux tout savoir.

Finn poussa un soupir.

— *Merci beaucoup, Regan.*

— *Mais je t'en prie.*

— Ça te dirait de venir ? demanda Finn, mal à l'aise. Ça n'a rien de très excitant. Juste un dîner. Tu vas certainement trouver ça ennuyeux.

Il avait l'impression d'avoir de nouveau seize ans et il détestait ça. Redevenir adolescent lui pesait de plus en plus au fil des siècles.

— J'adorerais venir prendre l'apéritif et dîner avec vous. (Elle le regarda droit dans les yeux et recommença à se toucher le cou.) Mais toi, tu as envie que je vienne ?

Surpris par la réaction d'Elena, Finn s'accorda un moment de réflexion. Ça allait bien au-delà d'une simple invitation à dîner. C'était elle qui disait depuis le début ne vouloir que du sexe. Et voilà qu'elle semblait lui demander s'il souhaitait poursuivre leur… relation. Mais peut-être interprétait-il mal les choses.

— J'aimerais bien, oui, affirma-t-il.

Et il le pensait sincèrement. Il avait espéré qu'en évitant de revoir Elena ses sentiments s'amoindriraient. Au lieu de cela, ils s'étaient renforcés. Il se moquait de savoir si Elena allait rendre sa vie plus compliquée qu'elle ne l'était déjà ; il la voulait. Il la voulait si fort qu'il avait presque l'impression d'avoir besoin d'elle, et c'était effrayant.

— Je viendrai, alors. (Elle se retourna et adressa un signe de tête à Regan.) Merci pour ton invitation. Tu seras accompagné ?

— Je sors à peine de cure. Pas le droit d'être accompagné.

Elle regarda Finn, intriguée.

— Pas de secrets dans notre famille. Il n'y a pas un détail de nos vies qui soit assez douloureux pour empêcher les autres membres de la famille de l'étaler au grand jour dès qu'ils en ont l'occasion. Tu verras.

— J'ai hâte.

Finn s'écarta pour la laisser passer. Ce faisant, il fit glisser par télékinésie le gobelet en carton rempli de soda de Regan jusqu'au bord de la table. Il bascula.

Alors que Finn escortait Elena dehors, Regan poussa un glapissement.

Chapitre 12

Finn tendit la main pour prendre une minisaucisse et jeta un coup d'œil à Kaleigh, qui convoitait le même amuse-gueule à l'autre bout de la table de jeu.

— Qu'est-ce que tu fais ici ? lui demanda-t-il, de mauvais poil.

— On m'a invitée. (Insensible au ton de sa voix, elle s'empara de la saucisse piquée sur un cure-dent, la trempa dans une coupelle de moutarde au miel et la fourra dans sa bouche.) Et toi, qu'est-ce que tu fais ici ?

— Je vis ici, argua-t-il. (Indécis quant aux saucisses, il se rabattit sur un carré de fromage.) Du moins, c'était le cas avant que les Hannenfeld assiègent ma chambre. Ils vont rester entre trois et quatre semaines. Qu'est-ce que font les gens dans cette ville pendant un mois ? s'interrogea-t-il tout haut.

Kaleigh haussa les épaules et lorgna les amuse-gueules.

— Comment est le fromage ?

— Sec.

Elle hocha la tête et croisa les bras. Comme la moitié des adolescentes américaines un vendredi soir au mois de juin, elle portait une jupe en jean et un débardeur. Mais elle ne ressemblait pas aux autres adolescentes. Quand Finn la regardait dans les yeux, il ne voyait pas une jeune fille de presque dix-sept ans. Il voyait une femme bien plus âgée et bien plus sage, une vraie Conseillère.

— Ta mère disait qu'elle ne pensait pas que tu viendrais. À cause de cette enquête.

— Je lui ai dit que je venais. (Finn recula jusqu'à toucher la rambarde du perron.) Six fois au moins.

— Et que tu amenais une fille ?

— Et que j'amenais une fille, concéda-t-il.

— Une humaine, ajouta-t-elle, amusée.

— Une humaine, répéta-t-il à contrecœur.

Pour commencer, il n'aurait pas invité Elena si Regan ne l'avait pas mis devant le fait accompli. Il avait espéré un petit repas sans prétention, avec ses parents et ses frères et sœurs. Au lieu de cela, il avait trouvé la moitié de la ville rassemblée sur le perron circulaire de leur maison victorienne. Mary Kay, l'hôtesse par excellence, s'était surpassée. Des cierges illuminaient la rambarde, des guirlandes de Noël clignotaient dans les arbres, et elle avait couvert de hors-d'œuvre plusieurs tables stratégiquement placées. À côté de la porte d'entrée, son frère James préparait des margaritas.

À la vue de la triple rangée de tables, Finn avait failli faire demi-tour et rentrer chez lui. En arrêt dans l'allée devant la maison de ses parents, il avait envisagé de se rendre au poste et d'appeler sa mère et Elena pour les supplier de ne pas lui en vouloir, mais qu'il travaillait sur l'affaire et ne pourrait pas venir.

Puis Mary Kay l'avait repéré et ses projets étaient partis en fumée. À vrai dire, il aurait réellement mieux fait de rester au boulot. L'enquête en était au point mort.

— L'enquête n'avance pas, hein ?

Tout en croquant un bâtonnet de céleri, Kaleigh fit le tour de la table pour s'installer à côté de lui.

— Hé, reste en dehors de ma tête !

Si Finn se mettait à les écouter, il pouvait entendre les pensées de dizaines de gens, mais il essayait de réduire leurs voix à un léger bourdonnement. Elles le rendaient tout simplement fou, surtout avec le monde qu'il y avait cette nuit-là.

Kaleigh lui décocha un sourire innocent.

— Oups, excuse-moi.

— Ouais, c'est ça, oups. Ça marche peut-être avec ta mère, mais pas avec moi, dit-il en la dévisageant. Mais si tu veux vraiment savoir, miss fouineuse, l'enquête n'avance pas, en effet.

Il frotta du bout de ses tongs un coin du perron où la peinture s'écaillait. Il s'était changé deux fois cette nuit-là en vue de son dîner avec Elena. Puis il s'était senti parfaitement idiot. Il avait presque mille six cents ans, pas seize. Il avait finalement opté pour une tenue décontractée : un polo, un short kaki et des tongs en cuir.

— Je croyais avoir trouvé une pièce du puzzle, mais j'ai découvert aujourd'hui que mes conclusions étaient trop hâtives.

— Et ces conclusions… ?

Il fronça les sourcils.

— Kaleigh, je ne peux pas parler…

— N'oublie pas que je peux lire dans tes pensées si j'en ai envie, l'interrompit-elle.

L'expression de Finn se fit menaçante.

— Pas si je ne te permets pas d'entrer.

Elle lui lança un regard qui laissait entendre le contraire. La plupart des Kahill ne pouvaient pas lire dans les pensées des autres sans leur accord, mais quelques-uns étaient capables de traverser de force les murs érigés pour repousser de telles intrusions. Finn avait appris par le passé qu'arrivée à l'âge adulte, Kaleigh ferait partie de ceux-là.

Finn baissa la voix.

— Le premier gosse avait eu une relation sexuelle juste avant de mourir. Pareil pour le deuxième, et donc je songeais à quelque chose comme...

— ... une sorte de veuve noire ? demanda-t-elle, excitée. Elle les attire dans sa toile, couche avec eux et ensuite...

Elle passa un doigt sur sa gorge.

— C'est l'idée, oui. Mais j'ai découvert aujourd'hui après avoir interrogé l'ex-petite amie de la seconde victime qu'ils avaient couché ensemble la nuit de sa mort.

— Il a couché avec son ex ?

— Apparemment, ils ont rompu après avoir couché ensemble.

— Ah, dit-elle en hochant la tête. Donc tu pensais que c'était une femme, et maintenant ça pourrait être un mec. Tu sais que tu as traumatisé ce pauvre Rob avec ton interrogatoire. C'est un suspect ?

— Rob n'est pas un suspect et il n'y a pas eu d'interrogatoire. Je lui ai simplement demandé de me faire la liste des personnes présentes dans la salle de jeu ces derniers jours.

Elle l'observa un moment.

— Tu ne me dis pas tout. (Ses yeux s'étrécirent puis elle poussa une exclamation de surprise.) Tu ne t'imagines pas que c'est l'un d'entre nous, si ?

— Je t'ai dit de rester en dehors de ma tête, bon sang ! (Il poussa un soupir et baissa la voix.) Je ne peux pas en parler, et toi non plus. Pas avant d'en avoir référé au Conseil.

Kaleigh en resta bouche bée, les yeux écarquillés de surprise.

— Finn, comment est-ce que...

Voyant Regan se rapprocher de la table des hors-d'œuvre, Kaleigh s'interrompit au milieu de sa phrase. Pour une fois, l'irruption de son frère était la bienvenue.

— Hé, je cherchais ce haut, l'accusa Finn.

Regan passa une main sur le polo vert amande qu'il portait.

— Je l'ai déniché dans un de ces cartons que tu n'as pas encore eu le temps de déballer. Il était un peu froissé, mais maman l'a repassé pour moi. (Il fourra la moitié d'un œuf mimosa dans sa bouche.) Salut, Kaleigh.

— Salut, Regan.

— On t'a encore posé un lapin, frangin ?

Regan fit semblant de chercher quelqu'un autour d'eux.

Finn attendit une minute avant de répondre. Il n'allait pas laisser Regan se moquer de lui et lui gâcher sa soirée.

— Tu as oublié de préciser que maman recevait la moitié de la ville à dîner quand tu as invité Elena. Je croyais qu'on serait entre nous.

Regan empila deux morceaux de fromage entre trois biscuits apéritifs et fourra le tout dans sa bouche.

— Savais pas. (La nourriture entravait son élocution.) Le fromage est sec. Vous avez testé ces espèces de hot-dogs ? C'est mangeable ? Il n'y a rien chez nous, je meurs de faim.

Kaleigh gloussa et s'éloigna.

— Fais-moi savoir si tu as besoin de moi, Finn, lança-t-elle. Et arrête d'embêter mon copain.

— *Je n'embêtais pas ton copain*, lui rétorqua-t-il par télépathie.

— Qu'est-ce que c'est que cette histoire ? demanda Regan en s'emparant de deux autres œufs mimosa. Tu embêtes Rob ?

— Qui embête Rob ?

Fia surgit à l'angle de la maison, un gobelet en plastique rouge à la main.

— De la margarita ?

Regan lui arracha le gobelet des mains et renifla le contenu.

Elle le regarda grimacer.

— De la limonade. Tu en veux ?

Regan rendit le gobelet à sa sœur.

— Non, merci. J'espérais que ça serait une margarita, juste pour pouvoir sentir l'odeur. C'est la plaie, ces privations. Pas de drogues douces. Pas une goutte de la célèbre margarita de l'oncle James.

— Sobre et *clean*. C'est la plaie, en effet. Tout comme d'être au chômage. (Elle baissa les yeux sur les hors-d'œuvre.) Tu as fait quelque chose au sujet d'un travail ?

— Seigneur, tu commences à lui ressembler.

Regan braqua une minisaucisse sur Finn.

— Tu ne m'avais pas dit que tu connaissais Colin Meding et Richie Palmer, intervint Finn.

Il se tenait toujours à l'autre bout de la table, adossé contre la rambarde du perron.

— Mais si, je t'ai dit que je connaissais Richie Palmer. Colin ne faisait que passer de temps en temps. Un sacré bon joueur de Air Hockey, d'ailleurs. (Regan tendit la main pour prendre une serviette ornée de Bikini roses sur fond mauve.) Pas aussi bon que moi, mais pas mauvais du tout.

Fia rejoignit la rambarde et s'y adossa à côté de Finn.

— Il serait temps que tu grandisses, Regan. Ça serait bien que tu arrêtes de jouer avec des gamins, que tu te trouves un travail et que tu commences à être autonome. Tu t'es écarté de l'objectif du clan et il faut que tu reviennes sur le droit chemin comme le reste d'entre nous.

Regan s'essuya la bouche avec sa serviette.

— Écoute, je suis *clean*. Je fais de mon mieux, mais ce n'est pas assez bien pour lui, et ce n'est pas assez bien pour toi non plus, hein ?

Il froissa la serviette, la jeta dans une poubelle sous la table et s'éloigna.

Côte à côte, Finn et Fia le regardèrent s'en aller.

— Tu trouves que j'ai été trop dure avec lui ? demanda-t-elle.

Il esquissa un sourire de connivence.

— Probablement.

Elle soupira et garda le silence un moment.

— Alors Richie avait la marque d'une morsure aussi, hein ?

— Ouais.

Elle se tut une seconde, puis jeta un coup d'œil à Finn.

— Tu crois que Regan pourrait être lié à ces meurtres ? Une vengeance des Rousseau pour avoir volé leur drogue l'été dernier ?

Finn lança un regard à la rue derrière lui. Aucun signe d'Elena. Il n'arrivait pas à savoir s'il était soulagé ou déçu.

— J'y ai pensé, mais ça ne leur ressemble vraiment pas. Ils auraient laissé leurs initiales tracées en lettres de sang par terre, ou autre chose du même acabit.

— C'est vrai.

Elle sirota sa limonade. Regan n'était pas le seul membre de la famille à avoir des problèmes de dépendance. À l'exception de quelques pintes de bière locale au bar du coin, Fia ne buvait jamais d'alcool. Voilà ce que c'était que d'avoir vécu plusieurs siècles avec un alcoolique incapable de pardonner leurs péchés à ses enfants.

— Les Rousseau ne sont pas les seuls vampires au monde à aimer tuer des humains pour le plaisir. Il n'y a pas d'autres méchants dans le voisinage ?

— Pas que l'on sache.

Finn se massa les tempes ; ses migraines semblaient s'intensifier un peu plus chaque jour, et ne cesseraient sans doute pas avant la résolution de ces affaires de meurtre.

— On a personne en ligne de mire, à part peut-être une bande de Russes qui travaillent à Ocean City comme vendeurs et coursiers, et un couple du Devonshire qui essaie de tirer profit des jeux d'argent à Atlantic City.

— Qu'est-ce que tu vas dire au Conseil lundi soir, alors ? le pressa Fia.

— La vérité, répondit-il en croisant son regard dans l'ombre du porche. Que c'est l'un des nôtres.

Finn commençait à penser qu'Elena lui avait réellement posé un lapin. À 20 h 45, Mary Kay annonçait que le buffet était servi. Il essayait de se débarrasser de Mary McCathal pour passer un coup de fil à Elena, mais la veuve parlait sans discontinuer depuis cinq bonnes minutes.

— J'ignore quand exactement Liam sera de retour, mais ce sera si bien de l'avoir de nouveau parmi nous, tu ne crois pas ? (Les gens les dépassaient pour faire la queue devant le buffet.) Ta mère dit que l'on devrait se réunir pour fêter son retour, mais je ne sais pas si ça lui plairait. Tu connais Liam…

Faisant passer la voix de Mary au second plan, Finn se mit à triturer le portable dans sa poche. Mary McCathal était jolie ce soir-là, pour une femme de son âge. Ses joues étaient roses, ses yeux brillants, et la chemise qu'elle portait paraissait neuve. Il avait envisagé que les rumeurs au sujet d'elle et de Victor puissent ne pas être fondées, mais Mary rayonnait clairement comme une veuve amoureuse, ou qui en tout cas avait un homme dans son lit. Finn avait du mal à imaginer Victor dans le rôle de l'amant attentionné, mais il savait d'expérience que les relations amoureuses n'étaient pas toujours très sensées.

Alors qu'il jetait un coup d'œil au trottoir désert, Finn se demanda s'il devait voir un signe dans la non-venue d'Elena. C'était vraiment une mauvaise idée d'entamer une liaison avec elle. Il valait mieux y mettre un frein tout de suite avant que ça prenne de l'ampleur. Elle lui avait dit ne pas vouloir d'une relation sur le long terme, mais il connaissait assez les femmes pour savoir qu'elles rêvaient toutes d'une histoire d'amour. Et, s'il était un peu honnête avec lui-même, c'était également ce qu'il recherchait, même s'il ne trouverait jamais.

Alors que Finn s'apprêtait à poser la main sur le bras de Mary pour l'interrompre, il perçut la présence d'Elena. Il leva les yeux et se retourna, surpris par la soudaineté avec laquelle il avait pris conscience de son arrivée. Vêtue d'une robe à fleurs vaporeuse et de sandales à talons, elle marchait vers lui, une bouteille de vin sous le bras. Il devait y avoir une bonne cinquantaine de personnes de ce côté-là du perron qui donnaient du coude pour accéder au buffet, mais elle semblait ne voir que lui.

— Mes excuses pour ce retard. (Elle se pencha vers lui et l'embrassa sur les deux joues.) C'est pour ta mère.

Elle lui tendit la bouteille.

— Oh, merci.

Durant une seconde, Finn resta planté là à la regarder. Par chance, Mary McCathal s'était trouvé une nouvelle victime avec qui parler des complications qu'entraînait le retour de son fils.

— Je suis vraiment content que tu sois venue.

Elle lui sourit et regarda autour d'elle. Elle ne semblait pas intimidée par la foule exubérante que formaient les

Kahill. Si seulement elle avait su qui ils étaient, ce qu'ils étaient, elle aurait eu peur.

— Et ta mère ? (Elle haussa son sourcil fin et arqué.) Serait-il possible que je la rencontre et que je la remercie pour cette invitation ?

Alors qu'elle parlait, Elena posa ses doigts à la naissance de sa gorge. C'était une véritable habitude. Une habitude qui hypnotisait Finn et qui donnait un sens inédit à l'expression « voir rouge ».

— Finn ? Ta mère ?

Il cligna des yeux.

— Euh, oui, bien sûr. Viens, je vais te présenter Mary Kay, dit-il en lui prenant la main. Prépare-toi à une belle surprise.

— Tu n'es pas restée longtemps chez tante Mary Kay.

Katy tint sa langue le temps d'appliquer une couche de vernis lavande sur l'ongle de son gros orteil.

Kaleigh était assise à l'autre bout du lit de Katy ; leurs pieds nus se touchaient presque. Elle avait opté pour le vernis rose fuchsia.

— Je n'étais pas d'humeur à parler avec ces vieux croûtons. (Elle pencha la tête d'un côté puis de l'autre.) « Quel âge as-tu maintenant, Kaleigh ? Bonté divine, regarde comme tu as grandi, Kaleigh. Toujours pas de nichons, hein, Kaleigh ? » imita-t-elle.

Katy ricana. C'était facile pour elle de rire. Elle avait eu la chance d'hériter d'une paire de nichons, elle. Le pire, c'est qu'ils restaient identiques à chacune de ses renaissances. Kaleigh songea qu'une fois au moins, elle méritait bien un décolleté digne de ce nom. Mais si elle comptait sur la génétique, ça ne risquait pas d'arriver. Elle se demanda ce que Rob penserait d'implants.

— J'ai vu Finn là-bas. Les meurtres le rendent complètement fou.

— Johnny disait qu'on parlait de nous dans une émission de télévision l'autre nuit.

Katy trempa son pinceau dans le flacon de vernis, veillant à ne pas en renverser sur le couvre-lit. Sa mère leur avait dit au moins une centaine de fois de ne pas se faire les ongles sur le lit.

— Ça parlait du déclin des petites villes américaines. Du fait qu'elles se transforment toutes en foyers de délinquance, y compris notre bonne vieille Clare Point.

Kaleigh leva les yeux au ciel.

— Le Conseil va adorer ça. C'est ce qu'on appelle ne pas se faire remarquer, hein ?

— Ouais, ça, tu peux le dire. (Katy se pencha sur sa jambe pour finir de vernir les ongles de son pied gauche.) Tu penses qu'on va encore devoir partir, alors ?

— Partir ?

Kaleigh leva les yeux et vit Katy la dévisager, une curieuse expression sur le visage.

Katy se remit à examiner ses ongles.

— Imagine si le boucan que font les médias autour de ces meurtres devient ingérable. Est-ce qu'on va devoir remballer nos affaires et disparaître au beau milieu de la nuit comme quand on a quitté l'Irlande ?

Kaleigh essuya un peu de vernis humide sur le bout de son doigt de pied. Elle ne savait même pas pourquoi elle se donnait autant de mal. Ses ongles n'étaient jamais aussi beaux que ceux de Katy. Elle n'arrivait jamais à étaler le vernis correctement et elle l'abîmait toujours avant qu'il soit sec.

— Ça serait un peu compliqué de repartir. À l'époque, on a pu trouver un endroit inhabité. Enfin, presque, rectifia-t-elle en se souvenant des pirates que le clan avait chassés de la plage. Et puis, on irait où ?

— Je ne sais pas.

Katy vissa le bouchon du flacon de vernis et étendit ses pieds devant elle pour contempler son œuvre.

— N'importe où sauf ici. En Italie, peut-être ? Ou pourquoi pas quelque part en Amérique du Sud ?

— Peut-être. Mais pour l'instant on doit faire avec ce qu'on a, ce qui signifie faire profil bas et ne pas attirer l'attention des humains sur nous. Finn a raison : il faut qu'on attrape ce tueur avant que toute cette histoire nous explose à la figure, dit Kaleigh, exprimant ses pensées à voix haute.

Bien sûr, elle ne pouvait pas révéler à Katy que Finn soupçonnait l'un des leurs d'être le meurtrier. Mais cette éventualité pesait lourd sur son esprit.

— Hé, au fait, reprit Katy en touchant le pied de Kaleigh avec le sien. Devine quoi ? Beppe m'a invitée à une autre fête. Demain soir.

Kaleigh regarda ses ongles et fit la moue. On aurait dit qu'elle les avait trempés dans une bassine de produit chimique.

— Tu vas y aller ?

— Je ne sais pas. On est restés ensembles que quelques minutes la dernière fois qu'il m'a invitée. Ensuite Pete a débarqué et m'a fait une scène.

Elle leva les yeux au ciel et se laissa retomber sur son oreiller, puis observa le poster Guitar Hero accroché au plafond.

— Je ne sais pas trop si Beppe me plaît. Il est un peu bizarre.

— Bizarre, c'est-à-dire ? Bizarre du genre à vouloir fourrer sa langue dans ta bouche ?

Katy se mit à rire.

— C'est ça qui est bizarre, en partie. Il, enfin… il ne m'a fait aucune avance. Par exemple… il ne m'a même pas pris la main.

— Peut-être qu'il trouve que tu pues.

Katy tira la langue à Kaleigh.

Kaleigh vissa le bouchon du vernis à ongles rose, décidée à arrêter le massacre pendant qu'il en était encore temps. Jusque-là, elle avait verni ses ongles de main, quelques-uns de ses ongles de pied et un bout de sa cheville. Aucun doute que le couvre-lit de Katy serait le suivant.

— Ou peut-être que Pete l'a acculé dans les toilettes et l'a menacé de le mordre et de boire son sang jusqu'à la dernière goutte s'il posait la main sur toi.

— Pete ! (Katy empoigna ses cheveux comme si elle voulait se les arracher.) Ne me parle pas de lui. Il a pété les plombs.

— Comment ça ?

— Il me suit. Il m'envoie des textos et m'appelle vingt fois par jour. Il va se plaindre à tous mes amis. Hier, il a parlé à ma mère à l'épicerie. À ma mère ! Soi-disant qu'il veut me récupérer. Que je lui manque. Qu'il m'aime. Bla, bla, bla, bla, bla, imita-t-elle en ouvrant et refermant sa main comme s'il s'agissait d'une bouche.

— Bah, peut-être que c'est le cas.

— Quoi donc ?

Katy laissa retomber sa main sur le lit.

— Qu'il t'aime. Que tu lui manques.

— Il ne m'aime pas, railla-t-elle. Il aime mon sang. Il aime m'enlever ma petite culotte.

— Katy, souffla Kaleigh, médusée.

— Quoi ? (Elle se redressa à moitié sur le lit.) Ne me dis pas que toi et Rob vous n'avez pas…

— Non, l'interrompit Kaleigh. (Elle savait que Katy et Pete commençaient à bien se connaître, mais elle ne se doutait absolument pas que c'était… à ce point.) Les relations sexuelles sont interdites jusqu'à vingt et un ans, la fin de notre évolution. C'est dangereux.

— Dangereux ? (Katy se laissa retomber sur le lit en gloussant.) J'ai du nouveau pour toi. Ces vieux croûtons du Conseil nous mentent. Ce n'est pas « dangereux ». C'est amusant, voilà tout. C'est pour ça qu'ils ne veulent pas qu'on le fasse. Parce que ça fait du bien.

Kaleigh descendit du lit, s'efforçant de ne pas abîmer le vernis sur ses doigts de pied. Comme si elle avait besoin de soucis supplémentaires.

— Faut que je rentre. Je l'ai promis à maman. (Elle enfila avec précaution ses tongs.) À demain.

Katy attendit que Kaleigh ait atteint la porte pour reprendre la parole.

— Tu veux y aller, alors ?

Main sur la poignée, Kaleigh se retourna.

— Aller où ?

— La fête chez Tomboy.

— J'ai pas l'intention de t'aider à rencontrer des humains. Je ne ferais pas ça à Pete.

Katy se redressa d'un bond sur le lit.

— Allez. Tu ne voudrais pas que j'y aille toute seule, si ? Et si Beppe était un dangereux psychopathe aux pulsions meurtrières ? dit-elle en levant un doigt. Et si c'était lui qui avait tué ces deux types sur la promenade, hein ? Et si j'étais la prochaine sur la liste ?

Kaleigh hésita.

— Ce n'est pas drôle.

Et ça ne pouvait pas être vrai si le tueur était un vampire qui assassinait des humains, mais Katy l'ignorait.

— J'ai entendu dire que des V se sont mal comportés là-bas l'autre nuit, chantonna Katy pour la faire céder.

— De quoi tu parles ?

Katy enserra ses genoux.

— Ce n'était qu'une rumeur, je parie, mais il paraît qu'un des mecs s'est un peu enflammé pendant qu'il pelotait une nana soûle et qu'il a goûté un peu de son sang.

— Qui ? exigea de savoir Kaleigh.

Katy se laissa retomber sur l'oreiller.

— Je ne vais pas le dire. On ne se dénonce pas les uns les autres. C'est notre accord. Je ne l'ai pas dit aux vieux quand tu faisais ta belle dans les bois avec ce tueur de V psychopathe.

— Eh bien, tu aurais dû, lâcha Kaleigh.

Voyant l'air meurtri de Katy, elle se mordit la langue. Jamais Katy ni personne n'aurait pu deviner à quel point ces garçons étaient cinglés. Katy n'était pas une mauvaise fille. Elle aimait juste s'amuser et ne réfléchissait pas toujours aux conséquences de ses actes.

— Tu veux venir, alors ? Pour juger par toi-même ? C'était peut-être qu'un dérapage, mais je pense vraiment que quelqu'un de responsable devrait s'en assurer, pas toi ? (Katy hésita). À minuit demain soir. Je te retrouve à l'angle.

Kaleigh ouvrit la porte de la chambre. Le Conseil avait bien assez de sujets d'inquiétude pour le moment. Il n'avait pas en plus besoin de jeunes vampires qui perdaient la tête.

— J'y serai.

Chapitre 13

La soirée se termina mieux qu'elle n'avait commencé. Quoiqu'intrigués par l'invitée de Finn, les Kahill surent se tenir. Et s'ils s'accordaient à dire que le couple allait à l'encontre des règles du clan, ils n'en étaient pas moins curieux de voir Elena de plus près. Même après tous ces siècles, les humains suscitaient toujours chez eux fascination et jalousie. Pas un membre de la famille élargie de Finn ne lévita, ne mit le feu à des objets par combustion spontanée ni ne vanta les vertus du sang haïtien ce soir-là. En prime, Mary Kay n'assomma Elena qu'à moitié avec ses bavardages, et le père de Finn parvint à rester relativement sobre.

Laissant derrière eux le tintement des assiettes sales qu'on lavait et rangeait dans la cuisine, Finn et Elena se perdirent dans les ombres du jardin. C'était elle qui avait suggéré de faire le tour de la propriété, mais Finn la soupçonnait surtout de vouloir comme lui retrouver un peu de solitude. Leur complicité et la tension sexuelle entre eux avaient été palpables toute la soirée.

L'air lourd et humide était imprégné des senteurs de la nuit : les relents d'un barbecue au fond du jardin, des odeurs de chien mouillé et d'herbe fraîchement coupée, le parfum des premières roses de la saison. Sous ces effluves perçait une odeur plus intense et plus mystérieuse, celle d'humains côtoyant des vampires. Finn sentait les siens faire l'amour, leur haleine de gin, le sang couler d'une plaie – autant de parfums entêtants qui le revigoraient et lui rappelaient le but de son existence.

—J'ai passé une bonne soirée, Finn. Merci.

Elena s'arrêta pour retirer ses sandales et posa ses pieds dans l'herbe douce et odorante. Finn, qui appréciait depuis toujours la caresse sensuelle de l'herbe sur sa peau, avait laissé ses tongs sur le perron. Elena prit ses chaussures par la bride et tendit son autre main à Finn. Ils marchèrent quelques minutes en silence, se frayant un chemin entre les fontaines à oiseaux et les parterres de fleurs. Les voix qui venaient de la cuisine finirent par s'estomper et ils se retrouvèrent seuls avec leurs pensées et les battements de leur cœur.

—Je suis content que tu sois venue. Mon frère a bien fait de t'inviter. (Finn porta la main d'Elena à ses lèvres et y déposa un baiser.) Je ne cherchais vraiment pas à t'éviter. J'ai pensé à toi toute la semaine.

Elena s'arrêta à côté de la remise des parents de Finn, tout au fond de la propriété. Une grande haie touffue barrait la vue sur l'allée, créant un cocon d'intimité autour du local.

—C'était agréable de voir du monde.

Elle s'adossa contre la palissade de bois. À la lueur de la lune, la peinture jaune pâle du mur paraissait dorée et faisait ressortir à merveille la beauté ténébreuse d'Elena.

—Je me sens parfois très… seule. (Elle posa les yeux sur l'herbe tendre et remua ses orteils aux ongles impeccables.) Chez nous, ajouta-t-elle en regardant Finn à travers le voile de ses cils. On vit à l'écart des autres, et la solitude peut parfois être pesante.

Il se rapprocha d'elle et posa négligemment la main sur sa hanche. Dans la pénombre de ce jardin, il arrivait presque à oublier la réalité du monde extérieur. Le mouvement des arbres et la douceur de l'herbe sous ses pieds le réconfortaient.

— Ça t'embête si je te demande si… tu es divorcée ?

Elle leva vivement les yeux vers lui, puis les baissa de nouveau. Elle entrouvrit ses lèvres pulpeuses.

— Veuve.

— Je suis désolé, dit-il tout bas, savourant la tranquillité du moment et le contact du corps d'Elena, si proche et si chaud.

En un mouvement de cils, elle releva les yeux.

— C'était il y a longtemps.

— Des enfants ?

Cette fois-ci, il la vit à peine remuer les lèvres. Sa réponse lui échappa dans un souffle.

— Morts eux aussi.

Tu t'en souviens, non ?

Les mots résonnèrent de façon troublante dans la tête de Finn. Il ignorait d'où ils venaient et ce qu'ils signifiaient. Soudain, il se sentit vaciller. Comme s'il se trouvait à deux endroits différents. Elena avait-elle prononcé ces paroles ? Impossible, évidemment. Comment aurait-il pu se rappeler une chose qu'il ignorait ? Lorsqu'il la regarda, son cœur battait avec une étrange frénésie.

— Elena…

— Chut, lui intima-t-elle en laissant tomber ses sandales dans l'herbe. N'en parlons plus.

Elle lui prit la main et, soutenant son regard, embrassa le bout de ses doigts, un à un. Arrivée à son index, elle le titilla de la langue et le mit dans sa bouche.

Ce geste simple n'avait rien en lui-même de particulièrement sensuel, mais il envoya une puissante décharge de désir dans le corps de Finn. Les mots qui flottaient un instant plus tôt dans sa tête se dissipèrent, telle la brume dans la nuit. Peut-être n'avaient-ils été que le fruit de son imagination.

Sans retirer son doigt de la bouche d'Elena, il colla ses lèvres contre les siennes, pris du besoin de la goûter, de la toucher. Il lui caressa la joue de son doigt humide et passa la main dans les cheveux fins de sa nuque. Il inséra la langue dans sa bouche et elle gémit doucement.

Dès le premier baiser, Finn se sentit durcir. Il la voulait, là, tout de suite. Il devait la posséder.

Quel genre d'homme était-il pour avoir envie de faire l'amour debout contre la remise de sa mère ?

Elena saisit la main de Finn et le guida sous sa robe, le long de sa cuisse parfaite.

Visiblement, lui et Elena étaient de la même espèce. Elle ne portait pas de culotte et il la trouva déjà humide.

Ils s'embrassèrent encore tandis qu'il caressait sa chair tendre et offerte. Le souffle court, il s'arracha à sa bouche et couvrit de baisers la courbe de sa mâchoire jusqu'à son oreille, avant de descendre sur sa gorge palpitante.

Elena s'appuya contre la palissade et étendit les bras. Ses petits seins se soulevaient au rythme de sa respiration saccadée. Tout en la caressant, il délaissa la peau satinée de son cou pour embrasser le creux entre ses seins. Il écarta l'étoffe légère de la robe et saisit un téton entre ses lèvres. Pas de soutien-gorge. Un avantage des femmes à petite poitrine que Finn appréciait particulièrement dans ce cycle de vie.

Elena gémit et enroula sa jambe autour des hanches de Finn. Elle trouva l'élastique de son short. Sans réfléchir aux conséquences que pouvait entraîner l'acte de faire l'amour dans le jardin de sa mère, de surcroît pendant qu'elle faisait la vaisselle dans la cuisine, il se débarrassa de son short.

Elena tira d'un coup sec sur son boxer et empoigna son sexe à pleine main.

Pour une fois, Finn ne pensait pas au sang de la femme qu'il tenait dans ses bras. Il ne cherchait pas son goût sur ses lèvres. À cet instant, il avait besoin de posséder Elena. Plus important encore peut-être, il avait besoin qu'elle le possède.

Après avoir passé un bras autour de sa taille, Finn s'aida de l'autre main pour entrer en elle. Lorsqu'il la pénétra, Elena poussa un cri qu'il fit taire d'un baiser. Mary Kay allait le tuer...

Il s'enfonça plus loin et de nouveau elle cria, à la limite de la jouissance. Il n'aurait pas à se soucier d'aller trop vite ; elle avait déjà plusieurs longueurs d'avance.

Finn n'eut aucun mal à soulever Elena et à la plaquer contre le mur de la remise. Agrippée à lui, elle arc-bouta le bassin à sa rencontre et gémit de plaisir.

Haletant, Finn s'écarta jusqu'à ce qu'elle reprenne son souffle, puis s'enfonça de nouveau en elle. Elena cria si fort qu'il posa la main sur sa bouche de peur que les femmes en cuisine ne l'entendent. Elle lui mordit le doigt, l'enserrant en elle. Soudain, il s'abandonna à son étreinte. Alors qu'il s'était cru capable de la tenir dans ses bras toute la nuit, il se sentait à présent si faible que ses bras et ses jambes tremblaient.

Pour éviter de la lâcher, Finn s'écarta du mur et la déposa délicatement au sol. Sa robe recouvrit sa nudité et, comme la fois précédente, Finn fut envahi d'une inexplicable tendresse. Ce n'était pas que du sexe. Il s'était tissé entre eux un lien comme il n'en avait pas fait l'expérience depuis longtemps.

Elena posa la tête sur l'épaule de Finn le temps de reprendre son souffle. La serrant dans ses bras, il respira le parfum doux et frais de ses cheveux propres auquel se mêlait l'odeur musquée de leurs ébats.

— Waouh, murmura-t-il à son oreille.

À son ravissement, elle se mit à rire.

— Je suis désolée, j'ai été bruyante.

— Pas tant que ça. (Il l'embrassa sur un coin de la bouche, puis sur l'autre, tout en lui caressant la taille.) Je suis content de te donner du plaisir, Elena.

Les yeux dans le vague, elle sourit et repoussa les cheveux qui lui tombaient devant le visage.

— Je ferais mieux d'y aller, dit-elle.

Il embrassa son sein nu, rajusta sa robe et recula d'un pas. Sans qu'il sache pourquoi, il ne se sentait pas tout à fait prêt à la laisser partir.

La voix dans sa tête l'assaillit de nouveau. *Tu te souviens.* De quoi devrait-il se souvenir ? Et qui voulait qu'il se souvienne ? Ça ne pouvait pas être Elena. Mais cette étrange impression de déjà-vu revenait à la charge. Il ne parvenait pas à identifier ce qui se passait entre eux.

— Elena, est-ce qu'on s'est déjà rencontrés ?

— Comment ça ?

Le ton de sa voix était léger. Elle se pencha, ramassa son boxer et le lui tendit.

Finn enfila son caleçon et ramassa son short.

— Je ne sais pas. J'ai sans arrêt cette impression bizarre, comme si on se connaissait. Tu vois ce que je veux dire ?

— Tu penses qu'on s'est déjà rencontrés ?

Il avait remarqué qu'elle aimait bien lui répondre par d'autres questions qui n'expliquaient rien.

Elle lui caressa la joue.

— Je dois rentrer à la villa. Ma sœur va s'inquiéter.

Il reboutonna son short et ramassa les sandales d'Elena posées dans l'herbe.

— Je vais te raccompagner. Laisse-moi juste le temps de prendre mes tongs sur le perron.

— Non. Je préfère marcher seule, dit-elle en récupérant ses chaussures. Bonne nuit, Finn.

Elle partit sans qu'il puisse protester, coupa par l'arrière de la propriété et rejoignit l'allée.

— Si tu vas jusqu'au bout de…, lui lança-t-il.

— Je saurai trouver mon chemin, l'interrompit-elle. Bonne nuit, Finn.

Perplexe, il se passa la main sur le visage, l'odeur d'Elena sur sa peau.

— Bonne nuit, Elena.

Assise sur l'accoudoir d'un canapé, Kaleigh regardait Katy et Beppe danser au rythme d'une musique hip-hop à la mode. Elle était venue à la fête sous prétexte de repérer quels adolescents Kahill s'y trouvaient, mais une fois sur place elle s'était rendu compte qu'elle s'amusait. La musique et la frénésie ambiante lui plaisaient. Elle aimait voir comment les adolescents humains se comportaient entre eux, et elle espérait que ses observations lui permettraient de mieux les comprendre. Et si on ajoutait quelques V pubères au mélange, ça devenait franchement intéressant.

Kaleigh croisa le regard de Mickey, qui se tenait près de la porte de la cave à l'autre bout de la pièce. Mickey leva son gobelet en plastique rouge en signe de salutation avant de retourner à sa discussion avec le géant qui lui tenait lieu de petit ami. Toujours intriguée par ce qui se tramait en bas, Kaleigh avait passé la nuit à regarder la porte s'ouvrir et se refermer. Elle ne reconnut aucun de ceux que Tomboy laissa passer. Les gamins du coin qu'elle connaissait restaient en haut. Pour ce qui était de la fête principale, elle jugeait inoffensifs la consommation modérée d'alcool et le pelotage, mais plus elle y pensait, plus l'idée de ce qui se passait à la cave la rendait nerveuse. Peut-être ne faisaient-ils que fumer de l'herbe – il lui avait semblé en sentir lors de sa dernière venue. Mais elle soupçonnait qu'il y avait autre chose, un danger potentiel pour le clan, et elle devait savoir de quoi il s'agissait.

Mickey délaissa son petit ami et se fraya un chemin entre les danseurs jusqu'à Kaleigh.

— Hé, tu es revenue.

Elle dut se pencher vers Kaleigh pour l'entendre malgré la musique.

— Oui, dit Kaleigh en levant les mains, puis en les laissant retomber. J'accompagne Katy. Elle est… venue avec un mec, disons.

Elle fit un signe de tête dans leur direction.

— Il est canon, fit remarquer Mickey.

Kaleigh haussa les épaules.

— Hé, ça te dit une bière ? Une cigarette ?

— Non, c'est bon.

Kaleigh regarda Tomboy ouvrir la porte de la cave et laisser passer un type. Qu'est-ce que cette porte avait au juste de si dérangeant ? Elle regarda Mickey, assise à son côté. Malgré son anneau dans le nez, son piercing à la langue et son eye-liner noir, l'expression de son visage lui inspirait confiance.

— Je peux te demander un truc ?

— Bien sûr. On est amies, non ? Enfin, plus ou moins, se reprit Mickey.

— Plus ou moins, approuva Kaleigh. (Elle lui indiqua la porte de la cave.) C'est la deuxième fois que je viens ici et il se passe toujours quelque chose en bas. Ton copain laisse entrer certaines personnes, mais refuse l'accès à d'autres.

— C'est une fête privée, dit Mickey en sirotant sa bière.

— Ça, j'avais compris. Mais qu'est-ce qu'il y a de plus en bas ?

Mickey la regarda dans les yeux.

— Tu veux vraiment savoir ?

Kaleigh hocha lentement la tête.

— Laisse-moi parler à Tomboy. Viens.

Mickey sauta à bas de l'accoudoir.

Kaleigh lui emboîta le pas. Tout en évitant les couples qui dansaient, elle chercha Katy des yeux, sans succès. Elle avait dû sortir sur le perron avec Beppe pour se rafraîchir. Malgré les ventilateurs au plafond et les fenêtres ouvertes, il faisait chaud dans la maison.

À quelques mètres de la porte de la cave, Mickey s'arrêta.

— Attends deux secondes, lui intima-t-elle. Je vais voir ça avec Tomboy. Chez lui, on respecte ses règles.

Pendant que Mickey parlait à son petit ami, Kaleigh scruta de nouveau la foule des yeux. Est-ce que Katy et Beppe se pelotaient dans un coin ? Ça n'aurait rien eu de très dramatique si Katy et Pete n'avaient pas déjà couché ensemble et mêlé leur sang. Une fois qu'on y avait goûté, c'était difficile de lutter contre l'envie de recommencer. Kaleigh ne risquait pas de l'oublier.

Et si Katy s'était mis en tête de faire la même chose avec Beppe ? Elle savait que son amie ne faisait que s'amuser un peu, et qu'il fallait bien que jeunesse se passe ; Katy et Pete finiraient par se remettre ensemble. Ils jouaient à ce petit jeu depuis des siècles. Mais pourquoi avait-il fallu que Katy jette son dévolu sur cet humain ? Elle les avait observés toute la nuit, et quelque chose chez Beppe l'inquiétait. Ses yeux paraissaient… vides.

Mickey revint auprès de Kaleigh.

— Tomboy voulait savoir si on pouvait te faire confiance. Je lui ai dit que oui.

Avec ses lèvres maquillées en noir, ses dents paraissaient luire dans l'obscurité lorsqu'elle parlait.

— J'ai bien fait ?

— Tu veux savoir si je vais aller voir les flics ?

— Tomboy dit que ton oncle est flic. C'est lui qui enquête sur les meurtres.

— Finn n'est pas un problème.

— Tu veux y aller, alors ? demanda Mickey en lui indiquant la porte de sa bière. En bas ?

Kaleigh pouvait encore faire marche arrière. Il aurait été plus sage de trouver Katy, de rentrer chez elle et de ne plus revenir. Mais cette cave l'attirait...

— Bien sûr. Ce n'est pas dangereux, de toute façon, si ?

Soudain anxieuse, elle lâcha un petit rire. Sans trop comprendre pourquoi, elle était un peu effrayée.

— Va savoir. (Mickey tendit son gobelet vide à son petit ami avant de descendre l'escalier.) Tout dépend de la situation. (Elle effleura d'une main le torse de Tomboy et s'aventura dans la pénombre de l'escalier.) Pas vrai, bébé ?

Il referma la porte derrière Kaleigh, et elles se retrouvèrent plongées dans l'obscurité totale.

Regan s'assit dans le noir au bord de son lit, la main sur la poitrine. Son cœur battait la chamade. Son tee-shirt et son boxer étaient trempés de sueur, ses cheveux plaqués contre ses tempes.

Encore un de ces fichus cauchemars.

Les Rousseau refusaient de le laisser tranquille. Dans sa tête en tout cas.

Il tendit la main pour prendre la bouteille de bière posée sur le carton d'emballage à côté de son lit. Il en avala une lampée. Elle était chaude et éventée, mais il la termina tout de même.

Le cœur battant toujours à cent à l'heure, il se rallongea, une main sous la tête.

Pourquoi rêvait-il des Rousseau ? L'épisode de La Nouvelle-Orléans l'année dernière n'avait certainement pas été le plus glorieux de son existence, mais ce n'était pas non plus la première fois qu'il s'attirait des ennuis. Ni même la première fois que les Rousseau lui tendaient une embuscade. Quelle bande de sales vampires… Dans son état normal, il n'aurait pas imaginé un seul instant de pouvoir voler leur came et s'en tirer sans représailles, mais quel toxicomane n'agissait pas de façon stupide de temps à autre ?

Et il était *clean* à présent. *Clean* et sobre. Il ne risquait rien.

Alors pourquoi ces cauchemars ? Est-ce qu'on essayait de lui dire quelque chose ? Son subconscient ? Les Rousseau ?

Est-ce que ça avait un rapport avec l'enquête de Finn ?

Une vague de terreur le submergea. En payant pour la drogue volée, sa famille l'avait supposément acquitté de sa dette vis-à-vis des vampires de La Nouvelle-Orléans mais… et si les meurtres étaient une vengeance de leur part ?

Il sortit du lit et traversa le couloir obscur jusqu'à la chambre de Finn. Il attendit un moment devant la porte entrebâillée. Si Colin et Richie étaient morts parce que les Rousseau nourrissaient une quelconque rancœur vis-à-vis des Kahill, jamais il ne pourrait se le pardonner.

Il poussa la porte.

— Hé, frangin, chuchota-t-il.

Le lit de Finn était vide. Regan regagna sa chambre, partagé entre le soulagement et la déception de ne pas avoir pu interroger Finn au sujet des frères Rousseau.

Chapitre 14

— Il est bien tard pour me rendre visite, Victor.

Peigi entrebâilla la porte, une main serrée sur sa robe de chambre en flanelle à carreaux.

Victor regarda ses chaussures.

— J'ai vu de la lumière, marmonna-t-il. Savais que t'étais encore debout. Puis t'es la présidente du Conseil, non ? M'est avis que tu devrais être disponible pour tes électeurs de jour comme de nuit.

— C'est donc ce que tu es, Victor, un électeur ? (Elle soupira et poussa la porte.) Eh bien, entre. J'imagine que si je ne te laisse pas entrer maintenant, tu rappliqueras demain matin.

— Y a des chances.

Dans le noir, ils traversèrent le palier puis la cuisine et arrivèrent au séjour. Elle regardait bien la télévision avant que Victor arrive. Il n'était jamais venu dans le salon de Peigi auparavant, n'ayant jamais eu aucune raison d'y aller. La pièce était à l'image de sa personnalité : pratique. Un canapé à motifs écossais et une bergère, deux tablettes solides et une table basse. Comme les vêtements qu'elle portait, le mobilier semblait tout droit sorti d'un catalogue Burberry.

— Je ne t'offre pas de thé ou de gin tonic, le prévint-elle en se laissant tomber dans sa bergère.

Elle prit la télécommande posée sur l'accoudoir et baissa le son de la télévision.

— J'boirais pas même si tu me proposais. Même si je mourais de soif, grommela-t-il.

— Alors, quel est le problème ? Qu'y a-t-il de si urgent qui ne puisse pas attendre le lever du soleil ?

Elle resserra la ceinture de sa robe de chambre, comme si elle redoutait qu'il lorgne sur son décolleté. Avec sa coupe au carré, son physique disgracieux et ses attitudes de garçon manqué, Peigi n'était pas son genre. Il préférait les femmes plus douces, aux formes plus féminines. Sans compter qu'il ne pourrait jamais faire confiance à une femme douée de facultés pyrokinésiques. Allez savoir à quoi elle risquait de mettre le feu si on la contrariait.

— Je voulais te demander... (Nerveux, il croisa les mains sur ses genoux.) J'aurais voulu figurer à l'ordre du jour du Conseil cette semaine. Je... j'ai une requête que j'aimerais qu'on examine.

— Je suis désolée. Nous sommes déjà débordés, Victor. Ces meurtres ont engendré une belle pagaille. De quoi as-tu besoin de nous parler ?

Il se mit à jouer avec ses doigts. Il avait pris une douche avant de venir et s'était même servi de la brosse que Mary lui avait apportée pour se nettoyer les ongles. Il avait mis un tee-shirt propre et un pantalon lavé quelques jours plus tôt. Il tenait à avoir l'air respectable. Peigi devait comprendre à quel point c'était important pour lui.

Il n'avait pas dit à Mary où il allait ce soir-là. Elle s'y serait opposée, il y serait quand même allé et elle lui en aurait voulu. Victor n'aimait pas que Mary soit fâchée contre lui.

— Je dois parler au Conseil, répéta-t-il obstinément.

— Victor...

— Je veux épouser Mary McCathal.

Les mots lui avaient échappé malgré lui.

Peigi le dévisagea un instant.

— Je vois. Tu sais évidemment qu'elle est la veuve de Bobby et que la loi du clan lui interdit de se remarier.

— J'croyais que la loi du clan interdisait à Regan de monter à bord de mon navire, de boire mon sang et de me changer en vampire. Il s'en est pas privé pour autant.

L'expression de Peigi se radoucit.

— Regan a mal agi. On en a convenu il y a des siècles. Nous sommes à jamais désolés de ce qu'il a fait.

— Me semble à moi que vous m'êtes à jamais redevables, grommela-t-il. C'est le moins que vous puissiez faire.

— On ne peut pas changer la loi du clan, Victor. Mary peut vivre avec toi, mais elle ne peut pas se marier. Pas plus avec toi qu'avec un autre.

Il se leva. Mary l'avait prévenu que ce serait une perte de temps. Il allait devoir retourner auprès d'elle et lui dire qu'elle avait eu raison. Qu'il ne pouvait pas l'épouser. Mais ce n'était pas juste. Ce n'était pas sa faute si un gosse fou furieux s'était pris pour un chasseur de vampires. Si on avait assassiné le mari de celle qu'il aimait.

— Je te demande pas de changer la loi. Juste de faire une exception. Je mérite bien une faveur, après ce que vous m'avez fait, dit-il, amer.

— Tu sais bien que ça ne dépend pas de moi. Je ne peux pas faire une exception pour une loi que nous respectons depuis des centaines d'années.

— Je veux parler au Conseil, répéta-t-il, buté.

— Très bien. C'est ton droit. (Elle se leva et se campa devant son fauteuil comme si, au lieu d'être en pyjama dans son salon au beau milieu de la nuit, elle s'adressait au Conseil.) L'ordre du jour de mardi soir est complet.

Je veillerai à ce qu'on t'ajoute à celui de la session suivante. Tu recevras un mail te confirmant la date et l'heure.

— J'ai pas d'ordinateur.

La gorge nouée, il se dirigea vers la porte. Alors qu'il lui arrivait enfin quelque chose de bien après toutes ces années, ces sales sangsues refusaient d'exaucer son seul et unique souhait. Il voulait juste épouser Mary. Être heureux.

— On t'appellera, alors.

— J'ai pas de répondeur.

Il disparut dans la cuisine éteinte.

— Bon, dans ce cas je demanderai à Liz de taper une lettre. Tu as bien une boîte aux lettres, Victor, non ?

Il poussa la porte de derrière et dévala les marches. Il se sentait stupide d'être venu. Sourd à l'appel de Peigi, il se hâta de traverser la pelouse. Mary lui avait dit qu'il perdrait son temps à essayer de parler au Conseil, et qu'ils ne pouvaient pas se marier. D'après Victor, elle n'avait raison que sur un point.

D'ordinaire, Kaleigh était à l'aise dans le noir. La nuit, déambuler chez elle, se promener en ville ou encore aller dans les bois pour chasser les cerfs dont elle se nourrissait ne lui posait aucun problème. Elle était un V, en somme. Même si elle ne dormait pas dans un cercueil comme dans les films, elle adorait le velours des ténèbres.

Mais les ténèbres de cet escalier étaient différentes. Pas effrayantes, non, plutôt… dérangeantes. Dieu, comme elle aurait aimé pouvoir lire dans les pensées des humains. Elle en avait été capable autrefois, dans des vies antérieures, mais il s'écoulerait peut-être des années avant qu'elle développe de nouveau cette faculté.

— Ça va ?

Mickey la prit par le bras pour la guider de marche en marche.

— Mmm.

Alors qu'elles arrivaient à la cave, la rythmique hip-hop de Kanye West céda le pas à une espèce de musique gothique assourdissante. Une bougie brillait en bas des marches, posée sur une table devant un espace délimité par d'épais rideaux noirs.

— Prends-en un.

Mickey se pencha vers Kaleigh pour se faire entendre malgré la musique. Elle prit un masque noir d'une pile sur la table et le lui tendit. Puis elle en saisit un autre qu'elle mit sur son visage. Même en ne couvrant que ses yeux et son nez, il suffisait à changer son apparence. Kaleigh voyait comment ce masque pouvait leurrer un humain peu observateur, mais elle-même n'était pas dupe.

Kaleigh remarqua un panier de préservatifs sur la table à côté de la bougie. Rob avait vu juste. Ils descendaient bien à la cave pour baiser. Et pour fumer. Elle reconnaissait l'odeur de l'herbe. L'encens qui brûlait ne suffisait pas à masquer son parfum douceâtre et écœurant.

— Pas de noms. Compris ?

Le ton de Mickey était menaçant.

— D'accord. Ouais, compris, répondit Kaleigh.

— Tu en veux un ? demanda Mickey en désignant les préservatifs.

Kaleigh secoua la tête.

Mickey écarta le rideau noir.

Alors que Kaleigh s'apprêtait à la suivre, elle hésita.

— Hé, attends.

Mickey se retourna vers elle.

— Katy n'est pas ici, si ?

Même avec le masque, la moue dédaigneuse de Mickey n'échappa pas à Kaleigh.

— Non, on n'entre ici que sur invitation.

Kaleigh prit une profonde inspiration et passa derrière le rideau avec Mickey. Elles s'arrêtèrent de l'autre côté.

— Mets-toi à l'aise, dit Mickey. Le bar est là-bas. Tu peux participer ou juste regarder. C'est toi qui vois.

Elle s'éloigna et Kaleigh la suivit des yeux avant de s'intéresser à ce qui se passait autour d'elle. Les rideaux noirs qui recouvraient les murs donnaient à la cave l'apparence d'une chambre spacieuse, même s'il y régnait toujours une odeur d'humidité caractéristique. Des adolescents âgés de dix-huit à vingt-deux ans étaient assis par petits groupes ou bien allongés sur des coussins. Des couples plus ou moins dévêtus se pelotaient tandis que d'autres s'enlaçaient à trois ou quatre. Nus.

Mal à l'aise, Kaleigh déglutit et se sentit rougir. Un film pornographique passait à la télévision ; un type drapé dans une cape noire baisait une fille sur un cercueil.

Doux Jésus, où était-elle tombée ?

Dans la pièce pleine de cierges, l'odeur de l'encens était particulièrement forte. Ainsi que celle de la marijuana. Elle huma l'air. Grâce à son odorat développé, elle parvint à identifier la nature de chaque effluve : boissons alcoolisées, parfum, eau de Cologne. Transpiration humaine et désir.

Soudain, sa peau se couvrit de chair de poule. Une odeur bien distincte se détachait des autres. Celle du sang humain.

Elle ne voyait qu'une explication. *Merde*, pensa Kaleigh.

— *Qui est là ?* dit-elle, adressant son message télépathique à tous ceux capables de l'entendre.

Il ne lui semblait reconnaître personne, mais elle ne regardait pas les gens de très près… surtout pas quand ils étaient nus.

Même si personne ne répondit à sa question, elle sentait la présence d'un des siens dans la pièce… Non, ils étaient deux.

Elle se força à regarder de plus près, tout en essayant de ne pas voir ce qu'ils faisaient. Ils portaient bien sûr tous le même masque ridicule, mais elle savait reconnaître les humains. Et les autres.

Deux humains qui baisaient. Elle sans son pantalon, lui avec.

Deux autres, nus et enlacés…

Détournant le regard, Kaleigh se demanda si un tel spectacle risquait de nuire à un esprit aussi jeune que le sien. En réalité, elle n'était pas si jeune que ça. Elle devait avoir vu bien pire. Mais elle n'avait pas tellement envie de se souvenir de ce qu'elle avait oublié.

Kaleigh revint au couple. Elle serra entre ses doigts le lourd tissu des rideaux qui barraient l'accès à l'escalier. C'était Johnny K. qu'elle voyait avec cette blonde. Son masque ne suffisait pas à la leurrer. Elle reconnaissait sa fossette au menton. Elle et Johnny étaient cousins germains… à moins qu'il ne fût son grand-oncle ? Il lui arrivait parfois de s'y perdre.

En tout cas, c'était bien Johnny, et cette fille à moitié nue dans ses bras, soûle ou droguée, ignorait de toute évidence qu'il était un V. Kaleigh le regarda approcher la bouche du cou de la jeune fille.

— *Johnny, tu te crois où ?* lui demanda Kaleigh par télépathie. *Ne t'avise pas de poser la main sur elle !*

Mais Johnny ne l'entendait pas. Il devait avoir verrouillé son esprit, ou bien était trop occupé à se repaître.

Même si la loi des Kahill leur défendait de boire du sang humain, il y avait parfois des dérapages. Comme disait Peigi, c'était dans la nature de la bête. Et ceux qui transgressaient la loi étaient passibles de sanctions. Le clan ne plaisantait pas avec l'interdiction de coucher avec des humains et de boire leur sang. Si le Conseil venait à apprendre ce qui se passait dans cette cave, il y aurait de graves répercussions.

Kaleigh hésita. Devait-elle se jeter sur Johnny K., l'attraper par l'oreille et le traîner dans l'escalier ? Non, impossible. Elle risquait d'éveiller les soupçons des humains. Sans compter qu'un V en train de se nourrir pouvait être dangereux. Il n'était pas dans son état normal. Kaleigh n'avait aucune envie de se battre avec Johnny. Elle n'était même pas sûre d'être de taille à l'affronter.

— Hé.

Mickey surgit soudain à côté de Kaleigh et la fit sursauter.

— C'est quoi, ça ? dit Kaleigh en la dévisageant. Une espèce d'orgie ?

Mickey haussa les épaules.

— C'est comme ça depuis l'aube des temps, déclara-t-elle, énigmatique.

Le plus incroyable, c'était que les paroles de Mickey sonnaient juste. Plus Kaleigh restait là à regarder, plus la scène lui semblait familière. Comme si elle était déjà venue, en quelque sorte. Elle se demanda comment Johnny s'était retrouvé là.

— Qui… qui a eu cette idée ? balbutia-t-elle.

— Je ne sais pas. Un des mecs, je parie, dit Mickey en riant.

— Je… je ferais mieux de rentrer.

Kaleigh balaya une dernière fois la pièce du regard tandis qu'elle reculait vers l'escalier. Elle sentait la présence d'un autre Kahill – une fille – mais elle ne la voyait pas. On avait vaguement tiré des rideaux pour former de petites alcôves. Elle se demanda si la fille se trouvait dans l'une d'elles.

— Tu es certaine de ne pas vouloir rester ? Ça ne risque rien. (Mickey caressa du doigt la clavicule de Kaleigh.) Personne ne parle de ce qui se passe ici.

Kaleigh dévisagea Mickey comme s'il venait de lui pousser des canines de vampire. Pas de doute, elle lui faisait des avances. Mickey lesbienne ? Et Tomboy alors ? Mais elle pouvait tout aussi bien ne pas l'être. Les adolescents venaient visiblement ici pour faire leurs petites expériences. Des expériences auxquelles Kaleigh n'avait pas la moindre intention de se livrer.

— Il faut vraiment que j'y aille, dit Kaleigh en s'efforçant de cacher son dégoût.

Elle ne voulait pas laisser entendre à Mickey qu'elle était attirée par elle ; mais, d'un autre côté, Mickey pourrait lui être utile en d'autres occasions. Ne jamais fermer la porte : un proverbe dont il valait mieux se souvenir quand on vivait éternellement.

— Je... je ne sais pas où est Katy. Elle était dans un sale état la dernière fois que je l'ai vue, mentit-elle.

Mickey tira le rideau derrière Kaleigh pour la laisser sortir.

— Merci... merci de m'avoir invitée. Et, euh, de m'avoir laissée regarder.

Kaleigh arracha son masque et le jeta sur la table en veillant à ne pas renverser le panier de préservatifs.

— Reviens quand tu veux, lui lança Mickey alors qu'elle gravissait l'escalier à la hâte.

Kaleigh poussa la porte de la cave et traversa la piste de danse en inspirant profondément. Par chance, elle repéra Katy. Au moment où elle passait devant elle, elle l'empoigna par le tee-shirt.

— Viens, on y va. À plus, Beppe.

Elle arracha Katy des bras du jeune Italien.

— Qu'est-ce qui se passe ? Où est-ce qu'on va ?

— On rentre, dit Kaleigh d'une voix ferme. (Elle sortit sur le perron et entraîna Katy avec elle.) Tu sais ce qu'ils font, en bas ?

— Où ça ? (Katy s'arrêta sur le trottoir et ouvrit de grands yeux.) À la cave ? s'exclama-t-elle. Tu es allée à la cave ?

— Ils baisent. Il y a des gens qui baisent là-dedans, chuchota-t-elle, sévère.

— Des humains ? s'enquit Katy en grimaçant. Des humains qui baisent… beurk, dégueu.

— Pas que des humains.

Kaleigh se remit à longer le trottoir.

— Pas que des humains ? répéta Katy, forcée de courir pour la rattraper. Tu plaisantes ! Il y avait qui d'autre en bas ? Un des nôtres ? demanda-t-elle, excitée. C'est bien de ça dont tu parles, non ?

— Je vais m'en occuper.

— Tu dois me le dire. (Katy se mit en travers du chemin de Kaleigh et l'obligea à s'arrêter.) Il y avait qui en bas ? (Elle écarquilla de nouveau les yeux.) Pas Pete. Si Pete baisait avec une humaine, je te jure que…

— Pas Pete. (Kaleigh soutint le regard de Katy.) Mais le truc, c'est que je crois qu'ils ne se contentaient pas de baiser.

Katy en resta bouche bée.

— Sainte Marie mère de Dieu…

— Ouais, acquiesça Kaleigh en reprenant sa marche précipitée. C'est aussi ce que je me suis dit.

Beppe se glissa par la porte de derrière et la referma sans bruit. Il attendit un moment, sur ses gardes. Il entendait son père ronfler et le cliquetis du ventilateur dans la cuisine : rien d'inhabituel. Tout le monde dormait. Avec précaution, les yeux rivés sur le couloir, il s'accroupit pour poser ses chaussures à côté de la porte. Il se releva et balaya les cheveux devant ses yeux.

Il sentait encore sur ses mains l'odeur de la fille avec qui il avait couché. Une odeur aigre. Celle qui s'appelait Katy lui plaisait, mais elle ne succombait pas à son charme autant que les autres filles. Il allait peut-être devoir se montrer plus persuasif.

Certain que les membres de sa famille dormaient à poings fermés, Beppe s'avança à pas de loup dans le salon puis dans le couloir. Il dépassa la chambre de ses parents et celle de sa tante. Après la salle de bains, il serait tiré d'affaire. Et encore une sortie nocturne réussie. Un point de plus pour lui. Il sourit.

La porte de la salle de bains bougea devant Beppe et il recula d'un pas, surpris. Sa sœur Lia sortit de la pièce éteinte.

— Où tu étais ? lui demanda-t-elle en anglais.

— Euh… (Il fit un geste en direction des pièces principales de la villa.) À la cuisine. Pour, euh, boire un verre d'eau.

Elle le regarda.

— Tu dors habillé comme ça ? (Elle s'avança vers lui et le renifla.) Où tu es allé, grand frère ?

Beppe repoussa les cheveux devant ses yeux. Quelle garce, le prendre comme ça par surprise ! Mais si sa sœur le dénonçait, les vacances risquaient de tourner court. Ses parents feraient leurs bagages et il se retrouverait en Italie avant d'avoir eu le temps de comprendre ce qui lui arrivait. Il ne voulait pas rentrer chez lui. Sa maison le rendait malade.

— Qu'est-ce que ça peut te faire ? Ça ne te regarde pas.

— Oh que si, ça me regarde.

Lia se rapprocha encore.

Elle portait un pyjama rose qui lui donnait l'air mignon et innocent. Elle aimait jouer à ce petit jeu avec leurs parents, mais Beppe n'était pas dupe. Il savait qu'elle n'était pas aussi mignonne et innocente qu'elle voulait le faire croire.

— Tu es sorti, n'est-ce pas, grand frère ? Tu es sorti et tu as fait des bêtises.

Il la regarda, interdit. S'ils parlaient trop fort, quelqu'un finirait par les entendre et il serait pris au piège.

— Maman n'aimerait pas ça du tout. Tante Elena non plus. Tu sais ce qu'ils ont dit. Si tu as recommencé, il n'y aura plus de vacances d'été.

Elle semblait complètement folle. Enfin, peut-être pas, mais il y avait dans sa voix une pointe d'hystérie.

— Je... je fais attention.

— Tu sors demain soir ? demanda-t-elle.

Elle ne se trouvait plus qu'à quelques centimètres de son visage. Son regard était si intense qu'elle lui faisait même un peu peur.

— Je... je ne sais pas. Probablement pas.

— Oh que si.

Elle fit volte-face et s'éloigna dans le couloir éteint, le bruit de ses pas étouffé par la moquette.

Beppe ne bougea pas.

— Tu vas aller là où tu vas d'habitude, siffla Lia en se retournant vers lui. Et tu m'emmènes avec toi.

Chapitre 15

Un silence de mort – sans mauvais jeu de mots – planait sur l'assemblée. Finn soutenait le regard des membres du Conseil, muets de stupéfaction. Peigi fut la première à retrouver l'usage de la parole.

— J'imagine qu'il est inutile de te demander si tu es sûr de toi. Tu ne serais pas là à faire cette tête, sinon, n'est-ce pas ?

Alors que Finn acquiesçait, il aperçut son reflet dans la vitre du présentoir installé contre le mur en face de lui. Combien de fois s'était-il retrouvé dans cette pièce ?

Le musée où se tenaient leurs réunions avait été construit à la fin des années 1960 pour stimuler l'industrie touristique balbutiante de la ville. Dépeignant Clare Point comme un repaire de pirates aux premières heures de la colonisation, il mêlait réalité et fiction. Bon nombre des objets exposés provenaient en fait du navire à bord duquel le clan avait quitté l'Irlande. Les Kahill les avaient récupérés, ainsi que des morceaux de bois provenant de la coque éventrée, après que leur bateau eut fait naufrage au cours d'une tempête. Ils avaient construit leurs premières habitations avec ces planches tordues, avaient reconverti les sabords en encadrements de fenêtres, bu et mangé dans la vaisselle de porcelaine blanche qui se trouvait désormais exposée dans la vitrine en face de Finn.

Avant que les Kahill s'échouent sur le rivage, une petite colonie de hors-la-loi vivait dans des tentes sur la plage ; mais lorsque Gair avait déclaré que son clan s'installerait là, les femmes Kahill avaient montré les crocs, les hommes tiré leurs épées, et les naufrageurs s'étaient expatriés en Virginie, une terre moins hostile.

Assortis de panneaux descriptifs et parfois de dessins humoristiques, les présentoirs vitrés de ce musée de bric et de broc débordaient d'objets en porcelaine, de candélabres en bronze et de vieilleries en tout genre, issus pour la plupart du navire mais aussi du butin abandonné par les bandits dans leur hâte d'échapper aux vampires. Il y avait également une petite collection de pointes de flèches et de silex qui datait de l'époque plus lointaine où les Indiens d'Amérique chassaient et pêchaient dans la région. Certaines pièces étaient disposées sur une table ronde, poussée dans un coin le temps de la réunion, qui provenait de la cabine du capitaine – cette même table dont se servait le Haut Conseil pour les *aontas*, y condamnant parfois des criminels à mort.

Aux heures d'ouverture, un film de cinq minutes tournait en boucle dans un coin du musée. Il y avait également une petite boutique de souvenirs dans le couloir, près des toilettes ; on y vendait des épées en plastique, des bandeaux de pirate, de fausses pièces de monnaie, des tomahawks et autres babioles diverses et variées. Les jours de pluie durant les mois d'été, le musée engrangeait des bénéfices surprenants.

Finn se détourna de son reflet dans le présentoir vitré et revint aux membres du Conseil qui le dévisageaient. Leur état de choc ne dura pas. Ils le bombardèrent avec une telle violence que Finn dut se couvrir les oreilles pour faire taire leurs voix et fermer les yeux pour occulter leurs pensées.

— *Sainte Marie, mère de Dieu.*

— C'est impossible !

— Ridicule.

— Sainte Marie, pleine de grâce…

— *Tu es bien sûr de toi ?*

— C'est la malédiction. On n'échappe pas à la malédiction.

Leurs protestations se répercutaient d'un mur à l'autre ; avec toute cette cacophonie, Finn ne s'entendait même plus penser.

— Je l'avais bien dit que ça arriverait.

— C'est faux.

— *Si, c'est vrai.*

— *Bon sang, ce genre de choses n'arrivait pas quand c'était moi qui faisais la loi.*

— Je ne veux pas le croire.

— *Oh que si, tu y crois. Même moi, j'ai déjà été tenté de tuer un touriste ou deux. Surtout quand ils te collent dans la file d'attente au marché. Ne prétends pas que ça ne t'est jamais arrivé.*

Les membres du Conseil se levaient de leurs chaises pliantes en élevant la voix pour se faire entendre. L'un d'eux, dans sa hâte de clouer le bec à son voisin, renversa une chaise qui se fracassa au sol. Alors qu'il essayait de mettre fin à la dispute houleuse de Mary Hall et Mary Hill – qui soutenaient chacune avoir prédit la première l'implosion de la ville –, Gair renversa son verre de punch rouge. Rob Hall trébucha sur la canne du petit Johnny. La réunion, qui rassemblait une minute plus tôt des vampires raisonnables assis en cercle bien ordonné, venait de basculer dans le chaos.

— Mesdames ! Messieurs ! S'il vous plaît, s'époumona Peigi en tapotant son stylo-bille sur son bloc-notes.

Personne ne l'écouta.

— Qu'est-ce que tu comptes faire pour régler ça, Finn ?

— *On doit l'arrêter.*

— *Qui ferait une chose pareille ? Je n'arrive pas à imaginer l'un des nôtres...*

— *Je t'avais dit que ça arriverait.*

— *C'est faux.*

— *Et le fruit de vos entrailles est béni...*

— *Et comment, que je te l'ai dit. Tu ne te rappelles donc pas cette fois où...*

— On aurait dû remplacer Sean plus tôt. Je savais qu'il était incapable de maintenir l'ordre.

— Sean ? Ça n'a aucun rapport avec Sean. C'est ce que nous sommes, le problème.

— *Je savais que ça allait arriver. On va encore devoir partir. Où est-ce qu'on va aller cette fois ? En Sibérie ?*

Finn croisa le regard de Peigi, de l'autre côté de la salle bondée. Tout le monde avait désormais abandonné sa chaise.

— Désolé, articula-t-il.

— *Tu aurais dû me prévenir,* lui lança-t-elle par télépathie. *J'aurais corsé le punch. Si tu veux mon avis, ils auraient besoin d'une bonne dose de Xanax.*

Finn sourit malgré lui. On pouvait compter sur Peigi et son esprit pratique pour relativiser une crise.

— Mesdames ! Messieurs ! tenta Peigi une dernière fois.

Voyant qu'elle n'obtenait aucun résultat, elle cala son bloc-notes sous son bras et fit jaillir de ses doigts une boule de feu qu'elle lança sur le cercle de chaises en pagaille. S'ensuivit une explosion de poudre noire et une pluie d'étincelles jaune et rouge vif.

Le silence se fit aussitôt. On redressa les chaises ; quelqu'un partit chercher des serviettes pour éponger le punch sur le sol en linoléum. Peu à peu, les chaises retrouvèrent leur place dans le cercle et les membres du Conseil se rassirent. Même Finn, qui en théorie avait toujours la parole, jugea préférable de les imiter.

— Je vous remercie, dit Peigi.

Elle récupéra le bloc-notes sous son bras tandis que les dernières cendres mouraient en crachotant sur le sol usé. Finn sentait encore l'odeur âcre du soufre, du charbon et du nitrate de potassium lui brûler le nez.

Peigi reprit comme si de rien n'était, là où elle s'était arrêtée avant l'épisode du punch renversé et de la démonstration de pyrokinésie.

— Finn, peux-tu nous dire ce que tu sais, en dehors du fait que c'est l'un de nous qui tue ces jeunes hommes ?

— Pas grand-chose. (Il se releva et étendit les bras face aux membres du Conseil.) Les deux victimes ont été manipulées par le tueur, qui a réussi à les mettre en confiance…

— Ils appellent ça « subjuguer », les humains, intervint Mary Hill de sa voix de commère. J'ai vu ça dans cette série sur les vampires.

Mary Hall déplaça son gros derrière sur sa chaise pour se rapprocher de Mary Hill.

— La fille s'appelle Sookie. Tu parles d'un nom pour une aussi jeune et jolie créature !

— « Subjuguer » ? Dommage que ça n'existe pas, fit remarquer le vieux Gair en sirotant bruyamment le punch qu'il s'était resservi.

Il portait son tee-shirt préféré, celui d'une célèbre marque de rhum avec une fille en Bikini. Une petite éclaboussure de punch barrait sa cuisse nue comme une giclée de sang.

— Honnêtement, Mary, je ne sais pas pourquoi tu regardes ces bêtises, dit Maria Cane en croisant les bras. Des vampires qui « subjuguent » des humains. C'est ridicule.

— Pas sûr. J'ai vu Finn à l'œuvre, intervint Eva en faisant un clin d'œil à Finn. Ce regard de séducteur, et cette voix ! Je le laisse me « subjuguer » quand il veut.

— *Merci beaucoup*, lui lança Finn.

Eva lui décocha un sourire narquois.

— S'il vous plaît, revenons-en au sujet, suggéra Peigi. Finn ?

Celui-ci s'accorda le temps de souffler et de réfléchir à ce qu'il allait dire avant de s'adresser à son auditoire.

— On n'a relevé aucun signe de lutte. Il est possible que le tueur ait eu des relations sexuelles avec ses victimes avant leur mort. Il s'est nourri de ses victimes, mais ne les a pas vidées de leur sang. Dans les deux cas, leur gorge a été tranchée pendant qu'elles étaient inconscientes. (Il fit courir son pouce d'une oreille à l'autre.) Les corps ont ensuite été disposés ailleurs.

— Disposés ? demanda Peigi.

Elle s'était assise sur sa chaise, son bloc-notes posé sur les genoux.

— Les corps sont… mis en scène. La première victime a été abandonnée en position assise, adossée contre une benne à ordures, et on a installé la seconde devant un simulateur dans la salle de jeu. Comme si elle y jouait.

Tous gardèrent le silence tandis qu'ils digéraient la nouvelle. Certains échangèrent des regards, d'autres baissèrent les yeux au sol ou sur leurs assiettes de sucreries.

— Des suspects ? l'interrogea Peigi.

— Aucun. Ni empreintes digitales, ni cheveux, ni fibres. Notre meurtrier n'a pas envie qu'on l'attrape… évidemment. Donc j'aimerais que tout le monde ouvre l'œil.

Si vous entendez ou voyez quoi que ce soit d'inhabituel, vous devez me contacter.

— Les victimes étaient jeunes toutes les deux, déclara pensivement le petit Johnny, qui allait sur ses quatre-vingts ans. (Comme pour appuyer ses dires, il martela sa canne au sol.) Ça doit bien signifier quelque chose.

— Jeunes et beaux garçons, renchérit Eva.

— Et ces adolescents, alors ?

Liz Hill s'avança de nouveau au bord de sa chaise, son assiette chargée de cake à la banane, de cookies et de cupcakes au glaçage rose en équilibre sur ses genoux grassouillets.

— Les jeunes de cette génération sont si insolents. Ils croient tout savoir. Ils refusent de respecter les règles du clan.

Le petit Johnny pointa sa canne sur Liz.

— Aucun respect pour leurs aînés, voilà c'que j'en dis. Et ça fait des siècles que je le dis. Y serait temps de faire quelque chose au sujet de…

— Je ne pense pas que ce soit l'un de nos adolescents, l'interrompit Finn.

Il était fatigué. Il n'avait qu'une envie, rentrer chez lui et dormir. Il voulait sortir de là, fuir les regards inquisiteurs des membres du clan et l'échec qu'était en passe de devenir son enquête. Il ne tenait pas l'ombre d'une piste. Il ne savait rien du tueur à part qu'il s'agissait d'un vampire Kahill, ce qui rendait la chose d'autant plus tragique.

— Ce n'est pas l'un de nos adolescents, répéta Finn sur un ton plus ferme.

— Tu disais ne pas avoir tous les détails. (Le petit Johnny redonna un coup de sa canne pour appuyer ses dires.) Alors va savoir si ce n'est pas un de ces bons à rien de gamins.

Toujours à courir et à sortir après le couvre-feu. À faire des expériences avec la drogue, l'alcool, à boire du sang…

— Je te dis que ce n'est pas eux. (Finn haussa le ton pour couvrir la voix du vieil homme.) Ces crimes sont trop monstrueux. Trop bien pensés, argumenta Finn tandis que les réflexions se bousculaient dans sa tête. Trop… pleins de rage.

Des crimes pleins de rage.

Finn marchait sur le trottoir sans regarder devant lui. Les mots lui restaient dans la tête. Il ignorait d'où exactement lui venait cette intuition, et s'il pouvait s'y fier. Mais c'était la pensée la plus claire qu'il soit arrivé à formuler en trois semaines d'enquête. Ces meurtres n'étaient pas motivés par le sexe ou le désir de boire du sang. Ce n'était pas une simple histoire de vampires adolescents dévergondés. Ces crimes transpiraient la colère. La jalousie. La rage.

Le bruit de pas d'un animal lui fit lever les yeux. Un grand labrador noir surgit des ténèbres et passa à sa gauche.

— Salut, Arlan, dit-il à voix basse.

Un grondement sourd roula dans la gorge du chien. Peut-être était-il en chasse, ou bien veillait-il simplement sur la ville endormie.

Finn sourit en tournant à l'angle de la rue qui menait chez lui. Il avait toujours admiré cette capacité qu'Arlan avait de changer de forme. Un vrai don. Qu'est-ce qu'il savait faire, lui, à part déplacer des paquets de chewing-gums ? Regan au moins était capable de se téléporter sur de courtes distances, un talent que Finn n'avait jamais développé. À l'époque où les humains croyaient en l'existence de la magie, son pouvoir avait eu son utilité, mais qu'avait-il à offrir au clan à présent ?

On avait laissé la lumière du perron allumée. Finn l'éteignit et entra dans la maison plongée dans l'obscurité. Pour une fois, il ne fut pas accueilli par le bruit de la télévision. Il sentait que Regan se trouvait non loin, mais il ne le chercha pas.

Alors qu'il entrait dans la cuisine et allumait le plafonnier, il desserra le nœud de sa cravate. Il sortit un verre du placard et se versa du jus orange. Tout en buvant, il regarda sans but précis par la petite fenêtre au-dessus de l'évier. Cela faisait une semaine jour pour jour qu'on avait tué Richie. Trois pour Colin. Plus le temps passait, plus les chances de résoudre ces affaires s'amenuisaient.

Il vida le verre d'un trait et le posa dans l'évier sous le robinet pour le remplir d'eau.

— T'as remarqué que j'ai réparé le robinet ?

Finn leva les yeux et vit Regan, debout dans l'encadrement de la porte. Il portait l'un de ses boxers.

— C'est à moi, ça, l'accusa-t-il. Tu ne peux pas mettre tes propres sous-vêtements ?

— De rien. J'ai fait tourner une lessive chez maman et j'ai déballé un paquet de cartons aussi.

Il s'avança jusqu'au réfrigérateur et en sortit la brique de jus d'orange. Il but au goulot, sans prendre la peine de se servir un verre.

Finn s'appuya contre l'évier et retira sa cravate. Il avait conscience que son comportement était odieux, mais pas assez pour présenter des excuses à son frère.

— Encore debout ?

— Je n'arrive pas à dormir, dit Regan en avalant une lampée de jus d'orange. Des cauchemars.

— De quoi, Bob l'éponge ?

— Tu crois que ça pourrait avoir un rapport avec les frères Rousseau ? (Regan s'essuya la bouche avec le bras.)

Les meurtres, je veux dire. Une sorte de vengeance pour ce que j'ai fait, tu vois le genre ?

Le ton de sa voix éveilla l'intérêt de Finn.

— Qu'est-ce qui te fait dire ça ? Tu as vu un des frères Rousseau ?

Regan fronça les sourcils et reposa la brique de jus d'orange dans le réfrigérateur.

— Seulement dans mes rêves, frangin.

Il se dirigea vers la porte.

Finn faillit presque le laisser partir.

— Tu as essayé de trouver du boulot aujourd'hui ?

Regan retint la porte d'une main et se figea. Il ne se retourna pas.

— Tu sais, je pourrais trouver du travail si je voulais.

— Vraiment ?

Finn soupira. Cette animosité latente entre eux durait depuis des siècles, mais ça ne voulait pas dire que Finn n'aimait pas son frère. Ni qu'il ne se faisait pas de souci pour lui.

— Écoute, Regan. Je ne dis pas ça juste pour t'embêter ou parce que je n'ai rien de mieux à faire, parce que ce n'est pas le cas. Ton thérapeute a dit que tu devais trouver du travail. Et tu l'as promis à Mary Kay.

— Et je vais le faire. Quand je serai prêt, rétorqua-t-il en appuyant sur l'interrupteur, laissant Finn dans le noir.

— Tu seras prêt demain ? lui lança ce dernier.

Regan leva une main alors qu'il s'éloignait dans le couloir.

— Je te le ferai savoir demain.

CHAPITRE 16

Le matin suivant, en allant à la salle de bains, Finn entendit du vacarme monter de la cuisine. Les paupières encore lourdes, il se frotta les yeux et traversa le couloir, pieds nus et en boxer. Il s'arrêta dans l'encadrement de la porte.

À quatre pattes par terre, Regan sortait des casseroles, des poêles et un assortiment de Tupperware d'un placard sous le plan de travail.

— Bon sang, mais qu'est-ce que tu fabriques ?

Finn s'appuya contre la porte. Il avait les yeux irrités et la bouche pâteuse. Il souffrait d'un sérieux manque de sommeil et d'une indigestion de cake à la banane, celui qu'on ne manquait jamais d'apporter aux réunions du Conseil.

— Il est 6 h 55.

— On n'avait pas une boîte à repas rouge ? J'aurais juré que maman en avait rangé une là-dessous. (Il jeta un coup d'œil à Finn.) Souple et hermétique, tu vois le genre.

Non seulement Regan portait un tee-shirt et un short propres, mais pour une fois il s'agissait des siens.

— Tu vas bien ? Tu nous fais une espèce de… de flash-back bizarre, ou quoi ?

— Un sac en plastique devrait faire l'affaire. Je me disais juste que ça serait classe d'avoir une boîte à repas, tu sais, pour marquer le coup le premier jour.

À en croire l'horloge au mur, Finn avait dormi moins de quatre heures, ce qui signifiait qu'il ne s'était écoulé que quatre heures depuis leur discussion dans la cuisine.

— Premier jour de quoi ? demanda-t-il à son frère.

Regan se releva et prit un sac en plastique blanc d'une pile sur le plan de travail. Il y fourra un sandwich enveloppé dans un sac de congélation, une pomme et une bouteille de boisson énergisante.

— J'ai fini le pot de beurre de cacahuète, mais j'irai en acheter en rentrant du travail.

Sans savoir comment, Finn avait de toute évidence basculé dans un univers parallèle où Regan portait ses propres vêtements, se préparait un sandwich à la confiture et au beurre de cacahuète pour le déjeuner, et allait au boulot gagner sa vie. Il tenta une approche différente.

— Tu as un travail ?

— Ouais.

Regan roula le sac en plastique blanc.

Dans cet univers, les gens ne livraient apparemment pas les informations d'eux-mêmes ; il fallait leur tirer les vers du nez.

— Un travail ? Où ça ?

— À la salle de jeu. Je suis le nouveau responsable, dit Regan en souriant. Je commence aujourd'hui.

Finn se passa la main sur le visage. Il se sentait vraiment nul. La nuit précédente, il avait servi à son frère son sempiternel discours sur la nécessité de chercher du travail, sans même lui demander s'il en avait trouvé un. Mais Regan lui avait bien dit qu'il attendait d'être prêt, ce qui sous-entendait en toute logique qu'il n'avait pas encore de boulot.

— Je suis complètement largué, soupira Finn en se dirigeant vers le réfrigérateur.

Plus rapide que son frère, Regan ouvrit la porte et lui tendit la brique de jus d'orange. Il fut aussi le premier à atteindre le placard. Il donna à Finn un verre propre.

— Tu es souvent largué, frangin. (Il s'avança vers la porte.) Écoute, faut que j'y aille. Essaie de passer une bonne journée. Tu pourrais attraper des tueurs, par exemple.

Finn le suivit hors de la cuisine.

— Bon sang, mais pourquoi tu ne m'as pas dit quand je te cuisinais hier soir que tu avais trouvé un travail à la salle de jeu ?

— Je n'en avais pas, la nuit dernière.

— Tu as trouvé du boulot au cours des quatre dernières heures, en pleine nuit ?

— Tôt ce matin, pour être exact. Mary McCathal est une lève-tôt, surtout depuis qu'elle doit botter Victor et ses fesses ridées hors du lit. (Il lui fit un clin d'œil en ouvrant la porte d'entrée.) On n'est pas censés savoir qu'ils font « la chose ».

— Tu as appelé Mary McCathal à 6 heures pour lui demander si tu pouvais avoir le boulot d'un type mort ?

Regan descendit les marches du perron.

— Ce n'est pas comme si Pat Callahan était à la hauteur. Ça allait pour dépanner, mais c'est la pagaille là-bas : le sol n'est pas balayé, il n'y a pas assez de monnaie, et pas de papier dans les toilettes.

Il secoua la tête d'un air atterré.

Finn restait planté en boxer dans l'escalier à regarder son frère.

— Tu as trouvé du boulot, dit-il, comme si le fait de le répéter allait rendre les choses plus claires dans son esprit. Tu es le responsable de la salle de jeu.

— Excellente maîtrise de la langue et de ses subtilités. (Regan tourna la tête et lui décocha un sourire.) À ce soir, frangin. Prends soin de toi.

— Qu'est-ce que tu fabriques ? demanda Katy en essayant de lorgner par-dessus l'épaule de Kaleigh.

Assise dans l'ombre sur la rambarde du perron de Tomboy, Kaleigh se mit devant Katy pour l'empêcher de voir ce qu'elle faisait. Elle était presque devenue une habituée de ces fêtes nocturnes au cours de la dernière semaine. Aux yeux des humains, elle devait avoir l'air d'une espèce de groupie qui se contentait de regarder sans vraiment participer, mais elle s'en moquait.

Kaleigh tourna la tête vers la lune et glissa un petit calepin dans sa poche.

— Rien.

— Qu'est-ce que tu écrivais ?

— Rien.

— Question mensonge, tu es nulle. (Katy grimpa sur la rambarde pour s'asseoir à côté d'elle.) J'ai bien vu que tu faisais quelque chose. Si tu ne veux pas me dire quoi, je me contenterai de lire dans tes pensées.

— Tu ne peux pas lire dans mes pensées.

Kaleigh regarda deux humaines soûles passer la porte d'entrée en titubant, bras dessus, bras dessous, et entrer dans le salon.

— Et ça recommence, dit Katy en levant les bras au ciel. Encore ta rengaine de « je suis la Conseillère et j'ai plus de pouvoirs que toi ».

— Je le suis et c'est la vérité. (Kaleigh jeta un coup d'œil à son amie.) Et tu n'as aucune envie de savoir ce que je fais. Crois-moi, ça vaut mieux que tu ne sois pas au courant.

— Bien sûr que si, j'ai envie de savoir. Tu fais une liste de noms, c'est évident. (Katy indiqua le calepin dans la poche de Kaleigh.) Mais les noms de qui ? Tu travailles pour ton oncle ? Tu joues les détectives ? dit-elle en se rapprochant. Tu penses qu'une des humaines qui viennent ici a tué ces types ?

— Tu n'es pas au courant ? Le meurtrier n'est pas un humain.

Katy en resta bouche bée.

— Oh, mon Dieu, souffla-t-elle en se signant. Tu plaisantes !

— Ça alors, tu ne savais pas ? J'en reviens pas, j'ai appris quelque chose avant toi. Tu es toujours la première pour les commérages. On me l'a dit au *Dairy Queen* ce matin, mentit-elle. Je pensais que tout le monde était au courant à l'heure qu'il est. Finn l'a annoncé lors de la réunion du Conseil l'autre nuit. C'est un V qui a tué ces types.

Katy en eut le souffle coupé.

— Un des nôtres ?

Elle regarda un groupe d'adolescents humains traverser le perron et entrer dans la maison, des gobelets de bière à la main.

— Donc tu cherches à savoir quels V sont ici ? Le meurtrier fait partie de ceux qui viennent à ces soirées ?

— Je ne participe pas à l'enquête.

Kaleigh s'attarda sur l'un des amis de Rob, debout devant la porte d'entrée à l'intérieur de la maison. Il buvait une bière en discutant avec deux minettes soûles. Elle sortit son calepin et son stylo-bille et ajouta son nom à la liste.

— À quoi sert ce calepin, alors ?

Katy ne semblait croire Kaleigh qu'à moitié.

— On ne devrait pas être là. Les adolescents Kahill, je veux dire. Pas à la cave en tout cas.

Katy la dévisagea.

— Qu'est-ce qui se passe au juste, en bas ?

— Tu sais bien ce qui s'y passe. Il y a des gamins V qui profitent des humains, et je ne peux pas fermer les yeux là-dessus.

— Tu vas tout raconter au Conseil ? Tu ne peux pas faire ça.

— Non, je ne vais pas tout raconter au Conseil, répliqua Kaleigh. Pas si je peux l'éviter.

— Qu'est-ce que tu comptes faire, alors ?

Kaleigh sourit.

— Je m'en occupe.

— En tout cas, ça sent mauvais. On devrait peut-être commencer à réfléchir à un plan de secours. Juste au cas où on aurait à fuir le pays.

— On ne va pas fuir le pays, Katy !

— C'est ce que tu espères. Mais s'il y a d'autres meurtres, tu sais qu'il faudra l'envisager. Si les humains mettent le nez dans cette affaire, la partie sera terminée pour nous. On aura plus qu'à courir.

— Je ne veux même pas y penser, lâcha Kaleigh en soupirant.

— Je sais bien.

Katy se frotta le bras, sauta à bas de la rambarde et se dirigea vers l'escalier.

— Où est-ce que tu vas ? demanda Kaleigh.

— Je rentre.

— Tu rentres ? (Kaleigh se retourna et la suivit du regard.) Il est tôt encore, pour toi. Je croyais que toi et Beppe...

— Beppe. (Katy fit la moue.) Quel crétin. Qu'est-ce que je m'imaginais ? Il est pas si canon que ça, d'abord. Il ne vient probablement même pas d'Italie. Je parie que son accent est faux et qu'il a jamais vu la fontaine de Trévise.

Kaleigh se garda de montrer à Katy à quel point elle était soulagée d'apprendre que cette histoire semble finie.

— Désolée que ça ait pas marché, vous deux.

— Bah, t'es pas désolée. Il semble avoir un penchant pour les faux seins, ce qui ne me concerne bien sûr pas.

Katy serra sa poitrine naturellement généreuse.

Kaleigh haussa les sourcils.

— Il fait une fixation sur Amanda Petrie, j'ai l'impression, dit Katy. Tu la connais, elle était avec nous en cours de chimie. Celle avec les implants énormes. Tu te rappelles, elle a voulu ça pour son seizième anniversaire plutôt qu'une voiture neuve.

Kaleigh se mit à rire.

— Qu'est-ce qu'il y a de mal à avoir des implants ? J'y songeais justement. (Elle prit à son tour ses petits seins dans ses mains.) Enfin, quand je serai plus âgée.

— Toi, des faux nichons ? Ben voyons. Comme s'il pouvait y avoir quoi que ce soit de faux chez toi. (Katy s'éloigna sur le trottoir.) Allez, à demain.

Kaleigh venait à peine de tirer le calepin de sa poche quand elle se rendit compte qu'on l'observait. Levant les yeux, elle aperçut une fille qu'elle ne connaissait pas, dissimulée dans l'ombre au bout du porche. On y avait laissé plusieurs planches de surf, appuyées contre le mur. Kaleigh se demanda depuis combien de temps elle se trouvait là. Avait-elle épié sa conversation avec Katy ?

La fille soutint le regard de Kaleigh. Elle était de petite taille. Jolie, avec son teint mat et ses yeux sombres. Des yeux dans lesquels se lisait la méfiance.

— Salut, dit Kaleigh, un peu déconcertée.

Elle regrettait d'avoir manqué de prudence en discutant avec Katy. Elle n'était pourtant pas née de la dernière pluie.

— Tu, euh, tu viens d'arriver ?

Elle fouilla sa mémoire pour tenter de déterminer à quel moment cette fille avait débarqué sur le perron. Peut-être était-elle venue avec cette bande que Kaleigh avait regardé passer quelques minutes plus tôt. Bon sang, pourvu que Katy et elle n'aient pas parlé trop fort.

— Ça fait un moment.

Tandis que la fille se rapprochait d'elle, Kaleigh essaya de deviner son âge. Collégienne ? Lycéenne ? C'était difficile à dire, sous la couche de maquillage. Elle portait un mignon débardeur à fines bretelles, et ses cheveux d'un noir d'encre avaient été impeccablement lissés.

— Je suis venue avec mon frère, mais il m'a laissé tomber, dit-elle.

Kaleigh eut une soudaine illumination. Elle savait maintenant pourquoi cette fille lui disait quelque chose, même si elle était à peu près certaine de ne l'avoir jamais rencontrée.

— Ton frère, ça serait pas Beppe par hasard ?

La fille fit la moue et s'adossa à la rambarde.

— Me dis pas que tu es sortie avec lui, toi aussi. On dirait que la moitié des filles de cette ville sont amoureuses de lui, ou qu'elles le détestent.

Elle n'avait pas le moindre accent italien. Elle s'exprimait aussi bien que n'importe quel adolescent américain.

Pensant à Katy, Kaleigh se mit à rire, puis leva les mains devant elle.

— Je l'ai rencontré à la salle de jeu, mais ça s'arrête là.

— Tu es plus intelligente que la plupart. (Elle croisa les bras.) C'est un pauvre mec, si tu vois ce que je veux dire.

Kaleigh rit de plus belle.

— Je m'appelle Kaleigh.

— Lia.

— Contente de faire ta connaissance, Lia. Alors comme ça tu as fait tout ce chemin d'Italie pour venir ici, au beau milieu de nulle part ? Comment ça se fait ?

Ce fut au tour de Lia de rire.

— Mes parents nous emmènent en vacances tous les étés. L'année dernière c'était au Costa Rica, cette année aux États-Unis. Va comprendre la logique des parents.

Kaleigh sauta à bas de la rambarde.

— Bon, je ferais mieux de rentrer chez moi avant que quelqu'un se lève pour aller à la salle de bains et découvre que je ne suis pas dans mon lit. Ça m'a fait plaisir de discuter avec toi.

— Moi aussi, dit Lia en souriant.

Kaleigh descendit les marches du perron à reculons. Cette fille paraissait différente des autres adolescentes humaines, mais Kaleigh n'arrivait pas à déterminer en quoi.

— À la prochaine. On se verra peut-être à la parade du 4 Juillet, demain ? C'est nul, mais c'est un événement attendu ici.

— D'accord. (Lia pointa un doigt sur elle.) Tâche d'éviter mon frère.

Kaleigh riait encore en descendant la rue, la liste des noms cachée dans sa poche.

Lorsqu'Elena lui avait donné rendez-vous à la villa, Finn avait envisagé de refuser poliment. Avec toute l'animation qu'engendrait la fête nationale de l'Indépendance, la journée avait été longue et éprouvante. Après la parade annuelle de Clare Point et la surveillance des barrières, il avait passé des heures au milieu de la foule, à l'affût de comportements inhabituels. À son grand soulagement, la bonne humeur avait régné et personne n'avait commis d'écart. Même Victor s'était laissé porter par l'ambiance, avec son bandana rouge, blanc et bleu noué sur son chapeau de paille. Il avait acheté une limonade à un marchand ambulant pour Mary McCathal ; c'était la première fois qu'on les avait vus ensemble en public.

Finn avait eu Elena au téléphone : même s'il était plus de 22 heures, sa famille profitait encore des festivités. Finn avait prétexté la fatigue. Il voulait prendre une douche et ne promettait pas d'être de très bonne compagnie. Elena avait contré ses arguments en lui disant qu'elle aussi comptait prendre une douche et qu'il pouvait se joindre à elle.

L'occasion était trop belle pour qu'un vampire au sang chaud comme lui n'en profite pas. Arrivé à l'angle de sa rue, il vit qu'Elena l'attendait sur le perron. Elle l'accueillit avec un doux baiser. Pieds nus, elle portait une robe vaporeuse.

— J'ai gardé mon uniforme, désolé, s'excusa-t-il.

— Et qui te dit que je n'aime pas les hommes en uniforme ? (Elle le fit entrer par la porte de derrière et le débarrassa de sa cravate.) Autant que je les aime sans ?

Le rire d'Elena sonnait comme une invitation. Lorsqu'il l'embrassa, à peine passé le pas de la porte, il se félicita d'être venu. Elle avait le don de lui faire oublier ses soucis, même pour seulement quelques minutes.

Elle déboutonna sa chemise bleu clair et la fit tomber au sol. Finn entendit le claquement métallique de son badge.

— Tu crois vraiment que c'est une bonne idée de faire ça dans la cuisine ? murmura-t-il tout près de son cou.

Un si beau cou, long et gracile.

Elle s'écarta et le regarda dans les yeux.

— Que dirais-tu d'une douche ?

Il jeta un coup d'œil à la porte ; n'importe qui pouvait rentrer.

— On a le temps, chuchota-t-elle en ramassant sa chemise et en s'engageant dans le couloir. Les feux d'artifice ne commencent pas avant 23 heures.

Finn n'avait d'autre choix que de la suivre. Il était sous son charme, ce charme intemporel qui... Il chassa de son esprit la pensée du sang d'Elena. *J'ai évolué et je n'en ai plus besoin,* scanda-t-il dans sa tête alors qu'il traversait le long corridor. *J'ai évolué.*

Dans la spacieuse et élégante salle de bains, Elena jeta la chemise de Finn sur le lavabo et passa derrière la paroi vitrée pour ouvrir le robinet. Finn retira ses vêtements, un par un, et les entassa sur sa chemise. Le temps qu'elle règle l'eau à la température parfaite et qu'elle revienne auprès de lui, il était nu. Il se pencha vers elle et, empoignant le bord de sa robe d'été, il la fit passer par-dessus sa tête avant de l'ajouter à la pile de vêtements abandonnés. Un baiser, et il lui enleva son soutien-gorge. Un autre, et il la débarrassa de son string.

Ils restèrent un moment sur le carrelage frais à s'étreindre dans la vapeur chaude. Finn saisit ses seins et embrassa son épaule. Elle leva la tête et étira le cou.

Comment pouvait-elle savoir ce qu'il désirait le plus ?

Il couvrit son épaule de baisers, sans se presser, pour essayer de contrôler son pouls qui s'emballait soudain. Il colla ses lèvres contre la peau douce au creux de son cou.

Ce serait si facile, songea-t-il. *Elle n'en saurait jamais rien. Juste une morsure. Une toute petite morsure qui la rendrait inconsciente. Elle ne se souviendrait de rien à son réveil.*

Alors qu'il remontait le long de son cou, Elena tendit la main pour le caresser et lui arracha un gémissement. Il était déjà au comble de l'excitation.

— Si on entrait dans la douche, lui murmura-t-il en lui mordillant le lobe de l'oreille.

Il fut agréablement surpris lorsqu'elle l'imita et prit son téton durci entre ses dents.

Jamais Finn n'avait été dans une douche aussi grande, plus grande encore que la salle de bains que Regan et lui se partageaient. Elena recula jusqu'au mur du fond, s'y appuya et laissa l'eau chaude des deux pommeaux de douche couler sur elle. Elle repoussa ses longs cheveux mouillés.

Finn s'avança sous le jet d'eau, ferma les yeux et enlaça sa taille fine. Elle s'arc-bouta et lui offrit son cou.

Ce serait si facile...

Le jet d'eau le frappa au visage. Étouffant un grognement, il l'embrassa à pleine bouche. Son sein dans la main, il caressa son téton. Elle soupira de plaisir et il se pencha pour le prendre dans sa bouche. Il le suça puis le titilla du bout de la langue. Elena gémit de satisfaction.

Ils s'embrassèrent encore et encore, et le temps suspendit son cours. Rien n'existait plus en dehors d'eux, nus l'un contre l'autre sous la cascade d'eau chaude.

Mais le temps ne s'arrêtait jamais très longtemps. Le besoin lancinant d'une nouvelle extase poussait toujours les humains comme les vampires à aller plus loin.

Il glissa doucement une main entre ses cuisses et elle s'ouvrit à lui, chaude et humide.

Finn leva la tête et se colla contre elle. Lorsqu'elle s'appuya sur ses épaules et se dressa sur la pointe des pieds, il la pénétra. Le carrelage dur derrière elle leur facilita la tâche. Tandis qu'il allait et venait en elle, elle posa la tête sur son épaule et effleura des lèvres sa gorge palpitante.

Le sang qui coulait sous la peau d'Elena l'obsédait.

Il constata aux petits cris qu'elle poussait qu'elle approchait de l'orgasme. S'il calculait bien son coup, s'il la mordait juste au bon moment, elle attribuerait plus tard sa perte de mémoire à une jouissance exceptionnelle. Aux fantastiques talents de son amant…

Ses lèvres collées au cou d'Elena, Finn se sentit soudain perdre l'équilibre. Il ne contrôlait plus la situation dont il avait été maître un instant plus tôt.

Il respirait trop vite. Il était allé trop loin. Alors qu'il essayait de lutter contre la sensation naissante au fond de son ventre, Elena mordilla son cou et il gémit. Elle le mordit plus fort et il s'enfonça davantage en elle. Trop tard pour faire demi-tour.

Elena lui griffa le dos et poussa un cri. La tête de Finn se mit à lui tourner tandis que se diffusait en lui la sensation de jouissance. Il vacilla et les parois de la douche se refermèrent sur lui.

Un instant il tenait Elena dans ses bras contre le mur carrelé, le suivant ils étaient assis dans une mare d'eau chaude. Un sourire de satisfaction doux et sensuel illuminait le beau visage mouillé d'Elena.

Finn cligna des yeux. Comment s'était-il retrouvé là ? Il ne pouvait pas être tombé. Il n'avait mal nulle part et Elena ne semblait pas inquiète. Mais il aurait juré avoir perdu connaissance.

Il ferma les yeux et laissa l'eau chaude couler sur lui. Il travaillait trop, veillait trop tard et ne mangeait pas assez. Mary Kay lui avait bien dit que ça finirait par avoir des répercussions sur sa santé.

Elena se dressa sur les genoux et choisit une brosse sur une étagère accrochée au mur de la douche. Elle l'enduisit de gel douche.

— Laisse-moi te frotter le dos.

Elle s'agenouilla devant lui.

— Tu n'es pas obligée de faire ça.

— Je sais. Tourne-toi.

Il n'avait pas envie de discuter ; il s'accroupit et pivota sur le carrelage glissant. L'eau l'aspergeait du fond de la douche comme de la pluie. Elle lui frotta le bas du dos avec la brosse rugueuse, les seins pressés contre ses épaules.

Il gémit et ferma les yeux.

— Continue comme ça et j'aurai de nouveau envie dans quelques minutes.

Elle l'embrassa sur la nuque.

— Des promesses, toujours des promesses, murmura-t-elle.

Elle lui frotta le dos puis le torse, et ils firent l'amour sur le carrelage de la douche. Cette fois, Finn resta maître de lui-même et se retint jusqu'à ce qu'elle eût joui plusieurs fois.

Enfin rassasiés, ils se séchèrent dans de grandes serviettes de toilette blanches et moelleuses. Finn avait eu l'intention de rentrer chez lui, mais Elena le persuada de venir dans sa chambre et de s'allonger avec elle quelques minutes.

— Mon lit est vide et je m'y sens seule, lui dit-elle en prenant cet accent sexy qu'il adorait.

Alors que Finn se trouvait à moitié étendu sur le lit d'Elena, un bras passé autour d'elle à la lumière tamisée des lampes de chevet, il s'éveilla soudain dans le noir complet.

Se réveiller dans le lit d'une femme était toujours pour lui une expérience déstabilisante. Et même un peu effrayante. Il aimait coucher avec des femmes ; dormir avec elles, c'était un acte trop intime.

Il jeta un coup d'œil au réveil numérique à côté du lit. 3 h 40.

Merde, pensa-t-il.

Veillant à ne pas réveiller Elena, il dégagea doucement son bras de sous son corps nu puis remonta les draps sur elle. Elle soupira dans son sommeil.

Lorsque ses yeux se furent habitués à l'obscurité, il repéra son boxer dans la pile de vêtements posés sur une chaise près de la porte et l'enfila. Elena s'agita dans son lit et étendit le bras comme si elle le cherchait. Finn devait se dépêcher de partir avant qu'elle se réveille.

Vêtu de son boxer, il récupéra le reste de ses affaires et se glissa par la porte. Même dans le couloir éteint, il n'eut aucun mal à se repérer. La plupart du temps, les Kahill voyaient aussi bien la nuit qu'en plein jour.

Pourquoi alors ne la vit-il pas avant d'être à deux doigts de la percuter ?

Chapitre 17

La nièce d'Elena se montra bien moins effrayée que lui, presque comme si elle avait l'habitude de tomber sur des hommes à moitié nus dans son couloir au beau milieu de la nuit.

Elle leva les yeux sur lui. Les baissa sur son boxer. Le regarda de nouveau.

— Bonjour, dit-elle.

Serrant ses vêtements contre son torse, il la dévisagea. Il savait qu'elle avait entre quatorze et quinze ans, mais elle paraissait plus jeune avec sa chemise de nuit blanche et son air assoupi.

— Salut, articula-t-il.

Alors qu'elle disparaissait dans la salle de bains, il entendit Elena sortir de sa chambre. Il se retourna vers elle. Elle tenait son peignoir en soie fermé d'une main.

— Je suis vraiment désolé, murmura-t-il en indiquant de la tête la porte de la salle de bains. Je suis tombé sur ta nièce alors que je m'en allais.

— Laquelle, Lia ou Alessa ?

Il lui coûtait d'admettre qu'il n'en avait aucune idée. Leur relation était censée être libre ; ça devait bien le dispenser de se rappeler les noms des membres de sa famille, non ?

— Alessa est la plus jeune, l'aida Elena.

— Lia, alors.

—Ah.

Elle croisa les bras, l'air contrarié.

Finn se sentait vraiment idiot. Au bout de mille cinq cents ans, il aurait tout de même dû avoir assez d'expérience pour ne pas se faire attraper en sortant de la chambre à coucher d'une femme. Par une gamine, en plus.

—Je ne l'avais pas vue avant d'arriver dans le couloir. J'ai dû m'endormir. Je ne les ai même pas entendus rentrer.

Ça ne lui ressemblait pas de baisser sa garde de cette manière. C'était stupide de sa part, pour ne pas dire dangereux.

—Je suis sincèrement désolé, Elena.

Elle soupira.

—Ce n'est rien, dit-elle d'une voix douce.

—Mais si. Une innocente jeune fille comme elle…

Elena repoussa sa chevelure sombre et soyeuse.

—Lia n'est pas aussi jeune et innocente qu'elle en a l'air, je le crains.

Le ton de sa voix était étrange. Finn n'arrivait pas à déterminer si elle était en colère, fatiguée, ou les deux à la fois.

—Je vais y aller, dit-il.

Elle hocha la tête.

—Tu trouveras la sortie tout seul ?

—Ouais, bien sûr. Aucun problème.

Finn se précipita hors de la maison et ne prit le temps de se rhabiller qu'une fois arrivé au bout de la rue. Alors qu'il s'appuyait à un panneau de stop pour enfiler son pantalon, il se sentit observé. Il leva les yeux et vit qu'un doberman le regardait. Il savait que les chiens ne riaient pas, mais il aurait pu jurer avoir entendu Arlan se moquer de lui.

Elena attendait dans le couloir. Elle avait le sentiment que Lia cherchait à l'éviter et espérait que sa tante finirait par retourner se coucher. Chose qu'Elena n'avait nullement l'intention de faire. Pas avant de lui avoir parlé. Enfin, sa nièce éteignit la lumière de la salle de bains et ouvrit la porte. Elena lui fit face dans le noir.

—Je suis désolée, dit Lia. Je ne voulais embarrasser personne.

Elena croisa les bras.

—Vous n'étiez pas censés vous rencontrer. Je tiens à garder ma vie privée pour moi.

—Je ne le dirai pas à maman et papa, si c'est ce qui t'inquiète.

—Je ne suis pas inquiète. Tes parents savent que je vois des hommes de temps en temps.

—Est-ce qu'il est au courant ? Pour nous, je veux dire ?

Elena garda le silence.

Lia baissa les yeux sur ses pieds nus. Avec sa jolie chemise de nuit taille haute, elle ressemblait à un ange à la chevelure sombre.

—Pas la peine, j'imagine. On sera rentrés dans quelques semaines.

—En effet.

—Bonne nuit, alors, tantine Elena.

La jeune fille repartit vers sa chambre.

—Lia ?

Elle se retourna.

—Est-ce que tu sais que ton frère sort la nuit ?

—Non. Où est-ce qu'il va ?

—Je ne sais pas. C'est bien ce qui m'inquiète.

—Il n'a pas tué ces garçons, si c'est ce que tu penses, dit-elle tout bas. Beppe ne referait jamais une chose pareille.

Il sait que papa ne plaisante pas quand il dit qu'il serait prêt à le tuer pour nous protéger.

Lia avait raison, et Elena le savait. Elle ne soupçonnait pas vraiment Beppe d'avoir commis ces meurtres. Mais, pour une raison qui lui échappait, elle était mal à l'aise.

— Ce n'est pas une bonne idée, tu sais. Qu'il erre la nuit sans surveillance. Si je le dis à tes parents, les vacances seront finies pour tout le monde.

— Non, s'il te plaît. (Lia fit un pas vers Elena dans le couloir obscur.) Ne leur dis pas, chuchota-t-elle. Je me fais des amis ici. En quelque sorte, ajouta-t-elle.

Elena éprouvait de la compassion pour l'adolescente. Cette vie lui pesait déjà beaucoup ; elle imaginait à peine ce que devaient endurer les enfants.

— Laisse-moi lui parler, dit Lia en saisissant la main d'Elena. S'il te plaît, la supplia-t-elle. Laisse-moi lui parler. Laisse-moi régler ça. Tu sais qu'il ne t'écoutera pas mais moi, il m'écoutera peut-être.

Elena baissa les yeux sur Lia et lui tapota la main.

— S'il te plaît ! chuchota Lia. Je vais lui parler. Je suis sûre qu'il ne fait que marcher, la nuit. Tu sais comme il ne tient pas en place.

— Tu vas lui parler ?

— Je te le jure. Mais il ne faut pas que ça vienne de toi. Je… je lui dirai juste que je l'ai vu sortir de la maison. Tu devras faire semblant de ne pas être au courant.

Elena lâcha la main de sa nièce, peu convaincue par la solution qu'elle proposait.

— Je te le dirai, s'il y a des raisons de se faire du souci. Je te le jure.

Elena réfléchit un instant, puis hocha la tête.

— D'accord, mais si tu penses qu'il y a la moindre raison de s'inquiéter, même la plus petite, tu dois venir me voir. Je ne le crois pas assez idiot pour recommencer à tuer. Son instinct de survie est trop fort, mais nous devons rester prudents, Lia. Je n'ai pas besoin de te le rappeler.

— Ne t'inquiète pas. Je m'en occupe. (Elle se dressa sur la pointe des pieds et embrassa Elena sur la joue.) Bonne nuit, tante Elena.

— Bonne nuit.

De retour dans sa chambre, Elena s'adossa à la porte et ferma les yeux. Son corps gardait encore le souvenir des caresses de Finn, ses lèvres le goût de leurs baisers.

Le mieux aurait été d'avertir Celeste et Vittore au sujet des errances nocturnes de Beppe. C'était dangereux, autant pour son neveu que pour Clare Point. Mais si elle leur racontait ce qu'elle savait, même si Beppe n'avait rien fait de mal, sa sœur et son beau-frère allaient vouloir retourner en Italie sur-le-champ. Et Elena n'y était pas préparée. Pas encore.

Elle ouvrit les yeux et les posa sur les draps froissés, encore imprégnés de l'odeur virile de Finn. Alors qu'elle s'avançait vers son lit, elle fit glisser son peignoir en soie de ses épaules. Le souffle frais de la climatisation sur sa peau nue lui donna la chair de poule. Elle songea à la bouche de Finn sur sa poitrine et ses tétons se tendirent. Elle avait eu peu d'amants comme lui depuis la mort de son mari. Il lui manquerait lorsqu'elle serait rentrée chez elle. Mais elle n'allait pas rentrer tout de suite.

Kaleigh s'appuya contre la table de Air Hockey et sirota son eau vitaminée à l'orange. À son côté, Katy carburait au Fanta goût raisin. Elles ne faisaient que tuer le temps en attendant le couvre-feu et leur petite excursion en forêt. Elles regardèrent Regan aller d'un jeu vidéo à l'autre pour vider les réservoirs de monnaie. Son travail l'absorbait tellement qu'il ne les avait pas remarquées, ou bien il se moquait qu'elles soient toujours là.

Kaleigh but une gorgée de sa boisson.

— Tu as raconté quoi à tes parents ?

— Que je passais la nuit avec toi. (Katy aspira un peu de soda au raisin.) Et toi ?

— Que je passais la nuit avec toi, bien sûr.

Elles ricanèrent.

— Ah, les parents. On pourrait penser qu'ils finiraient par avoir la puce à l'oreille après tous ces siècles. (Katy posa sa canette sur la table de Air Hockey.) Mais non !

— Peut-être qu'ils sont au courant, mais qu'ils ont enfin compris qu'il n'y a rien à y faire.

Katy esquissa un sourire narquois.

— Peut-être. (Elle examina ses ongles, racla son pouce contre ses dents puis inspecta les dégâts qu'elle avait infligés à son vernis vert pailleté.) Tu as parlé à Rob de ta « fête » de ce soir ?

— Non, l'idée ne lui aurait pas plu. Il m'aurait dit d'aller plutôt voir le Conseil, surtout maintenant qu'on sait que le tueur est un V. Il ne comprend pas que ces gosses sont sous ma responsabilité. (Elle se tut un moment.) Tu l'as dit à Pete ?

Katy mâchonna son ongle de pouce.

— Pete et moi, on est pas ensemble. J'ai pas à lui dire où je vais.

— Vous n'êtes pas ensemble ? Vous vous pelotiez près du stand de glace pilée pendant la parade l'autre jour.

Katy tourna vivement la tête.

— Qui te l'a dit ?

Kaleigh sourit.

— Secret de Conseillère.

— Oh, ça va, grommela Katy.

— Qu'est-ce que vous faites encore là, vous deux ? (Regan se mit à genoux devant une borne d'arcade et sortit une clé pour ouvrir le réservoir de monnaie.) C'est fermé.

Katy jeta un coup d'œil aux portes de garage qui donnaient sur la promenade ; Regan les avait baissées et verrouillées vingt minutes plus tôt. Il ne restait plus qu'eux trois dans le bâtiment.

— Je vois ça.

Regan versa les pièces de 25 *cents* dans un grand seau en plastique.

— Ce qui signifie que vous devriez être chez vous, au lit et en sécurité. On ne vous a pas dit qu'un tueur rôde à Clare Point ?

— À ce qu'il paraît, on a pas à s'inquiéter.

Kaleigh vida sa bouteille et la posa à côté de la canette de Katy, juste devant la pancarte « NOURRITURE ET BOISSONS INTERDITES » scotchée sur la table de Air Hockey.

— C'est les humains qui feraient mieux de surveiller leurs arrières, poursuivit-elle

— Difficile à croire, hein ? dit-il en verrouillant le réservoir et en se relevant. Enfin quoi, qui voudrait mettre en péril tout ce qu'on a construit ici ?

— Si je le savais, tu crois que je serais là ?

— Ça pourrait être quelqu'un qu'on a ensorcelé, suggéra Katy.

Kaleigh lança à son amie un regard noir.

— Simple hypothèse. (Katy rongea son ongle de pouce.) Et donc, c'est peut-être quelqu'un qui n'a pas les idées claires. Quelqu'un qui serait… sous l'emprise de la drogue, par exemple.

— Katy !

Regan afficha un air si meurtri que Kaleigh se sentit prise de compassion pour lui. Le clan ne lui avait toujours pas pardonné d'avoir fait de Victor un vampire. Pour beaucoup, changer un humain en V était pire que de le tuer.

— Jamais je ne ferais une chose pareille. (Il se campa devant elles, son seau de pièces à la main.) Même si j'étais complètement bourré.

— J'ai pas dit ça. (Katy cracha un bout de vernis par terre.) J'essayais juste de rendre ça cohérent. Comme tout le monde en ville. Enfin bon, elle doit bien avoir ses raisons, non ?

— Qu'est-ce qui te fait croire que c'est une femme ? (Il secoua le seau de monnaie, pensif.) Ça pourrait être un homme.

— Oh, c'est une femme, pas de doute là-dessus. Appelle ça l'intuition féminine si tu veux. Tu as vu les photos de ces types dans les journaux ? Ils étaient canon tous les deux. (Elle grimaça.) Vous avez déjà discuté avec Eva, non ? Elle serait tout à fait du genre à coucher avec un homme et le tuer ensuite.

— Eva n'aime même pas les hommes, protesta Kaleigh.

— Raison de plus pour les tuer après avoir couché avec et sucé leur sang.

— L'un d'eux a peut-être eu des relations sexuelles avec le tueur avant sa mort, mais pas l'autre, fit observer Regan.

— Et alors ? Ça veut rien dire. Fie-toi à ce qu'en dit une femme… C'est une femme.

Tout en ressassant les paroles de Katy, Regan changea son seau de main.

— Tu en penses quoi, toi, Kaleigh ?

Appuyée contre la table de Air Hockey, Kaleigh ferma les yeux et renversa la tête en arrière.

— J'essaie de ne pas y penser du tout, maugréa-t-elle. J'ai mes propres problèmes à régler, et ma tête est déjà sur le point d'exploser.

Alors que Regan esquissait un sourire en coin, il remarqua soudain quelque chose derrière les deux filles.

— Hé, enlevez-moi cette canette et cette bouteille de la table ! Vous ne savez pas lire ? La nourriture et les boissons sont interdites ici.

Kaleigh ramassa sa bouteille vide.

— Faut qu'on y aille, de toute façon. On va sortir par la porte de derrière.

— Soyez prudentes sur le chemin du retour, leur lança-t-il.

Regan porta le seau de monnaie jusqu'à une bassine en plastique qu'il avait laissée par terre près du bureau. Il transvasa les pièces dans la bassine et les regarda se déverser en cascade. Lorsque les dernières tombèrent sur la pile, il se tourna vers l'horloge au mur. Il était censé retrouver Finn à minuit pour boire une bière. Il allait devoir se dépêcher de finir ce qu'il avait à faire ou bien revenir plus tôt le lendemain. Il lui restait encore à nettoyer les toilettes, vider les poubelles et balayer le sol, sans oublier de jeter un coup d'œil au jeu de kung-fu. Plusieurs gosses s'étaient plaints dans la journée qu'il « avalait leur argent ».

Regan entendit la porte de derrière se refermer derrière les filles. Il songea à la verrouiller, mais ça semblait superflu. Les Kahill ne se barricadaient pas. Et Katy avait raison. Ils ne couraient aucun danger. C'étaient les touristes humains qui avaient intérêt à fermer leurs portes à double tour.

Il laissa le seau à côté de la bassine et alla chercher les grands sacs-poubelles noirs et le balai rangés dans le placard au bout du couloir. Il consacra les quarante-cinq minutes suivantes à vider les poubelles et balayer le sol. Il empila les sacs d'ordures devant la porte qui donnait sur l'allée. Il les déposerait dans la benne à ordures en partant. Il vérifia l'heure sur son téléphone portable. Il réparerait le jeu de kung-fu le lendemain matin avant qu'il y ait trop de monde, mais il restait encore les toilettes. Il pouvait soit s'en occuper tout de suite et arriver en retard au bar, au risque d'énerver Finn, soit reporter le nettoyage à un autre moment.

Finn trouvait toujours une raison de s'énerver, de toute façon…

Regan revint au placard et en sortit le chariot de ménage. Il ferait vite et ficherait le camp. La perspective de récurer des toilettes publiques dégoûtait peut-être certaines personnes, mais ça ne dérangeait pas Regan. S'occuper les mains lui laissait du temps pour réfléchir. Et il aimait cette impression d'avoir accompli quelque chose à la fin de la journée. Ça ne valait peut-être pas un poste au sein de l'équipe de tueurs ou du Haut Conseil, mais, pour retrouver sa place au sein de la communauté, c'était déjà un début.

Il ouvrit la porte des toilettes pour femmes et la bloqua à l'aide du chariot. En se penchant pour prendre une paire de gants en caoutchouc – sa mère avait insisté pour qu'il en porte – il fut saisi d'un étrange pressentiment. Sa peau se couvrit de chair de poule. Il se redressa lentement et enfila un gant. Il tendit l'oreille, mais n'entendit rien de plus que le ronronnement de l'air conditionné.

Il s'avança dans le couloir pour vérifier la porte. Rien. Personne. Sans quitter le couloir éteint des yeux, il mit le second gant.

Quelque chose clochait. Les filles étaient parties depuis près d'une heure. Elles seraient revenues ?

— Kaleigh ?

Pas de réponse.

Regan attendit une minute encore, sur ses gardes. Secouant la tête, il finit par retourner dans les toilettes et alluma la lumière de l'unique cabinet. Il aurait pu se dire qu'il regardait trop de films d'horreur, sauf qu'il n'aimait pas les films d'horreur. Justement parce qu'ils lui faisaient peur.

Il prit la brosse à récurer et le produit liquide bleu qui servait à nettoyer la cuvette et s'agenouilla devant les toilettes. Ça n'avait pas l'air si terrible que ça. Il aspergea les bords de produit nettoyant et les astiqua avec la brosse, puis tira la chasse comme Mary Kay le lui avait montré. Alors que l'eau s'évacuait, il crut entendre un bruit dans son dos. Il n'en était pas sûr ; la chasse d'eau couvrait tout le reste.

La porte de derrière ?

Regan se releva et sortit dans le couloir, sa brosse à récurer à la main.

Une créature vêtue d'une cape fondit sur lui. Exactement comme dans ses cauchemars. Sauf que, cette fois-ci, il ne rêvait pas.

Chapitre 18

Kaleigh et Katy se hâtaient le long du chemin étroit et envahi d'herbes hautes qui traversait la réserve naturelle en bordure de la ville. L'obscurité ne les gênait ni l'une ni l'autre ; elles chassaient dans ces bois depuis trois cents ans. Ce qui embêtait Kaleigh, c'étaient ces satanés moustiques.

Elle s'assena une tape sur la nuque.

— On aurait dû prendre de l'antimoustique.

Ce produit lui était indispensable l'été quand elle allait chasser. Comme les autres membres du clan, elle n'avait besoin de sang qu'une fois toutes les lunes. Les cerfs qui vivaient dans cette zone protégée suffisaient à les nourrir tous sans compromettre leur sécurité. Grâce à l'abondance de gibier à leur disposition, ils avaient pu arrêter de boire du sang humain.

— J'imagine que t'en as pas ? demanda Kaleigh en se grattant le cou.

La nuit était chaude et humide, sans un souffle de vent. Les piqûres de moustique démangeaient Kaleigh de la tête aux pieds.

Katy fouilla dans le sac qu'elle portait à l'épaule.

— Non, mais j'ai du chewing-gum. Tu en veux ? Ils sont à la pastèque.

— Non, je veux pas de chewing-gum. Ça va pas empêcher ces maudits insectes de me piquer, se plaignit-elle, irritée. On arrive dans une minute. Quand on aura allumé le feu, j'y jetterai quelques feuilles. La fumée les tiendra à l'écart.

— Et bonjour l'odeur dans mes cheveux.

Kaleigh entendit Katy sortir un chewing-gum de son emballage. L'odeur de la pastèque lui retourna l'estomac. Ce n'était peut-être pas une si bonne idée. Rob se serait certainement opposé à cette réunion secrète, et c'était justement pour ça qu'elle ne lui en avait pas parlé. Restait à savoir ce qu'elle ferait si les adolescents refusaient de ne plus aller aux soirées clandestines de Tomboy. Serait-elle obligée de s'adresser au Conseil ?

Lorsque les deux filles arrivèrent dans la clairière, les souvenirs des deux étés précédents assaillirent Kaleigh. À cause d'elle, un humain avait perdu la vie ici. Enfin, la faute revenait surtout au stupide ex-petit ami de Fia qui n'avait pas pu s'empêcher de le tuer. Ça ne l'empêchait pas de penser qu'un jour, quand la *mallachd* serait enfin levée, qu'elle mourrait pour de bon et rencontrerait Dieu aux portes du paradis, elle aurait à rendre des comptes pour le rôle qu'elle avait joué dans la mort de Bobby, Mahon, Shannon et cet humain.

— Ça ne devrait prendre qu'une minute. J'ai préparé le bois, il n'y a plus qu'à l'embraser. (Kaleigh sortit une boîte d'allumettes de sa poche.) Tu ne voudrais pas ramasser quelques feuilles, humides de préférence ?

— Pourquoi c'est toujours moi qui fais le sale boulot ? grommela Katy en s'éloignant.

Kaleigh s'agenouilla à côté du foyer. Elle frotta une allumette et une étincelle jaillit du petit bois sec qu'elle avait soigneusement entassé le matin même. Elle s'accroupit et regarda les flammes lécher les morceaux de bois. Même après tous ces siècles, le feu la fascinait toujours autant et elle aimait l'idée qu'une chose parvienne à la captiver de cette manière. Cela la faisait se sentir plus… humaine.

— Eh ben !

Katy jeta une bonne poignée de feuilles sur le feu et regarda autour d'elle. La flamme se propagea rapidement et projeta une douce lueur sur la clairière.

— Ça va être la fête, on dirait.

Kaleigh avait récupéré les troncs qui servaient autrefois de bancs et les avait installés autour du feu en un cercle bien ordonné. Elle avait taillé les buissons gênants et ramassé les branches mortes. La clairière ressemblait de nouveau à ce qu'elle avait été à l'époque où le Conseil s'y réunissait, à l'abri des regards. Il avait depuis élu domicile au sein du musée, à la vue et au su de tous. Ce qui restait la meilleure façon de se cacher.

— Tu t'es vraiment cassé le cul, hein ?

Katy fit éclater une bulle de chewing-gum et recula pour embrasser d'un regard approbateur le cercle de troncs.

— C'est pas mal. Ils vont vouloir faire la fête avec nous ici toutes les nuits.

Kaleigh la regarda, puis essaya de déplacer la glacière qu'elle avait laissée là plus tôt dans la journée. Mais, pleine, elle était plus lourde. Constatant qu'elle n'allait pas réussir à la soulever, elle se mit à la traîner.

— Ça m'étonnerait, quand ils entendront ce que j'ai à leur dire.

— Waouh ! On a droit à des boissons fraîches ?

Voyant que Kaleigh était en difficulté, Katy enjamba un tronc d'arbre et se rapprocha d'elle.

— Tu veux un coup de main ?

— Ouais. Attrape ce côté, je prends l'autre. J'aimerais juste la porter jusqu'à ce tronc.

— Je m'en occupe.

Katy se pencha, saisit les deux poignées et souleva la glacière.

— Ben dis donc, siffla Kaleigh en reculant d'un pas. Tu fais une cure de barres de céréales en ce moment, ou quoi ?

— Comment tu t'es débrouillée pour porter ce truc jusqu'ici ? (Katy posa la glacière et souleva le couvercle.) Et tu as apporté de la bière, en plus ?

— Bas les pattes. Il y en a une ou deux par personne, pas plus. J'ai transporté la bière et les glaçons séparément et ensuite j'ai rempli la glacière. (Kaleigh s'assit sur un tronc et gratta un bouton de moustique sur son mollet.) J'ai emprunté un des 4 × 4 de Malachy, puis j'ai porté la glacière sur le dos jusqu'à la clairière.

Enfreignant la consigne de Kaleigh, Katy ouvrit une canette de Heineken et aspira la mousse.

— Tu lui as dit pourquoi il te le fallait ?

Au loin, Kaleigh entendit approcher ses premiers « invités ». Un groupe de garçons, d'après leurs voix. Elle identifia également des gloussements de filles, plus distants. C'étaient en majorité des garçons qu'elle avait vus descendre à la cave de Tomboy, mais pas seulement. Les filles V appréciaient elles aussi le sang humain.

— Bien sûr que non.

Elle attrapa un bout de bois qui dépassait du brasier et s'en servit pour déplacer l'une des plus grosses bûches.

— Où t'as eu la bière ? demanda Katy en buvant une nouvelle gorgée.

— Ce sont pas tes oignons.

Katy esquissa un rictus.

— Tu me surprends, des fois. J'ai du mal à croire que ce soit encore possible, depuis le temps qu'on est amies.

Kaleigh attisa le feu avec sa branche.

— C'est une bonne ou une mauvaise chose ?

Katy sirota sa bière, pensive.

— Une bonne chose, déclara-t-elle en hochant la tête.

— J'essaie juste de nous garder en vie, dit Kaleigh en souriant. Jusqu'à ce qu'on puisse mourir, bien sûr.

— Bien sûr.

Katy leva sa bière pour trinquer.

Kaleigh laissa soudain retomber sa tête.

— Douce Marie, mère de Dieu, mais qu'est-ce que je fabrique là ? maugréa-t-elle. Personne ne va m'écouter. Ils boivent du sang humain en toute impunité, qu'est-ce qui me fait croire qu'ils vont arrêter juste parce que je le leur demande ? Ils ne vont pas m'écouter. (Elle leva les mains au ciel.) C'est une perte de temps et la honte assurée.

— Allez, ils t'écouteront peut-être.

Kaleigh lui jeta un regard de doute.

— Et pourquoi ça ?

Katy soutint son regard.

— Parce qu'ils te respectent plus qu'aucun autre membre de ce clan, dit-elle avec une solennité inhabituelle.

— Hé, hé, hé, Joe est dans la place !

Joe Kahill surgit du couvert des arbres. Les mains en l'air, il se retourna vers ceux qui le suivaient.

— La fête peut commencer, maintenant, les mecs.

Plusieurs garçons déboulèrent derrière lui, riant et chahutant comme à leur habitude. Les observant du coin de l'œil, Kaleigh prit une profonde inspiration.

— Donne-moi ça.

Elle tendit la main vers la bière de Katy.

— Pourquoi ?

Katy serra la canette contre sa poitrine comme s'il s'agissait d'un trésor.

— Parce que je sens que je vais en avoir plus besoin que toi.

Katy réfléchit un moment, puis lui passa la bière.

Regan n'eut que le temps de se baisser et de brandir la seule arme à sa disposition : la brosse à récurer. Il reconnut le visage de l'homme qui volait vers lui, fidèle à ses rêves mais également à ses souvenirs. C'était Asher, un des frères Rousseau qui l'avait capturé et enfermé dans cette tombe l'été précédent. Avec les araignées. Regan détestait les araignées. Et il haïssait Asher et ses horribles frères.

Asher le frappa si fort à la poitrine que Regan tomba sur le dos. Il riposta en enfonçant les poils hérissés et humides de sa brosse dans l'œil d'Asher. Le vampire poussa un hurlement que Regan devina partagé entre l'indignation et la douleur, et qui lui accorda la seconde de répit nécessaire pour se téléporter du couloir à la salle principale. Là-bas, au moins, il aurait une chance de repousser son adversaire.

Regan se matérialisa à côté du jeu Pac-Man. La brosse à récurer avait été téléportée en même temps que lui. Il n'était pas capable de se transporter très loin, ni de passer à travers des objets denses tels les parois d'une tombe ou le coffre-fort d'une banque, mais la laine de verre ne serait pas un obstacle infranchissable. Si seulement il parvenait à atteindre les portes du garage…

Asher lâcha un cri aigu et traversa le couloir à la vitesse de l'éclair, avec sa cape ridicule qui claquait au vent. Les Rousseau étaient des vampires particulièrement vicieux qui géraient un trafic de drogue à La Nouvelle-Orléans, entre autres activités peu reluisantes. Cette capacité qu'ils avaient de s'élancer dans les airs et de planer sur de courtes distances – ce qui leur donnait l'air de voler – était leur point fort. La cape n'était qu'un accessoire destiné à intimider leurs victimes.

Et ça fonctionnait plutôt bien.

Abandonnant sa brosse, Regan se coucha à plat ventre et rampa sous le jeu d'arcade. Il sentait encore l'odeur du produit désinfectant sur ses gants en caoutchouc jaune.

Asher heurta le jeu de plein fouet et s'effondra sous le choc.

Regan se leva d'un bond et se jeta à corps perdu vers les portes. Peut-être avait-il réellement une chance de s'en sortir.

Ses illusions furent de courte durée. À peine eut-il fait un pas que le frère Rousseau numéro deux déboula du couloir.

Gad percuta Regan et le projeta tête la première sur le sol.

— *Un petit coup de main, ça serait pas de refus, frangin,* communiqua Regan au moment où son menton heurtait le béton et que le sang emplissait sa bouche. *La salle de jeu, et vite, avant que les Rousseau me transforment en pâtée pour chat.*

— *Un petit coup de main, ça serait pas de refus, frangin.*

Finn entendit le message aussi distinctement dans son esprit que si Regan s'était tenu à côté de lui.

— *Je suis là dans une seconde,* lança-t-il en réponse avant de faire demi-tour et de se mettre à courir.

Il se trouvait sur le chemin de sa location, à trois pâtés de maisons de la salle de jeu. Il allait lui falloir plus d'une seconde pour s'y rendre. Trois minutes exactement. Que se passerait-il s'il n'arrivait pas à temps ?

Finn descendit la rue en quatrième vitesse. À la première intersection, il repéra un berger allemand qui reniflait un sac en papier tombé d'une poubelle sur le trottoir d'en face.

Finn n'avait jamais vu ce berger allemand, mais il savait de qui il s'agissait. Cet heureux hasard allait peut-être sauver son frère.

— *Arlan, j'ai besoin de ton aide*, lui transmit Finn par télépathie alors qu'il s'élançait au milieu de la rue.

Arlan leva le museau et huma l'air. Comme s'il sentait les intrus, il se mit à grogner.

— *Les frères Rousseau. La salle de jeu*, ajouta Finn. *Regan a des ennuis.*

Le berger allemand fila droit vers la promenade. À mi-chemin du pâté de maisons suivant, essoufflé par sa course effrénée, Finn perdit Arlan de vue. Le chien allait arriver avant lui. Tant mieux. Même lorsqu'ils étaient d'origines différentes, les vampires s'entre-tuaient rarement ; c'était une sorte de « courtoisie entre collègues ». Mais ça pouvait arriver, d'autant plus que les frères Rousseau avaient la réputation de ne pas jouer selon les règles. Surtout quand on les mettait en rogne comme Regan l'avait fait.

Gad essaya de traîner Regan par les chevilles, mais sa victime n'était pas du genre à se tenir tranquille. À grand renfort de coups de pied et beuglant comme un fou furieux, il lança sur ses agresseurs tous les objets sur lesquels son esprit avait prise. La brosse à récurer décolla du sol et tournoya dans les airs jusqu'à sa cible, la tempe de Gad. Accroché au pied d'un flipper, Regan se servit de ses pouvoirs de télékinésie pour renverser une poubelle qu'il n'avait pas vidée. Elle n'était qu'à moitié pleine, mais les canettes de soda écrasées et les bâtonnets de glace à l'eau se révélèrent des projectiles efficaces. Les canettes se mirent à pleuvoir sur la tête de Gad, qui lâcha la jambe de Regan. L'une d'elles, encore pleine, explosa sur le vampire alors qu'il levait la main pour se protéger, et aspergea de Coca-Cola sa jolie cape noire.

Merde. Regan traversa la pièce à quatre pattes. Gad était vraiment énervé, à présent. Ces vampires ne se satisferaient pas de le rouer de coups, ni même de l'enfermer à double tour dans une réserve infestée d'araignées. Ils allaient vouloir son sang. Ou, pire encore, sa tête. Le sang, ça pouvait se remplacer. On ne pouvait pas recoller une tête, en revanche. Le vampire décapité était voué à errer pour l'éternité dans un dédale infernal, prisonnier des limbes entre la vie et la mort. C'était clairement une peine plus atroce que d'être enfermé dans une armoire.

— *Grouille-toi, frangin. Besoin de toi maintenant, mec*, dit Regan par télépathie.

Rampant de sous un flipper, il se releva tant bien que mal. Il avait parcouru la moitié de la salle de jeu. Il lui suffirait d'arriver à un ou deux mètres des portes de garage pour…

Gad survola Regan et se posa devant lui, les bras croisés comme une sorte de justicier fou de dessin animé.

— Allez, les gars. On se calme. (Regan leva en l'air ses mains gantées de caoutchouc.) On peut discuter, non ?

Tout en leur parlant, il essaya de déterminer quels autres objets il pourrait leur lancer. Hélas, il restait peu de projectiles potentiels dans la salle de jeu. Les flippers étaient trop lourds pour que Regan puisse les faire léviter ou les dématérialiser. Peut-être pourrait-il se servir de balles s'il parvenait à les sortir du jeu de baby-foot, mais celui-ci se trouvait à l'autre bout de la pièce et la tentative était pour le moins risquée.

— Qu'est-ce que vous voulez ? Vous avez votre fric.

Regan aurait juré entendre un chien aboyer au moment où Gad vola sur lui et le propulsa dans les bras d'Asher.

Asher empoigna Regan sous les aisselles et le souleva pour que Gad lui administre un premier coup de poing. Il n'y alla pas de main morte ; Regan ressentit une effroyable douleur à la mâchoire qui sembla se répercuter dans tout son corps. Quand Gad le frappa une seconde fois, du sang gicla de sa lèvre inférieure et il s'effondra contre Asher.

— Vous cherchez quelque chose, les gars ? Vous voulez quelque chose ? les nargua Regan en s'étouffant avec le sang dans sa bouche.

Gad serra le poing.

— *Fils de pute.*

Regan ne parlait pas le cajun français, mais il devinait que Gad ne venait pas de lui faire un compliment. Il se prépara à encaisser le coup.

Un nouveau grognement se fit entendre, et cette fois il n'y eut plus de doute quant à son origine lorsqu'un chien aux yeux luisants surgit du couloir en montrant les crocs.

Il bondit dans les airs et mordit Asher au bras.

— *Merde !* s'écria le vampire en relâchant Regan.

Gad se jeta sur Regan et ils s'écroulèrent au sol. Au moins, le combat était devenu à peu près égal : chien contre vampire, vampire contre vampire. Bien sûr, Regan avait reconnu ce chien qui n'en était pas un, mais il ignorait comment ce dernier avait su qu'il devait lui venir en aide.

Gad cloua Regan au sol et roua son visage de coups. Regan se défendait plutôt bien, mais il n'était pas en forme et Gad était beaucoup plus corpulent que lui. Regan parvint à lui décocher deux coups de poing à la suite, puis un autre, mais il souffrait davantage que son adversaire.

Non loin d'eux, Arlan s'acharnait comme un beau diable sur le vampire cadien. Mais Asher ne s'avouait pas facilement vaincu. Le vampire et le chien roulèrent sur le sol en béton, Arlan distribuant des coups de griffe et de crocs tandis qu'Asher ripostait par des coups de poing et de pied.

— Regan !

C'était Finn.

— Pas trop tôt ! beugla Regan.

Ce court moment d'inattention lui valut un nouveau coup de poing au visage.

Toujours en uniforme, Finn se jeta sur le dos de Gad et tous deux roulèrent sous la table de Air Hockey en se rouant de coups.

Regan en profita pour reprendre son souffle et se redressa en chancelant. Arlan et Asher se battaient toujours, mais à en juger d'après les vêtements déchirés du vampire et les nombreuses traces de griffures et de morsures sur son corps, il semblait que le chien allait avoir le dessus.

— Je ne comprends pas pourquoi vous venez remuer le passé, vous deux, haleta Regan.

Il décrocha un extincteur d'une des poutres principales et essuya le sang au coin de sa bouche.

— Je me suis excusé, non ? Ma sœur s'est excusée, mon frère s'est excusé, énuméra-t-il en retirant la goupille de sécurité. Vous avez récupéré l'argent de la drogue que j'ai volé et même un petit supplément. C'était réglé. Ça aurait dû être réglé, les menaça-t-il en s'avançant vers Asher et Arlan. Écarte-toi, le toutou.

Planté sur le torse du vampire cadien, Arlan tourna sa grosse tête vers Regan et se mit à grogner.

— Ça suffit, dit Regan en fronçant les sourcils.

Arlan n'était jamais tout à fait lui-même sous sa forme animale.

— Sinon tu vas y avoir droit aussi. Et maintenant, fais gaffe.

Il appuya sur la poignée et Arlan bondit du vampire en couinant lorsque la mousse blanche atteignit sa cible. Regan aspergea le visage d'Asher, puis le reste de son corps.

Arlan gronda et recula davantage. Il y avait du sang et des touffes de poil partout et la salle sentait le chien mouillé.

— T'as eu ton compte ? demanda Regan.

Asher fit mine de se relever et Regan appuya de nouveau sur la poignée. Asher se recoucha.

— J'aime mieux ça. Surveille-le, tu veux ? demanda-t-il au chien avant de se tourner vers Finn et Gad, qui se battaient toujours sous la table de Air Hockey.

— Frangin, tu pourrais faire sortir ce truc de là-dessous ? J'ai pas envie de bousiller la table.

Finn tourna la tête vers Regan et Gad en profita pour lui assener un coup de poing à la mâchoire.

Regan grimaça.

— Désolé. (Il agita l'extincteur.) Ça commence à bien faire, Gad. Il faut savoir reconnaître quand on est dépassé par le nombre et s'incliner gracieusement. Maintenant tu le lâches, ou tu vas y avoir droit aussi.

Gad serra le poing et Regan appuya sur la poignée. Finn s'écarta de justesse au moment où la mousse pressurisée se déversait sur Gad. Le vampire se mit à tousser, s'étouffa et agita les bras dans sa tentative d'échapper à la substance qui sortait du tuyau de l'extincteur.

Finn roula sur lui-même et se releva, en sang, sa chemise déchirée et sa cravate jetée par-dessus son épaule.

— T'en as eu assez ? (Regan relâcha la poignée. Il plia le doigt, prêt à appuyer de nouveau.) Ou tu en veux encore ?

— Assez, grogna Asher.

Regan abaissa lentement l'extincteur.

— C'est quoi votre putain de problème, vous deux ? demanda Finn. Quand j'ai quitté La Nouvelle-Orléans l'automne dernier, votre frère Abram et moi avions convenu que les Rousseau et les Kahill étaient quittes. Vous n'avez pas le droit de venir à Clare Point.

— Allez, amène-toi ici avec ton frangin.

Regan agita le tuyau de l'extincteur sous le nez de Gad.

Gad se traîna à quatre pattes jusqu'à son frère amoché.

— On allait pas lui faire de mal, dit Gad avec un accent prononcé. On s'amusait un peu, c'est tout. On faisait que passer, je le jure.

Finn tira sur le nœud de sa cravate et s'en débarrassa d'un geste vif.

— Vous vous amusiez un peu, c'est ça ? Vous ne faisiez que passer ? Ça fait combien de temps que vous êtes en ville ?

— On faisait que passer.

Finn appuya son pied sur la gorge de Gad.

— Depuis quand vous êtes là, les mecs ?

— Une heure, c'est tout. Je le jure sur la tombe de ma mère.

Finn fronça les sourcils.

— Votre mère n'est pas morte. Je l'ai rencontrée. Elle est aussi charmante que vous. Alors comme ça vous n'êtes là que depuis une heure ? (Il jeta un coup d'œil à Regan.) Et avant ça ? Il y a deux semaines, par exemple ?

— Non.

Finn recula.

— Et il y a un mois, non ?

Asher s'assit.

— Je vous dis, on faisait que passer. On est jamais venus ici avant.

— Où est-ce que vous allez ?

Asher hésita. Arlan se mit à grogner et fit un pas vers lui. Le vampire écarquilla les yeux de terreur.

— On va à New York. Pour un boulot que nous a confié papa.

Finn hésita un moment.

— OK. Alors fichez-moi le camp de Clare Point, et il ne vaudrait mieux pas que je retombe sur vous.

Gad se releva et tendit la main à son frère. Regan s'écarta pour laisser passer les deux hommes. Ils sortirent de la salle de jeu et traversèrent le couloir. Regan attendit que la lourde porte se soit refermée derrière eux avant de regarder Finn.

— Merci, frangin. (Il essuya sa bouche ensanglantée d'une main et jeta un coup d'œil au chien.) Toi aussi, Arlan.

Le chien s'assit et Regan revint à son frère.

— Tu ne penses pas qu'ils aient pu être impliqués dans les meurtres, hein ?

— Non, ils disaient la vérité.

Finn tâta l'entaille au-dessus de son sourcil. L'hémorragie s'était presque arrêtée.

Regan grimaça et fit un pas vers Finn.

— Tu aurais bien besoin d'un ou deux points de suture.

— Ça va aller.

Alors que Regan inspectait le visage de Finn, son regard s'arrêta sur deux marques au niveau de son cou.

— Oh, merde. Il t'a eu ?

Il saisit le menton de Finn pour lui tourner la tête et l'examiner de plus près.

— Quoi ?

Finn passa les doigts sur son cou.

— Juste là, dit Regan en touchant les deux marques. Beurk. De la bave de Gad ?

Pris de court, Finn repoussa Regan.

— Bas les pattes. Je ne sais pas, je te dis. Il ne m'a pas mordu.

Du coin de l'œil, Regan vit Arlan reprendre son apparence humaine. De chien, il était redevenu un vampire en short et en tee-shirt. Seuls ses cheveux emmêlés indiquaient qu'il venait de se battre.

— On dirait bien une morsure, non ? demanda Regan en pointant du doigt le cou de Finn.

— Faut que j'y aille. Tu vas t'en sortir ici ?

Finn s'écarta, une main posée sur son cou pour cacher les marques.

— Je vais rester et l'aider à fermer, proposa Arlan.

Finn s'éloigna à reculons, fit volte-face et se hâta de traverser le couloir plongé dans le noir. Sa bouche était sèche, ses mains moites. Ce que Regan avait dit n'avait aucun sens. Gad ne l'avait pas mordu ; il en était certain.

Ne restait qu'une explication, moins crédible encore.

Chapitre 19

Au départ, les adolescents semblèrent se satisfaire de boire de la bière et de discuter entre eux, mais ils se doutaient que quelque chose n'allait pas. Les uns après les autres, ils prirent lentement place autour du feu et se tournèrent vers Kaleigh. Les bavardages et les rires cessèrent peu à peu.

— OK, Kaleigh, crache le morceau.

Joe posa un pied sur le tronc où il était assis et ouvrit sa troisième bière.

— Ouais, allez, dit Mary Hill, surnommée Minnie, en jetant sa canette vide dans le feu.

En un sens, Kaleigh était soulagée qu'ils la forcent à prendre la parole – sans quoi elle se serait peut-être dégonflée.

— Qu'est-ce que tu veux ? reprit Joe. C'est évident que tu veux nous parler, sinon tu ne nous aurais pas fait venir ici.

— En pleine nuit, après le couvre-feu, ajouta Liz.

Kaleigh remua les braises avec son bâton.

— Vous saviez que c'était pour ça que je vous demandais de venir ?

Billy se mit à rire.

— Tu veux savoir si on pensait vraiment que tu organisais une fête ? On a l'air d'abrutis, ou quoi ?

Kaleigh soupira et posa le bout de bois.

— Je ne vous prends pas pour des abrutis, affirma-t-elle d'une voix plus assurée. Mais j'ai remarqué que certains d'entre vous font des choses franchement stupides.

Son regard passa d'un adolescent à l'autre et s'attarda sur certains visages.

En grommelant, Joe écrasa une canette vide sur son front. Deux autres garçons l'imitèrent. Kaleigh ne fit pas attention à leur attitude puérile.

— Ça ne peut plus durer.

— Qu'est-ce qui peut plus durer ? demanda Joe en feignant l'innocence.

Plusieurs garçons se mirent à ricaner. Les mêmes qui avaient des marques de canette sur le front. Quelle bande d'idiots.

Mary se pencha pour chuchoter à l'oreille de Liz, juste assez fort pour que Kaleigh l'entende.

— Ça l'énerve de pas pouvoir en profiter.

— Vous ne devez plus aller aux fêtes de Tomboy, dit Kaleigh d'une voix forte. En tout cas, vous ne devez plus descendre à la cave.

— Alors comme ça on a plus le droit d'aller dans des caves ?

Kaleigh dévisagea Billy.

— Pas si vous comptez boire du sang humain.

De nouveaux chuchotements s'élevèrent. Kaleigh occulta leurs pensées ; elle ne pouvait gérer qu'une chose à la fois.

— C'est interdit, c'est dangereux, et vous le savez.

— S'ils sont assez stupides pour nous offrir leur sang, pourquoi on le prendrait pas ? la défia Billy.

— Parce que c'est mauvais pour nous, dit-elle en soutenant son regard. C'est mauvais pour le clan. Et ils ne savent pas ce qu'ils font. Ils sont soûls, drogués. Ces adolescents n'ont pas les idées claires.

— Bon sang, grommela Joe. On croirait entendre un des vieux.

— C'est parce que je suis un des vieux. (Elle regarda tour à tour leurs visages qu'elle connaissait par cœur.) Tout comme chacun de vous, même si vous ne vous en souvenez pas encore tout à fait.

Tous gardèrent le silence une minute.

— Écoutez, poursuivit Kaleigh. Je sais que c'est difficile de résister à ces pulsions et qu'on est plus vulnérable quand on vient de renaître, mais il faut vous contrôler. Vous devez agir en personnes responsables.

— En vampires responsables, tu veux dire, répliqua Minnie d'un ton acerbe.

Kaleigh se tourna vers elle.

— Absolument. Quand on a traversé cet océan, qu'on a fait naufrage et qu'on s'est traînés jusqu'au rivage, c'était clair pour tout le monde que Dieu nous avait donné une seconde chance en nous permettant d'échapper aux chasseurs de vampires. Nous nous sommes engagés à protéger Sa race humaine, ce qui implique de ne pas boire leur sang.

— Même s'ils nous le donnent de leur plein gré ?

— Oui, même s'ils nous le donnent de leur plein gré, soupira Kaleigh. Parce qu'on sait se tenir, même si eux, non.

— Alors quoi, tu voudrais qu'on fasse une croix sur les soirées jusqu'à la fin de l'été ? Qu'on devienne des enfants de chœur comme toi ?

Joe termina sa bière.

— Je vous demande de vous fixer des limites. Vous savez de quoi je parle.

Elle croisa le regard de Joe et le soutint.

Il se détourna le premier et Kaleigh soupira de soulagement. Pendant une minute, on n'entendit plus que le crépitement des flammes tandis que les adolescents échangeaient leurs pensées.

— *Je ne sais pas pourquoi elle pense pouvoir toujours tout diriger.*

— *Elle a raison, figure-toi. Tu ne veux juste pas l'admettre.*

— *On ne fait que s'amuser un peu.*

— *S'amuser, ouais, aux dépens des humains.*

— C'est du sérieux, ces touristes qu'on assassine, poursuivit Kaleigh en occultant de nouveau leurs pensées. Je n'ai pas besoin de vous le rappeler.

— Tu ne penses pas sérieusement que c'est l'un de nous, si ? (Liz écarta la frange épaisse qui lui tombait devant les yeux.) Enfin quoi, c'est pas parce qu'on prend un peu de sang à un type soûl que ça signifie qu'on soit prêt à l'assassiner.

— Non, je ne pense pas que ce soit l'un de nous.

Kaleigh était sincère. Elle connaissait ces gens trop bien. Aucun d'eux n'était capable de commettre un meurtre de sang-froid.

— Mais vous savez comment sont les aînés.

— Du genre à nous juger ? suggéra quelqu'un.

— Exactement. Et c'est pas le moment de nous les mettre à dos. (Kaleigh posa son pied sur la glacière.) N'oubliez pas que nous serons comme eux dans quelques années.

— Sur la tête de Marie et Joseph, pourvu que non, jura Katy.

Tous se mirent à rire.

— Bon, d'accord, dit Joe lorsque les rires se furent estompés. On laisse tomber le sang. C'était pas si bon que ça de toute façon. Quand les nanas sont soûles, leur sang a un sale goût. (Il regarda Kaleigh.) Bon, est-ce qu'on peut au moins finir la bière ?

Elle recula et souleva le couvercle.

— Buvez-moi ça, et vous avisez pas de dire à vos parents où vous l'avez eue.

Étendu sur le dos dans le lit, Victor regardait fixement le plafond.

Mary se tourna sur le côté et l'enlaça pour se blottir contre lui. Perdu dans ses pensées, il n'avait pas remarqué qu'elle aussi était éveillée. Ils gardèrent le silence.

— Tu comptes me dire ce qui ne va pas, ou tu vas continuer à broyer du noir ? lui demanda-t-elle au bout de quelques minutes.

Il glissa son bras sous elle et l'attira près de lui. Il aimait sentir son corps nu contre le sien. Sa peau flasque et ses rides ne le dérangeaient pas. Après tout, elle était moitié moins ridée que lui.

Il ne répondit pas.

— Victor, si tu n'es pas l'homme le plus têtu que je connaisse, tu t'en rapproches.

— J'ai pas envie d'en parler, grommela-t-il.

— Bien sûr. Tu préfères te traîner dans la maison encore plus aigri que d'habitude plutôt que d'en parler, parce qu'il ne faut surtout pas parler d'un problème. Alors que, si on réglait ce problème, il n'y aurait plus de raison d'être aigri.

— On peut rien y faire.

Elle se redressa sur le lit et le regarda. Le drap glissa de ses seins nus et la lumière blafarde du projecteur dans le jardin tomba sur elle. Aux yeux de Victor, elle était belle. Plus encore peut-être que sa femme, qu'il avait dû abandonner bien des années plus tôt. Les mots « âme sœur » lui traversèrent l'esprit, mais c'était de la folie. Les vampires n'avaient pas d'âme sœur, si ?

— Si tu ne veux pas me dire ce qui te préoccupe, tu peux te lever, enfiler ton vieux caleçon, rentrer chez toi et y rester jusqu'à ce que tu saches te comporter en homme.

Il leva les yeux sur elle.

— Tu me mettrais dehors ?

— Et comment ! Je suis trop vieille pour ce genre de bêtises, Victor. Souviens-toi que j'ai à peu près mille deux cents ans d'avance sur toi.

Il ne voulait pas sourire, mais il ne put s'en empêcher.

— C'est le Conseil, c'est ça ? Ils ont répondu à notre requête ?

Il détourna la tête, pas parce qu'il n'avait pas envie de la regarder, mais parce qu'il ne voulait pas qu'elle voie les larmes qui lui étaient soudain montées aux yeux. C'était embarrassant.

— J'ai reçu la lettre aujourd'hui. C'est officiel, dit-il, sarcastique. Peigi n'a même pas eu la décence d'appeler pour me le dire.

— Je croyais que tu avais encore débranché ton téléphone.

— Saletés de téléopérateurs.

— Si tu as débranché ton téléphone et que tu évitais Peigi et les autres membres du…

— Je ne les évitais pas.

— Si tu as évité les membres du Conseil cette semaine, acheva Mary avec une virulence surprenante pour une vieille femme nue, alors il ne fallait pas t'attendre à recevoir la nouvelle autrement. En plus, tu m'avais dit que Peigi t'enverrait une lettre avec la décision du Conseil, non ?

Refusant toujours de la regarder dans les yeux, il fronça les sourcils.

— C'est pas normal. Un homme devrait avoir le droit d'épouser la femme que, enfin… qu'il aime.

Le mot lui resta en travers de la gorge. Il avait du mal avec ça, mais il savait qu'il aimait Mary et que, s'il voulait la garder, il allait devoir arriver à le lui dire de temps en temps.

— Beaucoup de choses en ce monde ne sont pas justes, dit Mary d'une voix douce. (Elle posa la main sur sa joue et le força à la regarder.) Mais qu'est-ce que ça peut faire, qu'on se marie ou pas ? Ils ne peuvent pas nous empêcher de nous aimer, si ?

— Je voulais t'épouser, protesta-t-il tout bas.

— Moi aussi, je voulais t'épouser, répliqua-t-elle en l'embrassant. Mais certaines choses sont impossibles.

Il l'enlaça et l'attira tout près de lui. *Tu serais surprise de ce qui est faisable quand un vieux bouc buté s'en mêle*, songea-t-il en l'embrassant sur la tempe.

Avec un effort de concentration, Finn parvint à traverser la porte de la Villa Rose. En silence, il s'avança dans le noir jusqu'à la chambre d'Elena. Elle était couchée sur le côté et n'avait pas défait les draps de son lit. Vêtue d'une chemise de nuit en soie blanche, elle dormait la tête dans les mains. Elle ressemblait à un ange avec ses cheveux noirs étalés sur l'oreiller, mais Finn la soupçonnait de n'en avoir que l'apparence.

Il la contempla un instant. Comment engager une conversation pareille ? *Excusez-moi, m'dame, seriez-vous un vampire ?* Sauf si elle en était réellement un, la situation risquait d'être très embarrassante. Mais il s'était convaincu en chemin qu'il n'y avait pas d'autre explication possible. Gad ne l'avait pas mordu et ça faisait des mois qu'il n'avait pas fréquenté de femmes en dehors d'Elena. Il ne comprenait pas comment il avait pu rater les marques en se rasant ; il devait être trop occupé à songer au désordre de sa vie. En tout cas, même si ça semblait incroyable, Elena était un vampire et ça avait échappé à Finn.

Elle parut sentir sa présence et s'éveilla lentement. Étirant ses bras et ses jambes longilignes, elle se retourna sur le dos. Ses paupières papillonnèrent et, lorsqu'elle ouvrit les yeux, ils furent illuminés par le rayon de lune qui filtrait par la fenêtre.

— Finn ? murmura-t-elle. (Elle s'assit soudain.) Ça va ?

Jusque-là il ne s'était pas rendu compte qu'il devait faire peur à voir. Ses vêtements étaient déchirés et maculés de sang et son nez l'élançait tellement qu'il devait avoir enflé. La coupure au-dessus de son œil ne suintait plus, mais elle était pleine de sang séché. Pour finir, il sentait le chien mouillé.

— Qui es-tu, Elena ? Et surtout qu'est-ce que tu es ? demanda-t-il.

— Comment tu es entré ? J'ai fermé les portes à clé avant d'aller me coucher.

Il se pencha au-dessus de son lit, menaçant. Sans bien savoir pourquoi, il était en colère. Parce qu'elle aurait dû le lui dire. Mais peut-être ignorait-elle que lui aussi était un vampire. Tous n'étaient pas aussi faciles à repérer. Il devait bien reconnaître qu'Elena avait su se fondre parmi les humains à la perfection. Au point qu'il n'avait pas su la percer à jour.

— Réponds à ma question.

— Tu es fâché contre moi. (Elle l'invita à venir sur le lit.) Assieds-toi. Laisse-moi regarder cette coupure. Tu t'es encore battu contre des criminels ?

— Qu'est-ce que tu es, Elena ?

Elle leva sur lui ses yeux de biche et le regarda d'un air si innocent qu'il songea un instant à tout remettre en question. La marque qu'il avait au cou n'était peut-être pas une morsure. Peut-être…

Il alluma la lampe à côté du lit. Se penchant vers elle, il dénuda son cou et lui montra les marques. Elle s'obstinait à garder le silence. Elle allait l'obliger à le dire.

— Tu es une vampire, hein ?

Elle resta muette encore une seconde avant de croiser son regard.

— Oui.

Il recula brusquement. Une fois encore, elle le prenait par surprise. Il s'était attendu à la voir rire, feindre l'horreur, ou même le traiter de fou. Mais une simple confession ? C'était bien la dernière chose au monde qu'il avait envisagée.

— Pourquoi tu ne me l'as pas dit ?

Il se pencha sur elle.

Elle se cala contre son oreiller.

— Pourquoi toi, tu ne me l'as pas dit ?

Il se sentit soulagé, puis presque heureux. Pour une fois, il avait jeté son dévolu sur une femme qui n'était pas hors de sa portée. Elena était comme lui. Différente à bien des égards, certainement, comme l'étaient tous les vampires, mais semblable aussi. Plus semblable que différente.

— Comment voulais-tu que je te le dise ? Tu m'as eu sur toute la ligne. Je croyais que tu étais humaine.

Finn s'assit au bord du lit.

— Ça se tient.

Elle se redressa sur les genoux pour le surplomber. Elle écarta les cheveux de Finn et examina la coupure au-dessus de son œil.

— Dis-moi ce qui s'est passé. Qui t'a fait ça ?

— Oh non, je ne vais pas te laisser changer de sujet aussi vite. (Il lui saisit la main et la serra.) Elena, tu dois me répondre. Comment tu as deviné ?

Elle soupira comme si sa question était stupide.

— Les Kahill sont connus dans le monde entier, voyons. Les vengeurs de Dieu. (Elle esquissa un demi-sourire.) Les seuls vampires qui ont un espoir, à ma connaissance, murmura-t-elle.

Finn ne savait pas quoi dire. Elle semblait soudain si triste, si vulnérable.

— On ne se connaît pas, alors, si ? demanda-t-il. J'ai eu cette impression quand on s'est rencontrés sur la promenade la première nuit.

— Allonge-toi près de moi, murmura-t-elle en l'attirant sur le lit.

Tout à coup, Finn se sentit fatigué. Pas simplement à cause de sa journée et de la bagarre, mais parce qu'il faisait semblant depuis tellement longtemps. Il retira ses chaussures et se glissa dans le lit à côté d'elle.

Elena éteignit la lumière.

— Comment ? Où ? insista-t-il. (Sa tête posée sur l'oreiller, il l'attira dans ses bras.) Je ne peux pas croire que j'aurais oublié ton visage.

— On ne s'est pas vraiment rencontrés.

Elle parlait si bas qu'il devait tendre l'oreille.

— Dis-moi.

Elle se tut un long moment. Alors qu'il commençait à croire qu'elle ne dirait rien, elle prit la parole.

— C'était dans un petit palais de Florence, déclara-t-elle d'une voix tremblante. L'an de grâce 1421.

Elle n'eut pas à prononcer un mot de plus. Les souvenirs de Finn le transportèrent aussitôt en Italie. Ça avait été l'un des jours les plus éprouvants de sa vie. Il se rappelait les cris et l'odeur du sang, gluant sous ses bottes.

— Le massacre.

Elle serra sa main.

— Mon père était un homme mauvais. Non seulement il s'est rendu coupable des méfaits dont l'accusait la famille Franceschi, mais il a également commis des crimes bien plus graves contre l'humanité et Dieu, lui dit-elle, son souffle chaud dans son oreille. Nous étions là avec nos familles ce jour-là. Mes frères et sœurs, leurs femmes, maris et enfants. Comme nous allions à la messe, la plupart des hommes étaient désarmés. Mon père était plutôt content de lui ; il avait rendez-vous le soir même avec un membre de la famille Médicis.

— Je me souviens de ce palais, murmura Finn.

Il essaya de se remémorer les détails de cette journée et de cet endroit en occultant le carnage qui le hantait encore après toutes ces années. Il n'avait pas prévu de se retrouver pris au milieu d'une querelle entre familles. Il s'était simplement trouvé au mauvais endroit au mauvais moment.

— L'église existe toujours. La Cruz.

— Des cavaliers ont surgi de nulle part. Ils nous ont cernés. Les hommes de mon père ont été massacrés en quelques secondes, puis ça a été au tour des membres de ma famille de tomber, un par un. Mon époux et mes deux enfants n'ont pas survécu. J'en ai réchappé uniquement parce que le corps de mon mari m'a protégé en tombant sur moi.

— Je suis tellement désolé, Elena, assura-t-il en l'embrassant sur la tête. Je n'étais pas armé, je voyageais en tant qu'étudiant. Tout s'est passé si vite. (Il ferma les yeux et sa gorge se noua.) Je me suis toujours senti coupable de n'avoir rien fait.

— Tu n'aurais rien pu faire. Ils étaient trop nombreux ; ça s'est terminé si vite, dit-elle d'une voix tremblante. C'était mieux comme ça pour ma famille, de toute manière. Cette mort rapide. (Elle prit une profonde inspiration.) Les survivants ont pris la fuite : mon père, deux de mes frères et une de leurs femmes. Seule Celeste, son mari et ses enfants en sont sortis indemnes, car ma sœur venait d'accoucher d'un enfant mort-né et était alitée.

Finn ne dit rien ; il se retenait presque de respirer. Il savait ce qui venait ensuite. C'était une histoire familière et triste pour tous les vampires. *L'explication.*

— Nous sommes rentrés à la villa de mon père. Ils sont venus pendant que nous dormions.

Il fut étonné du tournant que prenait son histoire. Les Kahill comme la plupart des vampires avaient été transformés par Dieu pour les punir de leurs péchés.

— Les Franceschi ont envoyé des mercenaires vampires…

— Ça devait être ces maudits Ukrainiens, devina-t-il à voix haute.

— Des Ukrainiens, qui sont venus dans notre villa au milieu de la nuit. Ils nous ont tenus, dit-elle en sanglotant doucement, et ont fait de nous ce que nous sommes aujourd'hui. Contrairement aux Kahill, nous n'avons pas de cycles de vie ; nous conservons l'apparence que nous avions cette nuit-là. (Elle prit une inspiration.) Et nous n'avons aucun espoir.

— Je suis tellement désolé, Elena, murmura-t-il, ému.

— Moi aussi.

Dans les ténèbres il la tint longtemps serrée contre lui. Ses yeux se fermèrent tout seuls. Plus que fatigué, il était las.

Il se réveilla quelque temps plus tard au contact du corps d'Elena, de ses baisers, de ses caresses. Il avait gardé ses vêtements mais elle était nue, il s'en aperçut en l'enlaçant.

Certaines personnes s'imaginent peut-être l'amour entre vampires comme un acte brutal et sauvage. C'était parfois le cas. Mais, cette nuit-là, il n'y avait que douceur dans les gestes de Finn. Même ses petites morsures étaient tendres. Il se débarrassa de ses vêtements. Il avait besoin de sentir la peau nue d'Elena contre la sienne. Il lui embrassa les joues, le front, les cheveux. Il lui caressa les seins, les baisa délicatement, prit un téton dans sa bouche. Les doux gémissements d'Elena lui emplissaient la tête et le cœur. Il voulait l'emmener loin de Florence et de cette matinée sanglante, ne serait-ce que durant quelques minutes.

Sans se presser, il savoura le contact de sa peau, se délecta de son parfum et de ses caresses. Cette nuit-là, il ne coucha pas avec elle : il lui fit l'amour.

Alors qu'il la tenait enlacée, il s'écarta de son côté du lit et la regarda dans les yeux. Il prit le temps de caresser les courbes douces de sa poitrine et de ses hanches galbées. Il lui embrassa le nombril puis il descendit jusqu'à la toison sombre entre ses cuisses.

Elena gémit et passa les doigts dans ses cheveux. Il posa la joue sur l'intérieur de sa jambe et effleura son mont de Vénus.

— Finn, s'il te plaît, murmura Elena en s'accrochant à ses épaules. J'ai besoin de toi. J'ai besoin de me sentir vivante.

Il la couvrit de baisers et, arrivé à sa bouche, la regarda de nouveau dans les yeux.

— Elena…

— Chut, dit-elle en posant un doigt sur ses lèvres. Plus un mot. (Elle écarta les jambes et se rapprocha de lui.) Juste ça.

Il laissa retomber sa tête sur son épaule et la pénétra. Elle poussa un cri et lui griffa les épaules. Ils se mirent à bouger ensemble, chacun à son rythme d'abord puis comme un seul être. Bien trop vite, ce fut fini. Finn ne but pas son sang ; il y aurait le temps pour ça plus tard. Ils jouirent tous deux, puis il s'allongea de nouveau sur le lit et il la prit dans ses bras. Il tira la couverture sur eux et la tint serrée tandis qu'elle laissait libre cours à ses larmes. Finn n'était pas le genre d'homme à manifester ses émotions, mais il sut cette nuit-là qu'Elena pleurait pour deux.

Chapitre 20

Elena ajusta ses lunettes de soleil et observa sa nièce et son neveu, étendus sur une serviette de plage à quelques mètres d'elle. Celeste venait de s'absenter pour aller aux toilettes et Alessa était partie avec sa mère. Très tôt ce matin-là, Elena avait entendu Beppe rentrer à la villa. Elle ne s'était pas levée : Finn dormait toujours à son côté et elle ne voulait pas qu'il croise son neveu dans le couloir en partant comme c'était arrivé avec Lia. Mais cette dernière semaine, Elena était parvenue à la conclusion qu'elle ne pouvait plus feindre l'indifférence face au comportement irresponsable de son neveu. De toute évidence, Lia n'avait pas su le dissuader d'errer dans les rues la nuit. Il était temps qu'Elena mette les pieds dans le plat. Elle poussa un soupir résigné. Si elle voulait parler aux deux aînés seul à seul, elle allait devoir faire vite.

Elle se leva de sa chaise de plage, emportant son paréo blanc transparent avec elle.

— Beppe, Lia, allons nous promener sur la plage.

— J'ai pas envie d'aller me promener, geignit Beppe. Il fait chaud dehors. Je rentre à la maison.

C'était un aspect de la malédiction de sa famille que Celeste considérait souvent comme une bénédiction : en plus de ne pas grandir, ses enfants restaient éternellement immatures. Malgré leur âge – plus de six cents ans – ils se comportaient toujours comme des adolescents.

— Ce n'était pas une proposition mais un ordre, dit Elena entre ses dents.

Lia se leva d'un bond. Beppe l'imita.

Elena se mit à longer la plage vers le sud. La marée descendante léchait ses pieds nus. Elle marchait à grandes foulées, obligeant sa nièce et son neveu à trottiner derrière elle. Elle était tellement en colère contre Beppe qu'elle avait eu du mal à se contenir ce matin-là en attendant que se présente l'occasion de lui parler.

— Où étais-tu la nuit dernière, mon neveu ? demanda-t-elle.

Voyant qu'il tardait à répondre, elle se tourna vers lui.

— Inutile de mentir. Je sais que tu n'es pas revenu avant l'aube. Je t'ai entendu rentrer par la porte de derrière.

Lia regarda Beppe. De toute évidence, ils partageaient un secret.

— Tu es au courant, jeune fille ? Je croyais que tu devais lui parler ?

Lia ne répondit pas. C'était une bonne petite, mais elle adorait et admirait son frère depuis toujours. Ce ne serait pas la première fois qu'elle le couvrirait.

— Tu avais juré de me dire s'il cherchait les ennuis, lui rappela Elena.

— Il… il ne les cherche pas. Il ne fait que traîner avec des humains, c'est tout. Si je ne te l'ai pas dit, enchaîna-t-elle plus vite, c'est seulement parce que je savais que ça ne te plairait pas, même si ce n'est rien.

Elena étudia un moment les visages de Lia et de Beppe. Ils reprirent leur marche, évitant une humaine et son enfant aux cheveux roux qui jouait au bord de l'eau. Les fillettes rousses rendaient toujours Elena triste. Sa petite Maria avait eu une magnifique chevelure auburn.

— Des humains ! dit-elle en secouant la tête. Je devrais en parler à votre mère sur-le-champ.

— Non ! s'exclama Lia en agrippant le bras d'Elena.

Celle-ci s'arrêta. Le soleil brillait de mille feux et la sensation du sable tiède sous ses pieds était divine. Elle n'avait aucune envie de quitter ce petit paradis, de quitter Finn. Mais elle savait qu'il le fallait. Et le plus tôt serait le mieux, avant que Beppe s'attire des ennuis et les mette tous en danger.

Lia empoigna la main d'Elena.

— Il a rien fait de mal. Je le jure. Il ne fait que parler à d'autres ados. Des gamins comme nous.

— Ils ne sont pas comme vous, répliqua fermement Elena. Vous avez aussi parlé aux adolescents Kahill ?

— On leur a pas raconté notre sale petit secret, si c'est ce que tu veux savoir, cracha Beppe.

— Cette insolence a assez duré, rétorqua sèchement Elena.

Lia tira sur la main de sa tante pour détourner son attention de Beppe.

— S'il te plaît, tante Elena, ne nous oblige pas à rentrer à la maison tout de suite, la supplia-t-elle. Il ne nous reste plus que deux semaines.

Légèrement en retrait, Beppe creusait un trou dans le sable avec son pied. Elena leva les yeux et vit Celeste, debout à côté de leurs chaises, qui regardait en direction du rivage et semblait les chercher.

— Tu dois arrêter de sortir la nuit, dit Elena à Beppe d'une voix calme mais ferme. Ou j'en parle à ta mère et nous rentrons en Italie immédiatement. Tu sais que c'est comme ça que ça se passera.

— Alors qu'elle arrête, elle aussi, protesta-t-il en pointant un doigt accusateur sur sa sœur.

Surprise, Elena dévisagea Lia.

— C'est elle que tu as entendue rentrer ce matin, pas moi.

— Je l'ai suivi, c'est tout, assura-t-elle, les larmes aux yeux. Je le jure. J'étais juste en train de veiller sur lui comme je te l'ai promis.

— C'est ça, ouais, marmonna Beppe, bras croisés.

— Vous voilà, lança Celeste en leur adressant un signe de la main.

— C'est incroyable, on ne peut même pas vous faire confiance quelques semaines, les sermonna Elena.

Sa sœur approchait. Elle devait faire vite.

— Promets-le-moi, Beppe. Plus de sang humain, ou tu vas le regretter.

Beppe ne dit rien.

— Promets-le-moi, insista Elena.

— Je le promets, siffla Beppe tout bas.

— Qu'est-ce qui se passe ?

Arrivée à leur hauteur, Celeste repoussa son grand chapeau de paille pour regarder Elena. Elle les observa l'un après l'autre en gloussant.

— Vous avez l'air drôlement sérieux.

— J'essayais d'avoir des détails croustillants sur le nouveau petit ami de tante Elena, maman, mais elle ne veut rien dire. (Lia décocha un sourire mielleux à sa mère.) Elle a rendez-vous avec lui ce soir. Un vrai rendez-vous.

— Je rentre à la maison. Il fait chaud ici.

Beppe jeta à Elena un regard de dégoût, mais il échappa à sa mère.

Elena tourna la tête.

— Moi aussi, dit Lia avec entrain. Je reviendrai avec des boissons fraîches pour tout le monde.

Elle partit à la suite de son frère.

— Qu'est-ce que c'est que cette histoire ? demanda Celeste lorsque les enfants se furent éloignés.

Elena les suivit du regard un moment avant de revenir à sa sœur, et tendit la main pour prendre la sienne. Elles se remirent à marcher le long du rivage, en direction de leurs chaises de plage.

— Pas de quoi s'inquiéter. L'eau doit être bonne. Si on piquait une tête dans l'océan ? proposa-t-elle l'air plus enjoué qu'elle ne l'était réellement.

Celeste sourit sous son chapeau de paille.

— Oui, allons-y.

Elena jeta un dernier regard en direction des enfants. *Plus que deux semaines*, songea-t-elle. Deux semaines avec Finn. Ils ne pouvaient pas s'attirer de sérieux ennuis en seulement deux semaines.

Finn recula pour laisser Eva poser une pinte de la meilleure bière au miel de Tavia devant lui. En face, Elena regardait d'un air méfiant le verre que la serveuse lui présentait.

— Fais-moi confiance, lui assura Finn.

— C'est le cas. Je ne suis juste pas certaine de faire confiance à tes goûts en matière de boissons, le taquina-t-elle.

Eva, la rousse sexy du clan, regarda Elena avec intérêt avant de se tourner vers Finn. Elle haussa le sourcil.

— *Une bombe*, dit-elle par télépathie.

— *Elle est à moi*, répliqua-t-il. *Trouve-toi une autre fille.*

— *Je fais de mon mieux*, répliqua Eva. *Qu'est-ce qu'elle fait ici ? Tu sais que Tavia n'aime pas qu'on fasse venir des humains au pub.*

— *Elle ne trouvera rien à redire à celle-ci. Ou pas grand-chose.*

Tavia, la propriétaire des lieux, avait une curieuse façon de défendre son territoire. Elle ne se souciait pas tellement du *Tertre* en lui-même, mais elle se comportait en véritable mère poule avec ses habitués.

Eva arqua l'autre sourcil.

— *Dis-m'en plus.*

— *C'est une longue histoire. Un autre jour.*

Eva jeta un dernier regard admiratif à Elena, sans faire le moindre effort pour cacher son désir, puis s'éloigna en balançant les hanches, son plateau sous le bras.

— Désolé, dit Finn en levant son verre. C'est la lesbienne du clan. Elle ne cherchait pas à t'offenser.

— Je ne le suis pas, lui répondit Elena en l'imitant.

Elle approcha son verre du sien.

Aucun mot ne fut nécessaire pendant qu'ils trinquaient. Au cours de la dernière semaine, Finn s'était plus rapproché d'Elena qu'il ne l'avait jamais fait avec d'autres femmes par le passé. Il avait beaucoup appris à son sujet et à celui de sa famille, mais ne se lassait pas d'elle et de son histoire. Tout en étant très différente de la sienne, elle s'y apparentait par son caractère tragique. Si seulement sa vie n'avait pas été aussi chaotique… Il mourait d'envie de passer plus de temps avec elle. Mais le temps lui manquait. Les familles des victimes continuaient à appeler tous les jours pour exiger des réponses et il n'en avait aucune à leur fournir. Plus de trois semaines s'étaient écoulées depuis la mort de Richie. L'anxiété de Finn allait croissant. Il n'y pouvait rien ; il redoutait à tout instant de découvrir un nouveau cadavre.

— Alors, qu'est-ce que tu en penses ? (Finn regarda Elena boire une autre gorgée de bière artisanale.) Tavia a la réputation d'être l'un des meilleurs brasseurs de la côte Est. On n'arrête pas de lui dire qu'elle devrait mettre sa bière en bouteille. Elle a déjà envahi la raffinerie locale, le *Chien de Mer*.

— Je n'irai pas jusqu'à dire que c'est aussi bon que le vin de mon père. (Elle lui fit un sourire à la fois sexy et chaleureux.) Mais c'est intéressant.

— Je peux commander du vin pour toi, si tu préfères, s'empressa-t-il de dire.

Il aurait commandé une bouteille de Dom Pérignon sur-le-champ si elle l'avait souhaité. En arrivage direct de France. Il était tellement heureux d'avoir de nouveau une compagne. Une avec laquelle il pouvait être lié sans enfreindre la loi.

— Non, ça va. J'aime goûter les spécialités locales quand je voyage.

Finn trouvait fascinante la manière dont sa famille protégeait leur secret. La plupart du temps, ils vivaient isolés dans leur villa d'un coin perdu au nord de l'Italie, mais une fois par an ils s'échappaient de la prison qu'ils s'étaient eux-mêmes imposée et partaient voir le monde pour les vacances d'été. Ils procédaient ainsi depuis le milieu du XVIIe siècle.

— Voici donc le célèbre *Tertre*.

Elena observa les lieux.

— C'est ça.

Finn balaya la salle du regard et soupira. Ce bar éveillait en lui tant de souvenirs et tant de sensations, à la fois bonnes et mauvaises.

Au fond de la salle, un vieux juke-box jouait une chanson de Frank Sinatra. Ce devait être l'oncle Sean, installé au bar, qui y avait inséré quelques pièces. À moins que ce soit son frère Mungo. Finn avait échangé quelques mots avec eux en arrivant. Alors que Sean avait passé le mois entier cloué sur le tabouret du bar, il s'était comporté comme si l'un d'eux revenait de voyage et qu'ils ne s'étaient pas vus depuis des semaines. Finn faillit lui demander s'il envisageait de retourner au poste de police, ou bien s'il avait démissionné sans prendre la peine d'en informer ses hommes, mais il tint sa langue : ce n'était ni le moment ni l'endroit, et ça ne le concernait pas. C'était au Conseil de régler le problème.

— Il existe depuis longtemps, non ? demanda Elena.

— Longtemps, répéta-t-il en écho. C'est le second plus vieux bar encore ouvert des États-Unis, juste après la *Taverne du Cheval Blanc* à Newport. S'il n'y avait pas eu ces ouragans au XVIIIe siècle, ce serait le plus vieux. (Il se pencha au-dessus de la table, ravi de pouvoir lui donner un petit cours d'histoire.) À l'origine, il a été construit sur une dune de sable plus près de l'océan. Tavia et son père ont fini par céder face aux éléments et l'ont reconstruit ici, à l'intérieur des terres et plus en hauteur. Clare Point s'est développée petit à petit autour de ce pub, et toute l'année cet endroit est le cœur de notre clan.

— Tu veux dire votre famille ?

Il hocha la tête.

— Tribu, groupe, clan, l'emploi diffère selon le lieu et l'époque. Nous étions un clan en Irlande quand nous avons été frappés par la *mallachd*, la malédiction. Aujourd'hui encore, nous nous considérons comme tel. (Nostalgique, il contempla la salle obscure.) Impossible de se battre, se mettre en couple ou acheter un camion sans que ça fasse le tour du *Tertre*.

Elena scruta des yeux les alentours, attentive à chaque détail. Il la regarda faire, heureux de pouvoir partager cette part de lui-même avec elle.

Les murs du bar étaient tapissés de bois sombre, taché de bière renversée et de fumée de pipe. Autrefois, le plancher avait été régulièrement lessivé avec du sable et de l'eau de mer, désormais remplacés par des produits plus acceptables aux yeux des inspecteurs sanitaires. De lourds bancs en bois étaient installés contre deux murs, quelques tables et chaises éparpillées au milieu de la salle. Le comptoir du pub avait été taillé dans la coque du navire des Kahill. Rongé par l'eau de mer, les vers et des années de mauvais traitements, il faisait autant partie du clan que les habitués du bar. Derrière le comptoir, un grand miroir doré décoré de gravures reflétait les visages de ceux que Finn connaissait depuis des siècles. Il aperçut le reflet de l'oncle Sean et reporta son attention sur son verre de bière à moitié vide.

— Que des gens du coin, dit Elena en croisant ses longues jambes.

Ce soir-là, elle portait un short et des sandales. Il voyait son Bikini rouge dépasser de son haut. Elle était si délicieuse qu'il l'aurait mangée. Ou croquée, au moins.

— Je suis la bienvenue ici ? s'enquit-elle. Tu en as parlé à quelqu'un ?

S'il avait fallu voter, les Kahill auraient probablement préféré qu'Elena ne se trouve pas là. Même si elle était un vampire, elle restait une étrangère. Mais personne n'oserait demander à Finn de la faire partir, et ça lui suffisait pour ce soir. Il ne voulait pas se projeter plus loin, songer à l'avenir ou à ce que le fait de sortir avec Elena pouvait entraîner. Ils n'avaient pas abordé le sujet. Pour l'heure, ils se contentaient de savourer l'instant présent.

— À Regan, répondit-il, mal à l'aise.

Il n'aurait pas su lui expliquer pourquoi il n'avait pas révélé à davantage de monde qu'elle était un vampire. À force de vivre en communauté, peut-être désirait-il simplement garder Elena pour lui. Même si ça ne durait pas.

Et s'il n'avait rien dit, c'était aussi parce qu'il voulait éviter que les gens tirent des conclusions hâtives. Elena et sa sœur étaient des étrangères, et des vampires ; on risquait d'accuser l'une d'elles d'être la meurtrière.

— Et ? insista-t-elle. Il a été surpris ?

— Rien ne le surprend, lui. (Il perçut soudain la présence de son frère jumeau et leva les yeux au moment où Regan passait la porte.) Quand on parle du loup...

Regan leur adressa un signe de la main et s'avança vers leur table, s'arrêtant en chemin pour discuter avec d'autres personnes. Il salua Malachy, assis au bar à côté de Sean, puis Mungo se mit à lui parler des Orioles et des matchs qu'ils perdaient, comme à leur habitude. Finn savait d'expérience que ce genre de conversation pouvait s'éterniser.

— Et ta sœur, alors ? demanda Elena en posant de nouveau ses yeux sombres sur Finn.

Finn hésita. Elena ne pouvait pas lire dans les pensées, pas davantage celles des humains que celles des vampires, et pas même celles de sa propre famille de damnés. C'était la réalité des vampires, aussi passionnante qu'inexplicable : chaque famille possédait des pouvoirs surnaturels différents. Certains, comme Elena et les siens, n'en avaient presque aucun.

Rien n'obligeait Finn à lui dire la vérité. Même si, dans cette ville, il lui serait difficile de cacher quoi que ce soit très longtemps.

— Tu ne le lui as pas dit parce que tu savais que ça ne lui plairait pas, glissa Elena avant qu'il ait pu lui répondre.

Il fronça les sourcils.

— Tu m'avais pourtant dit ne pas savoir lire dans les pensées.

Elle gloussa.

— Une femme n'a pas besoin de dons psychiques pour décrypter les expressions d'un homme.

Il ne put se retenir de sourire.

— Il faut comprendre Fia. C'est un agent du FBI. Elle a tendance à se montrer un peu trop… protectrice. Comme une grande sœur, quoi.

Elena l'observait toujours.

— Je comprends. Je me suis fixé comme priorité de protéger Celeste et sa famille. (Elle passa le doigt sur le bord de son verre.) De quoi est-ce que Fia pense te protéger, à ton avis ?

Il haussa les épaules.

— Je ne sais pas, Elena. Pour être franc, je m'en moque. Fia est toujours prête à me donner des conseils, mais elle ne me demande jamais mon avis sur sa vie privée. Si tu savais quel enfoiré d'humain elle fréquentait à une époque…

— Qu'est-ce que Fia a encore fait, cette fois-ci ?

Regan s'avança vers eux, s'appropriant au passage la chaise d'une autre table. Il s'y installa à califourchon, accoudé au dossier.

Il portait un short, un vieux tee-shirt d'une marque de surf et une casquette de base-ball mise à l'envers. Malgré quelques égratignures au visage, il avait des allures de mannequin avec ses cheveux en bataille et son bronzage. Alors que les coins de la bouche de Finn portaient la marque de ses soucis, le visage de Regan était toujours détendu et souriant. Finn ne pouvait s'empêcher d'éprouver une pointe de jalousie envers lui. Pourquoi fallait-il qu'il soit le plus responsable des deux ? Il aurait aimé être celui pour qui tout le monde se faisait du souci et dont tout le monde s'occupait, une fois de temps en temps.

Mais les choses resteraient ce qu'elles étaient jusqu'à la fin des temps, ou jusqu'à ce que Dieu leur accorde sa clémence, selon ce qui arriverait en premier.

— Fia n'a rien fait, à ce que je sache, dit Finn. Mais il est encore tôt.

Regan se contorsionna sur sa chaise pour héler Eva, qui passait derrière lui.

— Un Coca quand tu auras un moment, poulette ?

Eva lui fit un doigt d'honneur.

Il se retourna vers Elena, tout sourires.

— Dans ce pays, on ne voit pas d'un très bon œil la consommation d'alcool et de drogue, expliqua-t-il. C'est la plaie.

Elena sourit tour à tour aux deux frères.

— Je suis désolée pour les problèmes que tu as eus. Contente de te savoir en bonne santé à présent.

— Des problèmes ? Non, un léger incident de parcours, rien de plus. Tu lui as parlé du petit désagrément de la semaine dernière, frangin ?

Regan lui donna un petit coup de poing à l'épaule.

Finn fronça les sourcils et se frotta le bras. Si Regan restait plus longtemps, il allait lui falloir une autre pinte de bière.

— Non.

Regan se retourna aussitôt vers Elena.

— Une bande de méchants V de La Nouvelle-Orléans ont débarqué en ville. Les Rousseau, tu les connais ?

— Je ne crois pas que nous ayons été présentés.

— Ce n'est pas plus mal. Je m'en serais bien passé, moi. On a eu un petit différend l'année dernière. Enfin, pas l'année dernière, mais peu importe. (Regan tira sur la visière de sa casquette de base-ball et la repoussa plus loin sur sa tête.) Ils allaient au nord pour affaires et ont apparemment eu l'idée de me rendre une petite « visite ». (Il pointa le doigt sur Finn.) Tu peux me croire, mon meilleur pote ici présent m'a sauvé d'une sacrée raclée.

— Si je ne le lui ai pas dit, Regan, dit Finn en détachant ses mots, c'est parce que je n'éprouvais pas le besoin de partager ça.

— Doux Jésus, souffla-t-elle en tendant la main pour prendre celle de Finn. C'est comme ça que tu t'es blessé l'autre nuit ?

Il regarda Regan.

— *Merci*, lui transmit-il avec tout le sarcasme dont il était capable.

— *De rien*, sourit Regan, avant d'ajouter : *Quoi, elle ne peut pas nous entendre ?*

— *Non. Ça ne figure pas sur la liste des tours de passe-passe de sa famille.*

— *Qu'est-ce qu'ils savent faire ?* demanda Regan.

— *Rendre impuissants les mecs qui énervent leurs petits amis.*

— *C'est ce que tu es maintenant, hein ? Son petit ami ?*

— Ça suffit, vous deux, dit Elena en retirant sa main. Vous ne trouvez pas que c'est mal élevé de faire ça devant d'autres personnes ?

— Quoi donc ? s'écria Regan avec une innocence feinte.

— Tu sais très bien de quoi je parle.

Elle l'observa une minute et il se fendit d'un large sourire.

— Je l'aime bien, dit Regan à Finn en désignant Elena.

Finn se surprit à toucher les marques sur son cou. Elles étaient fraîches de la nuit précédente.

— Moi aussi, je l'aime bien.

Elena sourit et se mit elle aussi à se caresser la gorge.

Le regard de Regan passa d'elle à son frère.

— Ça va, vous deux ? Vous ne voulez pas prendre une chambre, tant que vous y êtes ?

— Justement, c'est un peu compliqué, dit Finn, incapable de quitter Elena des yeux.

— Ben, je vais chez Patrick jouer à la Wii plus tard dans la soirée. La maison est à vous. C'est un tournoi Super Mario, alors ça m'étonnerait que je sois rentré avant l'aube. Ça devrait vous laisser le temps de vous vider l'un l'autre.

Il fit un clin d'œil à Elena.

Agacé par l'attitude de Regan, Finn se détourna d'Elena à regret. Son frère était en train de flirter avec sa petite amie ! Tout en les aidant à trouver le moyen de finir au lit ensemble…

— Patrick ? Patrick qui ?

Le clan Kahill ne comptait que trois Patrick ; deux d'entre eux n'étaient pas en ville pour le moment et le troisième avait près de quatre-vingts ans.

— Patrick Callahan, mon second.

— Un humain ? Celui qui travaillait à la salle de jeu quand Richie s'est fait tuer ?

— Celui-là même.

— Il est vraiment revenu travailler ?

— Il a posé quelques conditions, expliqua Regan. Une augmentation, et une escorte de sa bicyclette à la salle, aller-retour. Et je lui ai arrangé un rencard avec cette fille mignonne qui bosse chez Hilly.

— Tu lui as trouvé un rencard ?

Finn n'était pas réellement surpris. Regan pouvait être un brave type quand il n'était pas aveuglé par la drogue, l'alcool ou l'amour.

— Elle était trop jeune pour moi. Une humaine, en plus. Pas conseillé pour un V en voie de guérison. (Regan frappa la table du plat de la main.) Hé, je sais ce que je voulais te demander. Tu as parlé à Mary McCathal dernièrement ?

Finn réfléchit une minute avant de secouer la tête.

— Non.

— Tu l'as vue ?

Il réfléchit encore.

— Je ne sais pas. Peut-être.

— Je n'arrête pas de tomber sur son répondeur quand j'appelle chez elle. J'avais besoin de lui parler au sujet de l'entretien de l'air conditionné. J'ai laissé des messages. Je suis même passé la voir, mais elle était absente.

Finn haussa les épaules.

— Chez Victor, peut-être ?

— Peut-être. (Regan jeta un coup d'œil au bar.) Qu'est-ce qu'il faut faire au juste pour avoir une boisson non alcoolisée ici ? lança-t-il avant de se lever. À un de ces quatre, alors, Elena ?

Elle sourit.

— J'espère bien. Et merci d'avoir eu la courtoisie de nous accorder un peu d'intimité chez toi.

Finn aurait pu jurer voir Regan rougir. Son frère s'éloigna de la table à reculons et se retira au bar.

Tout en terminant sa bière, Finn le regarda s'en aller.

— Je ne t'en voudrais pas du tout si tu te levais et sortais d'ici avec lui.

Il désigna Regan de son verre vide.

Elena déplia ses longues jambes et se leva de sa chaise avec autant de grâce que si elle esquissait un pas de danse. Elle lui tendit la main.

— Je ne quitterai cet endroit avec aucun autre homme que toi, Finn.

C'est trop beau pour être vrai, songea-t-il en lui prenant la main.

Chapitre 21

Les mains posées sur le matelas, Elena chevauchait Finn. Elle s'arc-bouta et secoua sa longue chevelure ébène pour l'écouter de son visage. Un si beau visage. Finn n'arrivait pas à la quitter des yeux, alors même que le jeu de ses reins le rapprochait un peu plus de la jouissance.

Quand Elena lui faisait l'amour, le passé semblait se dissoudre. Tous les stigmates de ces années de souffrance, toutes ses peurs disparaissaient. Avec ses lèvres sensuelles légèrement entrouvertes et ses yeux mi-clos, elle semblait capable de les emmener tous deux dans un endroit où la douleur n'existait pas. Où seul importait le plaisir.

Finn lui prit les mains. Tandis qu'ils pressaient leurs paumes l'une contre l'autre, leurs doigts entremêlés, elle ouvrit lentement les yeux.

Ils étaient d'un noir si profond, si mystérieux.

Un sourire joua sur ses lèvres lorsqu'elle se redressa et glissa de nouveau sur lui.

Finn gémit et ferma les yeux ; il voulait faire durer ces moments qu'ils passaient ensemble le plus longtemps possible. Le maintenant ancré en elle, Elena lui accorda un instant de répit avant de se coucher sur lui. Elle embrassa sa bouche, les coupures de rasoir sur sa joue, puis descendit plus bas.

Finn étira le cou pour l'aider à retrouver les traces de morsure. Lorsqu'elle posa ses lèvres sur la marque, elle le sut sur le point de céder. Il sentit sa langue chaude et humide contre sa peau, mais il lui était devenu difficile de dissocier la chaleur qui se diffusait dans son bas-ventre de celle sur son cou. L'anticipation de son plaisir était exquise.

Il l'enveloppa de ses bras. Calquant le mouvement de ses hanches, il bougea plus vite en elle. Au tout dernier instant, alors que le corps entier de Finn se tendait, elle plongea les crocs dans sa gorge.

Une douleur effroyable et une extase incroyable combinées en une seule émotion. C'était indescriptible. Même pour des vampires.

Plus tard, alors qu'ils s'abandonnaient au sommeil, rassasiés et enlacés, Finn songea à ce que cela ferait d'avoir Elena dans son lit toutes les nuits. Toutes les nuits, pour l'éternité. L'immortalité ne serait peut-être plus une si mauvaise chose.

Trey sentit ses lèvres se poser sur les siennes, la langue entrer dans sa bouche. Elle avait un goût de bière. En gémissant, il essaya de défaire le nœud de son Bikini. Bon Dieu, quel canon. Il espérait seulement ne pas jouir dans son short avant qu'ils aient eu le temps de faire leurs petites affaires. Il était gonflé à bloc… littéralement. Il avait tellement envie d'elle. Tellement envie de ça.

Pas qu'il fût novice en la matière ; il l'avait fait pour la première fois avec Rachel Carey, au bal de promo. Sauf qu'il n'y avait rien eu depuis. Au bout de sa première année à l'université de Salisbury, il s'était retrouvé le seul mec du campus à ne pas s'être fait de nana. Mais il ne savait pas s'y prendre avec les filles. Il n'avait conclu avec Rachel que parce qu'elle était encore plus empotée que lui.

Et là, juste au moment où il allait abandonner, arrêter de supplier Dieu qu'il lui donne une petite amie et se remettre à prier pour la paix dans le monde, Mandy était entrée dans sa vie. En lui rentrant dedans. À moins que ce ne fût lui. Il ne comprenait pas très bien comment c'était arrivé, mais il n'avait pas les idées assez claires pour y réfléchir. Le sang n'irriguait plus son cerveau.

Trey marchait le long de la plage, tête baissée, ressassant les petites misères de son existence. Elle venait dans sa direction.

Il l'avait pratiquement renversée. Après une très mauvaise journée, il était allé à la plage pour échapper à sa famille. Son père et lui s'étaient disputés parce qu'il voulait arrêter ses études d'ingénieur et s'orienter vers la psychologie. Sa mère s'était ensuite fâchée contre lui pour s'être disputé avec son père. Sur le minuscule ponton de leur location, l'ambiance au dîner avait été mortelle au possible ; personne ne lui avait adressé la parole, la fricassée de poulet de sa mère avait brûlé, et sa petite sœur avait parlé pendant vingt minutes du bernard-l'hermite qu'elle prévoyait d'acheter le lendemain. Et ils n'étaient là que depuis une journée. Avec six autres encore à endurer, Trey n'était pas entièrement certain de survivre à ces vacances en famille à la plage.

Et donc, Mandy était entrée dans sa vie… enfin, lui était rentrée dedans. Peu importe. L'incident l'avait fait rire et elle avait engagé la conversation. Tout en discutant, ils avaient marché un moment ensemble. Et avant que Trey comprenne ce qui lui arrivait, il s'était retrouvé assis dans le sable, caché avec elle dans l'ombre sous la promenade. Elle l'avait embrassé la première. Jamais il n'aurait eu cette audace. Elle était trop belle, trop raffinée.

Trey tira de nouveau sur le nœud de son Bikini. Il n'y arrivait décidément pas. Puis il sentit sa main sur la sienne. Elle le défit pour lui et ses seins débordèrent de son minuscule maillot de bain. Trey l'allongea dans le sable, brûlant de goûter sa poitrine. Il n'y avait pas eu de seins avec Rachel. Elle n'avait même pas enlevé sa robe de bal.

Jamais il n'avait connu de sensation aussi délicieuse que celle du téton de cette fille dans sa bouche. Et c'était peu dire.

Trop délicieuse peut-être. Il était tellement dur dans son short de bain qu'il se sentait sur le point d'exploser. S'il ne se dépêchait pas, c'était ce qui allait arriver.

Trey avait lu qu'il fallait prendre son temps avec sa dame, faire monter son désir. Heureusement pour lui, le désir de Mandy semblait déjà à son paroxysme. Avant qu'il ait osé toucher le bas de son Bikini, elle lui arracha son short.

La nuit, seul dans son lit à se masturber, il avait souvent imaginé ce moment, mis au point une stratégie. Mais lorsqu'elle glissa la main dans son boxer, il oublia tous ses projets. Trey ignorait à quoi ressemblait le paradis ; il espérait bien l'avoir trouvé.

Finn sentait encore sa veine pulser sur son cou lorsqu'il se réveilla. L'odeur d'Elena flottait sur son oreiller, mais elle était partie. Il ouvrit les yeux et roula sur le dos. Même s'il faisait noir dans la chambre à coucher, il sentait l'aube approcher. Il regrettait qu'elle ne soit pas restée. Il aurait voulu se réveiller avec elle dans ses bras.

Se demandant quelle heure il pouvait être, il prit son portable posé sur la table de chevet et l'alluma. 4 h 20. Il rabattit le clapet du téléphone et ferma les yeux. C'était dimanche matin. Il pourrait faire la grasse matinée avant d'aller au bureau et de s'atteler à la montagne de résultats reçus du laboratoire, inutiles et indéchiffrables, qui l'attendait sur son bureau. Peut-être même ferait-il un crochet par l'église. Mary Kay se mettrait à genoux sur le prie-Dieu en rendant grâce au Seigneur s'il venait à la messe.

Finn ouvrit les yeux et regarda la porte de sa chambre. Il n'avait rien entendu, mais il percevait une présence. Dans l'espoir de trouver encore Elena, il se leva et enfila son boxer en allant vers la porte. Alors qu'il l'ouvrait, il se rendit compte qu'il ne s'agissait pas d'Elena mais de Regan. Il le sentait quelque part dans le minuscule pavillon.

Finn traversa le couloir et passa la tête dans l'encadrement de la porte de la cuisine. La lumière artificielle lui fit plisser les yeux. Regan avait la tête dans le réfrigérateur.

— Tu viens de rentrer ? demanda Finn.

Sa voix était encore ensommeillée. Il aurait préféré rester couché ; son rêve était beaucoup plus agréable que cette lumière aveuglante et la mauvaise haleine de Regan.

— Un sacré tournoi. J'ai gagné.

— Génial. (Se grattant la tête, Finn entra dans la cuisine.) Ça fera bien sur ton CV, quand tu voudras demander au Conseil quel genre de boulot ils ont pour toi.

Regan ressortit du réfrigérateur avec une boîte de pizza, une brique de jus d'orange et les restes d'un gratin au thon préparé par Mary Kay, vieux de plusieurs jours déjà.

Veillant à tout prix à éviter le gratin, Finn arracha le jus d'orange des mains de son frère.

— Tu n'aurais pas vu Elena partir, par hasard ?

— D'ici ? Non. Mais je l'ai aperçue il y a quelques heures, assez tôt à vrai dire. On était assis sur le perron de Pat quand elle est passée. Elle a fait comme si elle ne nous avait pas vus. (Regan poussa la boîte de pizza sur l'évier et posa le plat en verre sur le minuscule comptoir usé.) Elle ne reste pas dormir, alors, hein ?

— Non. (Finn sortit deux verres.) Des problèmes familiaux.

— Ah, n'en dis pas plus. (Il retira la feuille d'aluminium qui recouvrait le plat, y plongea une cuillère et fourra une gigantesque part de gratin dans sa bouche.) Tu en veux ?

Sa question fut noyée sous les nouilles aux œufs et une sauce non identifiée.

— Pas si…

Finn s'interrompit au milieu de sa phrase. Son portable sonnait dans sa chambre.

Regan cessa de mastiquer.

L'espace d'une seconde, Finn fut incapable de bouger. Un appel à cette heure de la journée ne pouvait signifier qu'une chose. Le pire était arrivé.

Une croisière à Capri. Une randonnée dans les montagnes péruviennes. Du saut en parachute au Brésil. Finn continua à énumérer mentalement tous les endroits où il aurait aimé se trouver. De la plongée sous-marine en Basse-Californie, un élevage de moutons dans les Grampians. Bon sang, même creuser une nouvelle fosse septique pour ses parents lui semblait plus enviable. Tout valait mieux que ça. Mieux que d'être là.

Il s'accroupit près du corps et observa son visage cireux. Les yeux de la victime, bleu clair, étaient encore ouverts. Se moquant des règles à respecter sur une scène de crime, il ferma les yeux du garçon de sa main gantée.

— Va en paix, murmura Finn avant de se signer.

Il connaissait déjà le nom du garçon. Trey Cline. Âgé de dix-huit ans. C'était un jeune homme au physique agréable. Grand, il mesurait environ deux mètres. Ses parents avaient appelé au poste à 3 h 30 pour signaler sa disparition. Après avoir fait le tour des maisons qui hébergeaient le plus souvent des soirées sur First Street, et que la plupart des ados et jeunes adultes fréquentaient lorsqu'ils cherchaient les ennuis, les deux flics de service s'étaient lancés dans une recherche sérieuse. Mais un lévrier irlandais du nom de Sucrette avait découvert le corps avant la police. D'après le témoignage de Jim, habitant de la ville et maître de Sucrette, son chien avait détalé comme une chauve-souris surgissant de l'enfer alors qu'ils se trouvaient au sud de la promenade. Jim n'avait plus revu l'animal jusqu'à ce qu'il le retrouve à mi-chemin de la plage et du *Greek Gyros de Gina*, assis sous une douche avec le gosse mort.

Les parents de Trey et sa petite sœur étaient installés à l'arrière de la voiture de police qui allait les conduire au commissariat. On avait enfin réussi à déloger Sucrette de son poste de garde. Elle et son maître avait repris leur promenade après que Jim eut promis de répondre à d'autres questions plus tard dans la journée. Les agents de police et les ambulanciers s'affairaient à droite et à gauche. Ils prenaient des photos, mettaient des indices potentiels dans des sacs en papier, sortaient un brancard d'une ambulance. Tous semblaient avoir un endroit où aller, un travail à faire… tous, sauf Finn et Trey.

Finn regarda le garçon mort un long moment, si longtemps qu'il finit par avoir des crampes aux jambes et dut se relever. Mais le temps qu'il passerait à l'examiner ne changerait rien aux faits. Trey était assis sous la douche en haut de l'escalier qui menait à la plage. Plusieurs pommeaux de douche identiques étaient installés à des endroits stratégiques le long de la promenade. Elles étaient bonnes pour les affaires. Grâce à ces douches, les touristes n'apportaient pas de sable dans les boutiques et les restaurants ; et comme elles leur permettaient de se débarrasser du sable et de rester de bonne humeur, ils avaient envie de fréquenter les boutiques et les restaurants. Même s'il n'avait pas de sable sur lui, Trey n'était pas allé faire les boutiques ce matin-là. Il n'avait pas non plus pris de petit déjeuner. Et il n'en prendrait plus jamais.

Pas avec la gorge tranchée.

Finn ne se donna pas la peine d'inspecter la coupure de près. Les traces de morsure étaient bien là. Le mode opératoire restait à ce point identique d'une fois sur l'autre que c'en était presque risible. Qui que fût le tueur, il ou elle manquait un peu d'imagination. Comme Colin Meding, Trey avait été installé en position assise. Torse nu, il portait un short de plage. Il n'avait rien aux pieds. Pas de sang autour de lui. Et trois fois rien dans ses veines, à en juger d'après la couleur et l'aspect de sa peau.

Finn entendit quelqu'un gravir l'escalier derrière lui. Il se retourna et vit l'un des policiers de son équipe.

— J'ai trouvé une paire de tongs d'homme et un tee-shirt sous la promenade, juste là-bas. (Il indiqua à Finn un emplacement au-delà des marches.) La mère a dit que la victime portait un tee-shirt gris de l'université de Salisbury et des tongs marron neuves de la marque Rainbow. Il les avait achetées hier chez Hilly.

Finn n'eut pas besoin de lui demander si les tongs et le tee-shirt correspondaient à la description de la mère. Il s'accroupit de nouveau jusqu'à ce que ses yeux soient à la hauteur de ceux de Trey. Sauf que Finn avait les yeux ouverts, alors que ceux du mort restaient fermés.

— Tu t'es fait baiser sous la promenade, hein ? lui demanda Finn avec douceur. Sympa. (Il hocha la tête.) Et quoi ensuite ?

Il observa en détail le short de bain de la victime. Le tueur l'avait rincé, ce qui expliquait l'absence de sable, mais pas assez bien. Finn reconnut la trace blanche caractéristique de l'eau de mer.

— Un petit bain de minuit, c'est comme ça qu'elle procède ? Elle te baise, puis elle t'entraîne dans l'eau ?

Debout à côté de Finn, John se racla la gorge, mal à l'aise. Peut-être n'aimait-il pas voir son supérieur parler à un mort. Même s'il n'était son supérieur que provisoirement.

Finn fit mine de ne pas l'entendre.

— Tu pensais que c'était la meilleure nuit de ta vie, hein, Trey ? Jusqu'à ce qu'elle te morde et boive ton sang ?

Finn resta songeur un moment, puis se releva et se tourna vers John. Il se félicita d'avoir mis ses lunettes de soleil, qui cachaient ses yeux embués de larmes.

— Je veux que tous ceux qui ne sont pas déjà chargés d'évacuer le corps viennent sur la plage. Cherchez des traces dans le sable. Elles devraient partir de l'océan et remonter jusqu'à cet escalier. (Il fit un geste de la main pour indiquer la zone.) Ce gosse est mort dans l'eau et on l'a ensuite transporté ou traîné jusqu'ici.

— Je ne suis pas convaincu qu'on trouvera quelque chose, dit John lentement. La nettoyeuse est passée vers 4 h 30 ce matin. J'ai déjà appelé pour vérifier.

— À 4 h 30, si Malachy n'était pas soûl, il avait la gueule de bois. Les gens nous appellent sans arrêt pour se plaindre qu'il oublie de nettoyer certains endroits, laisse traîner des déchets ou renverse une benne à ordures. Quoi qu'il en soit, vérifiez la plage. Partez d'ici et continuez au nord et au sud. Ce n'est pas parce que la logique voudrait que le meurtrier ait apporté le corps en haut de cet escalier que les choses se sont forcément déroulées de cette manière.

John hocha la tête et s'éloigna. Finn se retrouva seul à regarder le rivage. Il était intimement convaincu de ce qui s'était passé. Il avait eu des soupçons, mais le doute n'était plus permis depuis la découverte des chaussures et du tee-shirt de Trey. Finn ignorait pourquoi il ne l'avait pas compris plus tôt mais, s'il n'avait jamais retrouvé les scènes de crime des meurtres précédents, c'était simplement parce qu'elles n'existaient plus. Elles avaient été emportées par la marée.

Chapitre 22

Après un déjeuner sur le pouce, Finn traversa la rue et se dirigea vers le poste de police, tête baissée. Il essayait de ne pas se laisser abattre. Fia l'avait appelé pour lui dire qu'elle devait lui parler et qu'elle allait venir à Clare Point le soir même, ou au plus tard le lendemain matin. Elle ne lui avait pas donné de détails, et il redoutait que sa visite soit d'ordre plus professionnel que privé. Trois jours seulement s'étaient écoulés depuis la mort de Trey Cline que déjà le FBI prenait la décision de mettre le nez là où le clan aurait préféré qu'il ne vienne pas. Heureusement, Fia s'était débrouillée pour récupérer l'affaire ; elle était après tout considérée comme une experte des tueurs en série. Elle veillerait à protéger les intérêts du clan. Finn savait qu'elle ferait au mieux, mais il ne pouvait s'empêcher de vouloir terminer ce qu'il avait commencé.

Le doute ne subsistait plus dans son esprit : le tueur était une femme vampire. D'après les indices et les informations que Finn était parvenu à collecter, Trey avait eu des rapports sexuels avec une femme juste avant d'être mordu ; puis, comme les autres, sa gorge avait été tranchée. Suivant son intuition, Finn avait demandé à ses hommes de passer la plage au peigne fin et, malgré le passage de la nettoyeuse, ils avaient bel et bien retrouvé des traces sur une courte distance. Trey avait été tué dans l'océan et transporté jusqu'à la promenade une bonne partie du chemin, mais à un certain point sa meurtrière l'avait posé et traîné derrière elle. Peut-être parce qu'il était plus grand que les autres. Même en comptant sur une force phénoménale, il était probablement difficile de soulever un homme de sa taille dans le sable sec. La tueuse avait dû ensuite le soulever de nouveau jusqu'en haut des marches et le déposer sous la douche.

— Oncle Finn ?

Il lui fallut un moment pour s'apercevoir qu'on l'appelait. Il leva les yeux.

— Tu ferais mieux de regarder où tu vas si tu ne veux pas finir sous les roues d'une voiture.

C'était Kaleigh. Elle avait dû le dépasser à son insu.

— Perdu dans mes pensées, j'imagine. (Il la regarda un instant puis se mit à sourire.) Sympa, ton chapeau.

Elle retira son calot en papier blanc d'un geste vif.

— Il faut vraiment que je trouve un meilleur boulot.

— En parlant de bon boulot, les choses se sont bien calmées sur First Street cette semaine. Je veux que tu saches que ça n'est pas passé inaperçu.

— First Street ?

Comme elle était mignonne. Surtout quand elle essayait de mentir ; elle n'avait jamais été douée pour ça.

— Les soirées. Les ados du clan font profil bas, maintenant. Ils ont tendance à rester entre eux et à se tenir à l'écart des humains.

— Pourquoi tu me remercies ?

— Je suis flic, Kaleigh. Je joue même les chefs de la police, apparemment. C'est mon boulot de savoir ce qui se passe à Clare Point.

— Qui te l'a dit ?

— Personne. C'est ce qu'on appelle le pouvoir de déduction. (Il se tapota le front, puis reprit son sérieux.)

Hé, ça tombe bien qu'on se soit croisés, je voulais te demander quelque chose. Ça ne me plaît pas, mais j'essaie de ne négliger aucune piste.

—Demande, alors.

—Tu vas probablement trouver ça dingue, dit-il en se grattant la tête. Mais tu penses qu'une des filles du clan qui va à ces soirées… irait jusqu'à tuer ?

—Une des ados ? dit-elle, choquée. Doux Jésus, sûrement pas.

—Je pense que ces garçons ont été séduits, Kaleigh.

—Séduits ?

—La tueuse a couché avec ces jeunes hommes, expliqua-t-il sans détour. Puis elle les a tués.

—Waouh, murmura-t-elle. Waouh. (Elle réfléchit un moment.) Mais celle qui a fait ça a transporté Richie jusqu'à la salle de jeu sans laisser de traces. Et elle a abandonné la première victime dans une ruelle. Elle doit être dotée d'une force incroyable. Ça ne peut pas être une adolescente. Notre force ne se développe pas avant la fin du cycle de maturation.

—Je sais. Je voulais simplement m'assurer que je ne me montrais pas trop naïf. (Il réfléchit une minute.) Et tu ne penses pas que l'une d'elles aurait pu développer sa force sans que tu t'en aperçoives ? Je veux dire, les pouvoirs, ça va, ça vient au début, ajouta-t-il en illustrant son propos d'un geste. On ne savait pas l'année dernière que tu avais des visions.

—Tout est possible, c'est sûr, dit-elle lentement.

Soudain, son regard se perdit dans le vague.

Finn essaya d'écouter ses pensées, mais elles étaient bien gardées. Il n'obtint rien.

—Kaleigh ?

—Ouais ?

— Il y a quelque chose que tu ne me dis pas ?

— Non, assura-t-elle en triturant son chapeau. Non, je viens juste de me rappeler un truc que j'ai oublié de faire. Ma mère va me tuer. (Elle leva les yeux vers Finn.) Et ces autres V, cette famille qui vient d'Italie ? Ça ne pourrait pas être l'un d'eux ? Ils sont arrivés à peu près au moment où le premier type a été tué, non ?

La vieille Mme Cahall, qui tenait l'accueil au motel du Phare, passa dans sa coccinelle Volkswagen en klaxonnant. Finn et Kaleigh sourirent et lui adressèrent un signe de la main.

Finn se retourna vers Kaleigh.

— Regan ne sait pas tenir sa langue. Leur famille aurait préféré que personne ne soit au courant.

— C'est seulement parce qu'il est content pour toi qu'il en a parlé. Ça lui fait plaisir que tu aies trouvé quelqu'un.

— Ce n'est pas Elena qui a fait ça.

— J'ai pas dit ça. Mais tu sais que les gens vont se poser des questions à son sujet et à celui de sa sœur. Tu dois bien admettre qu'elles collent au profil et que ça serait bien plus facile de penser que c'est une étrangère qui commet ces meurtres plutôt qu'un des nôtres.

— Sauf qu'elles n'ont pas le profil. Elles ne sont pas comme nous. Elles n'ont pas de pouvoirs.

— Ça, c'est ce qu'elle te dit. Je ne sais pas comment le prouver mais… (Elle ouvrit les mains.) Écoute, je n'essaie pas de créer des problèmes, oncle Finn, mais les habitants de cette ville commencent à avoir peur. Tu n'as pas remarqué ? Ils ont peur que si les humains découvrent notre existence, on se retrouvera encore sans foyer.

— Les humains ne vont pas découvrir notre existence. On va régler ça entre nous.

— J'espère que tu as raison, parce que Katy se voit déjà partir pour la Bolivie. (Elle détourna de nouveau la tête, puis sortit son portable de son sac et vérifia l'heure à l'écran.) Mince. Il faut que j'y aille ou je vais être en retard. (Elle partit à l'opposé de l'endroit où il se rendait.) On en reparle plus tard.

Finn s'apprêtait à reprendre sa route lorsqu'un détail lui revint.

— Hé, Kaleigh.

— Ouais ?

Sans cesser de s'éloigner à reculons, elle se retourna vers lui.

— Ça n'a rien à voir, mais tu as vu Victor récemment ?

— On est pas allés près de sa maison, se défendit-elle en levant les mains. Ni de son stupide bateau. Je te le jure. Qu'est-ce qu'il nous accuse d'avoir fait encore ?

— Il ne vous accuse de rien. Je me demandais juste si tu l'avais vu.

Elle secoua la tête.

— Et Mary McCathal ?

— Non.

— Personne ne les a vus, lança-t-il.

— Peut-être qu'ils se sont barricadés chez elle ou chez Victor. *On va s'aimer, sur une étoile ou sur un oreiller*, chanta-t-elle en se trémoussant.

Finn grimaça.

Elle s'arrêta de danser.

— Je sais, gloussa-t-elle. Ça me dégoûte rien que d'y penser. Faut que j'y aille.

Kaleigh courut jusqu'au pâté de maisons suivant, son chapeau coincé sous le bras. Ce que Finn lui avait dit au sujet de l'identité du tueur l'inquiétait.

Et si c'était vraiment Katy ?

Elle était mûre sur le plan sexuel. Elle aimait les humains. Elle tenait également beaucoup à ce que le clan parte s'installer ailleurs. Et puis l'autre jour, quand elle avait ouvert ce bocal de cerises ? L'autre nuit, quand elle avait déplacé la glacière ? Sa force physique s'était-elle accrue sans que Kaleigh s'en aperçoive ?

Kaleigh ne savait pas que faire. Devait-elle prendre à partie sa meilleure amie et lui demander de but en blanc si elle était une tueuse en série ? Si c'était elle qui mettait en péril la sécurité des membres du clan ? Sauf que, si Kaleigh avait vu juste, Katy ne serait pas assez idiote pour le lui avouer.

Peut-être devait-elle se contenter de la garder à l'œil. La surveiller de près, voir si elle se comportait bizarrement ou de manière inhabituelle. En restant avec elle, Kaleigh pourrait au moins l'empêcher de tuer.

Kaleigh sortit son portable de son sac et appuya sur la touche de numérotation rapide.

— Salut, répondit Katy. Je croyais que t'étais au boulot.

Kaleigh regarda à gauche et à droite avant de traverser la rue. Il y avait une longue file d'attente devant le *Dairy Queen* et une seule fenêtre ouverte.

— J'arrive tout juste. Hé, ça te dirait de passer la nuit chez moi ?

— Euh, d'accord. Pourquoi pas.

Kaleigh contourna le bâtiment au pas de course.

— OK, on se voit ce soir après le boulot.

— Ça va ? demanda Katy d'une voix inquiète.

— Bien sûr. J'ai pas le droit d'inviter ma meilleure amie à dormir ?

— Si, dit Katy. Mais te comporter bizarrement, c'est autre chose.

— Je ne me comporte pas bizarrement. (Elle s'engouffra par la porte de derrière.) Faut que je te laisse.

Elle laissa tomber son portable dans son sac et posa son chapeau ridicule sur sa tête.

— Désolée, les gars, je suis en retard.

— Ton boulot de Conseillère te prend trop de temps ? demanda Tom, l'un des assistants du gérant.

Kaleigh jeta son sac sous un comptoir et se hâta d'aller ouvrir une autre fenêtre de service.

— Ouais, on peut dire ça comme ça.

Cette nuit-là, Finn trouva Elena sur son palier.

— Tu m'attendais ? s'étonna-t-il en gravissant les marches.

— Tu m'as manqué aujourd'hui.

Il l'embrassa avec fougue.

Elle le regarda dans les yeux et lui rendit son baiser.

— Qu'est-ce qui s'est passé ? Ça ne va pas ?

— Regan est encore chez mes parents.

Il la prit par la main et l'attira à l'intérieur, puis ferma la porte à clé derrière elle. Il la plaqua contre la porte et écrasa sa bouche contre la sienne.

— *Tesoro mio*, murmura-t-elle.

Elle lui effleura la joue puis mit les bras autour de son cou.

Caressant son sein à travers sa robe, Finn constata qu'elle ne portait pas de soutien-gorge et il sentit son téton durcir sous ses doigts.

— Quelle impatience, haleta-t-elle avant de l'embrasser encore.

Il fit glisser la bretelle de sa robe drapée sur son épaule pour libérer sa poitrine et se pencha sur elle. Les yeux fermés, Elena appuya ses paumes contre la porte et rejeta la tête en arrière. Finn prit son téton entre ses dents et tira doucement dessus avant de se mettre à le sucer.

Elena lui chuchota des mots d'encouragement dans sa langue natale. Même si Finn n'avait pas maîtrisé l'italien, il aurait su ce qu'elle voulait. Sans cesser de titiller son sein du bout de la langue, il posa la main sur sa cuisse. Elle gémit.

Tout en remontant sous sa jupe, Finn l'embrassa jusqu'à trouver son pouls. Il enserra le renflement de son pubis puis glissa les doigts sous l'élastique de son string en dentelle.

Comme une invitation, elle étira le cou.

D'une main, Finn explora les replis doux et humides de son sexe. De l'autre, il lui caressa le cou et les traces de morsure qu'il lui avait laissées deux nuits plus tôt. C'était moins douloureux pour la personne qui donnait son sang lorsqu'il y avait déjà une plaie, mais également un peu moins plaisant pour celle qui le buvait. Lorsqu'il lécha les deux petites perforations, Elena écarta davantage les cuisses et se pressa contre sa main.

L'acte de boire le sang n'entrait généralement pas dans les préliminaires ; la plupart des vampires aimaient le réserver pour le « plat de résistance ». Finn ne savait pas quelle mouche l'avait piquée ce soir-là. Il était en colère. Triste. Frustré. Il avait besoin d'un peu de répit. Il avait besoin de goûter son sang.

— Oui ? murmura-t-il d'une voix rauque.

Ses caresses se firent plus pressantes, les baisers sur son cou plus appuyés. Comme s'il la grignotait. Même en étant certain qu'une femme vous offrait son sang, c'était toujours plus poli de demander.

Elle allongea le cou davantage.

— Oui, gémit-elle.

Finn regarda son visage. Ses yeux étaient fermés, ses lèvres entrouvertes, son souffle court. Un léger voile de transpiration brillait au-dessus de sa lèvre supérieure. Il se sentit envahi par le besoin dévorant qu'il avait d'elle. En même temps qu'il enfonçait les doigts en elle, il plongea les crocs dans sa chair.

Hurlant de plaisir et de douleur, Elena se jeta dans ses bras et se serra contre lui.

Son sang chaud se déversa dans la bouche de Finn.

Elle sanglota, tremblante de la tête aux pieds.

Ses genoux se dérobèrent sous elle et il la cala contre la porte. Après avoir bu une dernière gorgée, il la prit dans ses bras. Il la transporta, à demi consciente, jusqu'à sa chambre au bout du couloir et la déposa délicatement sur son lit. Il se débarrassa à la hâte de ses vêtements, retira les sandales d'Elena, les jeta par terre et vint s'allonger auprès d'elle. Il remonta sa robe et lui caressa les cuisses.

Elena se blottit dans son cou et il l'embrassa. Elle lui lécha la bouche, goûta son propre sang. Finn lui retira sa petite culotte et la jeta au sol. Il la caressa jusqu'à la faire jouir, et seulement alors s'allongea-t-il sur elle. Il commençait à onduler des hanches et elle arc-bouta le bassin pour venir à sa rencontre. Alors qu'il aurait aimé prolonger le plaisir d'Elena, tout alla ensuite trop vite. Comme un seul être, ils poussèrent un cri d'extase. Enfin rassasié, il roula sur le lit et la tint contre lui, embrassant sa tempe humide.

Ils restèrent étendus un long moment dans son lit une place. Peu à peu, leur respiration redevint régulière. Il sentit les battements de son cœur retrouver un rythme normal et sa température baisser peu à peu. Il l'embrassa sur la joue.

— Je suis désolé si…

Elle posa un doigt sur ses lèvres.

— Ce n'est rien, murmura-t-elle. Je comprends. Il nous arrive à tous de perdre le contrôle. C'est bon pour nous.

— Je ne t'ai pas fait mal, au moins ?

— Bien sûr que non.

Lorsqu'elle leva la tête vers lui, ses cheveux lui balayèrent la joue. Elle chercha son regard dans le noir.

— Et maintenant, dis-moi ce qui ne va pas.

— Victor ? appela Mary depuis le lit.

Elle avait déjà enfilé sa chemise de nuit et s'était glissée sous les draps, lumière éteinte. Ils avaient trouvé un petit hôtel sympathique près de l'autoroute, qui proposait à la fois des réductions pour les seniors et un buffet au petit déjeuner.

— Tu viens ?

Victor ouvrit la porte de la salle de bains et la lumière se déversa dans la pièce.

— J'arrive. Encore un peu de patience.

Elle entendit l'eau couler dans le lavabo, puis s'arrêter. Vêtu d'un boxer, Victor sortit de la salle de bains en traînant les pieds et éteignit derrière lui.

— J'irais pas là-dedans tout de suite, si j'étais toi.

Elle gloussa et souleva la couverture.

— J'ai vécu avec un homme pendant mille cinq cents ans. Je ne me fais plus avoir.

Il se glissa dans le lit à côté d'elle.

— Je sais pas jusqu'où on ira, demain. Je me disais qu'on pourrait s'arrêter dans un de ces vergers pour prendre des pêches fraîches de Géorgie. (Il la regarda dans le noir.) Ça te dirait, des pêches, mon chou ?

Les yeux de Mary se mirent à briller.

— Tu es sûr qu'on ne fait pas une bêtise ?

— Tu penses que m'avoir suivi en est une ? lui demanda-t-il abruptement.

Il regarda le plafond.

— Ce n'est pas ce que je voulais dire et tu le sais.

Elle roula sur le côté et posa la tête sur son épaule.

Il passa son bras autour d'elle.

— Mais fuir nos problèmes, comme deux enfants. Les gens vont se faire du souci pour nous.

— Les gens vont se faire du souci pour eux-mêmes, tu veux dire, grommela-t-il. Z'auront peur qu'on fasse n'importe quoi et que ça les mette en danger.

Elle passa la main sur son torse osseux.

— C'est tout de même vrai qu'on a fait n'importe quoi.

Il pouffa, et elle sut qu'il souriait.

— Ça oui, admit-il. J'en reviens toujours pas que tu sois venue avec moi. J'ai une de ces veines.

Elle l'embrassa sur la joue.

— C'est moi qui ai de la chance.

Il la serra fort dans ses bras.

— Te fais pas de bile, va, joli cœur. Quand on sera installés, on ira dans un de ces cybercafés à la mode et tu pourras envoyer un mail à Regan au sujet de la salle de jeu. Tu écriras aussi à ces vieilles biques de ton club de lecture pour leur dire que c'est toi qui choisis le prochain livre. Allez, si la pêche marche bien, je t'achèterai peut-être un ordinateur portable pour Noël, et tu pourras envoyer tes mails sans bouger du bateau.

Elle se sentit rougir, à la fois embarrassée et fière.

— Je suis trop vieille pour avoir un ordinateur portable, Victor.

— On est jamais trop vieux pour rien. (Il l'embrassa sur la tempe.) Et maintenant ferme ton clapet, femme. Tu vois pas que j'essaie de dormir ?

— Je t'aime, Victor Simpson, espèce de vieux brigand ronchon.

— Je t'aime, murmura-t-il avec douceur.

Chapitre 23

Elena s'assit et couvrit ses cuisses de sa robe. Elle n'avait aucune idée de l'endroit où se trouvait sa culotte, mais elle s'en moquait. C'était tout juste si elle écoutait ce que lui disait Finn, trop obnubilée par ses premières paroles.

« Le détail qui n'a pas été publié dans les journaux ni annoncé aux informations, c'est que le tueur est un vampire. »

À cette nouvelle, elle avait aussitôt su qui était le meurtrier et un effroyable sentiment de culpabilité s'était emparé d'elle. Comment avait-elle pu être si stupide, si naïve ?

— Ce que j'essaie de te dire, poursuivit Finn, c'est qu'il faut t'attendre à ce que l'on te pose des questions. Si on te demande, dis la vérité. Toi et ta famille n'êtes pas des suspects. Vous n'avez pas nos pouvoirs. Il fallait une force colossale pour déplacer les corps de ces hommes.

— Je dois y aller, dit-elle en sortant du lit.

— Elena, s'il te plaît, je ne pense pas que tu aies quoi que ce soit à voir là-dedans.

Il tendit la main vers elle, mais elle s'écarta hors de sa portée. Il s'avança au bout du lit et se redressa.

Elena avait retrouvé une de ses sandales et, en équilibre sur une jambe, elle la passa à son pied. Elle fouilla dans le tas de vêtements jetés par terre à la recherche de la seconde. Ses cheveux lui tombaient sans arrêt devant les yeux, mais elle ne les écartait pas. Elle ne voulait pas qu'il voie son visage.

— Je t'en prie, ne sois pas fâchée, dit-il. Je suis dans une situation un peu délicate, là.

— Je ne suis pas fâchée. Je comprends très bien. (Elle trouva enfin la sandale argentée et l'enfila.) C'est une terrible responsabilité qui pèse sur tes épaules.

— J'aimerais bien que tu restes.

Il l'attrapa par le poignet.

Elle s'avança devant lui et il se leva. Comme il était pieds nus et qu'elle portait des talons, ils mesuraient exactement la même taille. Elle le regarda dans les yeux, songeant que c'était peut-être la dernière fois qu'elle le voyait.

— Je t'avais dit que je ne pouvais pas rester longtemps, déclara-t-elle d'une voix égale.

— Tu es sûre que tu n'es pas fâchée ?

— Je ne suis pas fâchée.

Elle colla ses lèvres contre les siennes et ferma les yeux pour savourer leur baiser.

— Je pourrais t'aimer, Finn Kahill, dit-elle au bord des larmes.

Elle quitta sa chambre, traversa le couloir et sortit par la porte d'entrée. Il ne la suivit pas, ce dont elle lui sut gré.

Courant sur le chemin du retour, Elena se prit à envier les pouvoirs psychiques que les Kahill avaient la chance de posséder. Elle aurait aimé être capable de se téléporter instantanément à la Villa Rose, ou d'entrer en contact avec sa sœur pour lui dire de se tenir prête. Elle désirait des pouvoirs qui n'appartenaient qu'à Dieu, comme celui de changer ce qu'elle savait être sur le point de se produire.

Dès qu'Elena entra dans le salon clair et spacieux de la villa, sa sœur sut que quelque chose n'allait pas. Pelotonnée dans son fauteuil avec un livre, Celeste leva les yeux. Beppe et Lia jouaient à un jeu vidéo sur le grand écran plat de la télévision.

— Où est Vittore ? demanda Elena.

— Sous la douche. (Celeste posa son livre et fronça les sourcils, inquiète.) Elena, qu'est-ce qui ne va pas ?

— Va le chercher. Tout de suite. (Elena s'avança jusqu'à la baie vitrée du salon qui donnait sur la plage et entreprit de baisser les stores.) Éteins-moi ça, Lia, maintenant.

Celeste courut à l'autre bout de la maison.

— Vittore ! s'écria-t-elle d'une voix haut perchée.

— Qu'est-ce qui se passe, tante Elena ?

Lia éteignit la télévision.

— On attend vos parents.

Elena ne se détourna pas de la fenêtre. Sous son calme apparent, elle bouillonnait de l'intérieur.

Celeste revint au salon, suivie de Vittore. Il portait un peignoir de bain en éponge et l'eau dégoulinait encore de ses cheveux. Alessa se hâta de les rejoindre.

— On est tous là, dis-nous ce qui ne va pas, l'enjoignit Celeste.

Elena baissa le dernier store. Elle devait être un peu paranoïaque ; on ne viendrait sûrement pas les chercher tout de suite. Mais ses craintes prenaient le dessus sur sa raison.

— Asseyez-vous. Tout le monde.

Ils la regardèrent, perplexes, mais s'exécutèrent. Celeste, Vittore et Alessa prirent place sur l'un des canapés en cuir, Lia et Beppe sur celui d'en face.

— Je reviens tout juste de chez Finn.

Elle n'arriverait pas à rendre cette conversation plus facile. Il n'y avait pas le temps pour ça. Elle devait prendre une décision, et vite.

S'attendant au pire, Celeste serra la main de Vittore.

— Ce que nous avons lu dans les journaux, et ce que les habitants racontent au sujet des meurtres commis ici, à Clare Point, dit Elena en dévisageant chaque membre de la famille l'un après l'autre, ce n'est pas toute l'histoire. Ce que la masse ignore, ce que nous-mêmes ne savions pas… (elle soutint le regard de Celeste) c'est que ces crimes, qui ont commencé la semaine où nous sommes arrivés, sont le fait d'un vampire.

Elle se tourna vers Beppe.

Tous l'imitèrent.

Elena retint son souffle.

— Quoi ? s'insurgea Beppe en se levant d'un bond.

Il portait un tee-shirt moulant et un jean noirs. Ses cheveux humides avaient été plaqués en arrière. Il était jeune et beau, et avait l'air parfaitement innocent.

Elena avait la certitude qu'il ne l'était pas.

— Tu es en train de m'accuser ? hurla Beppe en se martelant le torse. Salope !

Vittore se jeta hors du canapé. Malgré sa petite taille, il était rapide. En un instant, il se planta devant son fils et le gifla.

— Comment oses-tu parler à ta tante de cette manière ?

Les yeux de Beppe s'emplirent de larmes ; son père n'y était pas allé de main morte.

— Comment ose-t-elle m'accuser d'avoir tué ces humains insignifiants !

— Elle n'a pas besoin de t'accuser, c'est moi qui le fais, cracha Vittore, furieux. Tu m'avais juré, Beppe, après l'épisode de Rome, que ce n'était qu'un accident. Que ça ne se reproduirait plus jamais.

La tête dans les mains, Celeste se mit à sangloter. Alessa se glissa jusqu'à sa mère pour tenter de la consoler.

Lia demeurait immobile sur le canapé, les genoux serrés, à regarder le drame familial qui se déroulait sous ses yeux.

— Tu crois que c'est moi qui ai fait ça ? grogna Beppe entre ses dents.

— Je t'ai donné une chance, lui rappela Elena. Comment as-tu pu être aussi stupide ? Comment as-tu pu t'imaginer que tu t'en tirerais comme ça ? Je savais que tu sortais en douce la nuit.

— Tu le savais, et tu ne l'en as pas empêché ? s'écria Celeste.

Beppe regarda de nouveau son père, planté devant lui.

— C'est pas moi, dit-il tout bas.

— Comment ? explosa Vittore en empoignant son fils par le col de son tee-shirt.

— Vittore, non ! (Celeste se leva du canapé.) Arrête !

Beppe regarda son père dans les yeux, animé d'une fureur qui rivalisait avec celle du chef de famille.

— Tu es sûr que c'est moi ? Absolument certain ? Parce que ce que son amant a oublié de lui dire, apparemment, c'est que le tueur couche d'abord avec ses victimes, en général. Le tueur est une tueuse.

Il se retourna lentement et posa les yeux sur Lia.

Elena regarda son neveu, interdite.

— Tu mens.

— Appelle-le donc pour le lui demander, la défia Beppe.

L'expression de son visage fit comprendre à Elena que son neveu ne mentait pas.

— Pourquoi ne pas interroger ma chère petite sœur au sujet de ces humains morts ? la provoqua Beppe. Ces hommes morts, qui ont d'abord été séduits puis vidés jusqu'à la dernière goutte.

Elena n'avait jamais envisagé jusqu'à cet instant que le tueur pouvait ne pas être Beppe, et elle s'en voulait à présent de ne pas avoir tenu compte de l'ensemble des faits. Son affection pour Lia l'avait aveuglée. Défaite, Elena s'enfonça dans le canapé à côté de sa sœur, sans quitter sa nièce du regard. Beppe disait vrai ; elle lisait la culpabilité sur le visage de Lia.

Vittore se tourna vers sa fille aînée.

— Dis-moi que ce n'est pas vrai, déclara-t-il d'une voix défaillante. Dis-moi que tu n'as pas tué ces hommes.

Lia ne laissa rien transparaître de ses émotions. Elle se mordilla la lèvre inférieure.

— Tu me croirais si je te disais que ce n'était pas moi ?

Le ton de sa voix était choquant. On n'y décelait ni peur ni regrets. Plutôt de la colère, de la rancune et du cynisme. C'était la voix d'une femme coupable de meurtre.

Pendant un moment, personne ne parla. Vittore restait devant son fils, pétrifié. Si atroce que cela paraissait, il avait été prêt à croire son fils Beppe capable de tuer des humains innocents. Mais Lia, sa douce Lia…

— C'est vrai ? demanda Vittore faiblement.

— Un peu que c'est vrai, dit Beppe, narquois.

— Tu le savais ? hurla Celeste à son fils, les joues baignées de larmes. Et tu ne l'as pas arrêtée ?

Il glissa les mains dans ses poches et s'avachit.

— Elle n'a jamais voulu l'admettre, mais j'avais des doutes. Et je l'ai mise en garde. Vas-y, fais-le. Si on t'attrape, tu devras payer. Pas vrai ?

Il jeta à Lia un regard noir.

— Pourquoi, Lia ? Pourquoi ? sanglota Celeste, les mains jointes comme pour prier.

La jolie jeune fille observa sa mère un moment, puis lui fit un doux sourire.

— Je ne sais pas. Je n'avais rien calculé la première fois, mais quand j'ai découvert que je pouvais le faire… (elle haussa les épaules) j'ai recommencé. Et ça m'a plu. Alors j'ai recommencé de nouveau. Ils me rendaient la tâche tellement facile. J'aimais bien avoir le contrôle. Je n'ai jamais eu le contrôle sur rien, avant ça.

Vittore s'assit à l'opposé de Lia et regarda le sol fixement. Seul Beppe restait debout, un sourire narquois aux lèvres, comme s'il se délectait de la tragédie familiale.

— Qu'est-ce qu'on va faire ? murmura Vittore, sous le choc. (Il regarda droit devant lui, l'air absent.) Elle a transgressé les règles. Après l'accident de Rome, quand on a failli se faire prendre par les chasseurs de vampires, on avait convenu que ça ne pouvait plus se reproduire.

— On peut faire une exception, dit vivement Celeste. (Elle passa un bras autour d'Alessa, qui sanglotait sur les genoux de sa mère.) On… on peut rentrer chez nous ce soir. Les Kahill ignorent où on habite. Personne n'en saura jamais rien.

Elena observa tristement Lia un moment.

— Non, dit-elle. On ne peut pas faire d'exception. Finn finira par découvrir que c'est l'un de nous et il avertira le Conseil de son clan.

— Mais tu pourrais lui demander de ne pas le faire, protesta Celeste en prenant la main de sa sœur. Tu… tu disais qu'il t'appréciait beaucoup. Tu pourrais…

— On ne peut pas se mettre les Kahill à dos, Celeste, intervint Vittore d'une voix blanche. C'est une famille trop puissante, trop grande. Il y a d'autres personnes en Italie auxquelles on doit penser. Des personnes dont les vies dépendent de nous.

— Et la vie de notre fille ? N'en est-on pas aussi responsables ? sanglota Celeste.

— Visiblement, nous n'avons pas su assumer nos responsabilités. (Il croisa le regard de sa femme.) Mais Beppe a raison. Elle connaissait les conséquences.

— Vittore, murmura Celeste. Ma fille…

Vittore laissa retomber sa tête.

— Je suis désolé, mon amour.

Elena serra la main de sa sœur.

— Tel que je le vois, on pourrait la juger ici, maintenant… et exécuter la sentence…

Pour la première fois, Lia eut l'air de s'inquiéter de la situation.

— Maman ! Tu ne les laisserais pas… Tu ne…

Elle voulut se lever pour rejoindre sa mère, mais son père la repoussa d'une main sur le canapé.

— Silence, lui intima-t-il. Tu as brisé le cœur de ta mère. Tu as mis nos vies à tous en danger.

— Et Beppe, alors ? Et cet homme qu'il a tué à Rome ?

— C'était un accident. Il ne l'avait pas prémédité. (Vittore regarda sa fille.) Et il ne s'agissait pas de trois hommes, parvint-il à articuler, amer.

— Vous me tueriez ? cria Lia. (Se tournant vers Celeste, elle s'avança jusqu'au bord du canapé.) Maman, tu les laisserais me décapiter ?

La tête dans les mains, Celeste se courba en deux et éclata en sanglots.

Enlaçant sa sœur, Elena regarda Vittore. Elle avait les yeux noyés de larmes.

— L'autre solution serait de la livrer aux Kahill. Ils procèdent différemment. Peut-être que leur justice…

Lia bondit du canapé.

— Non ! hurla-t-elle tandis que des larmes de fureur roulaient sur ses joues. Non, vous n'avez pas le droit ! Vous êtes ma famille ! Vous ne pouvez pas…

Soudain, Lia se précipita vers la porte. Elena et Vittore bondirent du canapé, mais Beppe fut le plus rapide. Il rattrapa sa sœur avant qu'elle ait pu sortir sur le perron.

Lia griffa son frère au visage en poussant des cris dignes d'une bête sauvage. Elle était incroyablement forte. Elena avait dit à Finn qu'ils n'avaient pas de pouvoirs psychiques ; Finn en avait conclu à tort que leur famille n'avait pas de pouvoirs du tout.

Par bonheur, la force de Beppe surpassait celle de sa sœur et il parvint à la ramener à l'intérieur. Elena claqua la porte derrière eux tandis que Beppe plaquait Lia au sol et l'y maintenait clouée.

— Vous voulez que je l'enferme dans sa chambre ? demanda Beppe.

Il s'essuya la bouche du dos de la main. Lia lui avait ouvert la lèvre.

— Laissez-moi partir, pleurnicha Lia, qui avait cessé de lutter. Vous ne pouvez pas me livrer aux Kahill. Ils vont me tuer. Vous n'avez pas le droit. Vous êtes ma famille.

Elena balaya les cheveux qui tombaient devant ses yeux.

— J'appelle Finn ? demanda-t-elle à Vittore.

Debout près du canapé, il soutenait Celeste dans ses bras.

— Non, sanglota Celeste en cachant son visage dans le peignoir de son mari.

Vittore regarda Elena. Une profonde tristesse se lisait dans ses yeux.

— Je ne peux pas condamner à mort ma propre fille. Je devrais en être capable, dit-il d'une voix brisée. Mais je ne peux pas. Appelle Finn Kahill. Il saura que faire d'elle.

Kaleigh jeta un coup d'œil à son portable posé sur la table de chevet et se demanda qui pouvait bien l'appeler aussi tard. Il était minuit passé. Elle avait déjà eu Rob au téléphone une heure plus tôt. Sans compter que ce n'était pas sa sonnerie, le générique de Spider-Man. Et Katy se trouvait avec elle. Kaleigh avait essayé de lui parler pour savoir ce qui se passait dans sa tête, mais elle n'avait rien tiré d'elle au sujet des meurtres. Si Katy savait quoi que ce soit, elle se débrouillait vraiment bien pour feindre l'ignorance.

Katy roula sur le lit. Elles étaient en train de regarder un film.

— Qui c'est ?

— Je ne sais pas.

Kaleigh prit le téléphone. Surprise par l'identité de son interlocutrice, elle se redressa sur son lit et appuya sur la touche verte.

— Peigi ?

— Excuse-moi de te déranger, dit Peigi d'une voix tendue. Nous avons un… problème. Gair veut que tu nous rejoignes au musée.

— Tout de suite ? demanda Kaleigh, incrédule.

— Tout de suite.

— Que… qu'est-ce qui se passe, Peigi ?

— On a besoin de notre Conseillère. On pense avoir trouvé notre tueur.

— Doux Jésus, murmura Kaleigh en se signant.

— Qu'est-ce qui se passe ? chuchota Katy, les yeux ronds d'excitation.

— On t'attend dans un quart d'heure, poursuivit Peigi. On préférerait que personne ne soit au courant.

— Et mes parents ?

— On préférerait que personne ne soit au courant, répéta Peigi.

— Comment je suis censée sortir de chez moi ? Il est plus de minuit !

— Comme tu le fais lorsque tu sors d'habitude après le couvre-feu, j'imagine, assena Peigi. Nous t'attendons.

Elle raccrocha.

Kaleigh reposa lentement le portable sur ses genoux.

— Qu'est-ce qui se passe ? demanda Katy.

— Je ne sais pas exactement, murmura Kaleigh.

Son cœur battait la chamade. Une seule pensée lui traversa l'esprit. *Dieu merci, ce n'était pas Katy.* Pas s'ils tenaient vraiment le meurtrier, en tout cas.

— Peigi dit que Gair exige ma présence au musée.

— Maintenant ?

— Maintenant.

— C'est une réunion du Haut Conseil ? s'écria Katy, excitée. Tu as été convoquée au Haut Conseil ? Waouh, c'est vraiment cool.

Kaleigh descendit du lit et se saisit d'un short abandonné par terre. Elle retira le boxer qu'elle mettait pour dormir et enfila le short à la place, puis attrapa un soutien-gorge sur la commode.

— Je suis censée ne rien dire.

Elle était ébranlée. Effrayée. Mais aussi soulagée. Ils avaient attrapé le tueur ; le clan ne risquait plus rien.

— Oh, mon Dieu, ils ont attrapé le tueur !

Katy se jeta du lit.

— Reste en dehors de ma tête, répliqua sèchement Kaleigh.

Ça n'arrivait plus très souvent. Elle savait de mieux en mieux rester sur ses gardes, mais lorsqu'elle était stressée ou que ses émotions prenaient le dessus, son mur n'était plus aussi solide.

Katy entreprit de s'habiller.

— Katy, tu ne peux pas venir.

— Oh que si, je viens.

Elle sauta dans un jean qu'elle avait ramassé par terre. Il était à Kaleigh.

— Hors de question que tu m'abandonnes ici.

— Peigi a dit que personne ne devait être au courant. Je ne suis pas censée en parler, même à mes parents.

— T'as pas besoin de m'en parler, fit valoir Katy en étendant les bras. Je sais déjà. Et c'est dans mon propre intérêt que tu dois m'emmener. Pour être sûre que je tienne ma langue.

Kaleigh soupira.

— Allez, chuchota Katy. Je t'accompagne jusque là-bas, au moins. Je sais bien qu'ils ne vont pas me laisser entrer. (Elle hésita.) Tu sais, ce n'est pas facile d'être l'acolyte de la Conseillère. Personne ne remarque que je peux être utile pour le clan, parfois. S'il te plaît…

Kaleigh regarda son amie de l'autre côté du lit. Elle savait qu'elle devait dire non, mais Katy semblait si triste. Et c'était certainement difficile d'être l'amie de Kaleigh ; elle ne l'avait jamais envisagé sous cet angle.

— On va devoir sortir par la fenêtre, l'avertit-elle. Tu peux descendre seule ou me laisser essayer de te transporter jusqu'au sol.

— Est-ce que je vais finir sur un canot dans le drugstore de Hilly ?

Kaleigh lui lança une tong.

CHAPITRE 24

— Mais pourquoi ? demanda Finn, furieux.

Il avait le cœur brisé pour Elena et sa famille.

— C'est ça qui m'échappe. Pourquoi risquer ta propre vie, et la vie de ceux que tu aimes, pour faire une chose pareille ?

Il se tenait d'un côté des barreaux avec Elena – Lia de l'autre. La petite pièce où ils se trouvaient était située dans les entrailles du musée. Insonorisée, dotée de murs renforcés, elle n'avait pas de fenêtres. Elle avait été construite pour les cas d'urgence comme celui-ci, quand le clan ne voulait pas enfermer ses prisonniers au poste de police.

Lia empoigna les barreaux et le fusilla du regard. Avec son débardeur et son short, elle ressemblait à une gamine, pas à une meurtrière sans cœur.

— Tu ne comprends pas ce que ça fait, de vivre des années, des décennies, des siècles sans que rien ne change jamais. Je reste éternellement la petite fille de Celeste et Vittore. (Des larmes de rage brillaient dans ses yeux.) Tu sais ce que ça signifie, tante Elena ? Ma mère me dit encore à quelle heure je dois me coucher. Au bout de cinq cents ans ! (Elle baissa les yeux.) Pour une fois que je pouvais faire quelque chose toute seule.

Un sanglot monta dans la gorge d'Elena. Finn passa un bras autour d'elle.

— Tu as tué ces garçons parce que tu étais en colère ? demanda Elena, incrédule. Parce que tu étais déçue du tournant que prenait ta vie ? Ce qui t'est arrivé n'est pas leur faute.

— Qui est-ce que j'étais censée tuer ? Grand-père ? riposta Lia. Ne t'imagine pas que ça ne m'a pas traversé l'esprit. (Sa fausse assurance faiblissait.) Comme à nous tous, je parie.

— Mais ces humains n'avaient rien à voir avec nous ou les péchés de ton grand-père !

— Moi non plus.

Elena regarda Finn, et il souhaita désespérément pouvoir atténuer sa souffrance.

Elle revint à sa nièce.

— En tuant ces innocents, tu t'es rabaissée au niveau des hommes qui nous ont fait ça.

— Et donc, maintenant, vous allez me tuer. (Lia s'écarta des barreaux et croisa les bras.) Vous allez me couper la tête et expédier mon âme dans les flammes d'un purgatoire éternel.

— Ça ne dépend pas de moi. Finn dit que tu as droit à une audience devant le Haut Conseil. Ce sont eux qui te jugeront.

— Comme c'est pratique. Tu vas pouvoir t'en aller sans avoir mon sang sur les mains, et te dire que tu vaux mieux que les hommes et les femmes qui vont me juger.

Elena se dégagea de l'étreinte de Finn et, empoignant les barreaux, regarda sa nièce à l'intérieur de la cellule.

— Comment as-tu pu faire ça à ta mère ? lui reprocha-t-elle en refoulant une nouvelle crise de larmes. Comment as-tu pu lui briser le cœur de cette manière ?

Lia soutint le regard d'Elena et, l'espace d'un très court instant, Finn crut voir une étincelle de remords dans les yeux de la jeune fille.

Celle-ci se détourna et marcha jusqu'au banc étroit taillé dans le mur. Elle s'allongea et ferma les yeux.

Elena resta devant les barreaux un moment, à observer sa nièce et à se tamponner les yeux avec un mouchoir. La gorge nouée, Finn l'attira dans ses bras et la serra contre lui. Même s'il était soulagé que le tueur ait été retrouvé, il souffrait pour Elena. Mais aurait-il eu le cœur moins brisé s'il s'était agi d'un membre du clan, comme il en avait émis l'hypothèse ? Il aimait chaque habitant de cette ville autant qu'Elena aimait sa famille.

Quelqu'un frappa à la porte et entra. C'était Kaleigh. Elle était livide.

— Gair souhaiterait vous parler, dit-elle sans oser regarder Lia. À tous les deux.

Finn leva les yeux au plafond.

— L'un de nous doit rester avec la prisonnière.

— Je reste, murmura Kaleigh. Allez parler à Gair.

Lorsque Finn et Elena la dépassèrent, les regards des deux femmes se croisèrent.

— Je suis désolée, chuchota Kaleigh. Vraiment désolée, Elena. Nous le sommes tous.

— Merci, murmura Elena en serrant la main de Kaleigh. Ça me touche beaucoup.

Kaleigh attendit que la lourde porte se referme derrière Finn et Elena, puis s'avança pour prendre la chaise d'un petit bureau dans un coin. Elle la transporta jusqu'à la cellule et s'assit. Pendant une minute, elle resta là sans bouger. Si Lia avait conscience de sa présence, elle ne se manifesta pas.

Peigi et Gair lui avaient résumé la situation. Kaleigh était choquée que la jeune fille ait pu commettre de tels actes, mais soulagée que le clan soit hors de danger. Les touristes ne mourraient plus dans leur petite ville paisible.

Kaleigh avait été convoquée par Peigi et Gair car il leur fallait son accord pour retenir l'accusée prisonnière, une pratique qu'ils respectaient depuis toujours. Peigi avait rappelé à Kaleigh la procédure qui s'appliquait à ce genre de cas. Kaleigh n'était pas obligée de se rendre à l'audience qui allait décider du sort de Lia. Il n'était pas même nécessaire qu'elle assiste à sa condamnation. Il lui suffisait d'autoriser l'incarcération et l'audience. Mais Kaleigh devait voir Lia. Elle savait qu'elles n'étaient pas amies, que rien ne les liait ; elles n'avaient fait que discuter l'autre nuit sur le perron de Tomboy. Pourtant, elle tenait à lui parler.

— Pourquoi tu es là ? demanda Lia au bout d'une ou deux minutes de silence. Ce n'est pas comme si je risquais de m'enfuir.

Souterraine et solidement fortifiée, la pièce avait tout d'un tombeau.

— Je suis venue voir si je pouvais faire quelque chose pour toi, dit Kaleigh avec douceur.

Kaleigh s'était attendue à davantage de sarcasmes, à des reparties plus cinglantes de la part de Lia. Son minuscule sanglot la prit au dépourvu.

— Qu'est-ce que j'ai fait ? murmura Lia. Comment j'ai pu tuer ces garçons ? (Toujours allongée sur le banc, elle leva les mains pour les observer.) Comment j'ai pu me dire que j'avais le droit de prendre des vies ? Comment ça a pu me paraître sensé ?

Kaleigh essuya ses larmes. Elle ne pouvait s'empêcher de penser que Katy aurait pu se trouver derrière ces barreaux. Ou même n'importe quel adolescent de Clare Point.

Elle-même, peut-être. C'était si éprouvant d'être jeune. Elle n'arrivait pas à s'imaginer avoir cet âge éternellement, comme Lia. Ce n'était que grâce à Dieu et à l'amour de leurs familles que Kaleigh et ses amis parvenaient à contrôler leurs pulsions et ne commettaient pas d'actes aussi irréparables.

Lia s'assit et se frotta les yeux. Elle regarda Kaleigh.

— Ton oncle a dit que tu es la Conseillère de ta famille. C'est impressionnant, votre mode de fonctionnement. Vous pouvez être jeune et vieux à la fois.

Kaleigh ne savait pas que dire ; elle se contenta d'écouter.

— Ça doit être cool d'être la Conseillère.

— Ça l'est parfois, admit Kaleigh. Mais c'est difficile aussi. Surtout en ce moment, comme je suis encore jeune. J'ai l'impression d'être coupée en deux la plupart du temps. À moitié adulte et mature, tout en restant une gamine.

Lia se rapprocha des barreaux.

— M'en parle pas, plaisanta-t-elle.

Kaleigh se leva et agrippa l'un des barreaux.

— J'aimerais pouvoir t'aider.

— Ça va, je comprends. Vous ne pouvez pas laisser des vampires courir le monde et tuer des humains. Si des personnes comme moi tuaient tous les humains, comment ceux de votre espèce feraient-ils pour racheter leurs péchés ?

— Tu étais au courant, pour nous ?

— Tous les vampires ont entendu parler des célèbres Kahill, dit Lia en souriant tristement. J'ai toujours voulu faire partie de votre famille. Je m'imaginais ce que ça ferait de sauver des gens aux quatre coins du monde.

— Tu rends ça plus excitant que ça ne l'est réellement. Le plus souvent, c'est surtout effrayant.

— J'imagine. (Lia haussa les épaules.) Combien de temps il me reste, alors ?

— Quelques jours. Le Conseil va se réunir et recommandera que ton cas soit soumis au Haut Conseil. Un de nos aînés te représentera. Le Haut Conseil entendra ta défense puis votera.

— Et exécutera la sentence, ajouta Lia sur un ton très distant.

Kaleigh observa la jolie jeune fille de l'autre côté des barreaux en titane.

— Et exécutera la sentence.

— Combien de temps après le verdict ?

Kaleigh n'avait pas envie de répondre, mais elle sentait qu'elle devait à Lia d'être honnête jusqu'au bout.

— Immédiatement.

— Et ma famille ?

— On les laissera partir lorsqu'il sera établi qu'ils n'ont joué aucun rôle dans ce qui s'est passé.

— Ils n'ont rien à voir là-dedans ! (Lia empoigna les barreaux et ses mains touchèrent celles de Kaleigh.) Ils n'étaient pas au courant. Vous devez les laisser retourner en Italie.

— Je vais faire mon possible pour m'assurer que ça soit clair.

La porte s'ouvrit derrière Kaleigh et elle vit Finn entrer.

Kaleigh revint à Lia.

— Je dois y aller, mais je reviendrai demain.

Elle s'apprêtait à partir lorsque Lia posa la main sur celle de Kaleigh.

— Reviens, s'il te plaît, dit-elle d'une voix tremblante. Tu me le promets ?

— Je te le promets.

Kaleigh laissa sa chaise où elle se trouvait. Alors qu'elle passait la porte, elle attrapa Finn par la manche. Elle le regarda dans les yeux, et y lut douceur et tristesse.

— *On ne peut rien faire ? Ce n'est qu'une gamine. Je ne pense vraiment pas qu'elle ait eu conscience de la portée de ses actes*, lui transmit-elle.

— *Elle a tué trois jeunes hommes innocents et a mis notre clan en danger. Nous avons des règles. Elle ne sera pas traitée différemment des nôtres.*

— *Mais elle n'est pas comme nous*, argua-t-elle. *Elle n'a jamais eu le bénéfice d'un esprit d'adulte, ni d'émotions d'adulte.*

— *Je suis désolé, Kaleigh. Il n'y a rien à faire.*

Kaleigh jeta un coup d'œil à Lia, toujours debout derrière les barreaux.

— Tu veilleras à ce qu'on ne la maltraite pas ? demanda Kaleigh à voix haute.

— Je te le promets. (Il lui fit un sourire triste et l'embrassa sur le front.) Rentre chez toi, essaie de dormir. Et fais attention en remontant par la fenêtre, ajouta-t-il avec un clin d'œil.

— Ça te dit, une partie de Air Hockey ? proposa Rob.

Kaleigh et lui se trouvaient sous l'auvent de la salle de jeu, à côté du Photomaton.

— Non, refusa-t-elle, morose.

— Je te laisserai gagner.

Elle fusilla son petit ami du regard.

— Tu n'as pas besoin de me laisser gagner. Je peux te battre toute seule. J'en ai juste pas envie.

— Une partie de baby-foot, alors ?

Elle balaya la promenade des yeux et observa les passants. Rien n'avait changé depuis la nuit précédente… pour les touristes, en tout cas. Mais chaque vampire jusqu'au dernier savait que le meurtrier avait été arrêté et que les humains ne craignaient plus rien. Peigi avait contacté tous les membres du Conseil tôt ce matin-là et la bonne nouvelle s'était répandue. Des nouvelles teintées d'amertume. Ils étaient soulagés que le tueur ait été capturé, mais la perspective de l'audience et de la conclusion inévitable de l'affaire ne réjouissait personne.

Kaleigh regarda une mère et son bébé dans une poussette passer devant elle.

— Je ne suis pas d'humeur à jouer.

— Tu n'as pas envie d'aller à la plage. Tu n'as pas envie de regarder un film. (Rob poussa un soupir.) Je suis à court d'idées, Kaleigh. Ça m'embête que tu aies de la peine pour ton amie, mais…

— C'était pas mon amie.

Il se campa devant elle et la regarda dans les yeux.

— Je ne comprends pas pourquoi ça te préoccupe à ce point, K. T'y es pour rien.

Il lui toucha la joue.

Elle ferma les yeux.

— Je sais. Mais je me sens mal pour elle. Ce n'est pas comme si c'était une personne effroyable. Elle… elle a juste dévié du droit chemin.

— Il faut bien qu'il y ait des règles. Et des sanctions.

— Je sais tout ça. (Kaleigh ouvrit les yeux et s'adossa contre la cabine du Photomaton.) Mais si c'était l'une des nôtres ? On n'essaierait pas de l'aider ? Et si c'était moi ? Si on m'avait fait porter le chapeau pour la mort de Bobby, Mahon et Shannon ?

— Les circonstances étaient complètement différentes. Tu ne les as pas tués.

— Et si les autres ne l'avaient pas vu sous cet angle ? Si on m'avait accusée ? Tu n'aurais pas tout fait pour me sauver ?

— Si, bien sûr, admit Rob. Mais je ne vois pas comment on pourrait l'aider. Elle a avoué.

— Tu as sûrement raison. Pourquoi tu ne ferais pas une partie de Air Hockey ? Je suis sûre que tu trouveras quelqu'un pour jouer avec toi.

— Je peux rester ici avec toi, dit-il en mettant les mains dans les poches. Ça me dérange pas.

— Voilà Katy qui arrive. (Elle la lui indiqua d'un signe du menton.) Elle va pouvoir compatir avec moi. Vas-y. Ça va aller.

— D'accord, je reviens bientôt.

Rob lui donna un rapide baiser avant de s'éloigner.

Kaleigh regarda Katy s'avancer vers elle avec une énorme barquette de frites chaudes achetées sur la promenade. Elle sentit l'odeur du vinaigre.

— Salut !

— Salut, dit Kaleigh sans grand enthousiasme.

— T'en veux ? demanda Katy en brandissant une de ses frites artisanales.

— Pas faim.

— Oh ! là, là ! Quelle rabat-joie. (Katy s'adossa au Photomaton à côté d'elle et mangea la frite.) Je ne comprends pas ce qui te met dans cet état. C'est moi qui devrais être malheureuse. Ma meilleure amie a cru que j'étais une tueuse en série.

— Je ne pensais pas que c'était toi. Je savais que ça ne l'était pas. Je… (Kaleigh s'interrompit avant de reprendre.) Tu dois admettre que tu te comportais bizarrement, à exprimer tout le temps ton envie de déménager. Et tu as réussi à ouvrir ce bocal et à soulever cette glacière, mais tu ne m'as rien dit au sujet de tes nouvelles forces.

— Je suis désolée de ne pas t'en avoir parlé. Ça me mettait mal à l'aise. Tu sais, comme le fait que je sois la seule fille du cours de gym à avoir des seins. La plupart des mecs n'ont pas encore développé leur force physique.

Je ne voulais pas être la seule capable de soulever cent cinquante kilos.

Kaleigh gloussa.

— Tu as de ces préoccupations !

— Et c'est pour ça que tu m'aimes.

Katy fourra une frite dans sa bouche.

— C'est pour ça que je t'aime, concéda Kaleigh.

— Alors, tu vas aller à la réunion du Conseil ce soir ?

— Je ne suis pas obligée.

— J'irais, moi, si j'avais le droit. Peigi n'autorise que les membres du Conseil, dommage, dit Katy en fronçant les sourcils. Soi-disant qu'elle ne veut pas que ça tourne au cirque.

— J'irai peut-être.

La position de Kaleigh l'autorisait à assister aux réunions du Conseil et du Haut Conseil, même si son vote ne comptait pas encore.

— Je sais que Lia va être effrayée. Aucun membre de sa famille n'a le droit de venir. J'imagine que je pourrais y aller et m'asseoir avec elle.

Katy étudia une frite avant de l'enfourner dans sa bouche.

— Ça serait gentil de ta part.

— Qu'est-ce que Kaleigh fait de gentil ? (Regan surgit de derrière le Photomaton.) Enlevez-vous de là, mesdemoiselles.

Les deux filles obéirent et se redressèrent.

— Kaleigh va peut-être aller à la réunion du Conseil et s'asseoir avec la condamnée.

Il regarda Kaleigh.

— Ça serait vraiment gentil, en effet.

— J'ai de la compassion pour elle. Ce qu'elle a fait est mal, mais si on lui accordait une seconde chance, je pense réellement que…

— Que quoi ? demanda-t-il.

— Je pense qu'elle pourrait faire de grandes choses, acheva Kaleigh en hochant la tête. J'ai comme une intuition à son sujet.

— Dommage : ils vont lui couper la tête. (Katy confia sa barquette de frites à Kaleigh.) Je reviens. Pause pipi.

Elle s'éloigna en se léchant les doigts.

Regan resta planté là, l'air un peu pensif. Enfin, pour Regan.

Kaleigh attendit.

Il prit une des frites de Katy.

— Je sais que je suis mal placé pour dire ça, vu que je suis le toxico du coin…

— Toxico en voie de guérison, rectifia-t-elle.

— En voie de guérison, approuva-t-il d'un hochement de tête. Mais est-ce qu'on a envisagé une solution de recours pour cette gamine ?

— Une solution de recours ?

Il caressa sa barbe naissante.

— Ça me dit quelque chose, cette histoire, comme si c'était déjà arrivé.

— Avec nous ? Pas au cours des cinquante dernières années, en tout cas. Ni depuis qu'on a réécrit les lois et durci les peines.

— Non, pas nous. Une autre famille. Au XVIe siècle, je dirais.

— Qui ça ?

— J'essaie de me rappeler. Laisse-moi une minute, quoi. Tu sais que j'ai dû perdre des neurones en chemin…

Kaleigh trépignait sur place.

— Allez, Regan. J'ai vraiment besoin que tu te souviennes de ça.

— Je pense aux Thomas. (Il pointa un doigt sur elle.) C'est Lizzy Thomas qui m'en a parlé.

— Les Thomas ?

— Tu les connais. Enfin, connaissais. Tu t'en souviendras plus tard. Des Anglais. De braves V, dans l'ensemble. La plupart des femmes sont rousses, des canons. Même les vieilles.

Il prit une autre frite.

— T'as toujours eu un faible pour les rousses. Tu te rappelles autre chose ?

Comme s'il fouillait les recoins de son esprit, il plissa les yeux.

— Il y avait ce garçon de… je ne sais plus, d'Allemagne, de Yougoslavie… ou de Pologne, peut-être ? Non, d'Allemagne, je crois. Un pays où on fait de bonnes saucisses.

— Et donc ?

Kaleigh lui mit la barquette de frites dans les mains.

— Et donc, le gamin s'est fait entraîner par une bande de zombies d'Istanbul. Il s'est retrouvé impliqué dans une sale affaire de meurtres. Les Thomas l'ont capturé avec les zombies, qu'ils ont exécutés, mais ils n'ont pas eu le cœur de décapiter le gosse.

— Ils en ont fait quoi, alors ?

Kaleigh l'empoigna par le bras. Pour la première fois, elle sentait naître en elle une lueur d'espoir pour Lia. Tout le monde était tellement convaincu que le destin de la jeune fille était scellé.

Regan mâchonna une frite.

— Je crois… je crois que Liz disait qu'ils l'ont adopté.

— Adopté ?

— Il y a eu ce rituel de folie, où il était question de vider le gosse de son sang et de lui en donner du neuf. (Il agita une frite dans les airs.) C'était vraiment impressionnant. Un peu comme si cette cérémonie consistait à le tuer pour ensuite le ramener à la vie.

Kaleigh se planta devant lui.

— Comment je peux découvrir ce qui s'est réellement passé ? Ce que je veux dire, c'est que si j'arrive à trouver un précédent…

— Ce n'était pas un Kahill, Kaleigh.

— Mais ça nous est déjà arrivé de suivre les précédents d'autres familles, dit-elle vivement.

— Quand ça ?

Elle réfléchit une seconde, sans parvenir malgré toute sa bonne volonté à s'en rappeler. Mais elle savait que c'était arrivé.

— Je ne sais pas, grommela-t-elle. Je te dis qu'on l'a fait. Tu pourrais la retrouver ?

— Qui ça ?

— Cette rousse, Lizzy ?

— Tu ne crois pas que tu ferais mieux de parler de ça à quelqu'un avant de te faire de faux espoirs ? Peigi ? Gair, peut-être ?

— Non. Je ne voudrais pas qu'ils me mettent des bâtons dans les roues. Et je perds peut-être mon temps, de toute façon. Mais j'aimerais en apprendre plus sur cette histoire d'adoption. Tu peux retrouver Lizzy Thomas ?

— Maintenant ?

— Ben oui.

Il grimaça.

— Ça me semble compromis. Je ne l'ai pas vue depuis, quoi, 1890 ? Ce n'est pas comme si j'avais son numéro de téléphone.

Kaleigh serra les poings.

— Il doit bien y avoir un moyen. Tu ne pourrais pas… je ne sais pas, moi… aller en Angleterre la chercher ?

— Je suis sous liberté surveillée, tu te souviens ?

Elle poussa un grognement de frustration.

— Et les livres alors ?

— Les livres ?

— Nos registres. Tous ces livres et cette paperasse dans la bibliothèque au sous-sol du musée. Tous ces trucs sur les vampires.

Avant de quitter l'Irlande, les Kahill avaient enterré ce qu'ils ne pouvaient pas emporter avec l'intention de revenir le récupérer plus tard. Par chance, ils avaient laissé tous leurs registres, qui auraient sinon été perdus au cours du naufrage. Depuis, les livres, registres et autres productions écrites avaient été mis au jour et rapatriés à Clare Point.

— On ne garde pas de traces de ce qui se passe chez les autres familles ?

— En partie, j'imagine. Je ne suis pas ce qu'on peut appeler un lecteur vorace.

— On a affaire à un cas inhabituel. Quelqu'un a forcément pris des notes. (Elle le regarda, anxieuse.) Victor devrait savoir. C'est lui qui est responsable de la bibliothèque en ce moment.

— Possible. Le problème, c'est que lui et Mary McCathal sont portés disparus.

— Comment ça ?

— Ils ne donnent plus signe de vie. Ça fait plus d'une semaine que personne ne les a vus. On ne sait pas où ils sont allés.

Kaleigh écarquilla les yeux.

— Tu crois qu'ils se sont enfuis ?

Regan haussa les épaules et mangea une autre frite.

— Peut-être. Victor était drôlement énervé que le Conseil ne le laisse pas se marier avec Mary. (Il sourit.) Ça sonne bien ça, se marier avec Mary.

— Il voulait l'épouser ? (Kaleigh mit la main sur sa hanche.) J'étais où quand il y a eu tout ça ?

— Aux dernières nouvelles, tu faisais la fête avec une bande d'humains.

— Je ne faisais pas la fête.

Soudain, elle trouvait que les frites sentaient bon et elle se rendit compte qu'elle mourait de faim. Elle n'avait pas mangé de la journée.

— Donne-m'en une, dit-elle en s'emparant d'une frite. En théorie, je suis censée obtenir la permission du bibliothécaire pour consulter les registres.

— Et il faut qu'il accepte de te donner la clé.

— En plus, renchérit-elle. Mais Victor est rapporté disparu.

— Porté disparu, la corrigea Regan.

Elle fit la moue.

— Peu importe. En tout cas, il faut que j'entre dans cette bibliothèque. Comment je vais m'y prendre si Victor n'est pas là ?

— Tu pourrais demander la permission au Conseil.

Elle secoua la tête et prit une autre frite.

— Pas le temps. Ils se réunissent ce soir pour décider s'ils font remonter le cas de Lia jusqu'au Haut Conseil. Je serais obligée d'attendre la session suivante pour obtenir leur accord. D'ici là, Lia pourrait être morte. Je dois y aller maintenant. Ce soir.

Il réfléchit une minute.

— Tu vas voler la clé ?

Elle leva les yeux au ciel.

— Tu es déjà allé chez Victor ? Il me faudrait un siècle pour retrouver une clé dans ce bazar. (Elle lui prit la barquette de frites.) Tu saurais crocheter la serrure d'une porte de bibliothèque ?

— Je pourrais essayer, dit Regan en se léchant les doigts. Ou je pourrais me contenter d'ouvrir de l'intérieur.

Les yeux de Kaleigh se mirent à briller.

— Tu pourrais te matérialiser de l'autre côté de la porte. (Elle le regarda.) Tu ferais ça pour moi ?

— Donne-moi le reste des frites, déclara-t-il en désignant la barquette, et je le ferai.

Elle lui mit la barquette dans les mains.

— On peut y aller maintenant ?

— Désolé, mais mon fidèle second s'est fait arracher sa dent de sagesse l'autre jour et il est en congé maladie. Je dois rester jusqu'à la fermeture.

— Tu ne peux pas t'absenter discrètement quelques minutes ? le supplia-t-elle.

— Comme Mary n'est pas là, je tiens à faire les choses bien. Pour protéger ses intérêts, tu vois, quoi.

Kaleigh poussa un soupir résigné. C'était probablement plus raisonnable de ne pas entrer dans la bibliothèque par effraction en plein jour, de toute façon.

— OK, ce soir. Mais dès que tu fermes la salle de jeu, alors. On se retrouve là-bas.

— Le Conseil va se réunir à minuit. Il risque d'y avoir du monde. Tu veux aller à la réunion et qu'on se retrouve après ?

Elle réfléchit une minute. En admettant qu'elle arrive à entrer dans la bibliothèque, elle n'avait aucune idée du temps qu'il lui faudrait pour trouver ce qu'elle cherchait. Des heures, voire des jours. Lia n'avait pas autant de temps devant elle.

— On se retrouve après la fermeture. Je ferai l'impasse sur la réunion du Conseil. Personne ne s'attend à m'y voir.

Katy revenait vers eux en s'essuyant les mains sur son short.

— Y a plus de papier dans les toilettes, Regan.

Kaleigh l'empoigna par la main.

— Tu veux venir avec moi parler à Lia ?

Katy en resta bouche bée.

— La condamnée ?

— Pas si je peux y changer quelque chose. (Kaleigh conduisit Katy hors de la salle de jeu.) À plus, dit-elle à Regan.

— Hé, il a mes frites, protesta Katy alors que Kaleigh le dépassait en tirant son amie derrière elle.

— T'en as pas besoin. C'est bourré de graisses saturées. (Kaleigh l'entraîna sur la promenade au milieu de la foule.) Ça tombe direct sur les fesses.

Katy regarda par-dessus son épaule.

— Tu trouves que j'ai pris des fesses ?

Chapitre 25

— Allez, chuchota Kaleigh, observant tour à tour la porte de la bibliothèque et le corridor sombre.

Pete Hill était venu remplacer les hommes qui surveillaient Lia au bout du couloir. À l'étage, les membres du Conseil s'installaient.

— Regan ? murmura Kaleigh, les mains plaquées contre la porte.

Elle espérait qu'il ne s'était pas matérialisé dans un endroit improbable, les toilettes du couloir par exemple. Il disait que ça lui arrivait parfois de « s'emmêler les pinceaux ». Même si Kaleigh ne comprenait pas bien ce qu'il entendait par là. Pour l'instant, elle ne connaissait rien à la téléportation ; elle en était encore à s'exercer sur des paquets de chewing-gums et des fourmis.

— Je suis sûr qu'elle ne vous causera pas de soucis, entendit-elle Finn dire à Pete.

Il était probablement venu rendre visite à Lia ; sa famille n'avait pas le droit de la voir.

— Regan, souffla Kaleigh en secouant la poignée. Où tu es passé, bon sang ?

Juste au moment où Kaleigh entendait la porte au bout du couloir s'ouvrir et la voix de Finn se rapprocher, le verrou de la porte de la bibliothèque cliqueta. Kaleigh tourna la poignée, se précipita à l'intérieur et referma derrière elle.

— Ça va ?

— Ouais, dit Regan dans l'obscurité. Je suis un peu rouillé, c'est tout. J'ai atterri en haut d'une étagère.

Même si elle voyait plutôt bien dans le noir, Kaleigh tâtonna à la recherche d'un interrupteur et l'actionna. Une étrange lumière phosphorescente emplit la salle. La bibliothèque ne comportait pas de fenêtres. Tant qu'elle ne ferait pas de bruit et fermerait son esprit aux intrusions, personne ne saurait qu'elle se trouvait là. La bibliothèque étant peu fréquentée, les risques que quelqu'un vienne y bouquiner étaient faibles, surtout en l'absence de Victor. Elle se retourna pour regarder les étagères qui montaient jusqu'au plafond. La pièce sentait le papier et le renfermé.

— Tous ces trucs, ça parle de vampires ?

— Pas que de vampires. (Regan passa un doigt sur la tranche d'un vieux livre en piteux état.) De zombies, de loups-garous, de yétis, il suffit de demander.

— Ça existe ça, les yétis ? souffla-t-elle, fascinée.

— Bon, je vais y aller. Il faut que je sois à la maison quand Finn rentrera. Sinon il va devenir fou et se faire du souci pour moi. Et s'il appelle Mary Kay, ce sera la fin des haricots.

— Pas de problème.

Kaleigh commençait déjà à sortir des livres, à lire leur titre, à les remettre à leur place. Elle prévoyait de partir d'un bout de la pièce et d'éplucher les rayonnages un par un.

— Ça pourrait prendre, quoi, cent ans pour lire tous ces trucs, dit-elle en essayant de ne pas se sentir trop découragée. Mais le Haut Conseil ne va pas se satisfaire de ma parole ou de la tienne, ni même de celle de Lizzy Thomas si on la retrouvait. Il me faut des documents qui prouvent qu'adopter Lia au sein de notre clan est une solution valable.

— Je te proposerais bien de t'aider, mais je ne suis pas doué pour ce genre de choses.

— T'en fais pas, je perds probablement mon temps. Le Haut Conseil ne va pas m'écouter, de toute façon.

— On ne sait jamais. (Il posa la main sur la poignée.) Mets quelque chose contre le bas de la porte pour qu'on ne voie pas la lumière depuis le couloir.

— Bonne idée.

Elle le suivit.

Il esquissa un rictus las.

— Bonne chance.

Elle lui rendit un sourire morose.

— Merci.

— Au fait, Kaleigh.

— Mmm ?

Occupée à lire les titres des livres, elle ne le regarda pas.

— Même si tu ne trouves rien… Même si tu n'arrives pas à aller au bout…

Il hésita.

— Mmm ?

— Ça ne voudra pas dire que tu l'as laissée tomber. (Son ton était terriblement sérieux.) Tu ne peux pas porter tout le poids du monde sur tes épaules.

— Je sais. Bonne nuit, Regan. Et encore merci.

— Bonne nuit.

Kaleigh le laissa sortir puis se servit d'un petit tapis pour bloquer la lumière qui risquait de filtrer sous la porte. Satisfaite du résultat, elle se retourna pour observer les rangées de livres et de manuscrits devant elle.

Il n'y avait pas l'ombre d'une chance qu'elle trouve quoi que ce soit susceptible d'aider Lia. Mais, lorsqu'elle assisterait à la mise à mort de la jeune fille, elle pourrait au moins se dire qu'elle avait essayé.

Finn attendait avec Elena dans le parking du musée, assis sur le pare-chocs de son véhicule de police. L'air était chaud, humide et empli des bruits typiques d'une nuit de juillet : le chant des insectes, le ronronnement du chauffage central, le trottinement d'une souris qui surgissait dans l'herbe sous un cerisier en fleur. Finn prit une profonde inspiration, dissociant chaque odeur : celle de la peau d'Elena, de l'herbe coupée, de l'asphalte encore chaud du soleil de la journée.

Ils se tenaient la main, sans parler. Qu'y avait-il à dire ? Il lui avait fait comprendre que rien ne l'obligeait à venir ce soir-là. Elle n'aurait pas le droit d'assister à la réunion, et ils en connaissaient déjà l'issue. Au point où en étaient les choses, il ne s'agissait plus que d'une formalité ; Lia avait avoué le meurtre des trois jeunes hommes et n'avait pu fournir aucune justification recevable. Le Conseil allait faire suivre son cas au Haut Conseil.

Mais puisqu'Elena avait dit à sa sœur qu'elle serait là pour lui confirmer cette décision, Finn attendait avec elle.

Il porta la main d'Elena à ses lèvres et savoura le contact de sa peau douce, la finesse de ses os.

— J'ai laissé à Celeste le soin de faire nos valises, déclara-t-elle sur un ton distant. Ça l'occupe, comme ça.

Finn ne savait pas que dire. Il n'était même pas certain qu'elle attendait une réponse, aussi se contenta-t-il de l'écouter.

— Elle m'a demandé ce qu'on devait faire des vêtements de Lia, poursuivit-elle d'une voix brisée par l'émotion. Je me disais qu'on pourrait peut-être les donner à une association locale. (Elle le regarda.) C'est faisable ?

— Bien sûr. Euh, je connais un bénévole qui œuvre dans un refuge pour femmes battues du comté. Ils accueillent souvent des adolescentes.

— Tu pourras t'en occuper pour moi ?

Il percevait la souffrance dans sa voix, et cette souffrance devenait sienne.

— Pas de problème, parvint-il à articuler.

Elle garda le silence une minute, mais il devinait qu'elle voulait dire quelque chose. Il aurait aimé pouvoir lire dans ses pensées. De temps à autre ces dernières semaines, il s'en apercevait à présent, il l'avait entendue dans sa tête sans pouvoir le contrôler. Elle non plus, semblait-il. Ça s'apparentait davantage au lien psychique qu'il établissait parfois avec certains humains.

— Finn, dit-elle en choisissant ses mots. Je ne veux pas que tu te sentes responsable de ce qui arrive.

— Si je l'avais arrêtée après le premier…

— Elle aurait déjà été coupable d'avoir assassiné un innocent, acheva Elena pour lui.

Il savait qu'elle avait raison, mais les faits n'y changeaient rien. Il se sentait malgré tout responsable. Il regrettait toujours de ne pas avoir trouvé le moyen d'épargner la vie de ces garçons, d'éviter cette souffrance à Elena et sa famille.

Finn entendit la porte de derrière s'ouvrir et des silhouettes se profilèrent sur le seuil. La réunion était terminée. Les dés étaient jetés. Il serra la main d'Elena.

— Tu veux venir avec moi à la maison ? Même rien qu'un petit moment ? lui demanda-t-il.

— Oui, je voudrais venir avec toi, mais je ne peux pas. Je dois retourner à la villa auprès de ma sœur.

Elle attira la main de Finn sur ses genoux et se pencha pour appuyer la joue contre leurs doigts enlacés.

Il sentit l'humidité des larmes qu'elle versait en silence.

— J'aimerais qu'on puisse refaire l'amour, murmura-t-elle.

— Peut-être…

— Peut-être, l'interrompit-elle.

Mais ils savaient tous deux que ça n'arriverait pas. Le Haut Conseil allait se tenir le lendemain à minuit. Le mieux pour Elena et sa famille était de retourner en Italie sur-le-champ. Ils n'auraient pas le droit d'assister à la réunion du Haut Conseil. Et il ne servirait à rien d'assister à la décapitation, même si le Conseil faisait une exception et leur en donnait la permission.

— Mon travail m'amène en Italie, parfois, dit Finn.

Il regarda plusieurs membres du Conseil traverser le parking. Ils marchaient en silence, la mine grave.

— Peut-être que je pourrais…

— On ne laisse pas les étrangers nous rendre visite chez nous.

— Elena ?

Il étudia son visage. Il n'arrivait pas à croire qu'il était en train de la perdre alors qu'il venait de la trouver.

— Tu ne veux plus me revoir ?

Elle soutint son regard.

— Ce n'est pas ça, Finn. Mais il vaudrait mieux que je me contente de partir. Tu savais dès le départ que ça ne durerait qu'un temps. Je t'avais prévenu. Je dois rentrer chez moi. Toi, tu as ton travail, ta famille, ton espoir.

Finn aurait voulu lui dire qu'elle n'était pas raisonnable. Que les circonstances l'empêchaient de réfléchir. Mais qui était-il pour lui dicter ses sentiments ? Il connaissait la souffrance engendrée par la perte d'un être cher ; on ne pouvait pas la quantifier. Chacun devait la gérer à sa façon.

— J'aimerais que l'on puisse ramener son corps à la maison et l'enterrer dans le cimetière familial, reprit-elle en observant les silhouettes silencieuses happées par les ténèbres.

— Ce n'est pas possible, hélas. C'est trop compliqué de faire passer un corps à la douane, dit-il, espérant qu'il n'aurait pas à développer davantage.

— Je comprends.

Apercevant le voisin de palier de sa mère, Finn se leva.

— Je reviens tout de suite. (Il s'avança vers Joe.) Le Haut Conseil ?

Joe retourna du bout de sa basket le gravier du parking.

— Demain soir, répondit-il en évitant le regard de Finn.

— Merci. (Finn lui serra le bras et revint sur ses pas, jusqu'à l'endroit où Elena l'attendait.) C'est fait, dit-il.

Il resta planté devant elle.

Elle était toujours assise sur le pare-chocs de la voiture de police. Elle portait une robe d'été et un gilet blanc léger dont elle triturait l'ourlet.

— Je ferais mieux d'y aller.

— Tu veux que je te ramène ?

Elle se leva et défroissa sa robe.

— Je crois que j'ai besoin de marcher.

— Je pourrais marcher avec toi.

Elle avait les larmes aux yeux, mais elle parvint à esquisser un sourire. Elle lui caressa la joue.

— Je préfère marcher seule.

Puis elle l'embrassa, s'attardant un moment sur ses lèvres.

Finn la regarda s'éloigner, et se demanda s'il la reverrait un jour.

Ce furent les vibrations de son portable dans la poche de son short qui réveillèrent Kaleigh. Elle leva la tête de la table et essuya un peu de bave sur la page d'un livre. Elle ignorait combien de temps elle avait dormi ; c'était impossible à dire dans une pièce sans fenêtres. La dernière fois qu'elle avait vérifié, il était 4 h 30.

Le téléphone vibrait toujours et elle l'extirpa de sa poche. C'était Katy.

— Salut.

— Il faut que tu appelles ta mère dans les cinq minutes, sinon on est grillées. C'est la deuxième fois que je t'appelle. T'es toujours à la bibliothèque ?

Encore ensommeillée, Kaleigh s'essuya la bouche du dos de la main. Elle était collante, à cause des nounours en gélatine qu'elle avait mangés au milieu de la nuit quand elle avait eu faim. Et à présent elle avait soif. Atrocement soif.

— J'y suis toujours.

— T'as trouvé des trucs ?

— Si j'avais trouvé, tu crois que je serais encore là ? lui renvoya Kaleigh, exaspérée. (Elle se leva pour dégourdir ses jambes ankylosées.) Excuse.

— C'est rien, assura Katy gentiment. Mais faut que t'appelles ta mère. Je lui ai dit que t'étais sous la douche.

Kaleigh bâilla et fit courir son doigt le long d'une étagère tandis qu'elle lisait les tranches des livres. La bibliothèque était devenue un véritable capharnaüm. Après avoir vérifié le titre de chaque livre jusqu'au dernier, elle avait parcouru les journaux de bord et les notes. L'organisation laissait à désirer. Certains ouvrages étaient classés par date, d'autres par région. Et parfois, rien ne semblait expliquer pourquoi elle trouvait tel document à tel endroit.

— Je vais l'appeler, dit Kaleigh.

— Tu veux qu'on se retrouve au restaurant ? Pour le petit déjeuner ?

— Tout ce que je veux, c'est aller aux toilettes. (Kaleigh soupira.) Mais un petit déjeuner serait peut-être une bonne idée. Je reviendrai après.

—Comment tu vas faire pour rentrer de nouveau ?

—En laissant la porte ouverte. Qui va vérifier ? Je reviendrai en douce ensuite.

—Je pourrais venir avec toi, proposa Katy. On racontera à nos mères qu'on va à la plage, et comme ça je pourrai t'aider.

—Je ne sais pas, hésita Kaleigh. (Elle descendit une grande boîte en carton de l'une des étagères et la transporta jusqu'à la table.) Je ne veux pas que tu t'attires des ennuis.

—Ce n'est pas comme s'il te restait beaucoup de temps, la raisonna Katy. Le Haut Conseil se tient ce soir.

Kaleigh se laissa tomber sur sa chaise et écarta les cheveux de son visage.

—Je ferais mieux d'appeler maman. On se voit au restaurant.

—J'apporte de quoi grignoter pour plus tard, dit Katy, excitée. À tout de suite.

Kaleigh fut bien avisée de laisser Katy l'aider car ce fut son amie qui, en fin de compte, trouva ce qu'elle cherchait.

Sur le coup de 18 heures, Kaleigh avait été sur le point d'abandonner. À force de se pencher sur des documents et de transporter des livres et des cartons, son dos la faisait souffrir, et ses yeux étaient irrités d'avoir trop essayé de déchiffrer les mots à l'encre passée des vieux tomes.

Kaleigh venait de s'effondrer en déclarant qu'il n'existait aucune preuve écrite qu'un vampire allemand ait été adopté par la famille Thomas lorsque Katy tomba sur un document intitulé « Notes de terrain », rédigé par un certain Robert Kahill en 1674. Le Rob de Kaleigh. Le lieu cité était Londres, en Angleterre.

—Écoute ça, dit Katy, excitée. J'ai trouvé un truc qui parle d'aider des V à attraper des zombies qui tuaient des civils. L'écriture est dingue. C'est de l'anglais soutenu, mais…

— Ça ne sert à rien, Katy. C'est pas là.

— Tu m'écoutes, ou quoi ? s'écria Katy.

Kaleigh jeta un coup d'œil à la porte.

— Tu pourrais peut-être baisser le ton ?

— C'est Johnny qui est de garde. Il a apporté une télévision. Il regarde *Qui veut gagner des millions ?* alors, à moins que tu connaisses le surnom de la punaise d'Afrique occidentale, aucun risque qu'il t'entende. (Katy se pencha sur la table encombrée de livres et de feuilles volantes.) Et maintenant, tu vas ramener ton joli petit derrière ici et regarder ça.

— Mon derrière est surtout fatigué, et ce n'est pas là. L'information qu'on cherche n'est pas là. Si ça se trouve, c'est même jamais arrivé.

Mais Kaleigh se leva et se traîna tout de même jusqu'à la table.

— Juste là, indiqua Katy.

Kaleigh observa un court instant la feuille de papier reliée dans un petit carnet de notes en cuir, puis la caressa du bout des doigts.

— C'est l'écriture de Rob, murmura-t-elle.

— Ah bon ? (Katy regarda à son tour et grimaça.) Ça ressemble pas à son écriture. Bon, c'est bien son nom à l'intérieur de la couverture.

— Pas son écriture d'aujourd'hui, dit Kaleigh en étudiant la page. Celle d'il y a longtemps, murmura-t-elle d'un ton rêveur.

Elle était si fatiguée qu'elle n'arrivait pas à mettre de l'ordre dans ses pensées. Elle se rappelait vaguement ces années, mais son souvenir ressemblait davantage à quelque chose qu'elle aurait vu à la télévision qu'à une expérience personnelle. Rob avait bel et bien été envoyé à Londres pour un bref séjour, et s'était retrouvé mêlé à une histoire de zombies. Elle l'avait simplement oublié jusqu'à ce moment.

Kaleigh lut une page et la suivante, puis en sauta quelques-unes. La narration était lente, l'encre à moitié effacée et la langue on ne peut plus soutenue, mais ce que Rob avait écrit ne prêtait pas à confusion. Il avait retranscrit en détail l'histoire d'un garçon du nom de George Baecker. Kaleigh leva les yeux vers Katy.

— Doux Jésus, souffla-t-elle. Il y a peut-être là tout ce qu'il nous faut.

— Ça y est ? Vraiment ? (Katy se mit à sautiller sur place et à battre des mains.) Tu plaisantes ! C'est Rob qui l'a écrit ? Rob est au courant ?

— Je doute qu'il s'en souvienne. (Kaleigh referma le livre.) Je lui demanderai, bien sûr, mais tu ne comprends pas ? Ça n'a pas d'importance qu'il se le rappelle ou pas. Il l'a écrit. (Elle serra le livre contre sa poitrine.) C'est pour ça qu'on prend toujours des notes. Pour ne pas avoir à se rappeler les choses.

Elle se dirigea vers la porte.

Katy attrapa son sac à dos posé sur la chaise.

— Où est-ce qu'on va ?

— D'abord voir Rob, puis Finn. Finn saura que faire de ça.

Alors qu'elle passait la porte, Katy balaya du regard le bazar qu'elles laissaient derrière elles.

— On devrait pas ranger tout ça ?

— Pas le temps. La sentence va être exécutée sur-le-champ. Si on arrive à convaincre le Haut Conseil que cette solution vaut mieux que la décapitation, il faut qu'on soit prêts à le faire.

Katy traversa le couloir en vitesse derrière Kaleigh, passant devant la pièce où Lia était retenue prisonnière.

— Prêts à le faire ? À faire quoi ?

— Tu ne vas jamais me croire. C'est trop dingue pour…

Une porte s'ouvrit derrière les filles et Johnny Hill passa la tête par l'encadrement. Le bruit du jeu télévisé *Qui veut gagner des millions ?* s'éleva dans le couloir.

— Hé ! Qu'est-ce que vous fabriquez là, toutes les deux ? (Il regarda dans la direction opposée, repéra la porte ouverte de la bibliothèque et se retourna vers elles.) Hé !

— On rangera plus tard, Johnny, lança Kaleigh.

Puis les deux filles se ruèrent dans l'escalier.

Finn sortit de son bureau, laissant les adolescentes qui s'amusaient à tour de rôle dans sa chaise à roulettes en buvant du Coca-Cola et en mangeant des crackers au fromage qu'il avait pris dans la salle de détente. Il était éberlué par ce qu'elles avaient découvert à la bibliothèque, mais il n'avait pas de temps à perdre ; il devait agir.

Il avait eu l'intention d'appeler le docteur Caldwell afin de faire les arrangements nécessaires au cas où ils parviendraient à convaincre le Haut Conseil de la validité de la solution proposée par le carnet de notes. Rob, hélas, ne se souvenait pas de l'incident. Il ne se rappelait même pas ce cycle de vie. Pourtant, Finn était certain que Kaleigh avait raison. Il importait peu que Rob ne puisse pas témoigner ; il l'avait déjà fait dans son journal.

Avant d'appeler le médecin, Finn composa un autre numéro. Il pria pour qu'elle décroche.

La sonnerie retentit une, deux, trois fois. D'un instant à l'autre, le répondeur allait prendre le relais. Le cœur de Finn s'emballa.

— Elena, murmura-t-il.

— Allô ?

Le son de sa voix prit Finn de court. Il avait craint qu'elle ne fût déjà partie.

— Elena ! C'est Finn.

— Je ne peux pas te parler, Finn. Le van qui nous emmène à l'aéroport est arrivé.

— Non ! Non, tu ne peux pas partir. (Il serra le téléphone.) Toi et ta famille devez rester ce soir. Vous devez être ici.

— On avait convenu que notre présence n'était pas nécessaire. Nous avons déjà fait nos adieux à Lia, dit-elle tristement.

— Non, tu ne comprends pas.

Il jeta un coup d'œil vers son bureau. Kaleigh l'observait. Il leva un doigt pour lui signaler qu'il serait à elle dans un instant.

— Elena, il faut que tu restes, répéta Finn. Kaleigh a peut-être trouvé le moyen de sauver Lia.

Il y eut un silence au bout du fil. Finn commença à craindre qu'elle ait raccroché.

— Elena ?

— Tu pourrais la sauver ? parvint-elle à articuler, en proie à une vive émotion.

— C'est compliqué. Elle ne pourra plus jamais retourner chez elle.

— Ça nous est égal, dit Elena, désespérée. N'importe quoi vaudrait mieux que ça. Ma sœur, elle…

Elle s'étrangla avant de réussir à terminer sa phrase.

— Écoute, j'ai beaucoup à faire et peu de temps devant moi. L'audience va se dérouler dans le cimetière. Tu sais où se trouve l'église, n'est-ce pas ?

— Oui.

— Sois-y à minuit avec ta famille. Venez à pied. N'attirez pas l'attention sur vous et n'apportez pas de lampes torches, évidemment.

— Entendu.

— Et préparez-vous à lui dire au revoir… (il retint son souffle) quoi qu'il arrive.

— Merci, Finn, balbutia Elena. Je… ma famille ne te remerciera jamais assez.

Son regard se posa sur le tableau d'affichage accroché au mur en face de lui. Punaisées tout en haut se trouvaient les photos des trois victimes de Lia. Les jeunes hommes souriaient tous.

— Ne pas avoir à annoncer à une autre famille qu'un être cher est mort, ça me suffira amplement.

Chapitre 26

Finn marchait plus lentement qu'à l'ordinaire ; Lia avait de petites jambes et il devait s'adapter à son allure. Pete Hill avait suggéré de lui passer des fers, mais Finn s'y était opposé. La fille n'allait pas essayer de s'échapper alors que deux vampires l'escortaient. Finn se demandait même si elle en avait envie. Au cours des deux derniers jours, malgré ses mots au moment où ils l'avaient emprisonnée, son attitude avait changé. Alors qu'il n'avait vu en elle que colère la première nuit, il lisait à présent du remords sur son visage. Elle ne les avait pas suppliés de l'épargner. Elle semblait se résigner à son sort avec une dignité surprenante. Kaleigh avait peut-être raison de penser que son âme pouvait être sauvée.

Encadrée par Finn et Pete, Lia descendait la rue sombre. Elle ne regardait ni les alentours, ni ses gardiens ; elle se contentait d'avancer, tête baissée, comme si elle sentait la fin approcher.

Au moment de la faire sortir de sa cellule et de la conduire auprès des membres du Haut Conseil qui l'attendaient, Finn avait été tenté de lui dire qu'elle avait une chance d'être épargnée, mais il s'était ravisé. Cette décision ne lui appartenait pas. Et peut-être craignait-il surtout de lui donner de faux espoirs.

— C'est encore loin ? demanda Lia.

Cela faisait des heures qu'elle n'avait pas dit un mot.

— Plus très.

D'ordinaire, le Haut Conseil se réunissait dans le musée. Cependant, compte tenu de la décapitation imminente, le procès devait avoir lieu dans le cimetière de la vieille église en brique de Saint-Patrick. Kaleigh avait prévenu Gair qu'elle comptait proposer une alternative à la peine de mort et lui avait demandé d'accorder à la famille Ruffino la permission d'assister au procès. Par miracle, il avait accédé à sa requête. Finn n'était pas entièrement certain que leur présence soit une bonne idée, mais il se réjouissait de revoir Elena une dernière fois.

Finn et Pete menèrent la prisonnière – qui ressemblait davantage à une adolescente effrayée qu'à une meurtrière sans cœur – jusqu'à l'église sombre et silencieuse. Les Kahill venaient y prier saint Patrick depuis sa construction vers la fin du XVIIe siècle. Derrière l'église, sous le couvert des chênes et des érables argentés, se dressait une grille en fer forgé qui ouvrait sur le cimetière.

Il ne s'agissait pas d'un cimetière ordinaire. Les Kahill n'y étaient pas enterrés mais ramenés à la vie dans des corps d'adolescents. Les stèles en marbre marquaient l'emplacement de fausses tombes, à l'exception de quelques-unes dont celles des trois membres du clan tués deux ans plus tôt. Certaines anciennes, d'autres plus récentes, les pierres tombales servaient à faire croire aux humains de passage qu'il s'agissait d'un cimetière quelconque et pittoresque comme il y en avait tant dans la région.

— Ça fout les jetons, murmura Lia en se rapprochant de Finn.

En plus d'en avoir l'apparence, elle parlait comme une petite fille. Finn avait du mal à l'imaginer ayant eu des rapports sexuels avec trois jeunes hommes avant de les assassiner. Enfin, elle n'avait couché qu'avec deux d'entre eux. Avec Richie, ça n'avait pas été nécessaire, comme Lia l'avait expliqué au cours de sa confession la nuit où Finn avait été appelé à la Villa Rose.

— Il fait si noir, murmura Lia. Je sais que c'est bête, mais je n'ai jamais aimé le noir.

Son commentaire renforçait l'argument de Kaleigh, qui soutenait que même si cette fille avait cinq cents ans, elle restait une enfant à bien des égards et ne pouvait pas être jugée comme une adulte.

— Tout va bien, chuchota Finn, surpris de la compassion qu'il éprouvait pour elle. Tes parents seront là.

— Et Kaleigh ? demanda-t-elle d'une voix mal assurée.

— Elle aussi.

— Elle a été gentille avec moi, commenta-t-elle tout bas.

Finn conduisit la fille au cœur du cimetière, à l'endroit où il rejoignait la réserve naturelle, et ils foulèrent l'herbe douce et odorante qui poussait là.

Lorsqu'elle arriva en vue des membres du Haut Conseil, Lia étouffa un cri et se figea. Ils étaient déjà assemblés en cercle autour du mausolée qui servait de plateforme pour les corps de ceux qui subissaient la transformation. Les membres portaient de longs manteaux noirs de cérémonie, aux capuchons rabattus sur leurs visages. Finn les connaissait tous ; Fia se trouvait parmi eux.

— Tu dois te mettre là-bas, dit Finn en la poussant doucement. *Merci, Pete. Je peux m'en charger à partir de maintenant*, lui transmit-il.

Pete recula de quelques pas.

— Juste là.

Finn indiqua à Lia la tombe de Mary O'Malley à côté de laquelle elle devait se tenir. C'était un trait d'humour ; il n'y avait personne de ce nom enterré au cimetière, mais ils avaient tous connu une Mary O'Malley autrefois. Ses fils étaient les chasseurs de vampires qui avaient fait fuir les Kahill d'Irlande et leur avaient donné sans le vouloir une chance de racheter leurs péchés.

— Je dois rester debout ? demanda Lia, tremblante.

— Tu peux t'asseoir si tu veux. Ils te diront quand te lever.

La jeune fille regarda la stèle derrière elle puis, voyant qu'elle n'avait pas le choix, s'assit sur la tombe envahie d'herbes folles.

Kaleigh entra dans le cimetière avec Patrick Caldwell, le seul médecin de la ville. Ce dernier transportait un gros sac à dos. Derrière eux s'avancèrent les membres de la famille Ruffino, vêtus de noir, têtes courbées comme s'ils faisaient déjà leur deuil.

— Reste tranquille, Lia, l'avertit Finn. (Il dépassa Kaleigh alors qu'il se dirigeait vers Elena.) *Prête ?* lui transmit-il.

— *Je crois que je vais vomir*, lui renvoya-t-elle.

Finn se retint de sourire.

En apercevant sa famille, Lia étouffa un sanglot mais ne se leva pas. Les Ruffino savaient devoir rester en retrait. Finn adressa un signe de tête à Celeste et son mari, puis prit Elena par la main et l'entraîna à l'écart du groupe.

— Qu'est-ce que tu leur as dit ? chuchota-t-il.

Il n'avait plus de raison de lui tenir la main, mais il ne la lâcha pas.

— Simplement que le Haut Conseil réclamait notre présence.

— Ils s'attendent à ce qu'elle meure ?

Elle le regarda dans les yeux. Les siens étaient emplis de larmes.

— J'ai pensé que c'était préférable.

— Tu as probablement raison, approuva-t-il, la mine grave.

Un mouvement dans les arbres en bordure du cimetière attira l'attention de Finn. Gair le vit en même temps que lui. Les uns après les autres, ils sortaient de la forêt pour se rassembler au sommet d'une petite butte. Finn reconnut les adolescents. C'était « la bande à Kaleigh » : Rob, Katy, son petit ami Pete, et d'autres qui avaient tous à peu près le même âge.

Sans un mot, Gair se tourna vers Kaleigh.

— S'il vous plaît, murmura Kaleigh au vieil homme.

Elle posa la main sur son bras, un geste que peu d'individus au sein du clan se seraient permis lorsque Gair portait sa robe noire.

— Si le Haut Conseil valide ma proposition, nous aurons besoin d'eux, dit-elle en veillant à garder un ton respectueux.

Finn ne voyait pas l'expression du visage de Gair, mais il sentit qu'elle s'adoucissait. Il avait toujours eu un petit faible pour Kaleigh. Et c'était aussi le genre de meneur à savoir quand accorder une marge de manœuvre à son peuple.

— Ils ne pourront pas prendre part au procès.

— Je le sais, et eux aussi.

Elle leva les yeux vers ses amis.

Ils restaient à la lisière des arbres.

Gair s'écarta de Kaleigh et leva les bras au ciel.

— *Caraidean.*

Les adolescents, qui n'avaient pas fait beaucoup de bruit jusque-là, devinrent muets comme des tombes. Des fantômes dans les ténèbres. On n'entendit plus que le vent qui bruissait dans les arbres et le chant nocturne des oiseaux et des insectes.

— C'est l'heure, dit Finn en soutenant le regard d'Elena. Vous êtes là en observateurs. Vous n'avez pas le droit de participer, de quelque manière que ce soit. Vous n'avez pas le droit de parler à moins que notre chef vous l'ordonne. Et quoi qu'il arrive, vous devez tous rester ici sur le bas-côté, entendu ?

Elena hocha la tête. Elle comprenait que même si Kaleigh ne parvenait pas à convaincre le Conseil d'épargner Lia, même si Lia était condamnée à mort et que la sentence était exécutée, la famille Ruffino ne pourrait pas intervenir.

— Y a-t-il une chose que je puisse faire ? chuchota Elena tandis qu'elle retournait auprès des membres de sa famille, serrés les uns contre les autres.

— Prier, répondit-il.

Puis il serra sa main, la laissa partir et s'avança derrière Lia au milieu des pierres tombales.

— *Caraidean*, répéta Gair, certain à présent d'avoir l'attention de tous. Nous sommes assemblés cette nuit en accord solennel avec les lois établies par ce clan…

Il déclama les formules du rituel sacré. Comme toujours, il s'exprimait en gaélique, ce dialecte ancien qui était leur langue maternelle. Sa voix rocailleuse résonnait dans la nuit. À chacun de ses mots, les vies de ceux présents semblaient se lier davantage, jusqu'à ce qu'une faible lumière bleue se matérialise dans un crépitement et forme un arc entre les douze membres du Conseil encapuchonnés.

Selon la tradition des réunions du Haut Conseil, Gair fit le récit de la formation du clan, au Ve siècle de l'ère connue. C'était à l'époque de la déchéance de Rome, lorsque les grandes tribus d'Irlande et d'Écosse, tiraillées entre les vieilles traditions et les nouvelles, se battaient au nom de leur religion. Le christianisme étendait son influence, non sans violence. C'était à cette époque que le clan avait développé son goût du pouvoir et du sang.

Puis était arrivée la *mallachd*.

Ils furent tous maudits par Dieu pour avoir refusé de renier leurs divinités païennes et d'accepter le message de la nouvelle foi apporté par saint Patrick. Ils furent maudits pour avoir versé le sang de l'humanité.

Avec tout le talent d'un comédien expérimenté, le chef poursuivit son discours tant de fois honoré. Il rappela aux membres du Conseil le serment qu'ils avaient prêté trois siècles plus tôt. Il les avertit de l'importance de la décision que le Haut Conseil allait prendre ce soir-là, et de la raison pour laquelle il leur fallait prononcer de tels jugements. Il leur rappela leur but ultime : alléger la douleur et les souffrances des humains afin d'obtenir l'absolution par Dieu des péchés qu'ils avaient commis bien des siècles auparavant.

Sans autre forme d'introduction, Gair revint à l'anglais et demanda à Finn d'énoncer les faits. Finn s'efforça de contenir ses émotions. Il savait qu'en fournissant les détails que tous dans le cimetière connaissaient déjà, il condamnait Lia à mort. D'une voix qui sonnait comme un mauvais augure, il termina sur les noms des trois hommes morts :

— Colin Meding, Richie Palmer, Trey Cline.

Gair se tourna vers Lia, toujours assise sur la fausse tombe de Mary O'Malley, et lui fit signe de se lever.

Alors que Finn s'écartait, il dut lutter contre l'envie d'aider la jeune fille à se mettre debout.

Lia tremblait de tout son corps.

— Tu as entendu les charges retenues contre toi, déclara Gair sur un ton grave.

Il ne tirait aucun plaisir de ce genre de procédures.

— Que plaides-tu ?

Un silence écrasant planait sur le cimetière. Les membres du Haut Conseil attendirent. Les adolescents attendirent. La famille de Lia attendit. Même si tous connaissaient la réponse, ils attendaient.

— Coupable, déclara Lia d'une voix étonnamment claire.

Une chouette ulula dans la nuit.

— Coupable, répéta Gair avant de lever les mains au ciel. Avant que la sentence soit prononcée, quelqu'un désire-t-il plaider pour la défense de cette femme ?

Finn croisa le regard d'Elena et secoua la tête. L'invitation de Gair ne concernait que les Kahill.

Lia laissa retomber ses mains le long de son corps. Sa mère lui avait envoyé des vêtements propres à mettre ce soir-là. Elle portait une robe d'été jaune. Finn se demanda si cette robe serait son linceul.

Se rendant compte qu'elle n'avait pas encore pris la parole, Finn regarda Kaleigh.

— *Vas-y,* lui transmit-il. *On t'écoute. C'est ta chance.*

Kaleigh s'avança.

— Moi. J'aimerais parler au nom de l'accusée.

Des chuchotements s'élevèrent du groupe d'adolescents en bordure du cimetière. Leurs pensées fusaient en tous sens, se mêlant à celles des membres du Conseil.

— *Fonce, la miss.*

— *J'ai entendu dire qu'elle allait parler.*

— *Voilà pourquoi ces audiences devraient rester privées.*

— *Si ça marche, il faudra qu'on soit amis avec elle ?*

— *Sainte mère de Dieu, qu'est-ce qu'elle s'imagine pouvoir dire pour la défense de cette fille ? L'Italienne a avoué !*

— Kaleigh. (La voix de Gair sembla s'adoucir.) Tu souhaites défendre cette femme qui a librement avoué sa faute ?

— Je n'ai pas l'intention de remettre le verdict en question.

La voix de Kaleigh tremblait lorsqu'elle s'écarta du docteur Caldwell et s'avança devant la tombe où se tenaient les membres du Conseil encapuchonnés.

— C'est… c'est la sentence que je souhaite contester. (Elle s'interrompit pour déglutir.) Si l'on prend nos lois au pied de la lettre, cette fille devrait être décapitée pour crimes commis contre des humains. Mais j'aimerais signaler qu'on ne peut pas la tenir pour responsable de ses actes comme on le ferait pour l'un de nous.

De nouveaux chuchotements se firent entendre. Finn bloqua les pensées qui fusaient encore autour de lui. Elles l'empêchaient de se concentrer sur ce que Kaleigh avait à dire.

— La malédiction de Lia Ruffino Deluce n'est pas la nôtre. Tous les membres de sa famille, ainsi que les autres habitants de son village, ont été changés en vampires à cause des péchés de son grand-père. Depuis le XVe siècle, elle est prisonnière de ce corps d'enfant et, pire encore, de cette âme d'enfant.

— *C'est vrai qu'on dirait une enfant, non ?*

— *Ma petite Maria avait le même doux sourire.*

— *Arrête, tu penses sérieusement qu'elle n'avait pas conscience de ses actes ?*

— *Une enfant ? Je me moque de son apparence. Elle les a baisés et leur a tranché la gorge.*

Finn espérait que Kaleigh aurait la présence d'esprit de ne pas écouter les pensées de tout le monde, y compris celles de ses amis. Il croisa son regard et elle enchaîna plus rapidement, comme si elle craignait que les membres du Conseil s'impatientent et tranchent la tête de Lia avant qu'elle ait fini de plaider sa cause.

— La *mallachd* de la famille Ruffino ne comprend pas de cycles de vie. Bien que cette fille ait cinq cents ans, sur le plan émotionnel elle en a toujours quatorze. C'est à peu près l'âge où nous renaissons tous.

Kaleigh marqua une pause et observa chaque silhouette encapuchonnée.

— Vous condamneriez l'un des nôtres le jour même de sa renaissance ? (Elle hésita.) Ce que j'essaie de dire, c'est que nos lois s'appliquent à ceux d'entre nous dont l'âme est ancienne. Ce n'est pas le cas de Lia.

— Même si ce que tu dis est vrai, elle doit être punie, objecta Gair. On ne peut pas la laisser libre de courir le monde et de tuer des humains, sous prétexte qu'elle n'a pas conscience de ses actes. Il est de notre devoir de protéger les humains de Dieu des vampires comme elle.

— Elle doit être punie.

Les voix se pressaient aux portes de l'esprit de Finn.

— Elle doit être punie.

— Oui, approuva Kaleigh. Et elle le sera, mais j'ai ici le compte-rendu d'une sentence appliquée par une autre famille qui serait peut-être plus appropriée à ce cas de figure. Elle nous est rapportée de la main même de Rob Kahill, au XVIIe siècle.

— Mais elle n'a pas été appliquée par notre famille ? s'enquit Gair.

— Non. (Kaleigh tendit la main et le docteur Caldwell lui donna un petit livre relié de cuir.) Mais nous avons déjà eu recours aux précédents d'autres familles par le passé, dit-elle en serrant le livre contre sa poitrine. Vous vous souvenez sûrement de cette fois où nous avons approuvé la décision de la famille Chin à Singapour ? Et… et l'incident de la Marque Rouge, avec le clan Coyote de la nation comanche ?

Gair hocha la tête, et Finn aurait pu jurer qu'il détectait une pointe de fierté dans la voix du vieil homme :

— Tes souvenirs te reviennent. Tu commences à savoir t'en servir. C'est une bonne chose, Kaleigh, pour nous tous, dit-il, haussant le ton. Quelle punition proposes-tu donc ?

Kaleigh jeta un coup d'œil à Finn.

— *Ils m'écoutent*, lui transmit-elle.

— *Je t'avais dit que c'était possible*, répondit-il.

— Je pense que vous devriez l'entendre de sa bouche.

Kaleigh tendit la main. Rob sortit de l'ombre et descendit de la butte pour se placer à son côté. Elle lui donna le carnet, ouvert à la bonne page. Au début, la voix de Rob tremblait, mais au fil de sa lecture il prit de l'assurance. Il rapporta l'effrayante histoire d'un jeune vampire allemand embrigadé par des zombies, et les crimes que ce garçon avait commis sur leurs ordres dans les rues de Londres. La famille Thomas avait arrêté le garçon et l'avait jugé coupable de ces crimes, mais pas entièrement responsable de ses actes. Rob relata ensuite le procédé par lequel les Thomas avaient tué le garçon pour le ramener d'entre les morts et en faire l'un des leurs.

Chaque vampire présent dans le cimetière buvait les paroles de Rob. Lorsqu'il eut fini, il referma le carnet et regarda le chef.

— C'est la solution que tu proposes ? demanda Gair à Kaleigh.

— Oui, dit-elle en soutenant son regard. Je propose qu'on vide Lia de son sang et qu'on le remplace par le nôtre. Je propose que nous fassions d'elle une Kahill.

Chapitre 27

L'idée de Kaleigh rencontra moins de résistance que ce que Finn avait anticipé. Gair laissa les membres du Haut Conseil poser des questions à Kaleigh et au docteur Caldwell sur les détails pratiques du rituel d'adoption, consignés par Rob plus de trois cents ans auparavant. Lorsqu'ils eurent répondu aux interrogations des membres et après le vote, Gair demanda à Lia de s'avancer.

Finn jeta un coup d'œil à Elena alors que la jeune fille se rapprochait pas à pas de la silhouette autoritaire de leur meneur drapé de noir. Celeste s'accrochait au bras de sa sœur comme si elle voulait l'arracher.

— Nous avons affaire à des circonstances hors du commun, dit Gair à Lia. (Il surprit l'assemblée en repoussant son capuchon et dévoilant son visage de grand-père.) À la suite de ta confession, tu as été déclarée coupable, mais le Haut Conseil a décidé de te laisser choisir ta peine. Soit tu seras décapitée, soit tu peux accepter la punition décrite dans le texte qui vient d'être lu.

Lia tourna la tête vers ses parents.

Celeste tenta de faire un pas chancelant vers elle, mais Vittore et Elena la retinrent. Debout à côté de sa plus jeune sœur, Beppe regardait la scène sans intérêt manifeste.

— Je… je ne pourrai jamais rentrer chez moi ? demanda Lia.

Elle semblait ne pas avoir très bien compris ce qu'impliquait la punition de recours proposée par Kaleigh.

— Tu ne pourras jamais retourner en Italie, pas en tant que membre de la famille Ruffino du moins. Clare Point deviendra ton chez-toi, lui expliqua Gair. Nous serons à l'avenir ta famille.

Lia se tourna de nouveau vers les siens.

— Je ne… je ne me souviendrai pas de ma mère ?

— Ça vaut mieux comme ça, non, tu ne crois pas ? lui glissa Kaleigh.

Lia regardait toujours sa mère pleurer.

— Je… je ne sais pas, dit-elle d'une voix absente. Je ne m'imagine pas ne plus jamais rentrer chez moi.

— Choisis la vie ! s'écria Celeste.

Elena fut obligée de la retenir.

Gair jeta à Finn un regard d'avertissement, et Finn s'avança vers les Ruffino.

— Tu dois prendre une décision, mon enfant, la pressa Gair.

— Si tu ne le fais pas pour toi, chuchota Kaleigh, fais-le pour ta famille.

Le regard de Lia se posa sur Kaleigh.

— Tu penses vraiment que c'est mieux que de… mourir ?

Kaleigh serra les mains de Lia.

— Je n'en suis pas absolument certaine, mais si tu deviens une Kahill je pense que tu hériteras de nos cycles de vie.

— Je pourrai devenir adulte ?

— Je ne peux pas te le promettre, mais je crois. (Kaleigh resserra son étreinte.) Mais le plus important, c'est que tu as une chance de sauver ton âme. Tu sais que se faire décapiter n'est pas vraiment mourir.

— Il nous faut une réponse, annonça Gair.

Lia regarda sa famille une dernière fois puis, lâchant les mains de Kaleigh, fit face au chef du clan.

— Oui, dit-elle d'une petite voix. J'accepte de devenir une Kahill.

Les adolescents dans les bois se mirent aussitôt à échanger des commentaires. Celeste poussa un cri qui, comme le devinait Finn, devait être un mélange de joie et d'angoisse.

— Je peux leur dire au revoir ? demanda Lia.

— Tu leur as déjà dit au revoir, répondit Gair alors qu'il invitait le docteur Caldwell à se rapprocher. Nous devons commencer le rituel sur-le-champ.

— S'il vous plaît… le supplia Lia en joignant les mains. Laissez-moi juste aller là-bas. Ça ne prendra pas plus d'une seconde, je vous le jure.

Gair hésita, puis agita sa main ridée.

— Fais vite. (Il se tourna vers le docteur Caldwell.) Vous avez pris les ustensiles nécessaires ?

— Oui, monsieur.

Lia enjamba en courant les tombes qui la séparaient de sa famille et se jeta dans les bras de sa mère.

— Pardonne-moi, dit-elle en pleurant.

Finn s'écarta pour accorder aux parents un dernier instant d'intimité avec leur fille. Lorsqu'Elena la prit dans ses bras, il détourna le regard. En tant que représentant du chef de la police, il ne voulait pas pleurer devant le Haut Conseil.

— On te pardonne, sanglota Celeste en serrant sa fille sur son cœur. Bien sûr qu'on te pardonne.

Lia s'arracha des bras de sa mère et embrassa son père et sa petite sœur. Elle jeta un regard à Beppe, puis s'en alla.

— Je suis prête, annonça-t-elle alors qu'elle rejoignait les membres du Haut Conseil en essuyant ses larmes.

— Commençons, en ce cas.

Gair s'écarta de la tombe surélevée et les autres silhouettes encapuchonnées l'imitèrent.

— Nous allons avoir besoin de donneurs, expliqua le docteur Caldwell.

Il y eut un moment de silence, troublé seulement par le souffle du vent et les gémissements de celle qui allait perdre sa fille.

Le médecin du clan leva les yeux.

— Il faut que des membres de notre clan fassent don de leur sang. Plus il y aura de volontaires, mieux ça sera. Si j'ai bien compris l'explication de Rob, elle héritera des souvenirs de ceux qui lui donneront leur sang.

Il attendit.

Une autre seconde s'écoula.

— Moi, dit Kaleigh en levant la main. Je vais donner mon sang. (Elle dévisagea les membres du Conseil.) Je vous en prie. Ce n'est qu'un demi-litre par personne, ajouta-t-elle d'une voix où perçait une pointe de colère.

Finn regarda à son tour les membres du Conseil, surpris par leurs réticences. S'ils étaient prêts au nom du clan à adopter cette fille, pourquoi ne voulaient-ils pas donner leur sang ? Avaient-ils peur d'assumer la responsabilité d'une autre vie ?

— Moi, déclara-t-il, sans cacher son agacement.

Il jeta un coup d'œil à la silhouette drapée de noir qu'il savait être sa sœur.

— Un demi-litre, ce n'est rien, dit Fia en s'avançant. Qui se joint à moi ?

— Moi.

Rob, qui était retourné auprès du groupe d'adolescents, redescendit la colline et entra dans le cimetière.

— Moi.

Katy se précipita à sa suite.

— Moi.

— Bien sûr, pourquoi pas ?

— Attendez-moi !

Le cœur de Finn se gonfla de fierté à la vue des adolescents qui descendaient dans le cimetière, un par un.

— Tu dois t'allonger ici, expliqua Kaleigh à Lia en la conduisant jusqu'à la tombe.

Bien que pétrifiée, la jeune fille avait l'air de faire confiance à Kaleigh. Elle grimpa sur la stèle de granit froid et s'y étendit. Le docteur Caldwell saisit son poignet et lui fit tendre le bras.

— Désolé, ça va faire mal, la prévint-il d'une voix douce. Mais après ça tu ne sentiras plus rien.

— Que… qu'est-ce qui va se passer ? murmura-t-elle.

— Tu vas t'endormir, c'est tout.

— N'aie pas peur.

Kaleigh se plaça de l'autre côté de la tombe et se pencha sur Lia.

— Tu n'aurais pas peur, toi ? demanda la fille.

— J'en ferais pipi dans ma culotte. (Les deux adolescentes échangèrent un sourire, et Kaleigh prit la main de Lia dans la sienne.) Je reste là.

Gair se racla la gorge.

— Vous êtes prêt, docteur Caldwell ?

— Je le suis.

Malgré l'obscurité, Finn vit qu'il tenait un scalpel. La lumière de la lune ascendante se refléta sur la lame.

Lorsque Gair hocha la tête, le médecin trancha le bras de la jeune fille dans le sens de la longueur et sectionna l'artère radiale. Lia poussa un cri.

Celeste étouffa un sanglot.

Le sang jaillit du bras de Lia et les vampires assemblés autour d'elle durent lutter contre leurs réactions instinctives. L'un d'eux poussa un grognement. D'autres se rapprochèrent. Un adolescent gloussa bêtement.

Alors que le sang de l'Italienne s'écoulait dans la terre meuble, son odeur chaude et entêtante s'éleva dans l'humidité de la nuit.

Kaleigh serrait toujours sa main. La jeune fille ferma les yeux tandis que la terre des Kahill buvait le sang que les battements de son cœur expulsaient de son corps. Le docteur Caldwell essuya la coupure avec une serviette et appuya sur le biceps de Lia pour empêcher son sang de coaguler et de ralentir le processus.

Accrochée à son mari, Celeste pleurait toujours, mais Finn vit que les larmes d'Elena avaient séché. Croisant son regard, il se rappela qu'il ne pouvait pas communiquer avec elle par télépathie. Pourtant, les yeux d'Elena semblaient lui dire : *C'est fait.*

Une jeune femme du poids de Lia devait avoir environ sept litres de sang dans le corps. Finn fut impressionné par la vitesse à laquelle ses veines s'étaient vidées. Il ne lui semblait s'être écoulé que quelques minutes lorsque le médecin reposa le bras de Lia le long de son corps et s'écarta pour fouiller dans son sac. Finn constata que la poitrine de la fille ne se soulevait plus. Certains détails de la vie et de la mort clinique des vampires lui échappaient encore, mais il savait qu'à cet instant la vie de Lia ne tenait plus qu'à un fil.

—Je vais commencer, dit Kaleigh courageusement.

Les autres adolescents se mirent en rang derrière elle et Finn estima qu'il n'y aurait pas besoin du sang des adultes. Il devait y avoir près de vingt adolescents volontaires ; c'était même plus que ce qu'il fallait au docteur Caldwell.

Finn regarda derrière lui et croisa le regard d'Elena. Elle lui fit signe de la rejoindre.

— Combien de temps doit-on attendre avant de savoir si ça a marché ? chuchota-t-elle à son oreille lorsqu'il arriva à sa hauteur.

— Je ne sais pas. On n'a jamais fait ça avant. Pas longtemps, à mon avis.

Ils observèrent le docteur Caldwell panser la plaie de Lia puis introduire un simple tuyau de transfusion dans son autre bras. Commençant par Kaleigh, les adolescents donnèrent environ un demi-litre chacun.

— Et si ça ne marche pas ? murmura Elena au bout de ce qui semblait une éternité.

Le docteur Caldwell venait d'injecter à Lia le treizième don de sang.

Finn n'avait pas envie de dire à Elena que si ça ne marchait pas, ils n'auraient pas d'autre choix que de décapiter Lia.

— Ça va marcher, lui assura-t-il en la prenant par la taille.

Lorsque Finn vit bouger Lia une première fois, il crut à un effet de son imagination. Il le voulait tellement pour Elena et sa famille qu'il craignait que ce soit une hallucination. Mais les autres le virent aussi.

— Ça marche, murmura Kaleigh en se jetant au cou de Rob. Ça marche !

Le docteur Caldwell se pencha sur sa patiente et écouta son cœur avec son stéthoscope.

Finn constata que tout le monde dans le cimetière retenait son souffle.

… Sauf Lia.

Sa poitrine se souleva. Elle retomba, se souleva lentement et retomba de nouveau.

Le docteur Caldwell retira son stéthoscope et adressa à Gair un hochement de tête.

— Ça a marché, je crois.

Elena cacha son visage contre l'épaule de Finn.

— Elle est vivante.

Finn l'embrassa sur la tête et respira l'odeur enivrante de ses cheveux.

Gair s'approcha lentement de la fille étendue sur le mausolée, se pencha sur elle et murmura des paroles en gaélique. Finn n'arrivait pas à saisir ce qu'il lui disait, mais son intention était claire. Les Ruffino ne parlaient pas le gaélique.

Finn entendit une voix de femme lui répondre distinctement. C'était bien la voix de Lia… mais différente. Elle s'exprimait dans leur langue maternelle.

Gair leva la tête et embrassa du regard son peuple assemblé dans le cimetière.

— La sentence a été exécutée. La transformation de Lia Kahill est achevée.

Tous les adolescents se mirent à parler en même temps. Les filles se jetèrent dans les bras les unes des autres.

— Merci à tous. Et maintenant, rentrez chez vous, ordonna Gair.

Il échangea encore quelques mots en aparté avec le docteur Caldwell, qui allait certainement emmener Lia à son cabinet afin de pouvoir surveiller son état.

Les membres du Haut Conseil se dispersèrent les premiers, imités par les adolescents. Celeste, Vittore et leurs deux enfants regagnèrent en silence le chemin de brique qui menait hors du cimetière et de l'autre côté de l'église.

— Tu devrais y aller aussi, Elena.

Même si Finn n'avait pas envie de lui dire au revoir, l'heure était venue. Il posa les lèvres sur sa tempe.

— Le docteur Caldwell veillera sur Lia.

— Mais qui va la prendre en charge ?

— Nous n'avons pas encore décidé, mais ça ne sera pas un problème, expliqua-t-il. Bon nombre d'entre nous ont déjà adopté des enfants. Ma mère s'occupe de plusieurs adolescents orphelins. (Il lui frotta le bras.) On ferait mieux d'y aller.

Elle hocha la tête.

— Nous avons loué une voiture, dit-elle d'une voix tremblante d'émotion. Nous allons directement à l'aéroport.

Son bras passé autour d'elle, Finn l'entraîna vers la grille.

— Ça vaut mieux, je pense. Je t'accompagne.

Près de la grille, ils croisèrent Pete Hill, debout à côté du chemin éclairé par la lune. Ce ne fut que lorsqu'ils l'eurent dépassé que Finn s'arrêta.

— Tu peux m'attendre une seconde ? demanda-t-il à Elena en la lâchant.

Il revint vers Pete. Lorsqu'il se trouva face au flic qu'il admirait tant, il retira le badge doré épinglé à son uniforme. Alors que Pete le regardait, dérouté, Finn lui prit la main et y déposa son insigne.

— Qu'est-ce que tu fais ? voulut savoir Pete.

— Je démissionne.

— Tu ne peux pas faire ça.

— Bien sûr que si. (Sur un coup de tête, Finn retira sa cravate et la tendit à Pete.) Et je vais plaider auprès du Conseil pour qu'ils te nomment chef de la police. De toute évidence, Sean ne veut plus de ce poste, et personne n'est mieux taillé pour ce boulot que toi.

Pete regarda le badge dans sa main.

—Je ne peux pas…

—Oh que si, tu peux. Et tu le dois, Pete. Je n'ai jamais été fait pour ça. Mais toi si. Tu mérites ce poste et je vais faire tout ce qui est en mon pouvoir pour m'assurer que tu l'obtiennes.

—Merci, Finn, parvint seulement à articuler Pete, les yeux toujours rivés sur le badge.

—De rien.

Finn revint à Elena, la prit par la taille et l'escorta jusqu'au véhicule qui l'attendait.

—Je ne te remercierai jamais assez. (Elena porta la main de Finn à ses lèvres et y déposa un baiser.) Ma famille n'oubliera pas ce que tu as fait pour nous.

Arrivée à la voiture, elle se tourna vers lui.

—Nous vous sommes à jamais redevables.

—Ce n'était pas ce que nous voulions. Nous avons simplement agi pour le mieux.

—Embrasse-moi une dernière fois, murmura-t-elle.

Finn ne voulait pas lui dire adieu. Il voulait continuer à la contredire, juste pour retarder l'instant fatidique.

—Finn…

—Je ne comprends pas pourquoi on doit se dire adieu. Pourquoi est-ce qu'on ne…

—Je crois que ça vaut mieux, pour le moment en tout cas. Garder le contact entre nos deux familles risque de faire souffrir ma sœur, expliqua-t-elle.

—Pour le moment?

Finn sentit naître en lui une lueur d'espoir.

—Pour le moment, oui, répéta-t-elle.

Il l'embrassa avec fougue, refoulant l'émotion qui l'envahissait. Les vampires n'étaient-ils pas censés être insensibles ? Il aurait tout donné, à cet instant-là, pour l'être un peu plus.

— Au revoir.

Elena s'arracha à son étreinte, et avant qu'il ait pu prononcer un mot de plus elle monta dans la voiture et claqua la portière.

Alors que le véhicule s'éloignait, il regretta de ne pas lui avoir dit qu'il l'aimait.

Finn eut la surprise de trouver Regan qui l'attendait dans le noir, sur le perron de leur location.

— Ça a marché ? demanda Regan.

Finn monta lentement jusqu'à son frère en traînant les pieds comme s'ils pesaient une tonne. Il ne se rappelait plus la dernière fois où il avait réellement dormi.

— Ça a marché.

Regan se fendit d'un large sourire.

— Elle est vraiment maligne, notre petite Kaleigh.

— Ça, on peut le dire, concéda Finn tandis qu'il luttait pour gravir les marches.

— Elena est partie ?

Regan se serra sur la dernière marche pour lui faire de la place.

— Ouais.

— Désolé, frangin.

— Merci.

Alors que Finn allait s'asseoir, il constata que la boîte aux lettres accrochée au mur à côté de la porte était pleine à craquer.

— C'était quand, la dernière fois que tu es allé chercher le courrier ?

—Je ne sais pas, dit Regan en haussant les épaules. Il y a quelques jours, probablement.

Finn se saisit d'une liasse d'enveloppes, de tracts et de publicités en tous genres et s'assit sur la dernière marche. Posant le courrier sur ses genoux, il repéra une bouteille de bière parmi les lettres.

—Ne me dis pas que…

Regan ramassa vivement la bouteille et la mit dans la main de Finn.

—Oh, ça va. Elle est pour toi. (Il prit une canette de Coca-Cola posée à côté de lui.) Je me suis dit que quoi qu'il arrive, tu en aurais besoin en rentrant.

Finn décapsula la bouteille et but à longs traits. Il lui sembla ne jamais avoir goûté une bière aussi bonne.

Regan l'inspecta de plus près.

—Tu as perdu ton badge ?

—Ouais.

Finn but une autre gorgée et songea qu'il allait lui falloir une autre bière. Peut-être même deux.

—J'ai aussi perdu ma cravate.

—Je ne fais pas confiance aux hommes qui portent des cravates, de toute façon.

Regan prit le courrier posé sur les genoux de Finn, le mit sur les siens et commença à faire le tri.

—Et donc, tu cherches du boulot ?

—Possible.

Finn ferma les yeux et appuya la tête contre la rambarde rouillée.

—Je vais peut-être embaucher du monde à la salle de jeu.

Finn se mit à rire.

Regan cessa soudain d'éplucher le courrier.

—Eh ben, mince alors !

— Quoi ?

Finn ouvrit les yeux.

— Il l'a fait.

— Qui a fait quoi ?

— Victor. Lui qui rêvait d'une petite péniche dans les Keys.

Il tendit à Finn une carte postale.

Au recto, des images d'un paradis tropical et ensoleillé : palmiers, eaux cristallines, plages de sable fin. Au centre on pouvait lire : *Le temps est au beau fixe, ne manque plus que toi...*

Finn retourna la carte. Elle était au nom de Regan. Pas d'adresse de retour. Une jolie écriture féminine et la consigne de ne pas fermer la salle de jeu jusqu'à la fête du Travail.

Finn et Regan échangèrent un regard avant d'éclater de rire. Ils se tinrent les côtes jusqu'à ce que les larmes se mettent à couler sur les joues de Finn. Des larmes de joie et de tristesse mêlées. Il pleurait à la pensée de ce qu'il avait perdu, mais surtout de ce qui lui restait encore.

Achevé d'imprimer en juillet 2011
Par CPI Brodard & Taupin - La Flèche (France)
N° d'impression : 65094
Dépôt légal : août 2011
Imprimé en France
81120544-1